天下裴氏

韩振远 著

作家出版社

序 一

张 平

　　为了深入贯彻落实习近平总书记视察山西重要讲话和重要指示精神，山西省运城市委宣传部策划编撰了"典藏古河东丛书"，共十一本。本丛书旨在反映河东的悠久历史和文化底蕴，传承和弘扬河东优秀传统文化，为推动经济社会发展提供强大的价值引导力、文化凝聚力和精神推动力，提升运城的知名度、美誉度。

　　运城，位于黄河之东，又称"河东"。河东是一片古老而神奇的土地，数千年来，大河滔滔，汹涌奔腾，物华天宝，钟灵毓秀，人杰辈出，群星灿烂，孕育了悠久而灿烂的历史文化，具有厚重的人文历史积淀，构成了中国传统文化的重要基因，植根于中国人的血脉，不愧为中华文明的摇篮。

　　关于"河东"的说法，最早来源于《尚书·禹贡》的记载。《禹贡》划分天下为九州，首先是冀州，其次分别为兖州、青州、徐州、扬州、荆州、豫州、梁州、雍州，皆以冀州为中心。冀州，即古代所谓的"河东"。当时的河东是华夏文明的轴心地带。河东，在战国、秦汉时指今山西西南部，后泛指今山西省，因黄河经此由北向南流，这一带位于黄河以东而得名。战国中期，秦国夺取了魏国的西河和韩国的上党以后，魏国为加强防守，遂置河东郡，国都在今运城市安邑镇。公元前290年，秦昭王在兼并战争中迫使魏国献出河东地四百里给秦。秦沿袭魏河东郡旧名不变，治所在安邑（今山西夏县西北禹王城）。秦始皇统一六国，设三十六郡，运城属河东郡，治所安邑。汉代的河东，辖今山西阳城、沁水、浮山以西，永和、隰县、霍州市以南地区。东晋义熙十四年（418年），河东郡移治蒲坂（今山西永济市蒲州镇），辖境缩小至今山西西南汾河下游至王屋山以西一角。隋废，寻复置。唐改河东郡为蒲州，复改为河中府。唐天宝、至德时又曾改蒲州为河东郡。宋为河东路，辖山西大部、河北及河南部分地区，至金朝未变。元、明、清与临汾同为平阳府，治所平阳（今临汾尧都区）。民国三年至十九年，运城、临汾及石楼、灵石、交口同属河东道。古代，由于河东位于两大名都长安和洛阳之间，其他州郡对其形成众星捧月之势，因此，河东无论在政治、经济、文化上都具有重要的地位。河东所辖的地区范围不断发生变化，但其疆界基本上以现代的山西运城市为中心。今天的河东地区，特指山西运城市。

河东，位于山西西南部，是中国两河交汇的风水佳地。黄河滔滔，流金溢银，纵横晋陕峡谷；汾水漫漫，飞珠溅玉，沃育河东厚土。在今天之运城，黄河从河津寺塔西侧入境，沿秦晋峡谷自北向南，出禹门口后，一泻千里，由北向南经河津、万荣、临猗、永济，在芮城县的风陵渡曲折向东，过平陆、夏县，到垣曲县的碛盘沟出境，共流经运城市八个县（市）。汾河是山西的母亲河，发源于宁武管涔山脉，从南至北流经河东大地。汾河自新绛县南梁村入境，经新绛、稷山、河津、万荣四县（市），由万荣县庙前汇入黄河，灌溉着河东万顷良田。华夏民族的始祖在河东繁衍生息，中国古代第一部诗歌总集《诗经》里的许多诗篇歌吟过河东大地。黄河和汾河交汇之处——山西运城市，吸吮黄河和汾河两大母亲河的乳汁，滋生了悠久灿烂的华夏文明，源远流长。在朝代的兴替与岁月的更迭中，河东大地描绘了多少华夏儿女的动人画卷，道尽多少人间的沧桑变化！

河东，地处晋、豫、陕交会的金三角地区。山西省运城市、河南省三门峡市、陕西省渭南市，区域总面积约五万二千平方公里，总人口约一千七百余万，共同形成了晋陕豫三省边缘"黄河金三角区域"，构成了以运城市为核心的文化经济圈。这个区域，位于我国中、西部交界地带，接通华北，连接西北，笼罩中原，位置优越，不仅是华夏文明的发祥地，而且在全国经济发展中具有承东启西、贯通南北的作用。该区域的历史文化、资源禀赋、旅游优势、经济协作，可以发挥重要的经济文化互相促进的平台效应，具有"以东带西、东中西共同发展"的战略价值。研究河东历史文化，对于繁荣黄河金三角地区的文化，打造区域经济圈，都具有非常重要的现实意义。

河东，是"古中国"的发祥地。河东地区，属于人类最早活动的区域之一。这片美丽富饶的大地上，远古时期气候温和，土地肥沃，山脉起伏，河汉纵横，绿草丰茂，森林覆盖，飞鸟鸣啾，走兽徜徉，是人类栖息的理想地方。著名考古学家苏秉琦教授在其《华人·龙的传人·中国人》一文中指出："晋南地区是当时的'帝王所都'。帝王所都为'中'，故曰'中国'。而'中国'一词的出现正在此时。'帝王所都'，意味着古河东地区曾经是华夏民族的先祖创建和发展华夏文明的活动中心。"自从盘古开天地、三皇五帝到今天，从远古文明到石器时代，从类人猿到原始人、智人的进化，河东这块土地都充当了亲历者和见证者。

人类的远祖起源于河东。1995 年 5 月，中美科学家在山西省垣曲县寨里村，发现了世界上最早的具有高等灵长类动物特征的猿类化石，命名为"世纪曙猿"。它生活在距今四千五百万年以前，比非洲古猿早了一千多万年。中美科学家在英国权威科学期刊《自然》杂志上联合发表论文，证实了人类的远祖起源于山西垣曲县寨里村，推翻了"人类起源于非洲"的论断。

人类文明的第一把圣火燃烧于河东。西侯度遗址位于山西省芮城县西侯度村，考古学家发掘出土的石器有石核、石片、砍斫器、刮削器和三棱大尖状器，动物化石有巨河狸、山西披毛犀、中国野牛、晋南麋鹿、步氏羚羊、李氏野猪、纳玛象等，尤其在文化层中发现了带切痕的鹿角和动物烧骨，这是中国最早的人类用火证据。证明远在二百四十三万年前，人类就在这里生活居住，并已经掌握了"火种"。

中国的蚕桑起源于河东。《史记》记载了"嫘祖始蚕"的故事。河东地区有"黄帝正妃嫘祖养蚕缫丝"的传说。西阴遗址位于山西省夏县西阴村。1926 年，考古学家李济主持发掘该处遗址，出版了《西阴村史前遗存》一书。该遗址属于新石器时代，西北倚鸣条岗，南临青龙河，面积约三十万平方米。此处发掘出土了许多石器和骨器，最具震撼力的是发现了半枚经人工切割过的蚕茧壳。这为嫘祖养蚕的传说提供了有力实证。2020年，人们又在山西夏县师村遗址出土了仰韶文化早期遗物，主要有罐、盆、钵、瓶等。尤为重要的是，还出土了四枚仰韶早期的石雕蚕蛹。西阴遗址和师村遗址互相印证，意味着至迟在距今六千年以前，河东的先民们就掌握了养蚕缫丝的技术，成为中华文化的重要标识之一。

远古时代，黄帝为首的华夏族部落生活在河东一带。黄帝的元妃嫘祖是河东地区夏县人，宰相风后是河东地区芮城县风陵渡人。黄帝和蚩尤大战于河东地区的盐池一带。传说黄帝取得胜利后尸解蚩尤，蚩尤的鲜血流入河东盐池，化为卤水，因而这里被命名为"解州"。今天运城市还保存着"解州镇"的地名。盐池附近有个村庄名叫蚩尤村，相传是当年蚩尤葬身的地方。后来人们将蚩尤村改名"从善村"，寓弃恶从善之意。黄帝战胜蚩尤之后，被各诸侯推举为华夏族部落首领。《文献通考》道："建邦国，先告后土。"黄帝经过长期战争后，希望国泰民安，天下太平，得到大地之神——后土的护佑。于是，黄帝带领部落首领来到汾阴脽上，扫地为坛，祭祀后土，传为千古佳话。明代嘉靖版《山西通志》记载："轩辕扫地坛在后土祠上，相传轩辕祭后土于汾脽之上。"

河东地区是中华民族的先祖尧、舜、禹定都的地方。文献记载："尧都平阳（今临汾）、舜都蒲坂（今永济）、禹都安邑（今夏县）。"据史料记载，尧帝的都城起初设在蒲坂，后来迁至平阳。清光绪十二年（1886年）的《永济县志》记载："尧旧都在蒲。"《水经注》："雷首，俗亦谓之尧山，山上有故城，又曰尧城。"阚骃《十三州志》："蒲坂，尧都。"如今运城永济市（蒲坂）遗存有尧王台，是当年尧舜实行"禅让制"的见证地。舜亦建都于蒲坂。史籍载：舜生于诸冯，耕于历山，陶于河滨，渔于雷泽，都于蒲坂。远古时期，天地茫茫，人民饱受水灾之苦。禹的父亲鲧治水失败。禹吸取教训，从冀州开始，踏遍九州，改"堵"为"疏"，三过家门而不入，历经十三年最终治水成功。《庄子·天下》记载："昔禹之湮洪水，决江河而通四夷九州也。名山三百，支川三千，小者无数。"禹治水有功，舜把天子之位禅让给禹。禹建都安邑，其遗址在山西夏县的禹王城。《括地志》道："安邑故城在绛州夏县东北十五里，本夏之都。"禹王城遗址出土了东周至汉代的许多文物，其中有"海内皆臣，岁丰登熟，道无饥人"十二字篆书。从尧舜禹开始，河东便是帝王的建都之地。

运城盐池是中国古代重要的食盐产地，被田汉先生赞为"千古中条一池雪"。它南倚中条，北靠峨嵋，东邻夏县，西接解州，总面积一百三十二平方公里。盐湖烟波浩渺，硝田纵横交织，它与美国犹他州澳格丁盐湖、俄罗斯西伯利亚库楚克盐湖并称为世界三大硫酸钠型内陆盐湖。据《河东盐法备览》记载，五千多年前，我们的祖先在运城盐池发现并食用盐。《汉书·地理志》："河东，地平水浅，有盐铁之饶，唐尧之所都也。"黄河和汾河两河交汇的地理优势、丰富的植被和盐业资源，为古人类提供了良好的生活条件。当年，舜帝曾在盐湖之畔，抚五弦之琴，吟唱《南风歌》：

南风之薰兮，
可以解吾民之愠兮。
南风之时兮，
可以阜吾民之财兮。

运城在春秋时称"盐邑"，汉代称"司盐城"，宋元时名为"运司城""凤凰城"等。因盐运而设城，中国仅此一处。河东人民在千百年的生产实践中总结出的"五步法"产盐工艺，是全世界最早的产盐工艺，被英国科学家李约瑟称为"中国古代科技史上的活化石"。

万荣县后土祠是中华祠庙之祖。后土祠位于山西万荣县庙前镇，《水经注》道：河东汾阴"有长阜，背汾带河，长四五里，广二里有余，高十余丈，汾水历其阴，西入河"。孔尚任总纂《蒲州府志》记载："二帝八元有司，三王方泽岁举。"尧帝和舜帝时期，确定八个官员专管后土祭祀，夏商周三朝的国君每年在汾阴举行祭祀后土仪式。遥想当年，汉武帝在汾阴建立后土祠，写下了传诵千古的《秋风辞》。从汉、南北朝、隋、唐、宋至元代，先后有八位皇帝亲自到万荣祭祀后土，六位皇帝派大臣祭祀后土。万荣后土祠，堪称轩辕黄帝之坛、社稷江山之源、中华祠庙之祖、礼乐文明之本、黄河文化之魂、北京天坛之端。

河东是中国农耕文明的发祥地之一。河东地处黄河流域、黄土高原腹地，远古时代气候温润，物产丰富，具有发展农业生产的优越的自然地理环境。舜耕历山，禹凿龙门，嫘祖养蚕，后稷稼穑，这些历史传说都发生在河东大地。《晋书·天文志上》："稷，农正也，取乎百谷之长以为号也。"后稷是管理农业的长官、百谷之长。《孟子》："后稷教民稼穑，树艺五谷；五谷熟，而民人育。"意思是，后稷教民从事农业，种植五谷，五谷丰收，人民得到养育。传说后稷在稷王山麓（在今山西稷山县境）教民稼穑，播种五谷，是远古时代最善种稷和粟的人，被称之为"稷王"。人们把横跨万荣、稷山、闻喜、运城东西二十里、南北三十里的山脉，叫作"稷王山"。迄今为止，在河东已发现石器时代遗址四百余处，出土的农耕工具有石斧、石锛、石锄、石铲等；粮食加工工具有石磨盘、石磨棒、石杵等；收割工具有半月形石刀、石镰、骨铲、蚌镰等。万荣县保存有创建于北宋时期的稷王庙，是我国现存唯一一座宋代庑殿顶建筑。

大江东去，浪淘尽，千古风流人物。五千年的中华文明史，孕育了无数杰出人物，史册的每一页都有河东的亮丽身影。

荀子，名况，战国晚期赵国郇邑（故地在山西临猗、安泽和新绛一带）人，在历史上属于河东人。他一生辉煌，兼容儒法思想；贡献杰出，塑形三晋文化。中国古代社会，先秦两汉之际是一个巨大的转折点，开启了新型的大一统时代。荀子继承和发扬了孔孟以来的儒家思想，提出儒、法融合，把道德修身、道德教化、道德约束之政治结合在一起，强调以先王之道、圣人之道和仁义之道治理天下，主张思想统一、制度统一，对秦汉以后的中国古代政治制度建设起了重要作用。从对社会现实和历史进程的影响来看，荀子是中国古代最有贡献的思想家之一。

关羽，东汉末年名将，被后世崇为"武圣"，与"文圣"孔子齐名。《三国志·蜀书》道："关羽，字云长，本字长生，河东解人也。"东汉末年朝廷暗弱，军阀混战，百姓流离失所，在兵燹战火中煎熬挣扎。时天下大乱，各种政治势力分合不定，各个阵营的人物徘徊左右。选择刘备，就是选择了艰难的人生道路；忠于汉室，就意味着奋斗和牺牲。关羽一生堂堂正正，坦坦荡荡，报国以忠，为民以仁，待人以义，交友以诚，处事以信，对敌以勇，俯仰不愧天地，精诚可对苍生。关羽身上体现了中国传统道德的忠义孝悌仁爱诚信。古代以民众对关公的普遍敬仰为基础，以朝廷褒封建庙祭祀为推动，以各种艺术的传播为手段，以历史长度和地域广度为经纬，产生了体现中华传统文化核心价值和民族道德伦理的关公文化。

卢纶，字允言，河中蒲州（今山西永济市）人。唐玄宗天宝末年进士，历官秘书省校书郎、监察御史、检校户部郎中等。唐代杰出诗人。明王士禛《分甘余话》道："卢纶，大历十才子之冠冕。"卢纶存诗三百三十九首，是处于盛唐到中唐社会动乱时代的诗人。他的《送绛州郭参军》，至今读来，仍有慷慨之气：

> 炎天故绛路，
> 千里麦花香。
> 董泽雷声发，
> 汾桥水气凉。
> ……

卢纶无疑是大历时期最具有独特境界的诗人，他的骨子里流淌着盛唐的血液，积极向上，肯定人生；不屈不挠，比较豁达；关心社会民生，不斤斤计较个人得失，一生都在努力创作诗歌。卢纶的诗歌气魄宏伟，境界广阔，善于用概括的意象，描绘盛唐的风韵。他在唐诗长河中的贡献与孟郊、贾岛等相比丝毫不弱。他的诗歌不仅在大历时期，在整个唐代也具有独特的价值。

司马光，字君实，陕州夏县（今山西夏县）涑水乡人。他历仕仁宗、英宗、神宗、哲宗四朝，是北宋伟大的政治家、史学家、文学家。司马光主政期间，提出"兴教化，修政治，养百姓，利万物"的治国理念，加强道德教育，改变社会风气；严格选用人才，严明社会法治；倡导"轻租税，薄赋敛，已逋责"的民本思想，希望实现"致中和，天地位焉，万物育焉"的天下大治的理想社会。他主持编纂的中国最大的一部编年体通史《资治通鉴》，与《史记》并列为中国古代史家之绝笔。全书共二百九十四卷三百万字，上起周威烈王二十三年（前403年），下迄五代后周世宗显德六年（959年），共记载了十六个朝代一千三百六十二年的历史，历经十九年编辑完成。清代学者王鸣盛评价《资治通鉴》说："此天地间必不可无之书，亦学者必不可不读之书。"司马光的著作另有《司马文正公集》《稽古录》《涑水纪闻》《独乐园集》等。

河东历史上的许多大家族，代有人杰，长盛不衰。河东的名门望族主要有裴氏家族、薛氏家族、王氏家族、柳氏家族、司马家族等。闻喜县裴氏家族为世瞩目，被誉为"宰相世家"。裴氏自汉魏，历南北朝，至隋唐、五代是其最兴盛时期。据《裴谱·官爵》载，裴氏家族在正史立传者六百余人，大小官员三千余人；有宰相五十九人，大将军五十九人，尚书五十五人。比较著名的有：西晋地理学家裴秀撰《禹贡地域图序》，提出了编绘地图的"制图六体"，在世界地图史上占有重要地位。西晋思想家裴頠著有《崇有论》，是著名的哲学家。东晋裴启的《语林》，是我国文学史上最早的一部志人小说。南北朝时的裴松之、裴骃（松之子）、裴子野（裴骃孙），被称为"史学三家"。唐代名相裴度，平息藩镇叛乱，功勋卓越，被称为"中兴宰相"。欧阳修《新唐书·宰相世系表》，将裴氏列为天下第一家族，感叹"其才子贤孙不殒其世德，或父子相继居相位，或累数世而屡显，或终唐之世不绝"。

习近平总书记在党的十九大报告中指出："深入挖掘中华优秀传统文化蕴含的思想观念、人文精神、道德规范，结合时代要求继承创新，让中华文化展现出永久魅力和时代风采。"中华优秀传统文化是"中华民族的基因""民族文化血脉"和"中华民族的精神命脉"，堪称中华民族的源头和根基。在具体撰写过程中，各位作者力求基于严谨的学术性、臻于文学的生动性，以史料和考古为基础，以学术界的共识为依据，不作歧义性研究和学术考辨，采用文化散文体裁，用清朗健爽、流畅明丽的语言，梳理河东历史文化的渊源和脉络，挖掘河东文化的深厚内涵，探寻其在华夏文明中的重要地位，弘扬民族文化的自尊和自信。希望通过这套丛书，使人们更加了解和认识河东历史文化，深化对中华文明的认知与感悟，进一步增强文化自信，推动中华民族的伟大复兴。

序　二

　　运城是山西南部的一个地级市，也是我的老家所在。

　　说起运城，自然会想起黄河、黄土高原和中条山、吕梁山以及汾河、涑水。黄河经壶口的喷薄，沿着吕梁山与陕北高原间逼仄的晋陕峡谷，汹涌奔腾，越过石门，冲出龙门，然后，脚步骤然放缓，犁开黄土地，绕着运城拐了个温柔的弯，将这片地方钟爱地搂抱在怀中。从青藏高原奔流数千里，黄河头一次遇到如此秀美的地方。

　　这里古称河东，北有吕梁之苍翠，南有中条之挺秀，两座大山一条大河，似天然屏障，将这片土地护佑起来，如此，两座大山便如运城的城垣，一条大河绕两山奔流，又如运城的城堑。两山一河之间，又有涑水与汾水两条古河自北向南流淌，中间隆起的峨嵋岭将两河分开，形成两个不同的流域——汾河谷地与涑水盆地。一片不大的土地上，各种地貌并存：山地、丘陵、平原、河谷、台地。适合早期先民生存的地理环境应有尽有，农耕民族繁衍发展的条件一应俱全，仿佛专门为中华民族诞生准备的福地吉壤。

　　我的祖辈、父辈都出生在这片土地上，我也多次在这片土地上行走，我热爱这片土地，即使身在异乡，这片土地上的山山水水，也经常出现在我的想象中。少年时代，我根本不会想到，这片看似寻常的土地，是中华民族最早生活的地方，山水之间，绽放过无数辉煌，生活过无数杰出人物。年龄稍

010

长，我才发现：史书中，一件又一件的大事发生在河东；传说中，一个又一个神一般的华夏先祖出现在河东；史实中，一位又一位的名将能臣从河东走来；诗篇中，一个又一个的优秀诗人从河东奏出华章。他们峨冠博带，清癯高雅，用谋略智慧和超人才华，在中国的历史文化图景中，为河东占得一席之地。如此云蒸霞蔚般的文化气象，让我对河东、对家乡生出深厚兴趣。

这套"典藏古河东丛书"邀我作序。遍览各位学者、作家的大作，我对运城的历史文化有了更深入的了解。

华夏民族的早期历史，实际是由黄河与黄土交融积淀而成的，是一部民间传说、史实记载和考古发掘相互印证的历史。河东是早期民间传说最多的地方，司马迁《史记·五帝本纪》中提到的五帝事迹，多数都能在运城这片土地上找到佐证。尧都平阳（初都蒲坂），舜都蒲坂，禹都安邑，均为史家所公认。黄帝蚩尤之战、嫘祖养蚕、尧天舜日、舜耕历山、大禹治水、后稷教民稼穑，在别的地方也许只是传说，带着浓重的神话色彩，而在河东人看来都是有据可依、有迹可循的。运城大量的史前文化遗址，从另一方面证明了运城人的判断。也许你不能想象，这片仅一万四千平方公里的土地上，全国文物保护单位竟多达一百零三处，比许多省还多，位列全国地级市第一，其中新、旧石器时代遗址埋藏之丰富、排列之密集，被考古学家们视为史前文化考古发掘的宝地。为探寻运城的地下文化宝藏，中国田野考古发掘第一人李济先生来过这里，新中国考古发掘的标志性人物裴文中、苏秉琦、贾兰坡来过这里，参加夏商周断代工程的二百多位专家学者大部分都来过这里。西侯度、匼河、西阴、荆村、西王村、东下冯等文化遗址，都证明这里是中华民族的重要发祥地，这里的历史根须扎得格外深，枝叶散得格外开，结出的果实格外硕壮。

中条山下碧波荡漾的盐湖，同样是运城人的骄傲。白花花的池盐，不仅衍生出带着咸味儿的盐文化，还诞生了盐运之城——运城。

山西地域文化中有两个值得关注的生僻字：一个是醯（音西），一个是盬（音古）。山西人常被称作老醯儿，也自称老醯儿，但没人这样称呼运城人，运城人也从不这样称呼自己。醯即醋，运城人身上少有醋味儿，若把醯字拿来让运城人认，大部分人都弄不清读音。盬是个与醯同样生僻的字，但运城人妇孺皆识，不光能准确地读出音，还能解释字义，甚至能讲出此字的典故，"猗顿用盬盐起"，这句出自司马迁《史记·货殖列传》的话，相当多的运城人都能脱口而出。因为古色古香的盬街，是运城人休闲购物的好去处。盐池神庙里供奉的三位大神，是只有运城人才信奉的神灵。一酸一咸，两种截然不同的味道，不光滋润着不同的味蕾，也养育了两种不同的文化。作为山西的一部分，运城的文化更接近关中和中原，民俗风情、人文地理就不说了，连方言也是中原官话，语言学界称之为中原官话汾河片。

如此丰沛的源头，奔腾出波涛汹涌的历史文化长河，从春秋战国，到唐宋元明清，一路流淌不绝，汹涌澎湃。春秋战国，有白手起家的商业奇才猗顿，有集诸子大成的思想家荀况。汉代，有忠勇神武的武圣关羽。魏晋南北朝，有中国地图学之祖裴秀、才高气傲的大学者郭璞，有书圣王羲之的老师卫夫人。隋代，有杰出的外交家裴矩、诗人薛道衡。至唐代，河东的杰出人才，如繁星般数不胜数，璀璨夺目，小小的一个闻喜裴柏村，出过十七位宰相，连清代大学者顾炎武也千里跋涉，来到闻喜登陇而望；猗氏张氏祖孙三代同为宰辅，后人张彦远为中国画论之祖，世人称猗氏张家"三相盛门，四朝雅望"；唐代的河东还是一个诗的国度，自《诗经·魏风》中的"坎坎伐檀兮"在中条山下唱响，千百年间，河东弦歌不辍，至唐朝蔚为大观。龙门王氏的两位诗人，叔祖王绩诗风"如鸾凤群飞，忽逢野鹿"；侄孙王勃为"初唐四杰"之首，一句"落霞与孤鹜齐飞，秋水共长天一色"，奇思壮阔，语惊四座。王之涣篇篇皆名作，句句皆绝响，"欲穷千里目，更上一层楼"一联，足以让他跻身唐代一流诗人行列。蒲州诗人王维，诗中有画，画中有诗，田园诗的境界让人无限神往。更让人称道的是位列"唐宋八大家"的柳河东柳宗元，有他在，唐代河东文人骚客们可称得上诗文俱佳。此外，大历十才子之一的卢纶，以《二十四诗品》名世的司空图，同样为唐代河东灿烂的诗歌星空增添了光彩。至宋代，涑水先生司马光一部《资治通鉴》，与《史记》双峰并峙。元代，元曲四大家之一的关汉卿，一曲《窦娥冤》凄婉了整个元朝。明代，理学家、河东派代表人物薛瑄用理与气，辨析出天地万物之理。清代，

"戊戌六君子"之一、闻喜人杨深秀则在变法图强中，彰显出中国读书人的气节。

如此一一数来，仍不足以道尽运城历史文化底蕴的深厚，因篇幅原因，就此打住。

本丛书围绕习近平总书记2017年和2020年两次视察山西时提到的运城历史文化内容，遴选十一个主题，旨在传承弘扬河东的优秀文化传统，增强文化自信，为社会发展助力。

参与丛书写作的十一位作者，都是山西省的知名学者、作家，我读罢他们的作品，能感受到他们深厚的学术和文学功力，获益匪浅。

从这套丛书中，我读出了神之奇，人之本，天之伦，地之道，武将之勇猛，文人之风雅，仿佛看到河东先祖先贤神采奕奕，从大河岸畔、田野深处朝我走来。

好多年没回过老家了。不知读者读过这套丛书后感觉如何，反正我读后，又想念运城这片古老的土地了，说不定，因为这套丛书我会再回运城一次。

是为序。

目录

引言　裴氏盛衰浅论

　　河东裴氏自古为三晋名门望族，显著特征是家族官僚化。《裴氏世谱》记载，家族中仅正史立传与载列者有六百余人；名垂后世者，不下千人；七品以上官员，多达三千余人。其中宰相五十九人、大将军五十九人、中书侍郎十四人、尚书五十五人、侍郎四十四人、常侍十一人、御史十一人、刺史二百一十一人、太守七十七人、进士六十八人（包括状元及第五人）、贤良七人、辟举六十五人、公八十九人、侯三十三人、伯十二人、子十八人、男

裴柏村牌楼

十三人、谥五十九人、乡贤七人。多次与皇室联姻，出过皇后三人、太子妃四人、王妃二人、驸马二十一人。

一个蜗居山村的平常小姓能如此璀璨夺目，无疑是一种奇特的文化现象。宋代红杏尚书宋祁、醉翁欧阳修撰《新唐书·宰相世系表》，于众多大家族中，将裴氏列为第一，感叹："其材子贤孙不殒其世德，或父子相继居相位，或累数世而屡显，或终唐之世不绝。呜呼，其亦盛矣！"明末清初，大学者顾炎武慕名来裴氏祖居地裴柏村时，想裴氏家世之盛，"登陇而望，十里之内，丘墓相连。其名字官爵可考者，尚百数十人"。赞叹之余，发国家与宗族关系之思考，作《裴村记》以记之。

二十世纪九十年代以来，裴氏文化研究者甚众，对裴氏兴盛原因得出的结论，用六个字可以概括：世袭、联姻、自强。若认真读过裴氏历史就会发现，这六个字虽不无道理，却没有道出裴氏兴盛的深层原因。

本书中，作者不揣冒昧，以历代选举制度、官制为线索，结合各朝政治、经济、历史、文化状况，选出十多位有代表性的政治人物，希望通过个案，从不同人物的生活背景、成长过程、仕途履历，寻找裴氏的盛衰轨迹。至于在文化、历史、外交等其他方面有贡献的裴氏人物，如哲学家裴頠，"史学三裴"裴松之、裴骃、裴子野，外交家裴世清，小说家裴启等，只能遗憾留白。

在中国古代社会，衡量一个家族是不是名门望族，一看家族是否富庶；二看家族成员是否占据高位；三看家族是否是"世世有禄秩家也"（《汉书·食货志下》颜师古注引）。依笔者之见，即使三项占尽也难称名门望族，构成名门望族最重要的一点，是最能影响家族成员行为的家族文化。通过几代人努力，前三项都可能实现，唯有家族文化，不单是靠时间积累就能够完成的。

家族文化如同人的气质，又若人的灵魂，玄妙而又现实。对外是名望，令草民士庶仰之弥高。对内是门风，世代相袭，无形支配着每位家族成员的言谈举止。对个人是风度，一言一行，都有其独特之处。只可感受，不可言传。

裴氏家族的文化核心是什么？如果将"修身、齐家、治国、平天下"的儒家理想，与古代选举（官）制度结合起来，就会形成一条忽明忽暗的线，将散落于各朝各地的裴氏家族连缀起来，脉络虽不明晰，却隐约可见。即：以修身为齐家之本，好学、苦学、强学，实现治国平天下的人生抱负。

　　学而优则仕。中国古代的选举制度，实际是引领家族文化的风向标。从春秋战国时期的"世卿世禄"制，到秦、汉的"察举制"，魏、晋的"九品中正制"，隋、唐及以后的"科举制"，万变不离其宗，都是要从读书人（士人）中选拔优秀人才。

　　裴氏彪炳史册的豪杰俊迈、名将贤相，无论怎样进入仕途，无一不是读书人。如果做个数据分析，会清楚地看到，裴氏家族中的读书人比例大大高于普通家族。读裴氏人物传记，还会发现一个有趣现象：裴氏人物好像个个都才具不凡，蒙童能读诗书、著诗文者，比比皆是。如裴秀"少好学，有风操，八岁能属文"。裴颁"博学稽古，自少知名"。"（裴）松之年八岁，学通《论语》《毛诗》，博览坟籍，立身简素"。裴邃"十岁能属文，善《左氏春秋》"。裴耀卿"数岁能属文，擢童子举"。裴诹之年少读书过目不忘，"一览便记"。出现这么多神童，不是裴氏的遗传基因特别好，而是裴氏的家族文化起了作用。一出生就在浓郁的家族文化氛围中启蒙熏陶，年龄稍长，怎能不聪颖灵秀异于常人？

　　裴氏的特别之处还在于，除尚学、知学、好学之外，又能勤学、苦学、强学。"推诚为应物之先，强学为立身之本"是每位裴氏族人的人生格言。唐高宗时的宰相裴炎"每遇休假，诸生多出游，炎独不废业"。唐穆宗时的宰相裴休少时"昼讲经籍，夜课诗赋"。史家对唐肃宗时的宰相裴遵庆之子裴向的评价，道出了裴氏家族文化的精粹，"以学行自饬，谨守其门风"。有优良的家族文化熏陶，裴氏族人天生就是读书人，身处这样的家族，勤学、苦学、强学是一种自觉，根本不需要督促。

　　中国古代社会中，悬梁刺股、凿壁偷光、囊萤映雪、牛角挂书之类的苦读掌故，每个读书人都耳熟能详。裴氏的过人之处在于代代强学，世世不辍，形成了良好的门风，积淀出深厚的家族文化。

在官本位社会中，古人读书不是要做学问、搞研究，更不是弄"奇技淫巧"，唯一目的是入仕做官。选举（官）制度是读书人进入仕途的主要门径，裴氏由崛起到鼎盛的发展轨迹，与选举制度的进步基本同步，春秋战国实行"世卿世禄制"，进入仕途全靠世袭，裴氏无一人入仕做官。中国古代真正的选举制度始于秦汉，"察举制"实行，裴氏崛起；魏晋"九品中正制"滥觞，裴氏兴盛；隋唐"科举制"发轫，裴氏鼎盛。三种不同的选举制度，对于家族文化气氛浓厚的裴氏并无本质区别，只有形式的不同，选举制度越进步，豪门气象越兴盛。

裴氏作为名门世族的鼎盛期在唐代。有唐一朝二百八十九年，裴氏不仅出现了数以百计的进士、举人、秀才，而且全国可知的一百四十位状元中，裴氏竟占去五位，分别是：裴俅、裴思谦、裴延鲁、裴格、裴说。如此逆天的比例，说明裴氏的家族文化确有过人之处。

按《新唐书·宰相世系表》记载，唐代，裴氏共出过十七位宰相。初唐至盛唐，裴氏八位宰相入仕，六人靠门荫，二人凭科考。中唐至晚唐，科举制度逐渐完善，裴氏九位宰相的入仕途径正好反过来，二人靠门荫，七人凭科考。从这样的变化轨迹可以看出，凭借优良家族文化孕育的深厚学养，裴氏族人可以轻松应对任何形式的选举制度。

一旦入仕，官制就是决定士人前程的重要典章制度。历代官制不同，都遵循一条基本原则，即通过奖优罚劣，由低往高，阶阶晋升。隋唐时期，官员进阶主要由吏部"考课"，"考课"内容用四个字可以概括：德、慎、公、勤。一年一小考、四年一大考。对于家风优良、家学深厚的裴氏族人来说，通过"考课"进阶好像并不难。如，隋代裴蕴"考绩连最"，政绩连续几次在全国州级官员中名列第一。唐代裴耀卿连仕四州刺史，每至一地，都能获得好评，唐玄宗称其"真良臣也"。隋唐裴氏人物中的高官显宦，大都是从文吏、县丞之类的底层官职做起，靠才能政绩，通过优良的考课成绩获得帝王欣赏，才一步步走向高位。

需要指出的是，从魏晋南北朝至隋唐，裴氏族人中，多人担任过吏部尚书这一重要职务，多人多次参与过官制改革。魏晋时期，裴秀主持恢复"五等之制"；裴楷参与"九品中正制"的完善。南北朝时期，裴政参与过北周的六卿（六官）之制改革；盛唐时期，裴行俭在官制改革中，设长名榜、铨注等法，其子裴光庭施"循资格"选官。官制事关每位官员的前程，挑动着每位官员的神经，一个家族能有这么多人参与官制改革，不是巧合，也不是偶然，按史学大师陈寅恪先生的说法是"与其'家教上下相奉'"。

裴氏族人由门荫世袭进入仕途，主要在魏晋时期。裴潜、裴秀、裴楷、裴頠，"冠冕蝉联"，多人做到中书令，造就了裴氏的第一次兴盛。风头甚至超过著名的琅琊王氏、陈郡谢氏。王氏的王羲之仕宦一生，不过是个右将军。对于裴氏来说，这样的官职根本算不了什么，裴秀、裴頠都在很年轻时就做过。从这种现象看，裴氏这一时期的辉煌确实与门荫世袭关系极大。但是，魏晋南北朝至隋唐间近四百年，朝代更替频繁，杀伐不断，每次王朝更迭，都是一次利益的重新分配。随晋皇室"衣冠南渡"的王氏、谢氏在王朝更迭中消失了。裴氏家族同样倒下过，一旦遇到合适环境，又能迅速拔地而起，而且比以前更茁壮。

魏晋时期的豪门大族与欧洲中世纪贵族有许多相似之处。史学家们研究欧洲贵族发展史后，得出一个结论，认为：贵族都具有惊人的复原能力，能够一次又一次地抵挡住貌似不可抗拒的历史力量。这种说法与中国古人所说的"公侯之家，必复其祖"是一个道理。裴氏成为豪门显姓后，也曾跌入深渊，沦为地方庶族，南北朝（420—589年）一百六十多年间无一人位居宰辅之列，至唐代，遇到合适的政治土壤，很快就能自我调整，涌现出十七位宰相。如此蔚为大观的官场奇景，说明裴氏具备与欧洲贵族一样惊人的复原能力。

裴氏的复原能力就是家族文化造就的自身强大。

读本书中的裴氏家族人物，会发现裴氏长盛不衰的另一条途径：顺时应势，明理识人。

每次改朝换代前，群雄蜂起，豪强林立，士人们都会面临所事何主的困惑，一步走错，血流成河，满门皆灭，睿智如曹操也感慨"绕树三匝，何枝可依"。投奔明主、攀缘高枝关乎个人前程，是家族兴盛的前提。凭借着过人的胆识，从曹魏、西晋、南北朝至隋、唐，每至改朝换代之际，裴氏族人都能做出正确选择，让人惊叹的是，不到四百年间竟有多达三次拥立之功、开国之勋。曹操加爵"魏公"，裴茂持授节印。司马炎争夺世子，裴秀美言举荐。李渊代隋犹豫时，裴寂以大义相劝。不等"天下归心"，天地变局之际的三次拥立之功，为裴氏在三个王朝占尽先机。

南北朝是裴氏家族的衰落期，南北对峙初期，大部分裴氏族人作为"晚渡北人"前往南朝，至南梁、北齐、北周三朝鼎立，裴氏族人顺时应势，又纷纷回归北周，在建立隋唐两朝的关陇贵族集团中为裴氏占据一席之地。

当年顾炎武来裴柏村登陇而望，还发现裴氏兴盛的另一个原因："地重而族厚"。

何谓地重？一曰文化厚重，二曰位置重要。裴氏得姓于秦公子封地，春秋时期就在河东桐川之裴中生根发芽、开枝散叶。汉代以前，河东的文明程度远高于西陲蛮荒之地的秦地。秦汉至隋唐，河东是近畿之地、农耕文明的成熟地带、农耕文化的中心区域，文明程度之高，名门望族之盛，连顾炎武那样的大儒也吃惊，在《裴村记》中，一口气列出河东五姓望族。"若解之柳、闻喜之裴，皆历任数百年，冠裳不绝；汾阴之薛，凭河自保，于石虎、苻坚割据之际，而未尝一仕其朝；猗氏之樊、王，举义兵以抗高欢之众。此非三代之法犹存，而其人之贤者，又率之以保家亢宗之道，胡以能久而不衰若是？"顾炎武至少还漏掉两姓，出过文中子王通，诗人王绩、王勃的龙门王氏；三相盛门、四朝雅望、五世高官的猗氏张氏。

秦汉隋唐四朝，主要外敌来自北方，秦汉之匈奴、隋唐之突厥，时而举兵南下，越过连接汾、涑谷地的紫金山口杀奔长安。四朝的征讨大军同样沿这条线路北进讨敌。裴氏祖居之地恰处紫金山口，官道之左，千军万马旌旗飘飘，从村旁呼啸而过时，裴氏子弟怎能不生建功立业之志？裴氏始祖裴遵就是这样从裴中走向云中、开启出裴氏的辉煌的。一旦外寇劫掠，世族大家又成为朝廷依仗，裴氏的"三河领袖""三河冠盖"称号就是这么来的。顾炎武由此得出结论，"州县之能不至于残破者，多得之豪家大姓之力"，"是以唐之天子贵士族而厚门荫"。

古代士子家、国并重，两者一荣俱荣，一损俱损。唐朝末年的朱温之祸，是继乾符五年（878年）至中和四年（884年）黄巢起义之后，对世家大族摧枯拉朽式的再度摧残。裴氏自魏晋兴盛后，已呈散居之状，分为中眷裴、西眷裴、东眷裴、洗马川裴、南来吴裴五支。美国学者谭凯在《中古中国门阀大族的消亡》一书中，根据存世的裴氏墓志分析：七世纪时居住于河东的裴氏家族重要成员，在八九世纪时逐渐迁徙到了长安或洛阳，与祖籍地已没有联系，只剩下小部分殿后者留居族源地。黄巢、朱温兵戈血溅京城，"家家流血如泉沸，处处冤声声动地"（韦庄诗句），东都洛阳也"白骨蔽地，荆棘弥望，居民不满百户"，首先遭遇祸殃的就是家族中这些居于长安、洛阳的高官显贵。从黄巢起义到朱温之乱，持续近三十年的残酷暴力，屠刀之下，门阀大族从肉体上被消灭，几乎无人幸免。中国历史上的改朝换代，从没有像唐末那样，对门阀大族的涤荡来得如此猛烈彻底。唐天祐二年（905年）"白马之祸"后，唐朝亡了，宰相裴枢和多位裴氏高官被投入黄河，清流变"浊流"，裴氏在朝大小官员被杀戮殆尽。在朱温的狞笑声中，门阀大族走向末路，如声音戛然而止一般，突然消失在中国历史上，从此再没有出现。

唐亡之后的五代十国是唐朝藩镇的延续，按台湾学者柏杨的话说：不过是藩镇换了块招牌。高门大姓赖以存在的大一统王朝没有了，即使从唐末的绞杀中侥幸存活，也在群雄搏杀中流离失所，朝不保夕，地位骤然下降，"昔为贤豪里，今作魑魅墟"，一次接一次的兵燹之灾过后，长安"荆棘满城，狐兔纵横"，裴氏在京城要邑的家没有了。"到宋朝建立的960年，大族子孙几乎无处寻觅"（谭凯语）。这些年，裴氏族人身在何处，所事何君，所任何职？顾炎武所说"至于五代之季，天位几如弈棋，而大族高门，降为皂隶"，大致是劫后余生的裴氏族人遭遇的写照。

长时间动荡过后，裴氏赖以崛起的家族财富和社会关系网已不复存在，赖以进入仕途的家族文化同样荡然无存。宋代实行"两税法"，"唯以资产为宗，不以丁身为本"，自耕农开始大量出现，人与人之间的依附关系淡化，勤劳聪明的人，不管什么出身，都可以生活下去，造成"贫富无定势，田宅无定主"，再没有适合望族世家诞生的土壤。

宋代，随着社会进步，造纸术改进，活字印刷术出现，读书成本大大降低，平民百姓开始有书可读。加上科举制度进一步完善，大量寒门子弟进入仕途。"取仕不问家世，婚姻不问阀阅"成为社会风气。沦为庶族的裴氏族人，再也没有家族优势、文化优势和财富优势，在科举考试中与平民百姓子弟处于同一起跑线上，等于失去了世家大族的自我复原能力。

金代，裴耀卿后裔裴定家族四五代人之间，又出过十八位进士，裴氏的文化余晖再次闪烁，因金朝为少数民族王朝，疆域仅占中国之半，科举成色已大不如前。再往后，元代，裴氏出过多少进士，史无记载。明代以后，"中外文臣皆由科举而进，非科举者毋得与官"，科举制度更加严苛。明清两代，裴氏各出过二十二位进士，可以看作是裴氏家族深厚文化底蕴的延续，也可以视为豪门大族的回光返照。

宋代以后的官制更强调中央集权，"经世致用，义利并举"观念为世人普遍接受，旧秩序一去不返。裴氏族人位至显宦者极少，如果说，隋唐时期裴氏高官显宦星汉灿烂，那么，自宋代起则寥若晨星。《宋史》中的裴氏人物仅两位，分别是裴庄、裴济。元、明、清以至民国，裴氏还出过多位名流。不过，声望、地位已不足以与魏晋隋唐的钟鸣鼎食之家相比。

不光裴氏失去世族豪门地位，宋代以后，纵览全国，再没有出现延续数百年而不衰的高门大姓。孟子所说"君子之泽，五世而斩"似已成为定律。"旧时王谢堂前燕，飞入寻常百姓家"，王、谢两家衰落了。著名的五姓七族衰落得更彻底，唐代出过十五位宰相的博陵崔氏、出过十二位宰相的清河崔氏和出过十位宰相的陇西李氏甚至在以后数百年内，很少有显宦入史。河东这片厚重的土地上，自从裴氏、柳氏、薛氏、王氏、张氏唐末一别，虽还时有高官显贵，但再没有出现过豪门著姓。

那个曾经的豪门世家远去了，带着一身雍容高贵，站立在历史深处，只供后人追思。

韩振远

2021 年 9 月于河东

第一章　开氏立姓六百年

中国人的姓氏非常奇妙，是忘不掉的印记，不等出生已经深刻在身上，往小处说，是一族人的符号，往大处说，是同姓人共同的根、精神支柱和图腾崇拜，不管是不是显赫，大姓还是小姓，有了这个姓氏，就有了世袭传承。行不更名，坐不改姓，不光是绿林好汉的豪言、侠客义士的赌咒，也是深植于每个中国人意识深处亘古不变的信念，由这种信念带来的家族荣誉感，比中世纪欧洲骑士的姓氏崇拜更强烈。

对姓氏源头的考证，往往是一个家族的大事，经常追溯得异常遥远，似乎所有的姓氏都发端于混沌朦胧的远古时代，仿佛只有这样才能说明自己家族姓氏的古老。

河东闻喜裴氏，是中国古代中最荣耀、最具代表性的一个姓氏。

宋代《百家姓》列举的五百多个姓氏中，裴氏列一百九十七位，算不得大姓，其在魏晋隋唐时期却有过无与伦比的辉煌，在长达近千年的时间内，是个令人景仰的著姓豪族。

翻看二十四史会发现，中国历史其实是一部帝王将相史，同样，翻看家族牒谱也会发现，每个家族的历史，传承之外，实际是一部家族荣耀史。荣耀的前提是这个家族有多少人做了多大的官，后人又有谁光宗耀祖。修身、治国、齐家、平天下，是每一位古代有志者的抱负，以官本位去衡量一个家族的历史，在古人看来理所当然，即使在今天看来也没大错。裴氏所以能成为世族大家，就是因为这个家族的许多成员，实现了自己的抱负，为社会做出了贡献，出过无数高官显贵。仅此一点，裴氏便荣耀无比。

从春秋时代以邑为氏，到西汉中期裴氏初立，历经三百多年，其间，裴氏族人在纷乱的春秋战国时代挣扎，在残暴的秦朝苟活。汉朝，因为裴氏先祖居住的地方正当南北通衢，匈奴人不时高举弯刀，沿着汾河河谷，越过紫金山，从山口官道边的那座小村旁掠过，裴氏族人在惊恐中顽强地生活着，繁衍生息了一辈辈子孙。两千多年后的今天，这些仿佛都从没有发生过一样，被时间烟云遮掩得严严实实，无从寻觅，即使牒谱中也找不见一点踪迹，后人能追溯到的，只有史书中偶尔露头的名字，尽管并不显赫，尽管在浩瀚的史书中，如同沧海一粟般不起眼，后人还是记住了。他就是在西汉当过侍中的裴盖。对于裴氏来说，这是个节点，从此，裴氏牒谱上出现了有名有姓的祖先，裴氏一族，在纷纭繁杂的大千世界中渐渐清晰。再二百年过去，又有两人出现在后人视野中，分别是当过敦煌太守的裴遵和当过尚书令的裴茂。这六百多年，太阳每天照例升起，照耀着日后被称为裴柏的那个小村，村东那块叫凤凰原的土地与裴氏荣耀一样，无言地静卧在离涑水河不远的地方。一样的水土，一样的阳光，那时候的裴氏族人为什么无所作为不为人知？是时运未到，还是其他原因，已没人再去追究，需要知道的，是裴氏发达后的情况。当年，宋代史家宋祁、欧阳修编撰《新唐书·宰相世系表》，肯定也是这么想的。

即使两千多年后，在凤凰原的裴氏墓碑上，还能看到裴氏后人如何为祖先追根溯源，其实，宋祁、欧阳修将裴氏放在众多宰相世族第一位，已经为裴氏的荣耀定下基调。他们说："裴氏出自风姓，颛顼裔孙大业生女华，女华生大费，大费生皋陶，皋陶生伯益，赐姓嬴氏，生大廉，大廉五世孙曰仲衍，仲衍四世孙曰轩，轩生潏，潏生飞廉，飞廉生恶来，恶来生女防，女防生旁皋，旁皋生太几，太几生大骆，大骆生非子，周孝王使养马汧渭之间，以马蕃息，封之于秦为附庸，使续嬴氏，号曰秦嬴。非子之支孙封蜚乡，因以为氏，今闻喜蜚城是也。"佶屈聱牙的论述之后，宋祁、欧阳修为裴姓找到了源头，梳理出传承，简单地说，裴氏与一统天下的嬴姓同出一源。这是个霸气的令天下人发抖的姓氏，不过，春秋时期来到晋地的嬴姓后人以封地为氏，罢下去邑加衣，变成裴氏，结束了与秦同姓的历史。

宋祁、欧阳修将裴氏的祖先追溯得很远，直到上古时期的风姓和颛顼、伯益。风姓是什么来头？晋人都知道的风陵渡就与风姓有很大关系，那里有风姓神话人物风后的陵墓。传说中，风后造出指南车，帮助黄帝打败了蚩尤。颛顼与黄帝同为五帝之一，相传是黄帝孙子。伯益是晋人熟知的先圣，被奉为井神。宋祁、欧阳修将这样的人物列为裴氏先祖大有意味。在农耕民族眼里，伯益与教民稼穑的后稷同样尊贵，享受相同祭祀。

宋祁、欧阳修用短短的一段话，直接将裴氏追溯到华夏民族的源头，就是说，从华夏民族诞生的那天起，裴姓就带着上古姓氏的共同特点，古老、悠久、神秘、神圣，令人敬仰，与华夏民族共兴亡。

第一节　后子鍼：奔晋封地的秦公子

嬴鍼，公元前六世纪秦国公子，又称伯车、后子，裴氏后人多称为后子鍼、公子鍼。

春秋时期，秦晋两国是一对冤家，既有三次联姻造就的千古佳话——秦晋之好，也有惨烈的崤之战、韩原之战。两国君主之子相互逃往对方避难，如同家常便饭一般，每当国内发生动乱、生命受到威胁时，大河对岸就是最好的去处。出奔晋国的后子鍼，不是第一个，也不是最后一个。在这样的奔亡中，才有秦晋之间的联姻修好。裴氏就是在这样的奔亡中开氏立姓，有了祖望之地。

一

后子鍼逃往晋国时，距晋文公娶秦穆公之女怀嬴，结成第三次秦晋之好已过去近百年，其间两国打打杀杀、亲亲和和。秦国后来虽称虎狼之师，这一时期，却一直受晋国压制，两国交战，秦国负多胜少，几百年间，一直被晋国按捺在函谷关以西不得东进一步。三家分晋后，又被晋国之一卿魏国压制，直到百余年后，商鞅变法后才东出函谷。

春秋时代的秦国，被看作西陲蛮夷之国。战国时期，秦孝公愤然喊出的"诸侯卑秦，丑莫大焉"，是当时各诸侯国鄙视秦国的真实写照。后子鍼所处的公元前六世纪，正在晋文公重耳称霸之后，晋国虽乘百年霸业之威，处处压制秦国，却在秦景公十五年（前562年），吃了一次败仗。

这年，楚国与郑国派兵攻打晋国的盟国宋国，晋国率领诸侯联军救援。秦景公乘机派庶长鲍、庶长武领兵从辅氏（今陕西省大荔县）渡过黄河，夹击晋军，两军在栎地（今山西省永济市西南）交战，晋军大败。史称此战为"栎之战"。

为报这次战败之仇，秦景公十八年（前559年），年轻有为的晋悼公会合齐、宋、卫、郑、曹、邾、滕、薛、杞等组成多国联军伐秦。联军势如破竹，深入秦国腹地，于棫林（今陕西渭南市华州区附近）大败秦军。也是天不亡秦，恰在这时，晋国出现混乱，晋悼公回师东归。第二年十一月，悼公暴亡，年仅二十九岁。

晋悼公意外暴亡，秦国得到喘息机会。秦景公二十七年（前550年），景公亲自到晋国，与晋国新君晋平公重新结盟修好。在秦国的历史上，景公是继穆公之后，着力向外扩张的一位国君。他来晋国，名义上是修两国之好，实际是打探晋国虚实，等回到秦国后，立刻背弃两国盟约。

秦景公二十八年（前549年），晋国再派使臣韩起到秦国，试图再修两国之好，没有达到目的。两年后，秦国又想与晋国修好，这回，裴氏的立姓之人后子鍼出场了。受秦景公委派，后子鍼以使臣身份前往晋国，谋求两国媾和。

晋国对两国订立盟约十分重视，派太傅叔向主持此事。

叔向，姬姓，名肸，又称羊舌肸，字叔向，又称叔肸；因食邑在杨（今山西洪洞东南），又称杨肸。晋平公继位后，叔向任晋国太傅，负责外交事务。在晋国君臣看来，接待秦国使臣是件体面的事。后子鍼抵达晋国后，叔向下令有丰富待客经验的行人子员陪同接待。当时，行人子朱正好值守，见叔向不用自己，心里很不平衡，对叔向说："我子朱就在这里，为什么非叫子员？"叔向不予理会，仍然坚持："将子员叫来。"子朱说："今天是我子朱轮值的，有什么事该由我来办。"叔向说："我叫子员来是接待贵宾的。"叔向的话让子朱更加愤怒，说："我和子员都是君王的臣子，官爵地位相同，为什么看不起我？"说完，拔出佩剑挺身向前，要和叔向拼命。叔向并不害怕，平静地说："秦晋两国不和已经很久了，今天如果能顺利订立盟约，两国子孙后代都会过上和平幸福生活，如果不能成功，两国将士不知有多少人会暴尸疆场。子员传达宾主之间的对话从没有私心，而你，经常按自己的理解改变宾客原意。"接着怒斥道："像你这样一个靠奸诈术来博取君王信任的人，我是能抵御的。"说完，撩起衣襟，迎上前去准备与子朱格斗。多亏身旁有人阻拦，两人才没有打起来。

过后，晋平公听说了这件事，却十分欣慰，说："我们晋国不会居于人下了，看看，我的臣子为国家大事竟会这样争执。"

不等后子鍼与晋国修好立盟，诸侯国之间又发生一件大事。

周灵王二十六年（前546年），宋国君主宋平公约十四个诸侯国，在宋国都城东北之"蒙门"外结盟，史称"弭兵会盟"。盟约规定：除齐、秦两大国外，各诸侯国都向晋、楚同时朝聘、纳贡，谓之霸权平分。这次"弭兵会盟"的结果可谓大国、小国、朝贡的、纳贡的皆大欢喜，由此，各诸侯国走向和平，春秋历史翻开了新的一章。

为什么会出现这种局面？只因长期的战争让大小诸侯国都已厌倦。大国征服小国，无非是要小国臣服朝贡，小国呢，今天楚国打过来，臣服楚国。明天秦国打过来，又臣服秦国，不得不朝秦暮楚，打来打去，大家都打累了。干脆订个盟约签个协议，大国要贡赋，小国要和平，各取所需，就别打了。

有"弭兵会盟"的这个盟约，诸国之间暂时走向和平。秦、晋之间地位相同，两国再立盟约已没什么意义。

诸侯之间的战争停止了，内部钩心斗角随即开始。晋国方面，赵、韩、魏、智、范、中行各大家族开始争夺权力，最终导致三家分晋。秦国方面，后子鍼回国后，在这次出使中显现的才华和享受的尊敬，成为某些势力攻讦的理由，一时，恶言秽语扑面而来，对后子鍼形成威胁。

本来，后子鍼作为幼子，得到的父亲秦桓公的宠爱就比当国君的哥哥秦景公要多，他的封地在征（即北征，今陕西澄城西南）、衙（即彭衙，今澄城西北）。当时传言"晋有曲沃，秦有征、衙"。曲沃是什么地方？乃晋国国都，这样的传言等于说，后子鍼的封地和晋国国都一样富足，隐喻后子鍼要与哥哥秦景公争君位，真这样的话，可是谋反重罪。

还有更危言耸听的，"秦后子有宠于桓，如二君于景"，是说后子鍼的权势和哥哥景公一样，犹如两个国君。

听到这样的传言，后子鍼的母后十分担心景公会加害儿子，督促他暂时离开秦国，去晋国避难。

秦景公三十六年（前541），后子鍼冒着夏天炙热的阳光，出奔晋国。

《春秋》一书对这件事的记载是："夏，秦伯之弟鍼出奔晋。"

二

离开秦国时，后子鍼带了千乘马车的辎重，作为送给晋平公的礼物和自己的生活用品。且不说辎重有什么东西，单这千乘马车，足以说明母后对后子鍼的宠爱和后子鍼本人的富有。春秋战国时期，衡量一个诸侯国国力强弱，先看有多少乘战车。所谓战车，即四匹马驾驶、三位甲士掌控的马车，作战时，配以数十名步卒。一般来说，千乘之国就是个中等诸侯国。据《左传》记载：春秋时期，一些著名大战中，双方投入的兵力都不会超过千乘。如晋楚城濮之战，晋军七百乘；晋齐鞌之战，晋军八百乘；吴齐艾陵之战，齐军也是八百乘。后子鍼的千乘车虽不是战车，但足以证明其富有。

这是一次超级豪华大逃亡，能带的礼物带上了，能带的生活用品也带上了。更多的可能是家人和奴仆，一乘车即使不像战车那样一车三人，起码需要两人，如此算来，光车夫就要两千人之众。这哪里是去晋国避难，分明是一次大规模国事访问。这样的避难可能前无古人、后无来者。

这样一支超级庞大的车队，在秦国通往晋国的道路上浩浩荡荡，络绎不绝。后子鍼不愧出身君王之家，还有更大的手笔。为方便车队渡过黄河，命人在黄河上以舟相接，架起舟桥。

舟桥，又称浮舟桥、浮桥。后子鍼这次架设的，是史籍中黄河上第一次出现的浮桥。春秋时期，蒲坂夏阳津是最方便秦晋之间往来的黄河渡口，《初学记》记载："公子鍼造舟处在蒲坂夏阳津，今蒲津浮桥是也。"这时候，距《史记·秦本纪》所载"秦昭襄王五十年（前257年），初作河桥"，还有二百八十四年，后子鍼等于开创了黄河架浮桥历史，足以在中国桥梁史上留下一笔。

春秋时代的秦晋之间，总能将发生在黄河上的事搞得轰轰烈烈，此前，秦穆公时代，晋国向秦国籴粮，秦国的送粮船只出渭河入黄河，再进入汾河，首尾相接，史称"泛舟之役"。这回，后子鍼的千乘马车由秦都雍城（今陕西凤翔东南）到晋都绛城（今山西侯马），络绎不绝，不光专门在黄河上造舟桥，每隔十里还设一个停车驿站，供后子鍼和随行人员休息。还有，运送礼品的马车往返了八次，可见送给晋国的礼品之多。

如此浩大的声势，肯定得到了兄长秦景公的同意或默许。

史籍中没有秦景公和后子鍼的年龄记载。秦景公执掌秦国长达三十九年，弟弟后子鍼这次奔晋，发生在秦景公三十六年（前541年）。可以看出，当时，兄弟二人至少都人到中年，景公年龄大些，说不定已入老年。作为弟弟的后子鍼，如果真像风传的那样，与景公犹如二君，将是景公把君位传给儿子的最大威胁。如今，弟弟出奔晋国，正好去了景公心病，至于他带走多少财物，反倒不算什么大事，由他去吧。

后子鍼带来的财富之多，连晋平公也吃惊，同时，又对后子鍼的行为感到奇怪，问："您这样富有，为什么还要逃奔晋国？"后子鍼回答："秦君无道，我害怕被杀害，想等到他的继承人继位后再回去。"

后子鍼说的是实话，依当时秦国的情境，他如果不出奔晋国，很可能被兄长杀死。

后子鍼来投晋国时，楚国公子干正好也来投晋，太傅叔向让后子鍼与公子干享受了相同待遇。《国语·晋语八》记载："大国之卿，一旅之田；上大夫，一卒之田。"是说大国之卿来了，给一旅之田，即五百名奴隶和五百顷田。上大夫来了，给一卒之田，即一百名奴隶和一百顷田。公子干和后子鍼都是上大夫，故得到一卒之田。

三

晋国人夫司马侯也会见了后了鍼，看到后了鍼与国君相当的千乘马车，问："这是你的全部车辆吗？"后子鍼答："这些车辆还不够多吗？若是我的车辆少，今天怎么能在这里和你相见？"司马侯将后子鍼的话告诉了晋平公，说："秦公子以后肯定会回去。我听说君子能知道过错，必定前程远大，上天会帮助他的。"

随后，后子鍼去拜见执掌晋国国政的正卿赵武，此人在史书中称赵文子，即戏剧中的"赵氏孤儿"。依主客之礼坐下后，赵文子问："秦国国君有道吗？"后子鍼回答："不知道。"赵文子又问："公子屈尊来到敝地，一定是想避开无道之君吧？"后子鍼敷衍："是这么回事。"赵文子又问："秦国既然无道，还能维持多久？"后子鍼说："我听说，国君无道却能五谷丰登，至少还能维持五年。"赵文子望了望空中的太阳，说："已经朝不保夕了，哪能等到五年。"

赵文子离开后，后子鍼对随从说："赵文子快要死了！君子宽和惠爱，忧念将来，犹恐不济，如今赵文子做晋国执政正卿，主持各国会盟事务，思考如何建立功德，还不一定能平安度过一生。如今他旷废时日，懈怠苟且，如果不是死亡降临，必有大难来临。"后子鍼实际是敏锐地觉察到作为大国正卿的赵文子心胸狭窄，毫无气量，才说出这样的话。他的预测很准，到这年冬天，赵文子真死了。

晋国赐给后子铖的一卒之田，在同川之裴中，紫金山脚下，如今称之为凤凰原的地方，在晋都绛邑的正南方，两地相距不过十多公里。春秋战国时代，有以邑命氏的传统，后子铖因而被称为裴公，成为河东裴氏的开山始祖。

后子铖身在晋地，时刻怀念关注秦国政局。三年后，秦景公卒，其子秦襄公立。后子铖果然不顾安危，留下子孙回到秦国。史书没有记载他回到故国后的遭际。旧君新逝，新君初立，一个曾经因为继立之争流亡敌对国的旧公子，这时候回来，如果不是祝贺新君上位，很可能另有想法。如果是第二种，他肯定失败了，结果可想而知。如果是第一种，也不会有好结局，因为，后子铖回国后的事迹，史书不见记载，他从此消失得无影无踪。无论哪一种，都犯了大忌，是对新君的威胁。

轰轰烈烈出来，了无声息回去，本身就不正常。秦国的每次继立之争都很残酷，后子铖当年逃出秦国就因为明白这一点。但局势发生变化后，他还是冒着生命危险回去了。

对于后人来说，这些已无关紧要，重要的是他回去了，终于落叶归根，了结了心愿，做了想做的事。他不可能想到，因为他客居晋国，他的后裔会成为享誉天下的豪门著姓，为华夏民族做出了巨大贡献。

春秋时期，各大国接纳供养他国流亡公子的目的很明确，就是要培养一个日后可以回国做君主的傀儡，以便掌控他国。当年，秦穆公迎接晋公子重耳就是这个目的。晋国历史上，晋悼公是个有作为的君主，接纳秦、楚两国公子长期客居，并给予很高待遇，目的也很明确。

后子铖之后，又有多位秦国公子同样因为储位之争流亡客居晋国。先是秦怀公嬴封（？—前425年），他来河东时，三家已经分晋，不过没有得到周室认可。残暴的秦厉共公死后，又发生储位之争，与后子铖一样，厉共公的第二个儿子也逃奔晋国，在河东客居多年，与后子铖不同的是，他回秦国后，当了四年国君，是为秦怀公。进入战国时代后，魏国同样是秦公子的避难地。先是秦怀公的第二子嬴悼子重蹈父亲覆辙，在继立之争中逃往河东魏国，客居多年，公元前414年，在秦国权贵的拥立下被迎回，是为秦国的第二十一代国君秦简公。另一位是大名鼎鼎的秦献公，公元前385年，秦国再次因君位继承发生内乱，年幼的秦出公和他的母亲小主夫人被沉入河中，客居魏国的公子连被迎回登上君位，是为秦献公。

这些与后子鍼一样逃奔河东的秦国公子，最后都回到秦国，如愿当上了国君，同时带去了晋（魏）国的先进文化，只有后子鍼将后人留在河东，像播下一粒种子，以秦国人争强好胜的基因、晋国温润肥沃的土壤，经过数百年发育、成长，至隋唐时，终于长成枝繁叶茂的参天大树。

四

后子鍼为后代留下的不光是一个姓氏，更重要的，是为后人选择了一片福地沃土。

没来晋地之前，后子鍼居住在大河之西的秦地，来到晋地后，起码有三年时间，和他的家人、随从留住在大河之东的同川之裴中。与河西的关中平原相比，河东的涑水平原虽少了些帝王之气，但气候、地理条件并不差，历史文化甚至更悠久，更适合早期人类生存，同样是华夏民族最早的发祥地。从现有的考古发掘资料看，后子鍼所处的时代，晋国的农业耕作技术遥遥领先于被诸侯视为西陲荒蛮之地的秦国。

晋地和秦地交界处，河西的陕北高原与河东的吕梁山相夹，有个叫秦晋峡谷的地堑，黄河在峡谷中奔腾跳跃，涌出龙门后，迅速平静下来，河水与两岸低矮的黄土塬相伴，将河西、河东分得清清楚楚，大面积的沙滩又让两边纠缠不清，"三十年河东，三十年河西"，有这条大河在，秦晋两国似乎注定要用此消彼长的方式生存。同川之裴中，就在黄河东岸的涑水平原北端，一个现在叫闻喜县的地方。

再早几百年，大河之西、渭水旁的周人从周原发迹，一统天下后，周朝的第二任天子周成王曾做过一件童话般美丽的事情——桐叶封弟，《史记》

《吕氏春秋》等典籍将发生在两个孩童之间简单而又美丽的童话故事，记载得既郑重其事又老气横秋，尽管如司马迁般的如椽之笔，也将两位天真无邪的翩翩少年，弄得了无生趣。

《史记·晋世家》的记载是：

> 晋唐叔虞者，周武王子而成王弟。初，武王与叔虞母会时，梦天谓武王曰："余命女生子，名虞，余与之唐。"及生子，文在其手曰"虞"，故遂因命之曰虞。武王崩，成王立，唐有乱，周公诛灭唐。成王与叔虞戏，削桐叶为珪以与叔虞，曰："以此封若。"史佚因请择日立叔虞。成王曰："吾与之戏耳。"史佚曰："天子无戏言。言则史书之，礼成之，乐歌之。"于是遂封叔虞于唐。唐在河、汾之东，方百里，故曰唐叔虞。姓姬氏，字子于。

民间传说进入史籍，就变成一段真实的历史，需要用凝重的语言讲得曲曲折折、有头有尾。读过之后，发现其实很简单，年幼的周成王和更年幼的兄弟叔虞一起玩耍，没什么好玩的东西，百无聊赖，周成王将一片桐叶弄成玉珪形状，递给弟弟叔虞，说要以此为凭封兄弟。这话被史官史佚听见，一句"天子无戏言"，让戏言成真，将叔虞真的分封在唐地，然后叔虞以封地为氏，叫唐叔虞，成为晋国先祖。

周成王分封给兄弟的这片土地，位于今天的闻喜、绛县、翼城一带，闻喜因此被称为桐川。这里土地肥沃，气候湿润，中条山高耸于东，稷王山逶迤于西，紫金山横阻于北，三山之间，是一片平坦的土地，涑水若带，潺潺流过。唐叔虞有天子兄长关照，在这里过着舒适的诸侯生活。十多年过去，当年以桐叶玩耍的周天子和唐叔虞都长大成人。周成王十四年（前 1029 年），这片土地上出现二茎共生一穗的谷子，如今看来很平常的一件事，当时却影响了历史，将唐国变为晋国。

那天，一定是个朗日悬天、秋高气爽的好天气，唐叔虞走在自己的封地上，有臣属来报，田亩里出现了二茎共生一穗的谷子。唐叔虞看过之后，大喜，以为祥瑞之兆，当即吩咐臣属，备好车马，专程赶往镐京，献给天子周成王。

《史记·鲁周公世家》记载此事说："唐叔得禾，异亩同颖，献之成王。"周成王得到谷穗后欣喜异常，作《馈禾》诗，赠给在外统兵的周公，得到这祥瑞之物，周公作《嘉禾》《归禾》二诗表示感激。取器中所盛之谷，献于神灵，谓之晋。因为晋献"嘉禾"，唐侯叔虞将由"桐叶封弟"得来的"唐"地，改名为"晋"。从此有了个称霸百余年的晋国。

以后三千年间，嘉禾实际成为农耕民族的精神图腾。古人记载这件事："唐叔，成王母弟，食邑内得异禾也……禾各生一垄而合为一穗。异亩同颖，天下和同之象，周公之德所致。"两株谷子因为生长怪异，被赋予了政治意义，象征政治清明。以后，一禾两穗、两苗共秀或三苗共穗等生长异常的禾苗称为"嘉禾"。

后子针的封地就在生长嘉禾的土地上。不过，当时称为同川之裴中，现在叫凤凰原，在裴氏族人世代居住的小村——裴柏村东十里。当年晋国赐封给后子针的一卒之田，即使单独用一个耕作者的眼光，也是块不错的地方。凤凰原地处峨眉台地北端，北依紫金山，西连稷王山，南望中条山，平坦开阔，土层深厚。裴氏族人不但在这里耕作，还将他们的祖茔选在这里，为后辈选下了好风水。

同川之裴中西南不远处，是一块农耕历史更加悠久的地方，有人甚至把那地方称之为华夏农耕文明源头，那里的一座逶迤百里的山，叫稷王山，环绕稷王山有许多稷王庙。数千年前，华夏民族的始祖之一后稷，曾在这里教民稼穑，才有了华夏民族的农耕文明。

以农耕文明立国的中国古代社会，农耕文化发达的地方，就是文明程度高的地方，后子针将后人留在裴中之地，也许正是看中了这地方农耕文化的成熟，按现在的话说，叫文化底蕴深厚。生活在这样的地方，为裴氏以后的发达奠定了基础。

后子针的后人以邑为氏，用裴氏的名义在这片土地上波澜不惊地生活了一百多年后，韩、赵、魏三家分晋，这片土地成为魏国疆土，魏之都安邑同样离同川之裴中很近，不过百里，魏风徐徐，清爽而又强劲，经过魏文侯时代的李悝变法，魏国一度是战国七雄中最强盛的诸侯国，将秦国打得溃不成军，河西也有魏国大片土地，连魏长城也修到了秦地之上，稳稳挡住秦国的东进企图。至战国后期，裴氏族人的同姓之国，依靠虎狼之师，不断吞食魏国疆域，公元前290年，魏国将河东四百里土地割让秦国，其中包括裴氏族人的同川裴中之地。秦始皇嬴政继位时，魏国在如今的山西已无一寸土地。河东这片富庶的地方，最先成为大秦疆域。裴氏族人的根在秦，历经三百多年，名义上又归于秦，成为大秦臣民。在秦朝的版图上，如今的闻喜被称为左邑桐乡。

西汉元鼎六年（前111年），又一位帝王来到这片土地，这回是雄才大略的汉武帝刘彻。当时，北有匈奴未平，南有南粤为乱。这年，刘彻在河东汾阴祭祀完后土，一路冠冕旌旗相望，由众臣陪伴巡幸桐乡。河东的秋天悲风苍凉，武帝心系国事，正当心绪悲戚时，忽有臣属来报，南粤叛乱平定，听到喜讯，汉武帝龙颜大悦，为纪念这次大捷，改桐乡为闻喜。

有帝王改名，地处闻喜县的同川之裴中似乎在沃土福地之外，再增喜庆之色，后子鍼的后人们在河东生活三百多年后，就要出人头地了。

第二节　敦煌太守：镇守西域勒石纪功

裴遵，云中郡人，生卒年不详，东汉光武帝年间官至敦煌太守。

裴岑，云中郡人，生卒年不详，东汉顺帝永和年间任敦煌太守。

在大汉的阳光下，裴姓族人迎来的，不光是新的帝王，还有身份的转换。他们身上还流着后子鍼的血，却不再像君王公子一样高贵，尽管早在数百年前已经适应了这种由贵族到平民的转换。

从秦景公三十六年（前541年）后子鍼奔晋，以封地为氏，到大汉帝国建立（前206年），再到雄才大略的武帝刘彻登上九五之尊（前140年），四百年过去了，各种史籍浩若烟海，却找不到一个裴姓人的名字。公元25年，又一个王朝建立，帝王虽然还姓刘，王朝的名字还称汉，因为定都洛阳，史家有意区分，前面的叫前汉、西汉，后面的叫后汉，也叫东汉。对于裴氏来说，东汉的时光同样过得飞快，眼看这个同样由刘姓建立的王朝即将结束，裴氏仍没有一个人出人头地。

一

有人说，裴氏族人用了五百多年时间在韬光养晦，准备厚积薄发，一飞冲天。

有人说，裴氏族人暂时还没有找到出人头地的机会。

两种说法都有道理，却没有说出问题的关键。

华夏民族从脱离蒙昧时代起，就是家天下，讲究世袭，君主帝王如此，地方豪强亦如此。当年后子鍼作为贵宾，只在晋国生活了三年左右，他走后，在韩、赵、魏、智、范、中行氏六卿掌控的晋国，封地为氏的裴姓人作为外来者，还没有在这片土地上扎下根。默默无闻、过平常人的生活是他们的唯一选择，想出入朝堂、仕进做官，还需要慢慢积累。

中国古代官员的仕进制度，也决定了裴氏族人暂时不会出人头地。裴姓立氏的春秋时代，官吏选拔还延续着周朝建立以来的"世卿世禄制"，天子、诸侯就不用说了，公、卿之类的贵族，甚至连中下层官吏也是世世代代、父死子继，享有封赏土地及赋税收入。所谓"大人世及以为礼"（《礼记·礼运篇》），是说天子诸侯的子弟世代承袭，才合于礼。后子鍼奔晋所受的赐封，不过是按上大夫的封赏规定，享一卒之田，即一百名奴隶和一百顷田地。在战乱频仍的春秋后期，仅享受这些财富，没有权势保护，一旦失去，会沦为与贵族天差地别的庶民，丢掉进入仕途的资格。

战国时代，裴氏族人的机会同样很少。各诸侯国都还延续着春秋以来的官吏选拔制度，唯有秦国不同，秦孝公纳商鞅新法，以富国强兵为务，官员

"仕进之途，唯辟田与胜敌而已"，辟田，开田垦地也。即使魏国也实行这种办法，作为外来户，同时又居住在成熟农耕区的裴氏族人也显然不具备这样的条件。上战场，胜敌立功后"论功升进"，叫"军功授爵制"。魏国当时的作战对象多为秦国，裴氏族人作为秦国后裔，上战场的机会也不会多。

上天可能暂时还不肯眷顾裴氏。从七雄厮杀的战国，到大秦一统天下，再到秦末楚汉相争，华夏之大，战事之多，裴氏族人始终没有出人头地的机会。

五百多年时间，也让裴氏族人不再安于桐川之裴中，他们或被战火裹挟，向各地流徙，或为实现抱负，朝着战火走向各地。裴中地当要冲，处于河东郡最富庶的南北两个盆地连接处。战火一起，各路兵马，或北去迎敌，或凯旋南下，居住在官道旁的裴氏族人，怎能安守田园无动于衷？

二

漫长的五百多年间，无一人出人头地载入史册，与以后宰相门第的荣耀反差实在太大。裴氏族人心有疑虑，连宋代史家宋祁、欧阳修编撰《新唐书·宰相世系表》时也心有不甘，与裴氏族人一起，在卷帙浩繁的史籍中翻检寻觅，终于找到了裴姓人的名字。

首先找到的人叫裴盖，汉文帝或者汉武帝时期的一个中级官员，欧阳修说："有裴盖氏，汉水衡都尉、侍中。"

水衡都尉是个什么官职？多数人恐怕从没有听说过，可见没有宰相、尚书那么显赫。汉武帝元鼎二年（前115年）才设立，掌上林苑，兼管皇帝财物及铸钱，权势不小，官位不高。王莽时代废去，不再设这个位置。侍中听起来不错，却不算擢升。如果在隋唐时期，侍中是门下省长官，理所当然的宰相。汉代的侍中只是水衡都尉的附加衔，大臣有了侍中头衔，可以入禁中（皇宫）受事，可见裴盖这两个头衔，做的是同一样事。

宋祁、欧阳修实际是根据裴氏后人的考究将裴盖写进《宰相世系表》中的。《新唐书》成书之前，唐代《裴利物墓志》说："至于汉文，仙祖侍中，志摩苍云，上帝誉命为清灵真人，昭茂勋也。"唐代《裴仆射（耀卿）济州遗爱碑》也说："（先祖裴茂）在汉氏为水衡。"

这是裴氏自春秋时期由后子鍼开氏后，第一个有名有姓有官职有时代可考的先祖。尽管凤毛麟角，除了名字和官职外，没有任何事迹，但毕竟将裴氏族人在中国历史上五百多年的空白，减缩为四百年，裴氏族人所做的考究太值了。

西汉中期，裴氏族人所以能在官场上崭露头角，有一点很重要——汉朝的官员选举制度发生变化，"世卿世禄制"逐渐废除，选拔途径增多。简单说来，包括察举、皇帝征召、公府与州郡辟除、大臣举荐、考试、任子、纳赀等多种方式，而且还可以交互使用。

这套制度中，值得称道的是"察举"与"征召"。"察举"是一种由下向上推选人才的选举制度。汉文帝即位第二年（前178年），下诏"举贤良方正能直言极谏者"。汉武帝时，"察举"发展为一种比较完备的选官制度。科目主要有"举孝廉"，即各郡国向朝廷推举孝顺廉洁的属吏或儒生，另一个是"选茂才"，所谓茂才即秀才，指文采出众的读书人，因避光武帝刘秀讳，称茂才。历史上著名人物中，张骞、曹操都靠"举孝廉"当上朝廷命官，杨震靠"选茂才"进入仕途。"征召"则是由上向下的选举制度，包括皇帝征聘和公府、州郡辟除两种方式，皇帝征召称"征"，官府征召称"辟"。皇帝"征召"的一般是隐居高士或不愿意出仕的名望之士。西汉著名文人司马相如就是被汉武帝"征召"进朝廷当官的。

"察举""征召"之外，还有"任子"，这种选举办法是沿袭春秋战国以来的任官制度，秦代叫"葆子"，顾名思义，就是任用子弟为官的一项制度。《汉官仪》载，汉朝廷规定："吏二千石以上，视事满三岁，得任同产若子一人为郎。"意思是，两千石以上官员，只要任满三年，即可任"同产若子"一人为郎官。所谓"同产若子"，就是共同父母所生的儿子即兄弟。执行过程中，要宽泛得多，官禄不足两千石、任期不满三年的，也可以任其子。数量也不一定限于一人。按"任子"令规定，两千石保任子弟为官"不以德选"，全靠血缘恩荫。这种制度，至少汉武帝时已施行，是为安抚笼络高级官僚专门设计的一种用人制度。

"纳赀"，即通过缴纳财物和金钱的办法取得官爵，说难听点，就是买官卖官。早在秦代，就有"入粟拜爵之制"，汉代更盛行"入物者补官"制度。这是一项从春秋战国直到清朝，延续了两千多年的腐朽制度，没想到被后人视为雄才大略的汉武帝也会用这种办法。也许这只是汉代选举制度中的权宜之策。汉武帝年间（前141—前87年），连年征战，耗光了"文景之治"的积累，国力渐弱，每当国库空虚或者灾荒之年，一些有钱人家的子弟，就能凭"纳赀"当上朝廷命官。

这么多种途径，裴盖是凭哪种当上朝廷命官的？史无记载，但多途径的选官制度无疑给裴盖提供了机会。

三

又是一百多年的沉寂，裴盖后人繁衍了九代。时间到了东汉光武帝建武年间（25—56年），距后子针为裴姓开氏已过去五百多年，史书上再次出现了裴氏族人的名字，他叫裴遵，是西汉侍中裴盖的九世孙，官至敦煌太守。

官修史书上很少为太守级别的官员立传。裴遵的事迹出现在《后汉书·西域传》中。

如果说，汉武帝年间的裴盖还是从裴中走出去的官员，籍贯在河东左邑闻喜县的话，裴遵则是个流落异乡的裴姓人。经过漫长的百余年时间和九代人繁衍，裴盖的后人不知从哪一代流徙到汉王朝的北部边陲。史书上的裴遵是云中郡（今山西大同至内蒙古包头一带）人。云中郡向为征战之地，毗邻南匈奴，从秦、西汉，到东汉初年，汉民族和匈奴人在这里你来我往，杀伐不休。裴遵是由哪种途径当上朝廷命官的，《后汉书·西域传》中并无提及。可知的是，在国家统一战争中，裴遵屡立战功，一步步走上太守位置。

西汉末年，王莽篡政，天下饥民遍野，衣牛马之衣，食犬彘之食，绿林军、赤眉军相继揭竿而起，乱局之中，群雄割据，王莽新朝覆灭后出现了"六帝三王""帝王满天下"奇观，以正统姿态坐上皇位的光武帝刘秀，不过是六帝之一。此外还有更始皇帝刘玄、赤眉军领袖樊崇拥立的汉宗室刘盆子、占据东方的皇帝刘永、在蜀中称帝的公孙述、在庐江郡自称皇帝的李宪、匈奴立的皇帝卢芳、燕王彭宠、齐王张步、海西王董宪、楚黎王秦丰。多年混战后，大大小小的"皇帝"相继被灭，最后剩下在蜀中称帝的公孙述、河西五郡（酒泉、武威、张掖、敦煌、金城）大将军窦融、西州（今甘肃东部，陕西南部）大将军隗嚣，这三大势力与刘秀势均力敌，有平分天下之势。其中公孙述占据益州（今四川、贵州、云南等地），资源丰富，地势险要，加上经营多年，势力最为强大。

刘秀登上皇位后，先劝降窦融，征讨隗嚣，从建武四年（28年）开始，分别派大将冯异、盖延、岑彭、吴汉，五次率军讨伐益州的公孙述，其间，建武八年（32年），曾御驾亲征。建武十二年（36年），大司马吴汉举兵攻破成都，割据益州自称"成家帝"十二年的公孙述灭亡。

裴遵参与了这一系列战事，屡立战功。战事结束后，裴遵办了一件大事，将家从寒冷悲凉的云中郡，先迁至离祖居地很近的安邑，很快又迁回闻喜。

在祖居地闻喜，他得到了升迁喜讯，依秦汉以来的"论功升进""军功授爵"惯例，朝廷授裴遵敦煌郡太守。

汉代的太守是一郡最高行政长官，治民、进贤、决讼、检奸外，还可以自行任免所属掾吏。东汉建武六年（30年），光武帝裁撤主管地方军事的都尉，并其职于太守，故太守又称郡将，拥有军事指挥权。敦煌太守除了这些职责外，更重要的是处理与西域诸国关系。

敦煌地处河西走廊最西端、东汉与西域诸国交往的最前沿，裴遵等于代表朝廷出面，处理与西域诸国关系问题，责任重大。

解决西域问题，首先要解决西域的头号强国莎车国。裴遵任敦煌太守时，西域诸国已归附东汉多年。建武十七年（41年），莎车国王贤期望汉朝赋予更大权力，派遣使者去洛阳纳贡，请求得到西域都护职位。都护乃驻守西域地区的最高军政长官，代表朝廷掌管西域各国外交和军事。贤想得到这个职位，是要名正言顺地统领西域各国。

事关重大。光武帝专门召见时任大司空的窦融征求意见。窦融认为：莎车王贤父子相约事汉，感情真挚，应该给予都护称号，以安抚情绪。光武帝采纳了窦融的意见，赐贤西域都护绶印、车旗黄金锦绣，由莎车国使者带回。

莎车国距汉京师洛阳近两万里，路途遥远，不等使者回到莎车，敦煌太守裴遵上书："夷狄不可假以大权，又令诸国失望。"

裴遵这样说，一是基于大汉民族长期形成的思维定式，"非我族类，其心必异"，二是莎车国长期欺凌西域诸小国。光武帝刘秀也有这种想法。收到裴遵奏表，又下诏收回都护印绶，改赐贤汉大将军印绶。莎车使者不肯更换，拒绝交还都护印绶。裴遵下令，强行从使者手里夺取。

没有了朝廷授予的都护印绶，莎车王贤开始怨恨汉朝，又不甘心，对外诈称自己被授予大都护，致信遍告各国。西域各国慑于莎车国势大不得不服从，尊贤为单于。贤日渐骄横，向各国征收赋税，多次进攻龟兹等国，诸小国既发愁又害怕，却对贤没有办法。

莎车王贤的做法验证了裴遵的看法。光武帝以前的做法等于养虎为患，即便边庭得到暂时安宁，最终会酿成大祸。况且，莎车王贤在没有真正得到汉廷授权的情况下，已经开始欺凌西域诸小国。

建武二十一年（45年）冬，车师前王、鄯善、焉耆等十八国遣子入侍，贡献珍宝。晋见光武帝后，流涕稽首，希望朝廷往西域派遣都护，护佑各国安宁。光武帝以中国初定，北匈奴未服，不肯同意，让侍子们先回去。

莎车王贤更加有恃无恐，自恃兵强马壮，想吞并西域，对各国进攻更加猛烈。各国得知汉廷不派都护，将留质洛阳侍子遣回，更为恐惧，不得不向敦煌太守裴遵致信求助，希望将侍子们留在敦煌，以此向莎车国表示朝廷不久就会向西域派遣都护，以期莎车国得到消息后有所收敛。

裴遵将各国的请求报告朝廷，光武帝答应了诸国请求。第二年，侍子们却耐不住敦煌的寂寞，纷纷逃归本国。莎车王知道朝廷向西域派都护不过是个假象，目的是震慑，暂时得不到实施，对西域各国的征伐更为激烈。如此一来，西域各国陷入长期苦难，不得不转而臣服北匈奴，致使汉廷通往西域的道路再度阻绝。直到四十年后，汉章帝元和三年（86年），长史班超第二次出使西域期间，联合西域诸国大败莎车国，莎车国对西域诸国的劫掠才被解除。

裴遵作为敦煌太守，身处西域前沿，对解决莎车国与诸国冲突最有发言权。莎车王贤向朝廷提出要求后，裴遵两次表达自己的意见，一次是建议剥夺莎车王贤本已被授予的都护职位，正确与否，都在尽自己的职责，无可厚非。另一次是将诸国请求朝廷向西域派遣都护愿望报告朝廷，更没什么不对。遭后人诟病的是，他强行夺回都护印绶，直接造成了西域长达四十年的混乱。

这种看法，与对唐代"安史之乱"爆发的看法有相似之处。灾祸发生了，不去惩罚制造灾祸的人，反而抱怨不同意给元凶好处、致使其凶性发作的人。如同一个流氓犯了罪，不去惩治流氓，而埋怨建议加强社会治安的人，没能满足流氓欲望才导致流氓犯罪一样，毫无道理。如果莎车王贤得到都护位置，更加肆无忌惮，以朝廷的名义劫掠诸国呢？事实证明，即使没有得到都护位置，莎车王贤"犹诈称大都护"，向诸国发动了攻击。裴遵作为地方官，只向朝廷提出建议，并无决策权，在光武帝"诏书收还都护印绶"的情况下，执行皇帝圣旨，强行从拒不交还印绶的莎车使者手里夺取绶印，维护朝廷权威，应该没错。

《后汉书·西域传》中，只在这次事件中讲到敦煌太守裴遵，并没有说他的年龄、任职时间和其他事迹。从他处理与莎车国的关系看，任敦煌太守时间，应该在建武十七年至二十一年（41—45年）。他所担任的太守职务，尽管只是个中级官吏，对于裴氏家族未来发展却有非同寻常的意义。

如果说，后子针奔晋获封同川之裴中，是为裴氏的宰相门第提供了土壤，那么，裴遵则是为裴氏的宰相门第埋下了种子。

正因为这样，裴氏族谱中将裴遵视为始祖。

四

裴遵之后，裴氏后人在官场的沉寂时间大大缩短，开始平步青云。

裴遵曾孙裴晔为并州刺史、度辽将军，汉顺帝永建初年（126年），定籍闻喜。裴晔生有二子，长子名羲，东汉桓帝（146—168年在位）时为尚书令，行侍中，封开国公。裴羲的儿子名桀，为汉金紫光禄大夫，官拜中书侍郎。裴晔次子名茂，字巨光，东汉灵帝时任侍中、尚书令，封阳吉平侯。

敦煌太守裴遵虽被视为裴氏始祖，但是，从裴遵到其曾孙、并州刺史裴晔之间，空了子孙辈两代人，裴氏仕途传承再度中断。汉代有官僚之家"世仕州郡"现象，裴遵又有"得任同产若子一人为郎"资格，那么，他的儿子袭父荫之后，当了什么官？孙子又当过什么官？《裴氏世牒》《裴氏世谱》均无记载。

一通珍贵石碑的出现填补了部分空白。该碑叫敦煌太守裴岑纪功碑，汉永和二年（137年）立，形体上锐下钝，形若孤笋，远望，石人般挺立在沙漠上，碑址因此得名石人子，位于新疆巴里坤哈萨克自治县石人子乡石人子台村湖畔。相传，此碑具有惊天镇海之力，可镇湖怪避风雪，被当地人称为"镇海碑"。清雍正七年（1729年），名将岳钟琪驻军巴里坤，发现该碑后视为珍宝，移置将军府，后迁巴里坤城外关帝庙筑亭加以保护。

碑体为汉白玉质地，晶莹洁白。碑文记述了汉敦煌太守裴岑的战功事略。书体为古隶，系由篆入隶笔意，古拙质朴，雄健老辣。康有为《广艺舟双楫》云："古茂雄深，得秦相笔意。"清代史学家汪中称此碑："汉碑之存于世者，此为天下第一。"碑文共六十字，全文为：

> 惟汉永和二年八月，敦煌太守云中裴岑将郡兵三千人，诛呼衍王等，斩馘部众，克敌全师，除西域之灾，蠲四郡之害。边境艾安，振威到此，立海祠以表万世。

读这六十字碑文，似乎看到寥远空旷的戈壁滩上，风沙袭人，将军身着甲胄，率领一队士卒长途奔袭，追赶溃逃敌兵。

查《后汉书》可知，这场战事发生在东汉顺帝永和二年（137年）八月。过去近百年时间，西域局势已与裴遵任敦煌太守时略有不同。建武

裴岑纪功碑拓片

裴岑纪功碑原石

二十四年（48年），侵扰汉民族长达数百年之久的匈奴人遭受天灾，内外交困，分裂为南北两部。南匈奴人内附，依托东汉为后盾，多次出击北匈奴，迫使北匈奴退居漠北。东汉安帝（107—125年在位）继位后，北匈奴人肆虐西域，铁骑奔驰，倏忽往来，寇掠西域诸国，再度成为东汉心腹大患。延光二年（123年），汉安帝任班超第三子班勇为西域长史，将兵五百出关，与龟兹合兵击败匈奴伊蠡王。永建元年（126年），大破北匈奴呼衍王，西域各国又来归附。汉顺帝阳嘉四年（135年），呼衍王又率兵前来攻略，势头凶猛。

永和二年（137年）八月，敦煌太守裴岑率领郡兵大举反攻，几番激战，诛杀呼衍王，匈奴兵全军覆没。这一仗打得干净利落，是东汉王朝多年来对匈奴作战少有的漂亮仗，消除了河西四郡祸患，大汉西部边陲得到安宁。

裴岑率军凯旋，受到当地百姓和官员迎接。两汉诸将讨伐匈奴沙场建功，霍去病封狼居胥、窦宪燕然勒石，被后人看作是对军功的最高追求，荣耀甚至超过朝廷旌表。范仲淹曾有名句："浊酒一杯家万里，燕然未勒归无计。"这块敦煌太守裴岑纪功碑，就是当地百姓为裴岑所立。另一种说法是裴岑凯旋后，当地没有勒碑石匠，裴岑拔出佩剑，站在这块不规则的石头前，一笔一画，亲自用汉隶刻成注定会留传后世的碑文。

真是这样的话,尽管史书上对这次战役无记载,史上没留下裴岑的生平事迹,但这位征讨匈奴的郡守已带着一身英雄豪气,立在后人面前。

按欧阳修《新唐书·宰相世系表》:裴遵自"云中"从光武帝平陇蜀,裴岑也来自"云中",两人同任敦煌太守,时间相隔不到百年,是否有血缘关系?裴遵任敦煌太守后,是否按"得任同产若子一人为郎"规定,由后人袭祖荫,也在西部边陲任职,后来与先祖一样当了敦煌太守?无确切史料证明。这些都无关紧要,有裴岑在,东汉中期裴氏又有一位族人出现在历史星空中,而且同样担任敦煌太守,这不知是巧合,还是因循了某种规律。如果两人真有血缘关系,那么,百年之内,有两人做"得任同产若子一人为郎"的两千石郡太守,直接为裴氏日后成为世家打下了基础。

第三节　裴茂:从地方走向朝堂

裴茂,生卒年不详,云中郡人,字巨光。汉灵帝时期入仕,献帝时官至尚书令。

春秋到战国、秦朝到汉朝,裴氏族人用数百年时间在宦海中沉潜,缓慢上升,到东汉年间,终于浮出水面初露头角。东汉晚期,敦煌太守裴遵的曾孙裴晔为家族门第再上一个台阶,官拜并州刺史、度辽将军。东汉基本沿用西汉的郡国并行制,郡国之上,有十三个州刺史部,州刺史只起监察作用,无行政职能。并州刺史监察的地方有太原、上党、西河等九郡,比起裴遵、裴岑,这位裴氏后人显然官高一级。度辽将军负责维护北部(包括东北、西北)边防、处理北方民族事务。两个职务都还是地方官,对于裴氏而言,百年间连续数代人"世禄世官",且节节攀升,虽还称不上豪门世家,但已经呈现兴旺发达气象。

一

衡量一个家族有没有成为世家，先要看其是否"世世有禄秩"。然而，王朝的更迭往往是一次社会格局的重新洗牌，俗语所说的"一朝天子一朝臣"，实际是说各个朝代的建立都会产生一批新贵。秦朝末年，陈胜、吴广的农民起义，项羽、刘邦的楚汉相争，不仅是帝王的"取而代之"，更是一次"天地变局"，多少世家传承因此"断裂"，又有多少功臣成为新贵。清人赵翼将这种变化称之为"布衣将相之局"，"……汉祖（刘邦）以匹夫起事，角群雄而定一尊。其君既起自布衣，其臣亦自多亡命无赖之徒，立功以取将相。天下变局，至是始定"。至西汉末，当年的"亡命无赖之徒"家族历二百多年后，已凭借权势成为世家，堂而皇之地以大姓自居。他们"因其富贵，交通王侯，力过吏势，以利相倾"。前后汉更迭，刘秀所以能登上龙位，豪强著姓起了很大作用，并没有形成像秦末那样的天地变局，豪强世家不但没有伤筋动骨，反而成了开国功臣，家世更加显赫。别说像裴遵、裴晔那样，隔两代人领郡守，即或是"世仕州郡"也不过是"世吏"而已，根本无法与当时的豪门世族相比。

真正的豪门世族是什么样的呢？起码家族成员要不断出现在权力顶端，东汉没有宰相，实行"三公九卿制"，所谓三公，即帝王之下位置最高的三个官职——大司徒、大司空、大司马。弘农杨氏（杨震家族）四世居三公、汝南袁氏（袁绍、袁术家族）四世出五公。这样的家族才是真正的豪门大族。

两汉四百多年的历史，让大家看清一个事实：仅有财富并不足以成为豪门世族，官场才是孕育豪门世族的摇篮，做官的层次越高、越久，可调动的政治资源越多，家族的势力声望就越大。反过来，家族势力声望越大，家族成员进入官场的机会就越多。东汉末年，世族门阀就是这样形成的。

裴氏家族中的一位后人就是在这种情况下，由地方走向中央权力机构，当上尚书令，他就是裴晔的儿子裴茂。

裴茂是裴氏族人中第一位通过选举制度进入仕途的官员。汉灵帝（168—189年在位）时举孝廉，由地方官吏，一步步上升，县令、郡守、侍御史、谒者仆射，最后官至尚书令、成为掌管机枢要事的朝廷大员。

尽管已接近权力顶端，官还是不够大，《后汉书》并没有为裴茂列传，我们只能从其他人的传记中，搜寻裴茂事迹，直接从他当侍御史说起。

二

东汉的侍御史官职不算高，权力却很大，受命于御史中丞，接受公卿奏事，举劾非法；有时受命办案。裴茂任侍御史时，差点被人诬陷。

也许东汉帝国气数将尽。汉献帝初平四年（193年），气候格外异常，六月，扶风大雨夹带冰雹，造成无数百姓受灾。随后华山崩裂，大雨昼夜不停，连下二十多天，淹没了许多人家。大雨过后，又是大风，天气阴冷有如冬日。皇帝被称为天子，受命于天，遇到这种异常天象，认为是上天警示，一般要大赦天下或发罪己诏。这一年，汉献帝两次大赦天下，一次在正月，另一次就在这次阴雨后。

《后汉书·董卓传》记载：因为要大赦天下，汉献帝刘协派侍御史裴茂重新审查旧案，释放情节较轻的人犯。关在狱中的有二百多人，其中部分人是被大司马李傕罗织罪名关押的。李傕担心裴茂将这些人放出来，恶人先告状，向皇帝奏表：裴茂擅自释放囚徒，其中必有奸情，请皇上收治之。献帝收到李傕奏章，当然清楚是怎么回事，下诏："灾异屡降，阴雨为害，使者衔命，宣布恩泽，原解轻微，庶合天心。欲释冤结，而复罪之乎？一切勿问。"

诏书的意思很明白，是说：灾祸连降，阴雨为害天下，裴茂奉皇命向囚徒们宣布皇上恩泽，释放犯罪情节轻微犯人，正合天意。难道你不愿解开冤结，想重新定他们的罪吗？这件事就不要再过问了！

献帝当时虽被挟持，但皇帝余威尚在。诏书既出，李傕虽有权势，也不好再说什么。

这个李傕是个什么人？事情要从中平六年（189年）汉灵帝去世，汉少帝刘辩即位时说起。当时外戚何进官拜大将军掌控朝廷，立志铲除宦官势力，遭到他的异母妹妹何太后反对，士大夫领袖袁绍提出建议，让西凉军董卓进京，逼迫何太后答应。何进头脑发昏，竟同意了。不料事情泄漏，宦官先下手为强，杀死何进。袁绍闻讯率军攻入皇宫，宦官张让挟持汉少帝逃走，追兵到，张让自杀身亡。这时，董卓率军自并州抵达洛阳，外戚和宦官势力同归于尽，董卓控制了中央政府。为树威望，董卓废汉少帝刘辩，立刘辩九岁的弟弟陈留王刘协为帝，是为汉献帝。第二年（190年），董卓杀汉少帝刘辩和其母何太后，给天下人提供了造反的理由。关东群雄推举袁绍为盟主，十八路兵马共讨董卓。眼见各路诸侯势大，董卓挟献帝迁都长安，行前纵火焚烧洛阳，将当时世界最繁华的都市变为一片焦土。初平三年（192年），司徒王允与董卓部将吕布合谋杀死董卓，下令大赦，董卓之乱结束。不久李傕、郭汜、樊稠等原董卓部将，采用贾诩之谋攻向长安。击败吕布，杀死王允等人，占领长安，把持朝廷。李傕升为车骑将军、开府、领司隶校尉、假节、池阳侯，后又升为大司马。

裴茂就是在这种情况下按汉献帝旨意，释放狱中人犯的。一面是已为傀儡的帝王，一面是权势正盛的新贵。裴茂此举，要冒着得罪李傕、会被杀头的风险。从这件事，可以看出裴茂正直、无畏的个性。这可能也是以后他被曹操欣赏的原因。

三

兴平二年（195年），李傕、郭汜发生内斗，汉献帝刘协和群臣乘机逃往洛阳，又被曹操挟持到许县（今河南许昌东）。献帝君臣逃离长安后，长安城空四十余日，关中万户萧瑟，老弱互杀煮食，两三年内很少看到行人。

这时的裴茂已由侍御史转任谒者仆射。这是个什么官职？简单说，是中书谒者台的次官，官秩为比千石（比照千石，实际低于千石），月俸八十斛，职级俸禄并不高，权势却很大。负责皇帝殿上威仪、引见臣下、传达使命等事务。

汉献帝被挟持到许都后，政事巨细、封赏征伐皆由丞相曹操独断。建安三年（198年）四月，裴茂受献帝诏，实际是按曹操意思，以谒者仆射身份率段煨等关中诸将讨伐李傕。距离裴茂第一次与李傕打交道，时间已过去五年。其间，李傕犯下一个大错误——放走汉献帝，让曹操得以"挟天子以令诸侯"。随着曹操势力日渐强大，李傕已没有掌控朝政时的威风，自知所犯悖逆大罪，为求自保，退守黄白城（今陕西三原县城东北）。裴茂率领的段煨曾与李傕同为董卓帐下部将，领命后，率军攻打黄白城。李傕伏诛，被夷三族，头颅传至许都，有诏高悬示众。

裴茂、段煨因讨李傕有功，均获爵位。段煨获封闅乡侯，裴茂获封阳吉平侯。东汉的爵位等级本来就很多，为了扩大侯爵封赏，又增加了县侯、乡侯、亭侯。裴茂所获的这个阳吉平侯，属最低一级的亭侯。对于裴氏来说，却有着非凡的意义，因为这是开氏立姓七百多年来，裴氏族人第一次获得象征贵族身份的爵位。

得到爵位后，裴茂利用这种身份做过一件事关裴氏兴盛的大事。

建安十八年（213年）五月，曹操掌控了东汉军政大权，不再满足于"挟天子以令诸侯"，要求得到实际名分。汉献帝刘协迫于无奈，派御史大夫郗虑持节，带皇帝诏书册封曹操为魏公，以冀州加上司州的河内郡（今河南省黄河以北地区）、河东郡（今山西省南部）以及青州的平原郡（今山东省德州）作为曹操封地，曹操仍任丞相、冀州牧。荀攸、贾诩、夏侯惇等文武大员一而再，再而三地劝进。谦让三次后，曹操忸怩作态，"勉为其难"接受魏公封号。第二年（214年）三月，为显示曹操高于一般诸侯的地位，献帝再次发出诏命，"改授金玺、赤绂、远游冠"。并派左中郎将杨宣、亭侯裴茂持节、印授之，将"金玺、赤绂、远游冠"交到曹操手中。

为曹操授"魏公"节印后，裴茂官升一级，任尚书令。这个尚书令是个什么样的官职？很容易和隋唐时期的尚书令混淆，有必要解释。

秦至两汉，管理皇室私财和生活事务的机构叫少府，为九卿之一，相当于现在的一个部委。尚书台为少府的一个机构，负责收纳地方进献皇室的贡物、管理皇家私财、服务皇家生活起居。尚书令是尚书台首长，随员称尚书。尚书之外，有尚冠、尚衣、尚食、尚沐、尚席，都服务于皇帝日常生活。与此相应，与尚书令并列的，还有大官令、太医令、乐府令、中书谒者令、主巷令等。两汉的尚书台在皇宫办公，汉武帝时以宦官担任尚书令，处理天下奏章，涉及国家政治中枢。汉成帝时改用士人，权力更大，成为直接对皇帝负责、传达执行一切政令的首脑人物，虽不像隋唐时期那样是宰相之一，至少相当于现在的国务院秘书长。尚书令地位之显赫，从朝堂所坐的位置就能看出来。东汉皇帝在殿上召见群臣时，皇帝端坐龙椅，居高临下，群臣席地而坐，所坐席子一张接一张，唯独尚书令、司隶校尉、御史中丞三官各自独坐一张席，与群臣分开以示优渥，时称"三独坐"。

裴茂所处的时代，正是门阀制度孕育形成的东汉末年，灾异之年，奉旨释放囚徒、诛杀李傕、为曹操持授节印，在那个混乱的年代，都是令人瞩目的大事件，由此为裴氏赢得了巨大影响力。他的三个儿子以后能成为裴氏支派之祖，与他在社会变迁之际的作为有着直接关系。

至于裴茂任尚书令后还有什么事迹，哪年辞世，史无记载。

从裴晔到裴茂父子相袭，从地方到中央节节攀升，裴氏在官场上虽还没有盘根错节成为世族，但已深深地扎下了根，一旦气候适宜，雨露滋润，就会枝繁叶茂。

第二章　跨入世族豪门

历史的脚步从雄风赳赳的两汉迈入萎靡颓唐的魏晋时，裴氏族人虽历经六百多年、数十代人努力，裴遵、裴岑、裴晔、裴茂等人步入仕途，且节节攀升，由地方进入中枢，但要成为一个令人敬仰的世家望族，仅有这些还远远不够。魏晋是个皇权松散、既萎靡颓唐又自由奔放的时代，非常适合世家大族崛起，裴氏家族多人进入仕途后，在恰当的时候，迎面撞上了这样一个好时机。

西汉末年，王莽以外戚"禅让"代汉，东汉末年，曹氏再演"禅让"大戏立魏，仅历五世四十六年，又被司马氏再以"禅让"取代。以后百余年间，东晋、宋、齐、梁、陈、北魏、东魏、西魏、北齐、北周，以至隋、唐，朝代走马灯般更迭，虽也历经血雨腥风，但大多数都客客气气、彬彬有礼地"依虞夏故事"，以"禅让"方式进行。

用这种貌似和平的方式取代旧君的，多是心怀叵测的权臣，王莽、曹丕、司马炎均如此。新朝建立，旧臣成为新贵，又会产生新的权臣，一旦把持朝政，便虎视眈眈，用尽手段随时准备再演"禅让"故事。屡屡发生这样的变故，一次次地消解臣民对皇权的敬畏，颠覆百姓的信仰，降低社会的道德水准。每个靠"禅让"坐上龙椅的帝王都深谙此道，尽量从心腹家族中录用人才，用完了儿子，还要用孙子、重孙，"先代功臣之胤，非其子孙，则其曾玄"（《晋书·刘颂传》）。这样，前朝官僚原封不动地进入新朝。为让这

裴氏五祖碑

些人出力，只能以优容甚至纵容换取效忠。旧权臣又成为新权贵，世世为官，"禅让"实际为世族的崛起铺平了道路。

这一时期，裴氏开始分派（眷）。裴茂的三个儿子裴潜、裴徽、裴辑所以被尊为"裴氏三祖"，与"禅让"故事也有间接关系。"裴氏三祖"的父亲裴茂在东汉末年任尚书令后，他的后人根本不需要像平民子弟那样，为进入仕途费尽心机，要靠"察举"从下等官吏做起，会自然而然在新朝担任重要职务。

伴随新王朝而来的，还有选举制度和官制的改变。东汉末年战争频仍，朝中腐败横行，官员选拔完全被世族大姓操纵，两汉以来实行的"察举制"流露出种种弊端，如东汉王符《潜夫论·交际》所言："虚谈则知以德义为贤，贡荐则必阀阅为前。"曹氏取代东汉后，一种新的官员选举办法——"九品中正制"应运而生。这是一种上承两汉"察举制"，下启隋唐"科举制"的选举制度，为中国封建社会三大选举制度之一，对中国社会发展曾起过重要作用。

官制的改变主要在尚书省。东汉末年，裴茂任尚书令时，尚书省还叫尚书台，是服务宫廷（少府）的所属部门之一，负责收发皇帝文件，颁布诏令。曹丕登上皇位后，尚书台改称尚书省，离开皇宫，正式成为朝廷中枢，类似于现在的国务院，下设多个"曹"，即后来的部，奠定了三省六部制雏形。原来的九卿虽没取消，却基本闲置。魏末晋初，裴氏家族的裴秀就是官制改革的重要参与者。这一时期，裴氏家族中的裴潜、裴秀曾"冠冕蝉联"，先后担任过尚书令，接着，裴徽之子裴楷又任侍中。这么多人短时间内一起攀上权力巅峰，表明经数百年努力，裴氏正冉冉升起，迈入望族大姓行列。

曹魏时期，选拔人才的官员叫中正，由在职朝廷命官担任。州设"大中正"，郡设"小中正"，由他们从"家世""行状""定品"三方面，将人才评定为九个品级，即上上、上中、上下、中上、中中、中下、下上、下中、下下，作为任免升迁官员的依据。这就是所谓的"九品中正制"。操作过程是：小中正报大中正，大中正报宰相，宰相报尚书省。可以看出，尚书省处于官员选拔的最后一个环节，也是最重要的一个环节，即用人环节。裴潜在曹魏当尚书令时，就有"进言庄正，量才任官"的好评，而裴楷则参与了"九品中正制"的完善，说明从有了新的选官制后，裴氏族人就捷足先登，占据了重要位置。

选官本来是魏晋官僚政治中士族门阀的特权，依裴氏刚进入魏晋时的实力，既非士族，也非门阀，但是，既然掌握了这个特权，就踏进了士族门阀的门槛，掌握了进入著姓望族大门的钥匙。至于以后"九品中正制"出现种种流弊，导致"上品无寒门，下品无世家"，则不是裴氏一个家族所能控制的。

士族，是士人（读书人）与宗族的综合体，又称门第、衣冠、世族、势族、世家、巨室、门阀，一个家族要成为士族，世禄世卿，代代显贵是前提，富可敌国的财富是保障，最重要的反而是看不见的文化。这一时期，最显著的文化标签是"清谈"，最令人注目的清谈的群体是"竹林七贤"。清谈亦称玄谈，源自两汉"察举制"对人物的品评。三国归晋，儒家受冷遇、新思潮激荡，真实、自由而漂亮地活着成为社会风尚，名士们特立独行，不拘礼节、率直任诞、清俊通脱，纵情山水，服药饮酒。鲁迅先生称此为"魏晋风度"。司马氏当权，不能容忍文人的孤傲高洁，稽康被杀，阮籍佯狂，"竹林七贤"作鸟兽散。血雨腥风中，士人的清谈内容不再涉及朝政，崇尚老庄，空谈玄理成为新时尚。一位士人有什么著述，世人不一定清楚，清谈时说过的某句话，却经常为人传诵。这种风气从曹魏、西晋至东晋流行于士林，当时的名士无不以清谈为雅事。裴氏族人也加入了清谈行列，南朝刘义庆的《世说新语》是一部表现魏晋南北朝士人风采的笔记小说，收入的裴氏族人就有七位之多。裴秀、裴徽、裴楷、裴颜、裴遐、裴启、裴邈，无一不是享誉当时的风流雅士。

当时社会中，士族门阀是最有影响力的社会阶层，即使沙场建功的将军，也仅被视为"兵家""将种"，根本无法与士族的社会声望比肩。跨越几代人的裴氏同为一时名士，同为高官显宦，说明裴氏已迈入士族门阀门槛。后人对士族有个评判标准：一个家族三代入仕，即为士族。从裴茂到裴潜再到裴秀，光尚书令这一重要职务，裴氏三代人就在不同的王朝都当过了。最能说明裴氏人物优秀的，是《晋书·裴秀传》所说的"八裴方八王"，即裴氏的八个优秀人物与当时的士族门阀之首琅琊王氏的八个人物媲美。"裴徽方王祥，裴楷方王夷甫，裴康方王绥，裴绰方王澄，裴瓒方王敦，裴遐方王导，裴颜方王戎，裴邈方王玄。"他们之间不光相互比较，关系也十分密切，结成姻亲，如：王戎之女嫁裴颜，王衍（字夷甫）之女嫁裴楷。

这么多优秀人物集中出现在同一时期的同一个大家族，又与其他大家族相互联姻，互相攀附，以结交对方为荣，说明裴氏不光迈进士族著姓的门槛，而且一迈入就直达鼎盛，一飞冲天，速度快得令人瞠目结舌。

第一节　裴潜：位至人臣之极

裴潜（？—244 年），字文行，河东闻喜人，东汉尚书令裴茂之子。

宋祁和欧阳修编撰《新唐书》时，面对绕不过去的裴氏家族好像格外用心，不但将其列在《宰相世系》首位，而且不厌其烦，追根溯源。按《宰相世系》中的说法，至曹魏时期，裴氏开始分派，"裴氏于百氏中独标其族曰眷，三分之为东、西、中"。三眷各有其祖，其中，西眷、中眷之祖均为裴徽，东眷之祖为裴辑。以后的南来吴裴、洗马川裴往上追溯，也是裴徽的后代。按这样的说法，三国时期裴氏的重要人物裴潜并非任何一眷之祖，他的后代并没有形成一个宗派，但裴氏后人始终将裴潜看作裴氏三祖之一，且列在首位。因为裴潜在曹魏时期的地位太重要，是裴氏第一个将官做到宰相级别的人，为裴氏赢得的荣誉无可替代，为中华民族融合做出的贡献无人能比。

一

东汉末年，天下大乱，作为当朝尚书令裴茂三个儿子中的长子，裴潜年少时，不喜读书，行事不检点，桀骜不驯，又因为庶出，母亲出身贫寒，有姓无氏，并不被父亲赏识。稍长，裴潜发愤读书，追求仕进，加之家学渊源和当时的品评人物风气，不久，这位裴氏少年公子已是当时的知名人物。

东汉末代皇帝献帝刘协被董卓扶上帝位后，各路诸侯厮杀不休，建安（196—220年）年间，曹操虽"挟天子以令诸侯"，征战多年，仍仅有中原地方，天下处于混战状态。袁绍、袁术、孙策、刘表、刘璋、韩遂、公孙度等人盘踞各地，大汉江山被众豪杰分割，本该风光体面的士人无所适从。相比中原地方，地处长江岸畔的荆州相对平静，作为荆州牧的刘表性情温厚平和，恩威并著，招诱有方，使得万里肃清、郡民悦服。又开经立学，爱民养士，从容自保。远交袁绍，近结张绣，内纳刘备，据地数千里，带甲十余万，称雄荆江。从关西、兖州、豫州来投靠荆州的士人有上千人之多，这些人中，不乏当时名流，他们"负书荷器，自远而至"，为的是找一块远离战火的清静之地。

裴潜也是冲着这一点投奔刘表的。来荆州时间不长，裴潜结交了不少朋友，其中有傅巽、王粲，甚至结识了同样来投奔刘表的皇叔刘备，只是因为地位、年龄都过于悬殊，刘备又是刘表的座上宾，替刘表驻守新野，两个人不可能有过深的交情。

傅巽（生卒年不详）容貌魁伟，博学多闻，曾任侍中、尚书，"瑰伟博达，有知人之鉴"，对当时人物评判很准。王粲（177—217年）出身名门望族，以诗赋名满天下。来荆州后，恰遇刘表发兵讨伐长沙太守张羡，王粲执笔写了篇《三辅论》，以示师出有名。时在建安三年（198年），王粲仅二十岁出头，已初露锋芒，从此文中，能看出他以后为什么能排在著名的"建安七子"之首。傅巽与王粲、裴潜等人常聚于学宫品评时事，对裴潜印象颇深，与人谈起当时杰出人物，说庞统是半英雄，裴潜将以"清行"显于世。庞统（179—214年）即《三国演义》中与"卧龙"诸葛孔明齐名的"凤雏"，当时不过二十多岁。傅巽的看法很准，以后，庞统虽被刘备聘为军师，但只能位列诸葛亮之后，在刘备与刘璋决裂之际，献上中下三条计策，却在落凤坡中流矢遇难，年仅三十六岁，果然是半英雄。裴潜呢？离开荆州后归附曹操，官至大司农、尚书令、光禄大夫，封清阳亭侯。果真以"清行"为世人所重。

裴潜不光被别人品评，也品评别人，包括他很欣赏的荆州牧刘表。在荆州客居的士人中，还有一位少年书生，也是裴潜的好朋友，叫司马芝，字子华，河内郡温县人。去荆州躲避战乱时，司马芝带着老母亲，来到群山环绕的鲁阳（在今河南省鲁山县）时遇到贼寇。同行的人惊慌失措，只顾保命，丢下老人和弱小逃走。司马芝神色平静，一个人守护在老母身前。贼寇以刀逼来。司马芝叩头道："母亲老了，杀我之后请放过老母。"贼寇说："这是个孝子啊！杀之不义。"司马芝因此幸免于难，用鹿车（独轮车）载母亲离开。这件事在荆州传为佳话，裴潜敬佩司马芝的忠孝节义，两人结为好友。裴潜、王粲、司马芝三个年轻人常在一起谈论时事、指点江山。

在荆州客居时间稍长，裴潜逐渐看清荆州牧刘表的弱点：看似仁义，实则生性多疑，胸无伟略，偏安一隅，只图自保，无四方之志。作为胸怀大志的年轻书生，跟着这样的人肯定不会有前程。他对两位朋友说："刘牧非霸王之才，乃欲西伯（周文王）自处，其败无日矣。"不久，当机立断离开势如危卵的荆州，投奔曹操。

建安十三年（208 年）七月，曹操举兵南征荆州，刘表一败涂地，八月，刘表在忧惧中抱病身亡。九月，刘表之子刘琮举一州之众投降曹操。裴潜的预言得到应验。

曹操平定荆州后，任命裴潜为参丞相军事。这是个级别很低的职务，相当于丞相府的参谋，并无实际职责，以后叫参军。不久，历任三县县令，随后，调回许昌，任仓曹属，即主管粮仓长官仓曹掾的副手，职位仍不太高，好处是身在都城，时不时可与丞相曹操见面。建安十八年（213 年）五月，曹操被汉献帝册封为"魏公"。册封大典那天，裴潜的父亲裴茂是曹操亲自选定的司仪，亲手将汉献帝封赏的节印颁授给曹操，可见两人交情不浅。这一时期，裴茂、裴潜父子同在曹操麾下为官，对尚书令裴茂的大公子，曹操怎能不另眼相看？

一次，曹操问裴潜："你以前与刘备俱在荆州，认为刘备才略如何？"

裴潜回答："若让他占据中原，只会弄乱形势而不能治理，若让他抓住时机，占据险要之地，足以成为一方豪杰。"

这种看法显然与曹操不谋而合，曹操含笑不语。

二

当时，中原征战，曹操无暇顾及北方边陲。建安二十年（215 年），并州代郡（治在今山西阳高县西北）乌丸部作乱，郡守不能控制局面。两汉以来，代郡从来都是北方重镇，两汉与匈奴人在这里呈拉锯之势，你来我往。官渡之战后，袁绍之子袁熙、袁尚投奔乌丸首领蹋顿，直到建安十二年（207 年），曹操才大破乌丸，消灭袁氏残余势力，统一北方。此时，曹操的主要对手在长江流域，代郡若乱，曹操将腹背受敌，急需找一位精悍吏员，迅速平息代郡叛乱。也许是那次谈话留下深刻印象，曹操想起了从没有带兵打过仗的书生、看管粮仓的仓曹属裴潜。

这次去代郡平息乌丸叛乱，裴潜将善于判断、料事如神的本领，发挥得淋漓尽致。

乌丸本是匈奴藩属，亦称乌桓、古丸、乌延。建安年间，乌丸王和其他两个部落首领自称单于，对朝廷命官置之不理，擅自处理代郡事务。裴潜领命赴任前，曹操想让裴潜率精兵讨伐镇压，以雷霆手段，武力平定代郡之乱。裴潜研究了代郡形势，提出自己的见解，向曹操分析：代郡地方殷实，人口众多，民风彪悍，崇尚武艺，能上马控弦打仗的青壮年有数万之众，单于也肯定清楚，稍一放纵，很容易发生内乱。如果采用镇压手段平息叛乱，派去的兵马多了，单于必将害怕，会拼死抵抗，少了，单于们又不放在眼里，这种情况下，只宜用计谋智取，不宜出兵胁迫。

　　曹操同意裴潜的看法。裴潜不带一兵一卒，以代郡太守身份，匹马单车赶赴代郡。单于看到朝廷新派来的郡太守，一脸书生样，英俊挺拔，却浑身是胆，不由得又惊又喜，令下属全体脱帽，叩首致敬。裴潜恩威并用，晓以大义。单于慑服，将以前劫掠的妇女、器械和财物，全部归还。控制大局后，裴潜升堂办案，诛杀与乌丸单于内外勾结、向单于通风报信的官吏郝温、郭端等十余人。

　　裴潜初为代郡太守处理的几件事，威震北部边陲，民心大安，前来归附的边民络绎不绝。

　　建安二十三年（218年），裴潜任代郡太守三年后，返回许都，升任丞相理曹掾。对裴潜在代郡的治理之功，已是魏王的曹操大加褒赏。裴潜头脑很清醒，知道代郡还存在许多隐患，向曹操禀告："我在代郡处理事务，对百姓虽宽松，对诸胡人却严峻。如今，继任者必将认为我处理问题过于严厉，有意放松，以安抚胡人。这些地处边陲荒蛮之地的胡人，骄横惯了，过于宽松必然肆无忌惮，不服朝廷法规，等出现这种局面再去重新治理，争讼之事必定又会产生。从大势推断，不久，代郡将会出现叛乱。"听完裴潜分析，曹操意识到过早调裴潜回朝是个错误，却已追悔莫及。

　　事实再次证明了裴潜的判断，刚过了十余天，代郡三单于反叛的消息传来，曹操只好任命鄢陵侯曹彰为骁骑将军领兵讨伐，大破乌桓军，鲜卑部落投降，北方再度暂时安定。

三

建安二十四年（219年），到了东汉帝国灭亡前的倒数第二个年头。虽说赤壁之战后，三国鼎立局面基本形成，三方英豪却都还没有南面称孤。这一年，发生的许多事情，成就了许多英雄，也毁灭了许多英雄。

这年秋天，长江沿岸天气阴晦，连下十余日霖雨。蜀汉大将关羽兵出荆州，水陆并进围攻襄阳、樊城。利用汉水大涨，关羽上演了一出"水淹七军"的好戏。降于禁，擒庞德，声震华夏，曹魏形势危急。曹操一面听从司马懿等人劝说，派人说服孙权从背后偷袭关羽，一面亲率大军南下。裴潜出任沛国（治在今安徽省淮北市）相后，转迁兖州（山东省济宁市兖州区）刺史，率军协同作战。战前，曹操在汝水北岸的摩陂巡视诸军，看到文人裴潜所率的兖州军军容整齐，气势雄壮，对裴潜的治军能力大加称颂，特加赏赐。

建安二十五年（220年）一月，曹操病故。十月，魏王曹丕迫汉献帝禅让称帝，是为魏文帝。国号大魏，年号黄初，定都洛阳。裴潜与原来的东汉臣民一起，成为曹魏臣民。

进入新朝，裴潜一次次显露着他的才能，官职不断升迁。

先任散骑常侍。这是个听起来很像武官的职位，实际由士人担任，职责是随侍皇帝左右，以备顾问。不久，又出任魏郡、颍川典农中郎将。这回是个武官，分置于屯田地区，掌管农业生产、民政和田租。

曹魏时期的魏郡（治所邺城，在今河北临漳县）、颍川（治所阳翟，在今河南省禹州市），是曹操做魏公、魏王时的封邑，也是个屯军之处，有大量新垦土地，管理这些土地的农官们仕进之路很窄，有人当了一辈子农官也得不到擢升。裴潜到任后，提出这两个地方应和其他郡国一样，按照九品中正制实行贡举，在屯田区自下而上，推举贤良方正、孝廉、秀才、明经。建议被朝廷采纳后，拓宽了农官们的仕进之路。

不久，裴潜又回到当年躲避战乱的地方——荆州，不过，这次回来可不是当年的逃难书生，而是刺史。时间过去十多年，坐在荆州官衙里，他一定会想起与王粲、司马芝坐而论道的情景。如今，王粲以诗赋誉满天下，成为

"建安七子"之首。孝子司马芝也功成名就，当上河南尹。在荆州期间，裴潜也有收获，被赐关内侯。这是继裴茂在东汉建安三年（198年）获阳吉平侯之后，裴氏族人在不同朝代获得的第二个贵族头衔。

曹魏的第二位皇帝魏明帝曹叡（226—239年在位）即位后，裴潜奉调回到朝廷，任尚书（内阁部长）。不久，又出任河南尹（京畿地区首长），很快又转为太尉军师，这是个很有意思的职务，太尉是全国最高军事首长，三公之一，太尉军师，即为太尉的参谋长，能任这种职务，再次显示出裴潜是既懂军事又懂行政、亦文亦武的才干。不几年，又改任大司农（负责国家财政税赋的长官），再加封清阳亭侯，食邑二百户。

四

曹魏政权的帝王换了一位又一位，裴潜始终以卓越才干受到重用。在老年来临之际，他走上了仕途顶峰，拜为尚书令。早在东汉建安年间，父亲裴茂就曾担任过尚书令，不过，此尚书令非彼尚书令。东汉建安年间的尚书令只是九卿之一少府下面一个部门的主管，侍奉皇帝草诏、下旨，虽然重要，但职级低微。裴潜的尚书令就不一样了，处一人之下，万人之上，是真正的宰相。裴潜在担任尚书令期间，明确各部门职责，简化报奏手续，将各种事务都落到实处。处理有关官府的积案一百五十多件。

正准备在尚书令位上展现才干时，家乡传来噩耗，父亲裴茂病故。裴茂实际是裴潜进入官场的领路人，并且一路扶持，裴潜才可能得到裴氏族人从没有过的高位。按当时官制，裴潜辞去官位，回乡为父亲守丧三年。期满后，拜光禄大夫。

正始五年（244年），裴潜去世。朝廷追赠太常，又加赠开国公，谥"贞侯"。儿子裴秀继承爵位。

裴潜一生为官清廉，为人节俭，去异地赴任，从不带妻子。妻子在家生活贫困，以织藜芘（藜草编的壁障）为生。父亲裴茂与裴潜生活在一起，为裴潜做出了榜样，出入从不乘车。弟弟裴徽也是当朝名士，出门远足同样经常步行。

裴潜故去前，为儿子裴秀留下遗言：俭葬。裴秀谨遵父命，将父亲葬回老家闻喜县，"墓中惟置一坐，瓦器数枚，其余一无所设"。

作为尚书令，还没来得及施展才华，就因父亲故去按制辞官，实在可惜。《魏略》从一位显宦的角度对裴潜的评价颇有道理："潜为人才博，有雅容，然但如此而已，终无所推进，故世归其洁而不宗其余。"《三国志》只从名士角度评价："……裴潜平恒贞干，皆一世之美士也。"魏晋时期是个名士风流的时代，能得到这样的评价，裴潜不虚此生矣。

第二节　裴秀：不仅是地图绘制理论之祖

裴秀（224—271年），字季彦，河东郡闻喜县人。

裴氏人物多以仕宦名世，裴秀官位不低，曾任尚书令，后人知道裴秀，更多的却是因为地图。中国地图学界最高奖就叫"裴秀奖"。世界上能与他齐名的，只有古希腊地图学家托密勒。这两个人是世界地图绘制学之父，也就是说，早在一千多年前的魏晋时期，裴氏族人就在地图绘制学科领先于世界。中国古代高官显贵如过江之鲫，能够以显宦身份在一个学科做出贡献，并名扬世界的，唯有裴秀。

然而，裴秀留在中国历史和裴氏牒谱上的，不仅仅是地图绘制理论之祖。

一

裴秀自幼聪明伶俐，按现在的话说，基因太好了。裴家传到裴秀这一代，已是官宦世家，曾祖裴晔任并州刺史、祖父裴茂为东汉尚书令、父亲裴潜为曹魏尚书令,都是当世人杰,一代代传承下来,给裴秀留下了良好基因。幼时的裴秀不光人长得像他的名字一样秀美可爱,而且聪明伶俐,简直是个神童。

裴秀家是个三世同堂的大家庭。魏文帝曹丕黄初五年（224年）,裴秀出生时,当过尚书令的祖父裴茂还在世,父亲裴潜再度回到荆州任刺史,叔父裴徽高才远度,善言玄理,名重当时,好交游,曾经当过冀州刺史,人称"裴冀州"。有这样一个地位高贵、学问气息极浓的大家庭感染熏陶,裴秀自幼好学,加上天赋过人,聪颖善悟,表现出不同于一般儿童的风采,八岁即能作文。叔父裴徽常在家里谈玄论理,客人都是社会名流,裴秀站在一旁聆听,偶尔还提出自己的看法。时间长了,大家都知道裴家除了"裴冀州",还有个神童。裴秀十来岁时,来家请教裴徽的客人出来后,还要再听听他的见识。裴秀因此结识了许多名流。

与父亲裴潜一样,裴秀也是庶出,生母出身卑微,是父亲的小妾。按照古制,正室宣氏才是嫡母。每有客人来,生母像丫鬟一样,被呼来唤去,为客人添茶倒水、端饭送菜。做这种活,生母习以为常,没生裴秀以前是这样,生了裴秀以后还是这样,宣氏没觉得有什么不合适,生母也没觉得有什么不好。随着裴秀渐渐长大,成为一个人见人爱的少年,宣氏总感觉哪里不对:客人们看见裴秀生母走来,会不自觉地站起身来,像对待主母一样,以礼相迎,极为恭敬。宣氏不明白其中缘由。裴秀生母说:我出身低微,本不应受到如此尊敬,客人这么做,应该是因为小儿。宣氏这才明白,眼前这女子日后必以子贵。从此,不再让裴秀生母做这种活。

妻妾成群在中国古代社会司空见惯,史家往往因此忽略"妾"在世家大族存在的意义。其实,世家所以成为世家,除了政治、经济和文化上的优势外,"妾"这一被史家忽略的群体,对世家大族的生物学传承至关重要。对于裴秀来说,难得有这么一位聪明灵秀的生母。

一个少年气质不凡、好学博学,又出身名门,无论如何都会让人刮目相看。那些名流们预料裴秀将来一定会有大出息,成为未来社会的领袖式人物,传言"后进领袖有裴秀"。

年龄稍长，有人推荐裴秀外出做官。裴氏老家闻喜县有个名士，复姓毌丘，名俭，曾在裴秀父亲裴潜之后做过荆州刺史，时任幽州刺史加度辽将军，是魏明帝曹叡最信任的大臣，也是裴家故交。见过裴秀几次后，按捺不住惜才爱才之心，向大将军曹爽大力推荐，说："裴秀少年聪颖不凡，性情文静，博学强记，下笔成文，孝顺友善之名著于乡梓，交口赞誉之声闻于遐迩。不只可比子奇、甘罗之类的人物，兼有颜回、冉求、子游、子夏的美德。这样的才俊，理应为圣明天子辅臣，登三公之位，参赞于大府，功德昭化天下。"

这位乡党长辈，为推荐裴秀可谓不吝赞美之词，而且语言中肯，措辞得当。曹爽身为大将军，权倾朝野，正当用人之际，很快任命裴秀为掾（官府办事员），袭父爵清阳亭侯。不久，迁黄门侍郎（给事于宫门之内的郎官）。曹魏时期，黄门侍郎位置重要，为皇帝近侍之臣，负责向朝臣传达诏命，只因皇宫大门为黄色，故有这么个名字。官品却不高，仅享俸六百石，比起郡守的两千石少得不是一点。这样的职务，让这个才二十岁出头的年轻人得到了一般人不可能得到的历练。

二

正始十年（249 年），裴秀二十六岁时，遇到了人生第一次挫折。

这一年，装病两年的托孤辅政大臣司马懿因为受到同为托孤大臣、大将军曹爽的排挤，趁曹爽陪少帝曹芳拜谒位于高平陵的魏明帝墓，发动政变，控制京城城门、占据曹爽营地、据守洛水浮桥，上表历数曹爽罪责，派人劝说曹爽投降。最终，曹爽被屠三族。经此事变，曹魏政权完全控制在司马家族手里，史称"高平陵事变"。事变过后，司马懿大力清理曹爽余党，受牵连的人达五千人之众，裴秀也在其中，被免去黄门侍郎官职。

司马懿早就觊觎曹氏皇位，心腹亲信之外，同样需要优秀人才。用人标准有两个，一是能人，二是名人。能人可出力办事，名人可扩大影响。裴秀虽受曹爽提拔，两人却没什么交情，算不上曹爽余党，又同时兼为能人与名人，加上裴家与司马家族关系密切，很快被重新启用，任廷尉正（大理寺属官）。

司马懿、司马师去世，司马昭专权时期，裴秀深得信任，先后出任安东司马、卫将军司马，这是两个武职，分别掌管将军府军事，相当于后世的参谋长。

裴秀在这两个位置任上时间不长，升迁为散骑常侍。

散骑常侍也是皇帝近侍，曹魏黄初年间（220—227年），裴秀父亲裴潜也当过这个官。职责是随侍皇帝左右，当皇帝的顾问。二十多年过去，天地轮回，如今，儿子也担任了这个职务。回到家里，老父亲一定会将心得悉数传授给儿子。

魏嘉平年间（249—253年），司马家族清除异己，任用亲信，夺取曹魏皇权企图已是"司马昭之心，路人皆知"。一批曹魏旧臣纷纷起兵反抗。其中最著名的是"淮南三叛"。这三叛分别是王凌之叛——嘉平三年（251年）四月，毌丘俭、文钦之叛——正元二年（255年）正月和诸葛诞之叛——甘露二年（257年）五月至甘露三年（258年）二月。前两次反叛，都很快被司马氏镇压。其中最令裴秀痛心的，是对他有知遇之恩的毌丘俭。十年前，文武双全、才识拔干的毌丘俭率军两伐高句丽，为曹魏拓地千里，效古人勒石记功，当时，这位闻喜前辈该多么雄姿勃发。如今只因心存魏室，落得个身首异处，岂不悲哉！

诸葛诞之叛在"淮南三叛"中规模最大、时间最长、地域最广、势头最猛、涉及人数最多。对裴秀来说，这却是一次机遇。

诸葛诞出身于赫赫有名的南阳诸葛家族，这个家族出过诸葛亮、诸葛瑾、诸葛玄等名流，诸葛诞仕途几经沉浮，曾任镇东将军、扬州都督，册封山阳亭侯。毌丘俭、文钦之叛发生后，诸葛诞曾出兵配合大将军司马师，进封高平侯，加号征东大将军、司空，"威名夙著"，蓄养数千死士自保。毌丘俭、文钦之叛被镇压后不久，司马师因眼珠震出，痛死于许昌，由弟弟司马昭接手掌权。甘露元年（256年），司马昭派人慰劳征东、征南、征西、征北四将军，目的是观察他们的志趣、动向。长史贾充至淮南见到诸葛诞，以禅让话题试探，遭到诸葛诞训斥。贾充回到京城后，建议司马昭将诸葛诞召回朝廷任职，夺其军权。诸葛诞接诏后，十分惶恐，甘露二年（257年）杀扬州刺史乐綝，据守寿春反抗司马昭，又派长史吴纲带儿子诸葛靓和牙门子弟到东吴当人质，请求援兵——此为诸葛诞之叛。

诸葛诞之叛并不出预料。消息传来，司马昭决定率部亲征。随军出征的，除了猛将精卒之外，还有个智囊团，成员包括尚书仆射陈泰、黄门侍郎钟会，裴秀也是其中一员。作战中，裴秀多次出谋划策，很得司马昭器重。平定诸葛诞之乱后，论功行赏，裴秀转任尚书，进封鲁阳乡侯，增邑千户。

甘露五年（260年），曹魏的第四位皇帝曹髦不甘心做傀儡，率宫中僮仆去攻打司马昭宅第途中，被太子舍人成济弑杀。司马昭与众臣商议，立常道乡公曹奂为皇帝，是为魏元帝，这也是曹魏政权的最后一个傀儡皇帝，改元景元。裴秀因为在这件事上出过主意，升迁为尚书仆射。由乡侯晋爵县侯，增加食邑七百户。加上此前的亭侯、乡侯食邑户数，裴秀已享食邑近两千户。

三

魏咸熙元年（264年），在中国历史上是个多事之年，这年三月，已在前一年降魏、被押解至洛阳的蜀帝刘禅受封为安乐公，乐不思蜀。孙吴政权的末代皇帝孙皓刚刚登基，开始了荒淫残暴的帝王生涯。同时，曹魏政权在司马家族胁迫下，也到了最后时刻。司马氏开始为自己即将到来的新王朝布局，决定对朝政进行全方位改革。内容包括礼仪、法律和官制。其中，司空荀颢主持制定礼仪改革内容，中护军贾充主持修订法律法规，尚书仆射裴秀主持制定新官制，太保郑冲总负责。

裴秀主持的这次官制改革，主要内容是恢复"五等之制"。当时，晋王司马昭已准备取代曹魏，官制改革的目的，实际是为即将诞生的新朝寻求法理支持。早在西汉末年，王莽言必称三代，事必据《周礼》，托古改制，就曾试图照搬西周时期的五等爵位。曹魏这次恢复"五等之制"，与王莽托古改制大同小异，涉及周代古礼，选裴秀来做这件事，司马昭是看中了裴秀的家学渊源。按当代史学大师陈寅恪先生的说法，"与他的'家教上下相奉'"。

事情按司马昭的意图，一步步进行。

这年五月，晋王司马昭向魏元帝上奏，请求恢复"五等爵"。魏元帝曹奂是个地道的傀儡皇帝，一年后，即被废为陈留王。司马昭的上奏，不过是走过场，没有不批准的。

接下来，裴秀用自己的才学，制定"五等之制"具体内容。所谓五等之制，即公（县公、乡公）、侯（县侯、乡侯、亭侯）、伯（亭伯）、子、男五等爵位，若再加上"王"，即为六等。爵位高低不同，享受的食邑封地也不同。裴秀制定的五等爵位内容很具体，等于为司马家族夺取曹魏江山提前制定了一份功臣封赏预案。

在裴秀的"五等爵"封赏方案中，"惟安平郡公孚邑万户，制度如魏诸王。其余县公邑千八百户，地方七十五里；大国侯邑千六百户，地方七十里；次国侯邑千四百户，地方六十五里；大国伯邑千二百户，地方六十里；次国伯邑千户，地方五十五里；大国子邑八百户，地方五十里；次国子邑六百户，地方四十五里；男邑四百户，地方四十里。"（见《晋书·地理志上》）

裴秀的"五等之制"当年即制定完毕。五等爵的授予对象都是即将到来的西晋开国功臣及后嗣，"自骑督已上六百余人皆封"。这次官制改革圆满结束，为司马昭起到了拉拢人心、利益交换的目的。裴秀自己获封济川侯，地方六十里，食邑一千四百户，以高苑县（在今山东邹平市苑城）济川墟为侯国。

四

曹魏王朝灭亡的前一年，影响中国命运三百多年的关键人物司马炎（236—290年）粉墨登场，一出现在历史舞台上，寻求帮助要找的第一个人就是裴秀。

眼看要取代曹魏江山，自己也是五十多岁的人，司马昭为立世子左右为难。兄长、景王司马师生前无子，因眼疾去世后，司马昭将自己的次子司马攸过继给兄长。司马攸个性平和，侍亲孝悌，待人友善，有多种才艺，名气大过哥哥司马炎。司马昭很喜欢这个儿子，常对人说："天下者，景王（司马师）之天下也，吾摄居相位，百年之后，大业宜归攸。"司马炎是司马昭的长子，本应是父亲王位继承人，听到父亲常这么说，担心被弟弟抢了先。他背着司马昭逐一拜见当朝重臣，第一个拜见的就是裴秀，故意以面相问题请教："一个人面相奇异，是不是预示他可当大任？"说完，将他的特异之处一一展示给裴秀。这位未来的皇帝，身上确实有奇特之处，发长委地，手垂过膝。当年，枭雄刘备也有这种特点，最后当上蜀汉皇帝。裴秀当然明白司马炎的意思，点头默认。

一天，司马昭就世子问题征求裴秀和山涛、贾充意见，山涛说："废长立幼，违礼不祥。"贾充说："中抚军（司马炎）有人君之德，不可易也。"裴秀的话最具说服力："中抚军神明威武，有超世之才，人望既茂，天表如此，固非人臣之相也。"话说得温婉含蓄，意思却很明白："中抚军司马炎既有帝王之才干，又有帝王之相貌，天生就是当君主的，不可位居人臣。"对于司马昭来说，司马炎、司马攸都是自己的亲儿子，长子司马炎有这么多重臣拥立，且生有天子相，这个世子就让他当吧。

咸熙元年（264年）十月丙午，司马炎如愿当上世子。第二年八月，司马昭病死，时年五十五岁。司马炎继晋王王位，为司马炎美言的几位重臣因拥立之功、开国之勋都加官晋爵。裴秀拜尚书令、右光禄大夫，与御史大夫王沈、卫将军贾充俱开府，加给事中。

历史好像在重复着四十多年前的故事。祖父裴茂当年为曹操当上"魏公"持授节印，孙子裴秀为司马炎当世子充当说客。在不同的两个王朝，祖孙二人都有拥立之功。魏晋南北朝是个王朝更迭频繁的时代，不能怪裴氏祖孙不事一朝，时代使然也。

相比晋升尚书令，与王沈、贾充一起开府对家族意义更加重大。所谓开府，即可以设立府署，自行招募任用下属官吏，培植家族势力。从弟裴楷就是在裴秀尚书令任内当上尚书郎（尚书台官员，在皇帝左右处理政务）的。

按"九品中正制"选举标准，以"家世""行状""定品"三方面衡量，裴楷是当然的"上上"人才。王沈出身名门望族，叔父王昶在正元年间曾任司空，虽然开府第二年王沈即病故，却因此使与琅琊王家齐名的太原王家更加显赫。贾充更不简单，长女贾褒（一名贾荃），嫁给与司马炎争夺皇位的齐王司马攸，三女儿贾南风嫁给司马炎的儿子、惠帝司马衷。这次开府过后，三个家族影响日隆，成为西晋初期最显贵的三个名门豪族。尤其是裴氏，迎来了自开氏以来的鼎盛期，名重当朝。

三人为司马氏的晋王朝开国立下了不世之功。当时社会上传言：贾裴王，乱纪纲。王裴贾，济天下。是说三家乱了曹魏纪纲，却达济晋朝天下。同时也说明，魏晋之际，三家已是影响朝纲的望族显姓了。

魏咸熙二年（265年）十二月，晋王司马炎"受禅"代魏称帝，是为晋武帝，改元泰始，定都洛阳，国号晋，史称西晋。

登上龙位的晋武帝司马炎立即论功行赏，大封同姓王和殿前重臣。他改变裴秀去年刚刚制定的"五等之制"内容，重定新制，受封的只有王、公、侯三等。裴秀加左光禄大夫，封钜鹿郡（在今河北省平乡县）公，邑三千户。

不可思议的是新制竟允许同姓王封国中可合法拥有军队，并规定了军队数量，大国兵五千人，次国兵三千人，小国也有一千五百人。更糟糕的是，几年后，司马炎又出昏着儿，废除州郡兵，各州郡只有武吏，而无兵可用。

这实际与周朝实行的分封制没什么不同，是一次官制的倒退与复辟。表面上，司马氏是按儒家礼制观念，遵循周礼。实际和绿林好汉差不多，是一种朴素的均富贵心理，大家有福同享，都当一回君王试试。大封同姓君王之后，也不能冷落像裴秀、王沈、贾充之类的士族权臣，晋初诸王封户约五十七万户，公侯伯子男五等爵食邑约五十万户，士族与皇族基本平分秋色。数百年前，周王室就因为这种制度，在不断的分封中被诸侯蚕食，最后灭亡；春秋时期称霸天下一百多年的晋国也是在封赏中被日渐坐大的韩、赵、魏取代的。

司马氏从一开始，就为自己埋下隐患，仅仅二十六年后，招致晋王朝灭亡的八王之乱（291—306年）就是因为司马氏亲王拥有军队造成的。若追根溯源，与废除裴秀制定的"五等之制"有很大关系。

皇权松散，非常适合产生豪门著姓。裴氏家族正是在这样的分封中迎来了兴盛。

五

刚进入新朝，裴秀因为直言劝谏晋武帝遭人诟病。

坐稳龙椅，忙完了急需处理的朝政，晋武帝司马炎想起了几个月前去世、草草下葬在崇阳陵的父亲司马昭。

司马炎登基时，曾下诏追尊祖父宣王司马懿为宣皇帝、伯父景王司马师为景皇帝、父亲文王司马昭为文皇帝。追尊过后，正当登基之初，对为自己创下江山社稷的父亲并没有隆重祭奠。还有一点让司马炎想起就如鲠在喉，特别难受。一年前，司马昭死的时候，"臣民皆从权制，三日除服"，孝服穿了三天就脱去。这是汉文帝留下的丧葬制度，汉代帝王中，汉文帝刘恒是个革故鼎新的皇帝，驾崩前留有遗诏：摒弃古礼，以日代年，服丧三日除服。以后，这一服丧制度成为传统，虽屡遭重礼者反对，还是坚持了几百年。

司马昭的丧事过去几个月了，司马炎总觉得对父亲有所亏欠，还应该做点什么。虽然，当时三日除服之后，司马炎举止行事依旧遵循丧礼规制，"素冠疏食"，戴素色帽子，吃粗粮，但在他看来，这些远远不够，还需要以帝王身份向天下人显示对父亲的孝心。

泰始二年（266 年）八月辛卯日，是司马昭逝世一周年祭日，司马炎打算去拜谒崇阳陵。仲秋的中原，烈日当头，天气尚热。群臣们奏言："秋暑未平，恐帝悲感摧伤。"司马炎初为帝王，时年三十一岁，正当盛年，被一群老臣跪在面前，劝说保重身体，自己都不好意思，说："朕得奉瞻山陵，体气自佳耳。"是说，只要能去拜谒父亲陵墓，我心情顺畅，身体自然会很好。接着，又下诏："汉文不使天下尽哀，亦帝王至谦之志，当见山陵，何心无服。其议以缞绖从行。群臣自依旧制。"是说，汉文帝当年不让天下人跟着悲伤，是帝王的谦虚。拜谒山陵，凭什么不能穿丧服。我和皇族商量过了，那天皇族都穿丧服，群臣还依旧制。

皇上把话说到这里，殿下众臣不好再说什么。只有尚书令裴秀站出来，面奏武帝，直截了当地反对："陛下既除而复服，义无所依，若君服而臣不服，亦未之敢安也。"

裴秀的话并不委婉，意思很明白，就是要制止司马炎再穿丧服祭拜，因为，这样一来，朝中所有臣僚都得随皇上穿上丧服。尽管皇上说了，大家别随他，可以穿平常衣服，可依君臣之礼，大家能那么做吗？

司马炎被裴秀说服，说："患情不能跂及耳，衣服何在！诸君勤勤之至，岂苟相违。"对父亲的孝道，只担心没有情感，穿什么衣服是次要的。你的话这么诚恳，我岂能违背。穿孝服这件事，就因为裴秀劝谏中止了。

这件事还没有完。司马炎还要做样子给群臣看，继续"素冠疏食"，为父亲守孝。群臣几次奏请易服用膳，司马炎几次下诏，语言悲恸，说明"素冠疏食"的理由，最终，"遂以疏素终三年"，即三年少食穿素。

到这里，事情仍然没有完。八百年后，司马家族后辈、史家司马光在《资治通鉴》中提起这件事，仍对晋武帝司马炎大加赞赏，反倒对中国历史上公认的明君汉文帝刘恒大加贬损，称其"师心不学，变古坏礼，绝父子之恩，亏君臣之义"。自己的帝王先祖晋武帝"独以天性矫而行之"，为"不世之贤君"。而直言劝谏的裴秀则为"固陋庸臣"。司马光固然是史学大家，对于自己家族先辈还是有所偏袒，就这件事而言，司马炎说得对，"患情不能跂及耳，衣服何在！"。裴秀的直谏更没错，不但不像司马光说的"固陋庸臣"，反倒在众臣面对新君的做法一味阿谀恭维时，敢于站出来直言。司马光不管赞不赞成他的观点，都不应该批评他的行为，至于"固陋庸臣"之说，更言过了。

六

其实，裴秀生前曾数次遭人诟病。

安远护军郝诩犯法，被司法部门查抄，给自己朋友的书信中说了一句话："与尚书令裴秀相知，望其为益。"什么意思？即：我与尚书令裴秀结识，就是想从他那里得到好处。从这句话中能够看出这是个口无遮拦的势利小人，裴秀怎么会与这种人交朋友？司法部门抓住郝诩这句话，向武帝上奏，要求免去裴秀官职。

武帝头脑还算清楚，下诏说："让别人不想从自己身上获利，连古人也办不到。想打通关节获利，是郝诩自己的想法，尚书令怎么能防得住呢？以后不要再提这件事了。"

由这件事情看，裴秀任尚书令后，作为佐命之臣已经触动了某些家族利益，为自己树立了政敌。

果然，不久，又有人向晋武帝告裴秀的状。

这次告状的人叫李憙，时任司隶校尉，相当于监督京师（中央）和周边地方的监察官。李憙也是司马炎的亲信近臣。魏元帝曹奂向司马炎禅让帝位，李憙以本职代理司徒，作为太尉郑冲的副手，奉持禅让策书。在西晋群臣中，李憙是有名的直臣，眼里容不得一点沙子。告裴秀的内容是：骑都尉刘尚讨好裴秀，为裴秀侵占官田，请求治裴秀的罪。

晋武帝再次以裴秀治理朝政，有功于国，不可以小疵掩大德，下令治刘尚的罪，不得殃及裴秀。这件事也到此为止。

晋武帝也意识到有人构陷裴秀，想起不久前裴秀的开国之勋，拥立之功，再加上无人比拟的才能学识，决定专门为裴秀下一首圣旨。诏曰：

> 夫三司之任，以翼宣皇极，弼成王事者也。故经国论道，赖之明喆，苟非其人，官不虚备。尚书令、左光禄大夫裴秀，雅量弘博，思心通远，先帝登庸，赞事前朝。朕受明命，光佐大业，勋德茂著，配踪元凯。宜正位居体，以康庶绩。其以秀为司空。

这实际是一道对裴秀的任命书。在这道圣旨中，先阐述三司的职责，再赞美尚书令、左光禄大夫裴秀的品德、才能，最后，任命裴秀为司空。

裴秀已官至中书令，一人之下，万人之上，还有什么官比尚书令大？这个司空又是个什么官职？简单说，司空是朝廷重臣的加官，位置比三公低，与六卿相当。

晋武帝秉性宽仁，对裴秀的祖护，更多的是出自对裴秀的尊重与欣赏。在晋武帝看来，裴秀博学多才，是晋朝难得的人才。数十年后，裴秀的后辈、史学大家裴松之曾引注晋人傅畅《晋诸公叙赞》，提到晋武帝年轻时对几位名士的评价。"帝常与中护军司马望、侍中王沈、散骑常侍裴秀、黄门侍郎钟会等讲宴于东堂，并属文论，特加礼异。谓（裴）秀为儒林丈人，（王）沈为文籍先生。"

因为有这段话，裴秀在"后进领袖"之外，又被世人称为"儒林丈人"。

从文中内容看，这是裴秀任散骑常侍时的事，发生在曹魏正始十年（249年），当时裴秀二十五六岁，司马炎才十三四岁，当朝秉政的是司马炎的祖父司马懿，伯父司马师还在，别说司马炎，就是父亲司马昭连世子也不是。司马炎是带着钦慕的口吻说这番话的。从那时起，二人就建立了超越君臣关系的友谊。况且，在晋朝的建立过程中，这位老朋友佐命翼世，勋业弘茂，尤其在司马炎与兄弟司马攸的龙位争夺中，立下了不世之功。如今，裴秀受到责难，为老朋友说几句话予以保护，再正常不过了。

七

魏晋之际，人物品藻之风甚盛，时人称此风为清流。裴秀显然不是清流人物，他不品评别人，别人也很少品评他。一生中，别人对他的评价，除了少年时的"后进领袖有裴秀"之外，剩下的只有四个字，即司马炎所说的"儒林丈人"。

话虽简单，评价却极高，是说裴秀通达博学、高洁率直，足以当得起士林领袖称号。

裴秀以学问、见识受司马氏赏识，从仕途一步步走来，登上高位。他在钩心斗角的官场中，处理政务，结交人物，好像并没有影响做学问，似乎不经意间，就做出了前无古人的业绩。

裴秀被封授的司空，本来是加官，周朝时，司空主管全国屯田、水利、交通。魏晋以来，已被尚书省六曹（部）中的工部取代，司空只是名誉职务，并不处理实际事务。裴秀的真正职务是尚书令，本该统领各曹，被委以司空称号后，他以渊博的学识，将注意力稍向司空名义上主管的事务倾斜了一下，便看到了问题，并亲自动手解决。这一下，让他涉足了一个全新的知识领域，成为世界地图之祖。

中国各个朝代都以疆域为立国之本，把疆域看得与权力一样重要。当时，西晋王朝还没有统一全国，对重新绘制地图相当重视，兴兵伐蜀、吴时，曾命有司制出蜀、吴地形图，以方便军队行进。

西晋之前，各朝屯田、交通，行军、打仗所依赖的地图，多托名大禹所制，出自《禹贡》。至西晋，《禹贡》已流传千年，因年代久远，山川地名早已发生变化。皇家典藏中，还有汉代萧何收集的一些杂图，同样存在不准确问题。裴秀要做的是带领手下专业人员，"上考《禹贡》山海川流，原隰陂泽，古之九州及今之十六州，郡国县邑，疆界乡陬，及古国盟会旧名，水陆径路……"，制作出精准的地图。

裴秀开府纳士，门客中就有这方面的专业人才，此人叫京相璠，熟悉历史地图，撰有地图方面的专著《春秋土地名》，是当时不可多得的专业人才。裴秀慧眼识人，将其纳入门下，并结为好友，使绘制地图有可用之人。

裴秀这次主持绘制的地图共十八幅，定名《禹贡地域图》。

《禹贡地域图》绘制出了西晋王朝的山川地貌、江河湖海，为西晋王朝的行政管理、军事部署提供了方便。如今，这十八幅地图已看不到，好在《晋书·裴秀传》中，保存了裴秀的《禹贡地域图序》。其文曰：

> 图书之设，由来尚矣。自古立象垂制，而赖其用。三代置其官，国史掌厥职。暨汉屠咸阳，丞相萧何尽收秦之图籍。今秘书既无古之地图，又无萧何所得，惟有汉氏《舆地》及《括地》诸杂图。各不设分率，又不考正准望，亦不备载名山大川。虽有粗形，皆不精审，不可依据。或荒外迂诞之言，不合事实，于义无取。

大晋龙兴，混一六合，以清宇宙，始于庸蜀，采入其俎。文皇帝乃命有司，撰访吴蜀地图。蜀土既定，六军所经，地域远近，山川险易，征路迂直，校验图记，罔或有差。今上考《禹贡》山海川流，原隰陂泽，古之九州，及今之十六州，郡国县邑，疆界乡陬，及古国盟会旧名，水陆径路，为地图十八篇。

　　制图之体有六焉。一曰分率，所以辨广轮之度也。二曰准望，所以正彼此之体也。三曰道里，所以定所由之数也。四曰高下，五曰方邪，六曰迂直，此三者各因地而制宜，所以校夷险之异也。有图象而无分率，则无以审远近之差；有分率而无准望，虽得之于一隅，必失之于他方；有准望而无道里，则施于山海绝隔之地，不能以相通；有道里而无高下、方邪、迂直之校，则径路之数必与远近之实相违，失准望之正矣，故以此六者参而考之。然远近之实定于分率，彼此之实定于道里，度数之实定于高下、方邪、迂直之算。故虽有峻山钜海之隔，绝域殊方之迥，登降诡曲之因，皆可得举而定者。准望之法既正，则曲直远近无所隐其形也。

　　文中先回顾了地图的作用和发展史，说明夏、商、周三代已专置官员绘制地图。刘邦屠咸阳，丞相萧何将秦朝保存的地图全部接收过来。如今秘书省内，既无古地图，又无萧何接收的地图。只有汉代的《舆地》《括地》等杂图。这些地图都不设比例尺标示，也没有方向确定，甚至连名山大川的名称也不完善。虽有粗略地形，却很不精确，根本不足为据。除此之外，还有些地图迂腐荒诞，不合事实，无可取之处。

　　晋朝建立，统一天下的战争从征伐蜀国开始。文皇帝（司马昭）命令有司绘制蜀地地图。蜀土平定后，将六军经过的地方，地域远近，山川险易，路途曲直，全部校验后用地图做出标记，基本没有差错。如今，考究了《禹贡》所列的山海川流，原隰陂泽，古代九州，以及现在的十六州、郡国县邑，疆域界线、行政区划变化，结合古代城乡村落和水陆交通之变迁，绘制成十八幅地图。

接着，裴秀在序文中谈到奠定他"地图之祖"历史地位的绘图"六体"理论。

"六体"，即绘制地图的六条原则。一曰"分率"，即比例尺；二曰"准望"，即方位；三曰"道里"，即道路的实际路线及距离；四曰"高下"，即地势的高低起伏；五曰"方邪"，方指道路如矩之钩，邪指道路如弓之弦；六曰"迂直"，指道路之曲直。

有此"六体"作准则，虽有高山大海之隔，绝境险峰之异，登临高下之艰，都能确定方位距离，画出地图。绘图准则和观测方法定了，地方的曲直远近就无所隐藏了。

制图"六体"，奠定了中国古代制图学的理论基础，使古老的地图学有了理论准绳。这个理论沿用了一千多年，直到明朝末年。

裴氏作为一个延续数百年的官僚家族，在其鼎盛时期，政治、经济、文化之外，又用另一种形式，对中国社会发展做出了贡献。

八

泰始七年（271年），裴秀偶感风寒，服用寒食散时误饮冷酒，中毒身亡，时年四十八岁。

魏晋之际，名士服用寒食散是一种风气，与品藻、清谈、饮酒和穿着打扮共同构成了魏晋名士风度的文化标签。名士们"口谈浮虚，不遵礼法，尸禄耽宠，仕不事事"。像裴秀这样奉职勤勉而又才能突出的重臣，可能被视为异类，可惜，正当权位炙手可热的盛年，却同样以那个时代最时髦的方式——服药，辞别了他所拥立的晋王朝，对于一位魏晋名士来说，这可能是他最后的标签。

作为一代名士，做了四年尚书令后，裴秀走了，带着一身名士风范，褒衣博带，长发飘飘，带着对晋王朝的牵挂，离开了那个混乱痛苦，却又智慧自由、充满激情的时代。

丧葬过后，家人清理裴秀遗物，发现一些未及上奏的奏章。其中有对官制改革的思考与办法。他认为，尚书省六曹所统之事，没有明确的界限和办事准则，应该将原来九卿职责合并过来，避免重复，形成高效的政府机构。

这是对中国古代官制改革的重大贡献。自魏咸熙元年（264年），奉晋王司马昭之命修改官制后，虽改朝换代，裴秀一直将官制改革放在心里，七年之后，直到故去前，仍不能放下。裴秀的官制改革建议，对隋唐时期三省六部制的形成，起了不容忽视的作用。可能是裴秀的光芒太璀璨，后人只记住了他对地图学所做的贡献，更多强调他"地图绘制理论之父"的荣耀，恰恰忘记了他还是个身处魏晋之际的名士，一个有所建树的政治家。《晋书·裴秀传》中说："秀创制朝仪，广陈刑政，朝廷多遵用之，以为故事。在位四载，为当世名公。"这是对他作为政治家成就的肯定，官制改革则是他对中国官僚政治的重大贡献。

裴秀故去前，晋王朝还没有一统天下，江左孙吴政权虽苟延残喘，依然残酷暴虐。裴秀为此也拟了奏章，其词曰："孙皓酷虐，不及圣明御世兼弱攻昧，使遗子孙，将遂不能臣；时有否泰，非万安之势也。臣昔虽已屡言，未有成旨。今既疾笃不起，谨重尸启。愿陛下时共施用。"

从文中措辞可见，这是裴秀生命垂危时写的奏章。他一生风流洒脱，最具名士风范，对他拥立的王朝，却总那么恋恋不舍，放心不下。

裴秀走了，作为二十多年的故交，晋武帝悲痛之余，下诏："司空经德履哲，体蹈儒雅，佐命翼世，勋业弘茂。方将宣献敷制，为世宗范，不幸薨殂，朕甚痛之。"随后按例"其赐秘器、朝服一具，衣一袭，钱三十万，布百匹。谥曰元"。

这是一个帝王对臣子的评价，不能说不高，却是溢美陈词，呜呼，裴氏一代英杰就这样走完了人生旅程，罢了。

裴秀之后，裴氏后人似乎对他的制图"六体"格外有心得，继承了地图绘制技能，在这一冷门学问上，取得的成就引人注目。如，南朝裴子野有《方国使图》一卷；唐代裴矩有《西域图记》三卷；清代裴季伦有《直隶全省舆图》一卷。如今，更有无数地图测绘工作者，被"裴秀奖"鞭策，成为新时代的裴秀。

第三节　裴楷：士林风雅有玉人

裴楷（237—291年），字叔则，河东闻喜人，裴秀叔父裴徽之子。

魏晋人物率直任诞、清俊通脱，最具代表性的群体是"竹林七贤"。若论体态优雅、谈吐得体，最有气质者，则非"玉人"裴楷莫属。裴楷的优雅得体是家族遗传熏陶的结果。如果说，裴楷之前，裴氏还只是个官宦之家，那么，到了裴楷这一辈，就是个士族门阀之家了，若在欧洲，则是地地道道的贵族。裴楷身上流露的是纯粹的贵族气质。

裴氏走过的路，其实与欧洲贵族大体相同，以军功建立荣誉，以学识走向仕途，以文化酝酿气质。裴楷身上那种令人钦羡的气质，就是这样一步步积累起来的，其间经历了数代人。

从裴楷的仕途经历，还可以看出魏晋时代士族门阀是怎样盘根错节、枝叶交集的。他们之间姻亲关系之复杂，让人眼花缭乱；利益交往之诡异，让人摸不着头脑。裴楷的几次擢升得益于此，几次灾祸也拜此所赐。

读完裴楷，便知什么叫门阀，什么叫贵族，什么叫利益集团，什么叫魏晋风度，也会明白，魏晋时期，裴氏家族为什么会出现那么多高官显贵。

一

裴楷出生时，当过中书令的爷爷裴茂还在人世，伯父裴潜任当朝中书令。父亲裴徽是当世名士，做过冀州刺史，人称"裴冀州"，又当过吏部郎，专门负责任用官吏，而且名气大，"有高才逸度，善言玄妙"。当时开玄学清谈之风的几个人，有的是他的朋友，有的是他提拔奖掖的后进。流传于世的"八裴方八王"，第一个就是"裴徽方王祥"，王祥是谁？即二十四孝图中，那个为母亲"卧冰求鲤"的大孝子，曹魏时期，官至司空、太尉。与这样一个人物放在一起做比较，裴徽声名卓著。以后裴氏分为五支，其中的四支，即西眷裴、洗马川裴、南来吴裴、中眷裴均是他的后人。

裴徽有子四人，分别是裴黎、裴康、裴楷、裴绰。小时候的裴楷皮肤细腻，唇红齿白，又聪明伶俐，非常讨人喜欢。在京城洛阳那片高官住宅区里，裴楷常和王戎一起玩。王戎家世同样显赫，出身于"八裴方八王"中的那个琅琊王氏，父亲王浑曾任西凉刺史。王戎有双炯炯有神、貌似闪电的眼睛。因为比裴楷大三岁，王戎的故事早在社会上传开。有一回，王戎与同伴在路边玩耍，见道旁有结满果实的李树，同伴争相去摘，只有王戎不动声色，别人问他为何如此，答曰："树在道旁而多果实，果实必定是苦的。"验证之后，果然如此。

刘义庆编撰的《世说新语》中记录，裴楷与王戎家世相当，年龄相当，又住在一起，都像明珠般到哪儿都受人捧，而且，随便进出一家，都是显贵名宦。一天，两个男孩玩着玩着，就玩到了钟会家。钟会家是随便什么人都能进的吗？这家老爷子、大书法家钟繇，任当朝太傅，那可是皇太子的老师！两个男孩所以敢到这里玩，是因为钟繇是王戎的外公，钟会是王戎的舅舅。钟家经常有钟繇的学生，看见粉雕玉琢般的两个小男孩，无所顾忌地在太傅家玩，问钟会："你看这两个小孩怎么样？"钟会回答："裴楷清通，王戎简要。"

魏正始年间（240—249年），司马氏经"高平陵事变"控制了曹魏政权，大规模清洗异己，死亡的恐惧笼罩着名士阶层，嵇康、阮籍、山涛、向秀、刘伶、王戎及阮咸七人，聚竹林之下，褒衣博带，宽袍大袖，喝酒纵歌，空谈玄理，酒酣耳热之际，或袒胸露背，或弃帻散发，不拘礼数，行为放荡，世谓"竹林七贤"。七贤之中，王戎年龄最小，即便是正始末年（249年）加入，也不过十五岁，比忘年交阮籍小二十四岁。裴楷虽不是"竹林七贤"中的人物，但有好友王戎和父亲裴徽影响，也加入了清谈玄学之列，对当时人物进行过品评，比如，他品评儿时好友王戎："戎眼烂烂，如岩下电。"不过，他从不放浪形骸，在世人心里，始终是个美男子。

年方弱冠（二十岁），裴楷面若冠玉，若玉树临风，即使脱掉帽子，穿粗布衣服，头发蓬乱也风神高迈，容仪俊爽，因此被誉为"玉人"。时人传说，"见裴叔则如玉山上行，光映照人"。当朝的美男子唯有夏侯玄可与裴楷比肩，两个人都是璀璨夺目的俊美，夏侯玄同样少有名望，仪态超群，时人称为"朗朗如日月之入怀"。中国历史上，男子以俊美著名的，前有战国时期楚国大夫宋玉，后有南北朝时期北周名将独孤信。世上美男子多矣，出名者寥寥，从这四位美男子能看出来，出名的美男子有个共同特点——俊美且才华横溢。

裴楷人长得好，学问也好，生在一个官僚兼学者家族里，有优越的教育环境，年纪轻轻已满腹经纶，以善谈《老子》《易经》著称。大他三岁的王戎也是满腹经纶，在以品藻人物为风气的时代，人们还是忘不了当年的一对金童，又将两个人拿来比较，结果，两人又像幼时一样被推崇备至。

可能就是这些年，王戎的父亲、当朝司徒王浑看上了裴楷，将女儿嫁给了他。这次结亲可不仅仅是将王戎由儿时玩伴变为大舅哥那么简单。王家是当朝有名的大族，声望势力与裴家不相上下，兴盛历史比裴家更长。王浑妻子是钟家女儿，父亲即太傅、大书法家钟繇，其弟即以后成为大将军的钟会，能被这样一位丈母娘看上可不容易。《世说新语》中讲过这位钟氏夫人的一个故事，说是王戎的哥哥王济为妹妹物色了个对象，是个军人的儿子，相貌才能出众。回去向母亲汇报，钟氏夫人说："出身兵家可以不论，但我得亲眼见见这个人。"王济将那位青年与众多的平民青年混在一起，请母亲从帷幕后观察。钟氏夫人一眼就认出了那青年，对王济说："这年轻人的确出类拔萃，但观其形状骨骼，一定不会长寿，你妹妹不能与他结为婚姻。"果真，没几年，那青年就死了。

裴楷娶王浑女儿，一定得先过钟氏夫人这一关。

裴楷的婚姻至少将当时的三大家族——裴家、王家、钟家连在了一起，这样一来，三个大家族的姻亲关系真就盘根错节了。

有卓著声望，加上令人羡慕的家庭背景和社会关系，裴楷还没弱冠就步入仕途，而且起点很高。曹魏高贵乡公正元二年（255年），由大将军钟会向时任辅政大将军司马昭推荐，裴楷任相国掾（宰相属员）。不久，又擢升到堂兄裴秀任尚书仆射的尚书省，跨越尚书省的低等级职务，直接任尚书郎，负责为尚书省起草文件。

优越的家世，让裴楷从步入仕途，就领先了别人不止一个身位。

<h1 style="text-align:center">二</h1>

魏咸熙元年（264 年），司马氏已有心再演禅让故事，开始提前为新王朝布局，决定对朝政进行全方位改革。从司马懿发动高平陵政变（249 年），到长子司马师，再到次子司马昭，司马家族掌控曹魏朝政已十多年，深知曹魏朝政利弊。这次改革包括礼仪、法律和官制三方面内容。其中，司空荀顗主持制定礼仪改革内容，中护军（高级军事长官）贾充主持修订法律法规，裴楷的堂兄、尚书仆射裴秀主持制定新官制，太保郑冲总负责。

裴楷的才华受到贾充赏识，调任为定科郎，帮助修改律令。这个职务级别不算很高，六品，为尚书省定科曹长官，掌制定律令。当时的尚书省共分六曹，不过二十八岁的裴楷已为一曹之长。

这项事务进行的时间很短，裴楷以渊博学识和敏捷才思，完成了《晋律》两卷（佚）。不久，又调任为御前执读，即宣读诏书，同时参与评论奏章批复是否妥当。裴楷仪表堂堂，站在御前，本身就是一道引人注目的风景。加上口齿伶俐，谈吐得当，每次宣读都充满感染力，引人注目，听者忘倦。这一年，司马炎接任中抚军（总司令），为与兄弟司马攸争夺世子位置，找裴楷堂兄、当朝尚书仆射裴秀做说客，在父亲司马昭面前为自己美言。对于裴秀的堂弟、

待中楷公像

楷公像赞

巍巍其功　朗朗其情

人之挚之　玉山上行

裔孙有烜题

裴楷画像

同样在朝为官的裴楷当然要照顾。司马炎也是欣赏裴楷的才学，反正当上世子后，需要一大批亲信僚属，就做个顺水人情，调任裴楷为参军事（总司令参谋）。

这一年，是即将改朝换代之年，也是多事之年，对于裴楷来说，却是幸运之年，短时间内，职务飞一般蹿升。《晋书·裴楷传》中记载，裴楷才当了几个月中抚军参军事，一次更好的机遇出现了，当时吏部郎（吏部副长官）缺任，司马昭向钟会征求人选。这时钟会的脑子里出现了二十多年前的两个金童般的小男孩，脱口而出："裴楷清通，王戎简要，皆其选也。"因为钟会推荐，裴楷升任吏部郎，专门负责人事任免与调动。这时，裴楷二十八岁。

可能太想成就一段佳话，房玄龄主持编撰的《晋书》也会犯常识性错误。咸熙元年（264 年），钟会还在蜀地，前一年（景元五年，263 年）率军与邓艾灭蜀汉后，一直留在成都，这一年，正准备举兵反叛，如刘备般割据，当个一方帝王。而且，这年三月即与前蜀汉大将姜维一起为部将所害，死于乱军，怎么可能向司马昭推荐裴楷、王戎？刘义庆的《世说新语》虽是笔记小说，至少写得合理些，将钟会的这些话放在裴楷、王戎小时候。《晋书》成书在《世说新语》之后，可能借用了后者的说法，却将时间改变了。

不过，不管是不是钟会推荐，裴楷都当了吏部郎，用自己的才学为晋朝的官制改革做出了贡献，为裴氏一族增加了荣耀。

三

不到三十岁，即历任数职，且个个都是要职，个个都做得很出色，裴楷气度更加不凡，本来就英俊高贵，有这些经历后，又增加了男人的自信、高傲与从容，给人一种神清气爽、赏心悦目的感觉，这可能就是贵族气质。"风神高迈，容仪俊爽"，他的"玉人"称号就是这一时期得来的。当时人称"见裴叔则如近玉山，映照人也"。能够有这种气质，与他"博涉群书，特精理义"有很大关系。博学让他在男人的俊美之外，增加了一丝书卷气。

不久，裴楷又进入中书省任中书郎。中书省与以前的尚书省职责不同，尚书省是实施政令的机构，而中书省是掌管机要、发布政令的机构。对裴楷本人来说，所任中书郎虽与以前的尚书郎官职级别一样，但更靠近中枢，中书省办公地点就在宫内，有更多机会与皇帝接触。

晋武帝司马炎废魏元帝自立后，眼见曹魏代汉（220—266年）不过四十六年，就被自己取代，其兴也勃焉，其亡也忽焉，不能不思考司马氏的江山能坐多久。初登帝位，武帝用占卜方法预测晋朝运祚。不料，一个骰子投下去，只得了个“一”，武帝顿时面色阴沉，极度不悦。群臣见状，个个失去颜色，吓得大气不敢出。只有裴楷面色从容，不卑不亢走上前去，进言道：“臣闻天得一以清，地得一以宁，王侯得一以为天下正。”几句话，说得晋武帝龙颜大悦。群臣顿时回过神来，纷纷祝贺皇上得了个“一”字，山呼万岁。

这件事将裴楷的机智善辩表现得淋漓尽致，晋武帝更加赏识。

因为这件事，裴楷官职的蹿升快得让人眼花缭乱，高得令人踮脚仰视。

先是散骑常侍（皇帝随从兼顾问），接着外放任河内（治今河南沁阳）太守，不久又回京任屯骑校尉（属领军将军，八校尉之一），没几天，又晋升为右军将军（护卫皇宫的主要禁军将领之一），这是以后被称为书圣的王羲之一辈子当的最大官，在裴楷那里仅是个短期过渡。泰始七年（271年），转任侍中。

从皇宫到外放增加履历，再回到皇宫武帝身边，一圈转下来，裴楷已到王朝的权力顶端，成为三省之一的门下省长官。晋代的门下省是个审议机构，负责审查诏令，签署奏章，有封驳之权。侍中与尚书令、中书令是当然的宰相。这一年，裴楷不过三十五岁。

就在这一年，比他大十三岁、当过四年中书令的堂兄裴秀病逝。一个大家族中，前一位宰相去世，同一年内，他的堂弟又荣任宰相，简直是无缝对接。裴氏一族在当时的权势如日中天。

裴楷作为侍中的权势和影响，很快在一次人事处理上显示出来。

富豪石崇（249—300年），以与皇戚、晋武帝的亲舅舅王恺斗富大获全胜闻名当朝，财大气粗，又是响当当的官二代，父亲石苞曾任当朝大司马，是西晋开国元勋。石崇不光有个好爹、有钱，还有几分才气，在当朝也算小有名气的诗人、文学家，因此骄横跋扈，目中无人。裴楷虽是新贵，因志趣不合，两人从没有过交往。一次，一个叫孙季舒的人与石崇在一起喝酒，两人都微醉，孙季舒竟对当朝首富说了几句不恭敬的话。没想到石崇较起真来，不依不饶。这位孙季舒也非平常人物，身任长水校尉，系当朝八校尉之一，俸禄与郡太守一样两千石。但他这次得罪的人更不寻常，石崇扬言，要奏明皇上，免去孙季舒的官职。裴楷听说这件事后，对石崇说："足下自己请人喝酒，却下狂药（兴奋剂），将人灌醉了，又要遵从礼法去告状，你不觉得自己很奇怪吗？"裴楷说得有理有据，再加上皇帝近臣、当朝侍中的身份放在那里，石崇还敢说什么，只好作罢。

四

裴楷的雍容气质、大家气象，还表现在对钱财的态度上。他性格宽容厚道，很少与人结怨，视钱财如粪土，却从不拒绝财物，也不刻意节俭朴素。每次到当朝权贵家去游玩，看到什么珍玩，随意就拿走，即使是贵重车马和珍贵器具、服饰也不例外。但是，旦夕之间，又送给穷人。对自己的财物也是如此，谁看上都可以拿走。他曾建过一幢宅院，从兄裴衍看到后很喜欢，裴楷毫不心痛，手一挥，宅院便送给裴衍。

梁王司马肜、赵王司马伦，都是皇室同宗近亲，权倾当下，富贵一方，在裴楷眼里却根本算不了什么，不过就是些有钱大户。每年，裴楷都要以借的名义从这两家拿钱百万，自己却不用，全都周济皇亲国戚中的穷人。有人讥讽他的这种做法，裴楷说："损有余以补不足，天之道也。"

从不在乎别人怎么评价，诋毁赞誉都无所谓，率性而为，潇洒自如，可能是裴楷贵族气质的一方面。

晋初的朝廷重臣中，裴楷与山涛、和峤三人都以德行享誉当时。山涛生于公元205年，比裴楷大三十多岁，是曹魏旧臣、"竹林七贤"之一，曾与裴楷堂兄裴秀同朝为官；和峤比裴楷大几岁，也在曹魏任过职，祖父、父亲都是官宦出身。三个人年龄不同，履历有异，都是当时因德行居高位的朝廷要员。

晋武帝司马炎经常与这几个人谈论国事。一次，问裴楷："朕秉承天命，顺应时事，改朝换代，天下风评如何，有怎样的得失？"对皇帝的询问，裴楷直言不讳，说："陛下受命于天，如今，万象更新，四海升平，百姓都能感受到陛下恩泽，但还有美中不足，陛下德政还不能与尧舜这样的古代先贤相提并论，原因嘛，是朝中还有像贾充这样的人。当今之计，陛下应招引天下贤人，弘扬正道，以天下为根本，不要过多显示个人私欲。"

贾充是什么人呢？曹魏末年，曾奉司马昭之命以中护军身份与裴秀一起，对朝政进行改革，主持律令制定，裴楷作为定科郎，在他手下做过事。也许从那时起，裴楷就看清了贾充的为人。与做中护军时相比，后来的贾充权势更盛，当过司空、太尉，女儿贾褒是齐王司马攸的王妃。此人善阿谀奉承，口碑不好。裴楷奉劝晋武帝将其逐离朝中，又有大臣任恺、庾纯也上朝参奏贾充。武帝终于下了决心，要将贾充调出京城，任关中都督。这时，有人出主意，贾充将女儿贾南风嫁给太子司马衷做妃子，才算保住了位子。

此事发生在泰始七年（271年），再后来，贾充依仗做皇后的女儿，任司空，继任侍中、尚书令、车骑将军。后转任太尉、行太子太保、录尚书事，一度权势熏天。

这件事可以看出裴楷的个性，既不畏权势，敢作敢为，又目光久远，机敏善辩。

咸宁五年（279年）冬天，司马炎发动伐吴之战，次年，万帆竞发，兵临建康城下，吴主孙皓降。盘踞江东数十年的孙吴政权灭亡，天下一统，六百多年前，韩、赵、魏三家分晋，变为如今的魏、蜀、吴三家归晋。天下初平，晋武帝改元太康，一开始还算有所作为，常邀公卿大臣谈论政事，裴楷在皇帝与众臣面前纵横捭阖，侃侃而谈，从三皇五帝风范，论及汉魏盛衰。晋武帝听后不由得击节叫好，在座公卿大臣无不叹服。

这几年，是最能显示裴楷玉人风采的时期，也是他人生最风光的时期。有名门望族庇荫，有裴家盘根错节的人际关系，他的人生太顺畅了。很快，他便见识到权力之争的残酷，初次品尝人生之苦涩。

五

裴楷率性而为、直言不讳的个性，决定了他会不断遭人忌恨。得罪权臣贾充之后，他再次因为个性，得罪了最不该得罪的人。这一回他得罪的是自己的儿女亲家、儿子裴瓒的岳父、皇后杨芷的父亲、当朝国丈杨骏。

太康（280—289年）之后，晋武帝司马炎逐渐怠惰政事，荒淫无度。后宫佳丽上万，每次临幸嫔妃时以羊御车，以羊车停留地点选人，与前期勤政有为的司马炎判若两人。杨骏就是在这时当上车骑将军、封临晋侯、执掌朝政的。之后，又与尚书令杨珧、卫将军杨济一起势倾天下，时称"三杨"。

虽然与杨骏结为姻亲，而且亲家还权势熏天，裴楷却从来看不起这位国丈，两人关系很不好。杨骏也非善类，手握权杖后，立刻开始找裴楷麻烦。先将裴楷从侍中位置上拿下，转任卫尉（皇宫卫士首领），又转任太子少师。这是个设立不久的官衔，与少傅、少保合称"三少"，其实就是太子老师。从宰相级别的侍中，来到这样一个位置上，裴楷官位低了不止一级，而且清闲无事，在官场上，这算闲置冷遇。

裴楷优游无事，乐得清闲，一改往日侃侃而谈、能言善辩的特点，恂恂然，默默然，百无聊赖，很少谈论时事。从十八岁起，在钩心斗角的朝堂混迹三十年，裴楷也是近五十岁的人了，在这个讲究个性、率性而为的时代，他知道怎样处世，帝王们给了他太多血腥的回忆，竹林七贤的活法，其实是保护自己最好的方式，他也很想走向竹林。

然而，时代不一样了，他不可能像前贤那样饮酒清谈，很快又卷入血雨腥风中。太熙元年（290年），杨骏趁晋武帝病重昏厥，与女儿、武悼皇后杨芷篡改诏书，自封太尉、太傅公、都督中外诸军事、录尚书事，督促汝南王司马亮返回封地。又自知没有威望，不顾傅祇、石崇、何攀等人劝谏，大肆封赏以求收买人心。之后，便大权独揽，刚愎自用，遍树亲党，疏远宗室。

太熙元年，晋武帝司马炎驾崩，享年五十五岁，葬峻阳陵。史上有名的白痴皇帝司马衷继位，改元永熙，是为西晋王朝的第二位皇帝，史称晋惠帝。

晋惠帝时期，除去朝纲混乱、外戚当权外，还有一个特点：不停地改换年号。

永平元年（291年）三月初八，皇后贾南风联合楚王司马玮发动政变，将杨骏杀死在马圈里，夷灭三族。司马皇族的几个同姓王先后加入混战，改变中国历史走向，导致三百余年社会动乱的导火索、长达十六年之久的"八王之乱"由此开始，征战、杀戮、血腥成为社会主题。

曾经风光无限的裴楷不可能置身事外，他是杨骏的亲家，虽不在被诛三族之列，也无可避免地受到牵连，被捕下狱。事情来得很突然，洛阳城内血雨腥风，人人为之震惊惶恐。大狱之中，杀头之祸来临，裴楷依然谈笑自如，玉人风采不减，喊人要来纸笔，给亲人、朋友写了诀别信，将生死置之度外。接任侍中的傅祗是他的故交，看不过裴楷蒙受大难，出手相救，裴楷才免于一死，官却是做不成了。

还有人为裴楷鸣不平。刚上任的太保卫瓘、太宰司马亮也出面为裴楷说话，称裴楷在杨骏当政时，贞正不阿附，洁身自好，如今官位没有了，应该得到爵位和封邑。这一提议得到晋惠帝同意，封裴楷临海侯，食邑二千户。卫瓘、司马亮又提议让裴楷替代楚王司马玮为北军中侯，加散骑常侍。司马玮生性凶暴乖戾，埋怨卫瓘、司马亮排斥自己任用裴楷，大声责骂。裴楷知道后，不敢领受司马玮职务，转任尚书。

卫瓘、司马亮为什么不遗余力、不惜得罪楚王司马玮营救裴楷？原因很简单，这两个人都是裴楷姻亲。裴楷长子裴舆娶司马亮女儿为妻，女儿嫁卫瓘儿子为妻。当时，高门大户盘根错节的关系可见一斑。

有几位故友姻亲出手相救，侥幸逃得性命，眼见得各路诸侯烽烟四起，京城已成危难之地，裴楷请求外放任职，被任命为安南将军、假节、都督荆州诸军事。任用诏命即将发出之时，政局突变，皇后贾南风诬陷司马亮、卫瓘谋反，密令司马玮伪造诏书，召集三十六军，收缴司马亮、卫瓘太宰、太保印绶，将二人诛杀。

杀了司马亮、卫瓘，司马玮仍不解气，想起裴楷曾替代自己的北军中候，又是卫瓘、司马亮的姻亲，恨得咬牙切齿，秘密派人去刺杀。裴楷早知道司马玮仇视自己，早晚有此一劫，风闻事变，乘一辆马车悄悄进入洛阳城中，藏匿在岳父王浑家，仍感觉不安全，与司马亮的小儿子一夜之间转移八次，才得以幸免。

天刚亮，局势又突然反转。贾皇后利用完了司马玮，又反过来追究矫诏之罪。晋惠帝采用太子少傅张华计策，派特使持绣有驺虞图案的旗帜，下令城外军队解除戒严，遣殿中将军王宫指挥众人传扬司马玮伪造诏书。司马玮军心大乱，全都放下兵器逃跑，司马玮兵败被诛。

祸乱平息后，裴楷被拜为中书令、加侍中，与张华、王戎共掌朝政。

经历这次变故，裴楷真的累了、烦了，也怕了。他有个美满的家庭，妻子王氏出身著名的豪门琅琊王家，这一家族的根基之深、势力之大，在西晋时期不逊于在官场上历经三世的裴氏。他还有五个儿子和一个女儿，年龄大些的已成家，小些的也已成人，他不想因为自己破坏这个家，给妻子儿女造成伤害。虽历几十年官宦生涯，他其实没有真正享受过平静的家庭生活，老了，累了，他想回到温馨的家里。

更不幸的是他病了，羸弱的身体已不能适应忙碌的官场，心冷，体衰，退意已决。

六

裴楷患有渴利病（糖尿病），虽然风度还那么好，才气还那么高，却不能像以前那样自由而漂亮地活着，他想退出官场。中国历史上，才思敏捷的人，往往是处世简单的人，屈原、司马迁如此，裴楷也是这样，以他的个性，根本不可能适应权力场上的血腥与残酷。他需要稳定的社会来发挥才干，平静的环境来安顿心灵。西晋到了白痴皇帝司马衷和阴毒皇后贾南风手里，不是需不需要，而是不配裴楷这样的玉人。

岳父王浑了解裴楷心意，舍下老脸向晋惠帝为女婿请求，他说："裴楷蒙先帝器重多次提拔重用，又蒙陛下恩遇，竭诚为国家出力，但是，此人秉性谦和，一向不喜欢弄权争利，当年朝廷任他为常侍，他不愿身居宫内，请求做河内太守，后来任命为侍中，又请外放，去当职级更低的河南尹。杨骏当权时，他因看不惯杨骏飞扬跋扈，又要求做官职更低的卫尉，调入东宫，官衔更在同僚之下，足见此人淡泊名利。经历了这些事后，更加心灰意冷，让他在朝廷主政，我万分担忧。光禄大夫位置尚有空缺，我建议让他来担当。朝中机要部门，可让张华任中书令，王戎任尚书令，此二人足以把握政事机要，不需要再让裴楷加入。朝中像裴楷这样才气名声并重的大臣确实不多，但当今这样混乱的形势下，这样的人很容易受到伤害，朝廷应先将他们保护起来，一来不违背他本人的意愿，二来可放眼长远，为朝廷留下人才。"

王浑的一番话，目的就是要让女婿退出朝政，以求自保。但是惠帝和贾后不予采纳，坚持对裴楷委以重任，加光禄大夫，开府仪同三司。

裴楷确实病患缠身，他已不能再当大任，也不需要高官厚禄。这年，家里发生的种种怪事，好像上天警示一代玉人即将走到人生尽头。

裴楷卧床不起，家人用甑（蒸食用具）蒸出的米，有时像拳头，有时如血一样红，有时又像芜菁子一样坚硬不能食。屡屡遇到这种异象，家人忧心忡忡，有种不祥之感。

裴楷病重时，晋惠帝下诏，遣黄门侍郎王衍登门探望，看到王衍进来，裴楷回过头，勉强打招呼，说："可惜以前竟未与君结识。"说完，再无一语，直直望着客人。王衍，字夷甫，流行于当时士林的"八裴方八王"中，他和裴楷是一对，即"裴楷方王夷甫"。为什么拿裴楷和他比较？因为此人同样外表清明俊秀，风姿文雅，也是个美男子，比裴楷小近二十岁。此时王衍刚入仕途，任黄门侍郎。后来当过尚书令、尚书仆射、司空、司徒，位高权重，却好清谈，尸位素餐，遭时人鄙夷。最后，不得善终，永嘉之乱后，被羯人石勒俘获，与众多西晋臣子一起被推墙活埋，不过这是后话。这时的王衍正是风姿翩翩、风华正茂的年龄。离开裴府，仍对裴楷病中的风度十分感佩，向随从说："裴楷虽病重，依然双眸炯炯，像山岩缝中放出两道电光。"

永平元年（291年）是中国历史上一个晦暗血腥、朝纲大乱的年份，裴楷到底没能熬过去。王衍离开不久，裴楷与世长辞，玉人玉殒，享年五十五岁。

裴楷故去后，仍给人留下难忘印象。王衍回想裴楷的炯炯目光，仍不能释怀，对朋友说："裴公精明朗然，笼盖人上，非凡识也，若死而可作，当与之同归。"当世名画家顾恺之为裴楷画像，画完，在面颊上添几根胡子，有人问为什么要这样，顾恺之说："裴楷俊朗有识具（特点），正此是其识具。"看画的人寻味裴楷长相，感觉画上这三根胡子后，裴楷有如神明，远胜没画胡子时。

魏晋时期的裴氏诸贤中，裴楷是最光彩照人的一位，体态俊美，个性开朗，虽官至中书令，却适逢乱世，不能有所作为，时有性命之忧，呜呼，此乃裴令公之不幸，亦时之不幸耶！

第三章　乱世中的流离迁播

西晋建兴四年（316年）十一月十一日，可能是中国历史上最晦暗的日子，这一天，曾经壮丽宏伟的长安城里，弥漫出悲凉凄惨的气息，自八月起，汉赵大将刘曜兴兵围城，三个月过后，长安城内只剩下九十余户人家，可供晋愍帝司马邺使用的仅一辆羊车。这位十六岁的少年皇帝能食用的，只有酿酒用的曲饼数十块。皇上当到连肚子也混不饱，真到了亡国地步。知道这皇帝当不下去了，司马邺派侍中宋敞向刘曜送上降书，自己乘坐羊车，袒肩露背，口衔玉璧，侍从抬棺材，出城投降。一路上，群臣攀缘车驾，哭泣呼号，晋愍帝眼望众臣，泪流满面。

皇帝投降了，经过十六年皇族内耗的"八王之乱"，再经历五年的"永嘉之乱"，仅仅五十二年国祚的西晋王朝被耗尽最后一口气，直挺挺倒下。中国进入五胡十六国时代（304—439年），曾经风光无限的裴氏家族被战争裹挟，裴氏族人惊慌失措，成为流民、难民、饥民，特殊的身份让他们甚至比普通百姓遭遇更惨。西晋王朝灭亡这天，东海王司马越的王妃裴氏早已被乱军劫掠，卖给一户吴姓人家为奴。因为身份高贵，她是裴氏家族中少数能留下名字的女性之一，叫裴穆，太傅主簿裴遐之女、太尉王衍外孙女。五年前，丈夫东海王司马越在与羯人石勒作战中忧惧而亡。随后，外公王衍与一众王公大臣在苦县宁平城被石勒推墙活埋。裴穆的荣华富贵一夜之间灰飞烟灭。之后几次被转卖，以娇贵之身受尽人间折磨，辗转流落到江东，投奔东晋元帝司马睿。历经苦难后，延续了作为王妃该有的富贵。

裴穆的遭遇其实是裴氏家族在战乱中的缩影，从辉煌中突然跌落，历兵燹之灾，受尽苦难，再从苦难中走出，重新辉煌。

西晋灭亡后，北方流民南渡的至少有百万之众。这是一次改变中国历史的大迁徙、大逃亡，持续两百多年之久，其中有世家大族、草民百姓，还有皇亲国戚。他们或扶老携幼，或只身亡命，选择的出逃方法不同，目的地却只有一处——江南。在这次中国历史上少有的大迁徙中，裴氏家族没有一

清康熙版《裴氏世牒》

位有影响的人物"衣冠南渡"，以致错失了在正统的东晋王朝继续发展的机会。西晋王朝影响最大的豪门裴家，竟在东晋的政治舞台上不见身影，消失得无影无踪，连进入人物传记的资格都没有。

东晋的笙歌弦舞中没有了裴氏，名士如云的兰亭雅集也没有一位裴氏族人。波光潋滟的江南之地，宫廷之宴，暇日清谈，竟没有裴氏族人参与。战争、流离、迁播，让一个大家族衰落得如此彻底。

每一次改朝换代，实际都是一次利益的重新洗牌。纵观中国历史，西晋末年的这次洗牌，来得格外不同。西晋王朝积弱之后，多个被长期压制的少数民族，如同饥饿的群狼般一拥而上，将体量庞大的汉民族扑倒在地，疯狂噬咬。因为迫不及待和抑制不住的仇恨，少数民族的可汗们浑身上下都被原始野蛮气息笼罩，西晋帝国的旧臣在他们面前惊慌失措，瑟瑟发抖，连以失节辱身为代价喝杯残羹的机会都没有，还没来得及弯腰拜伏就被撕碎。西晋清谈名士王衍以及他率领的一干西晋王公大臣就是这样被推墙活埋的。

匈奴、鲜卑、羯、羌、氐五个少数民族，与汉民族纠缠了几百年后，终于觅到难得的机会，按照自己意志建立起自己的国度，刘渊、石勒、苻坚、姚苌……前赵、后赵、前秦、后秦……华夏版图像窑变后的瓷器一样，先后

碎裂为二十个各自为政的地方政权，又被华夏文明用看不见的丝线网结在一起。中原王朝的帝王和王公大臣第一次屈辱地拜服在少数民族政权脚下，少数民族的单于们狞笑呼啸着，驱驰铁骑，挥舞弯刀，用血腥手段攻城略地，尽情地显示自我，将这一时期的中国历史染上血色。许多年过去，痛定思痛的后人才明白，这殷红的颜色之后是南北朝时期的民族大融合和隋唐时期华夏民族的强盛。

这是个草莽英雄辈出的时代。攻城略地、疆场厮杀得来的军功，远比苦读典籍得到的文化更容易被欣赏，英雄豪气远比斯文雅致更适合这个时代，金戈铁马比诗书礼义更适合作为进入仕途的敲门砖。在魏晋时期风生水起的裴氏族人，来到五胡十六国时代，不是没有能力，而是根本没有机会，在战争冲击下，像疾风骤雨中的秋叶一样四处飘零。等回过神来，百余年时间倏忽而过，史书已翻到另一页。

南渡名士们举目遥望，相顾垂泪，演出一幕"新亭对泣"时，相聚兰亭，修禊雅集，曲溪流觞、饮酒赋诗时，曾经与他们相聚于洛阳城外伊水岸畔、竹林之下的裴氏名士们都去了哪里？

此时的裴氏族人，有在后赵皇帝石勒殿下为臣当过司徒的裴宪，在慕容廆大单于殿下当过前燕长史的裴嶷，还有在前秦当过谏议大夫的裴元略，在后秦为帅的裴骑，在前凉为前锋都督的裴恒……他们的影响力已不能与魏晋时期的裴頠、裴潜、裴秀、裴楷相提并论，即使身在江南，也没资格与兰亭之下王羲之邀来的名士王导、谢安、谢万、孙绰、王凝之、王徽之、王献之等人坐而论道，饮酒唱和。他们只是无奈地依附于少数民族王庭的汉臣，战战兢兢，畏首畏尾，不会有前辈的高谈阔论和诗酒风流。

皇权无论用多么繁复的礼仪包装，都带着弱肉强食、唯我独尊的野蛮原始，少数民族长期地处边陲，没有孔孟礼仪掩饰，将原始欲望与皇权霸道赤裸裸地合为一体，强横地展示在臣民面前。五胡十六国，是中国历史上第一次用多民族习俗展示皇权的时代。众多少数民族首领以征服者的姿态打量着长期压迫他们的汉民族，用崇尚武功的骑射精神强暴被征服者，这样的皇权更不讲道理，更残忍凶恶。北方汉民族一面小心翼翼地看着山大王般的帝王脸色，一面又以汉文化的包容性，悄无声息地融合、消解、驯化着少数民族的帝王们。

十六国时，五个少数民族首领们都建立了自己的朝廷，所用的选官办法，除去沙场军功和江湖豪情外，大都是秦汉时期的"察举制"。对他们而言，魏晋实行的"九品中正制"太复杂，需要一套从上至下，或从下至上的机构去操作，"察举制"就简单多了，如同在乡野里弄听说某人有本事，直接喊去做事就行了。

裴氏在魏晋时期显示的家族文化，无论高低与否，都沐浴过农耕文明的阳光雨露，在游牧民族占领中原时，没能过多地展示自己，在苦难中能完好地保持自我，是不幸，也是侥幸。

正当裴氏在诸胡争雄的北方饱受战争摧残时，与晋皇族司马睿衣冠南渡的琅琊王氏一枝独秀，成为天下第一大家族。王导、王敦、王羲之，其实是琅琊王氏在东晋政治、军事、文化方面的三位代表人物，有他们在，流传于世的"王与马，共天下"是实实在在的。有他们在，西晋时期略胜于王氏的裴氏，已被远远甩在身后，沦为默默无闻的地方豪族。

历史上的五胡十六国，实为十九国。公元439年，十九国中的最后一国北凉灭亡，拓跋氏的北魏王朝统一北中国。从此，匈奴、羯、氐、羌四族被汉民族同化。北魏王朝推行汉制时，也曾恢复自魏晋以来的"九品中正"选官制。但出身卑微的选官（即"中正"），已不可能对汉民族的世族大家抱有崇敬之心。裴氏族人接受的名教玄理，根本不如他们的武功来得精彩。

北魏孝文帝拓跋宏汉化改制后，曾生硬地推行"士族化"，范阳卢敏、清河崔宗伯、荥阳郑羲、太原王琼被奉为"四姓"望族，裴氏虽也被奉为河东望族，却略逊一筹。但此时的高门大户，与曹魏、西晋时截然不同，在鲜卑拓跋氏的统治中，武功贵族才是真正的望族大姓，所谓的"四姓"望族，不过是"咸纳其女以充后宫"的恩赐罢了。

曹魏西晋之后，裴氏的历史实际是从东晋后的南北朝（420—589年）开始的，中间沉寂了五胡十六国时期的一百多年。之后的南北对峙中，首先令人眼前一亮的是在南朝成长起来的史学"三裴"，裴松之（372—451年）、裴骃（生卒年不详）、裴子野（469—530 年），祖孙三人的《三国志注》《史记集解》《宋略》代表了当时史学的最高成就，为裴氏在这一领域留下了名字。从春秋至南北朝，历代史官都是家族传承，如"直书崔杼"的齐国太史即兄弟三人均为史官、司马迁也是承父业做了太史公。至魏晋南北朝，史官是世族大家的标志。可惜，生活在南朝的裴氏族人除了史官之外，再没作为门阀望族的上层官僚和巨额财富支撑家族荣耀。

好在五胡十六国以后，裴氏家族陆续南渡的"晚渡武人"和北朝的裴氏族人为家族争得了几分荣耀。如果说，此前裴氏的辉煌，靠的是风流俊逸的宰相，那么，乱世中的裴氏则显现出家族文化的另一面：坚毅、果敢的大将风度。裴氏史上共出过五十九位大将军，与五十九位宰相共享文武之荣，仅这一时期出现的大将军就有二十多位。既然不能在和平环境中"入则为相"，在战争的环境中"出则为将"，也是一种出人头地、实现抱负的好选择。

从春秋战国，经秦汉，到魏晋南北朝，裴氏是一个用农耕文化浇灌出来的大家族，这个过程长达数百年。五胡十六国以至南北朝时期，北方干渴的土地上，缺少南朝那样正统的汉文化引领，在少数民族的疾风呼啸中，裴氏族人经过漫长的近三百年时间，凭借优秀的家族文化底蕴，在农耕文明与草原文明的碰撞与交融中，一步步重新崛起。裴方明、裴叔业、裴邃、裴之高、裴之平、裴之横、裴侠、裴果、裴宽、裴让之、裴英起、裴鸿、裴汉，一个个令敌方战栗的名字，使裴氏在宰相门第之外，又有将门之誉。这些威名赫赫的战将，一开始多在南朝效力，至北齐、北周时，则从江南来到江北、从中原来到关中，投奔已占据裴氏祖望之地的北周，在以后建立隋唐两朝的关陇贵族集团中，以裴氏家族文化为底蕴，得到宇文氏的文化认同，在胡汉杂糅的北周政权中占有一席之地。裴氏，在魏晋辉煌之后，用这近三百年的沉寂，为以后的鼎盛做好了铺垫。

第一节　裴邃：梁世名将，余人莫及

裴邃（？—524年），字渊明，出身于河东闻喜裴氏，曹魏冀州刺史裴徽后人。

从出身和履历看，裴邃是个读书人，因为生逢乱世，不得不弃文从武驰骋沙场。

古代的读书人，也叫士人，读书的目的不是做学问、写文章，而是入仕做官，士人就变成一个需要有君主崇拜的群体，每至乱世，除却遭受与百姓一样的肉体磨难以外，还会陷入精神迷茫，谁是明君，谁才值得效力卖命，谁才能给自己以光辉前程和荣华富贵？春秋战国时代，众多士人都有过这样的迷茫。汉代"独尊儒术"，士人被灌输孔夫子的儒家理论，好像清醒过一阵。至魏晋南北朝时期，这种迷茫又出现在士人面前。天下苍苍，大地茫茫，帝王走马灯似的一个又一个地换，以残暴闻名的帝王一个接一个地出，不是说好的"修身齐家治国平天下"吗？不是说好的"学成文武艺，货与帝王家"吗？如今，治谁的国、平谁的天下，售与哪家帝王？这一时期，裴氏族人与天下士子一样，如同飞翔在天的乌鹊，"绕树三匝，何枝可依"。裴邃曾有过这样的彷徨迷茫，在他之前，南齐名将裴叔业也曾这样迷茫过。在他之后，每至改朝换代，都有一批名士与他一样迷惘。

一

裴邃祖父裴寿孙将家迁到豫州州治寿阳（今安徽寿县境内）时，已是东晋中期后，史上将东晋初期以后过江的北方人，称为"晚渡北人"。因为晚来，这些人像逃荒要饭的流民一般，受到先来的南渡官宦蔑视排斥，多从下级官吏做起。裴寿孙寓居寿阳后，跟随南宋开国皇帝刘裕南征北战，当过前军长史（先头部队参谋长）、庐江太守，并无军功显世。裴邃的父亲裴仲穆已是"晚渡北人"二代，仍不能显达，仅当过骁骑将军（中级军官）。

至裴邃这一代，东晋已亡，江南再历宋、齐两朝，短短几十年时间，出过多位荒淫残暴的短命皇帝，这个时期的帝王们，仿佛都是过把瘾就死的暴君，刘宋六十年寿命，有八位皇帝，其中六位是短命暴君。南齐只有二十四年寿命，出过七位皇帝，除开国皇帝萧道成之外，个个淫荡凶残。两朝都亡于兵变，以最后一位皇帝被弑身亡结束。

裴邃从小就受到良好的家庭教育，是裴氏家族时隔一百多年之后的又一位神童，十岁即能作文，喜欢读《左氏春秋》。

齐明帝萧鸾建武元年（494年），还没入仕的裴邃即受到豫州刺史萧遥昌赏识，被引为州府主簿（掌管文书的佐吏）。豫州州治寿春，也叫寿阳，是裴邃的生长之地。裴邃等于在家乡做官，在豫州主簿任上，留下了一件值得称道的事。当时寿春有座八公山庙，刺史萧遥昌想在庙内立座碑，请主簿裴邃作文，裴邃才思敏捷，文采斐然，碑文一出，令读过的人啧啧称赞。

按魏晋以来官制，裴邃所任州府主簿仅为刺史幕僚，算不得朝廷命官，要正式进入仕途，还需通过正式选举途径。南朝选举制度延续魏晋以来的九品中正制，所选秀才往往被高门名士垄断，但已不同以前的"安流平进"，中正察举后要考试才能入仕，与以后的科举制已相当接近了。秀才对策考试标准为："五问并得为上，四三为中，二为下，一不合与第。"（见《南齐书·谢超宗传》）裴邃以士子身份参加了这样的考试，"五问并得"，即五方面问题回答全部合格，高中秀才，奉朝廷之命入朝做官。

此时，南齐的第六任皇帝、废帝东昏侯萧宝卷践祚（登基）不久，裴邃被时任前将军、扬州刺史萧遥光招为参军。这是个低等级武职，相当于现在的参谋。从这里可以看出，裴氏家族并非都是高门世族，裴邃祖父虽当过郡太守，这一支仍是庶族。南北朝时期，高门世族子弟初入仕途，多数担任职级高却清闲的"清官"或者"清职"，庶族寒门学子多任武职。

永元元年（499年）九月，萧遥光效仿齐明帝夺位故事，起兵反叛，自称皇帝，年号天复。很快，兵败被杀，夷灭三族。作为萧遥光部属，裴邃担心被牵连，逃回豫州寿阳。

恰在此时，南齐发生了一件与裴氏家族有关的大事。

永元二年（500年）正月，为南齐屡建功勋的裴氏族人、名将裴叔业也受到猜忌。裴叔业与裴邃同为曹魏冀州刺史裴徽后人，"少有气度才干，颇以将略自许"，于齐武帝萧赜永明年间（483—493年）出仕，历任右军将军、东中郎将谘议参军，时为豫州刺史。裴叔业受到猜忌后，忧惧不已，深感英雄末路。

这天，裴叔业登上寿阳城，北望沘水，天际茫茫，家乡何处？为求自保，心生北归之意。经过再三权衡，决定举寿阳城归降北魏。一同北归的还有儿子裴芬之，侄子裴植、裴飏、裴粲等人。二月，不等渡过淮河，裴叔业病逝，时年六十三岁。

得知裴叔业归降，北魏宣武帝元恪遣彭城王元勰、车骑将军王肃率步骑十万赴寿阳接应，在裴叔业病逝前，再派统军奚康生率羽林禁军一千南下增援，大将军李丑、杨大眼率领骑兵两千入寿阳协防。豫州已成北魏天下，当地豪族被悉数席卷而去，刚逃回寿阳的裴邃也在其中。

魏晋以来，裴氏家族声誉播于四海。裴邃虽被裹挟而来，宣武皇帝元恪很看重这位裴氏后人，当即拜为司徒掾属（司徒府随员）、中书郎（贵族子弟初任之官），随后，又拜为魏郡（治今河北省邯郸市永年区故城村）太守。能当一郡太守，看似委以重任，其实不然，南北朝的郡太守并不像以前那样荣耀，原因是当时郡县数量增多，地域缩小，"一郡分为四五，一县割为两三"（《宋书·律志序》），自西晋"永嘉之乱"以来，经五胡乱华，晋室南渡，中原人口大减，加之北魏朝廷赏赐功臣，冗官冗号滥觞，户不满百即可立县，边陲小郡仅辖数户之民，所谓"百家之邑，便立州名，三户之民，空张郡目"，以至出现太守俸禄岁不满匹，有民少官多、"十羊九牧"之说。当这样的太守仅有虚名，实在不足称道。

年轻的裴邃与已入老境的裴叔业不同，他出生在南方，是"晚渡北人"第三代，无论身体还是意识都已认同南方，将寿阳看作家乡，骤然被裹挟到北方后很难适应。他身在北魏，时刻关注着南齐的局势变化。第二年，即永元三年（501年）三月，雍州（治今湖北省襄阳市）刺史萧衍率军自雍州出发，拥立齐明帝第八子南康王萧宝融在江陵即帝位，改元中兴。九月，兴兵沿长江东进，十月，进攻建康城，十二月，台城（即宫城）被围半月后，萧宝卷在含德殿笙歌作乐才罢，为将军王珍国所杀，南齐百官捧萧宝卷人头开宫门迎萧衍入台城。

萧衍攻入京城后，总揽军政，累加位号至梁王。中兴二年（502年）三月接和帝萧宝融东归，途至姑熟（今安徽省当涂县），迫其退位，立国仅二十四年的南齐灭亡。四月，萧衍在建康登基称帝，是为梁武帝，改国号为梁，年号天监。佛光氤氲、文质彬彬的南梁王朝出现在历史的星空中。

得知江南改朝换代，裴邃开始谋划抽身南归。这时候，魏廷派同样由南齐投奔北魏的琅琊王氏后人王肃镇守寿阳。裴邃向魏廷请求随行，密谋回归南朝。天监（502—519年）初年，裴邃伺机离开寿阳，如愿以偿逃往建康。

梁武帝萧衍正值用人之际，见裴邃弃魏来投，大喜过望，当即拜为后军谘议参军（丞相府僚属，掌顾问谏议之事）。裴邃不愿坐享太平，主动要求到边境效力，梁武帝诏命为辅国将军、庐江（今安徽省合肥市庐江县）太守。

虽然和北魏一样，同为太守，庐江太守显然肩负重托。当时，南北朝以淮河为界，庐江郡毗邻淮河，是豫州下辖郡，对于南梁来说，战略位置十分重要。

裴邃到任不久，就迎来一场大战。北魏大将吕颇率兵五万进攻南梁，裴邃带麾下将士拒守，击败吕颇。过后，受到梁武帝嘉奖，加右军将军。

二

天监五年（北魏正始三年，506年）十月，裴邃以庐江郡太守身份，率军参加了影响北魏、南梁国运的钟离之战。这场大战又名邵阳之役、邵阳洲之捷。北魏、南梁均倾一国之力参战，双方投入兵力都在数十万。大战焦点在淮河南岸的钟离城（位于今安徽省凤阳县境内），梁军突破点是淮河中的邵阳洲。

一座河岸小城，一片河心沙洲，好像都与裴氏家族的名将们有着极深的渊源，在这里，裴氏两代人用血与火铸起裴氏战场上的辉煌。

首先在邵阳建功的还是南齐名将裴叔业。早在南齐建武二年（495年）二月，北魏孝文帝元宏亲自率军三十万渡淮河，进至钟离城下。齐明帝萧鸾派大将裴叔业和左卫将军崔慧景前去救援。三月，孝文帝率军进至邵阳洲（今安徽凤阳东北淮河中），以栅栏切断水路，阻拦南齐援军，同时在淮水南北两岸夹筑二城。裴叔业领兵攻魏军，克此二城。孝文帝不得不放弃进攻淮汉，下令回师，退兵洛阳。经此一战，裴叔业被授为黄门侍郎，封武昌县伯，食邑五百户，持节都督徐州军事、冠军将军、徐州刺史。

十一年后，北魏军又故技重演，再犯齐境，进攻钟离城。这次，魏军统帅是北魏中山王元英。魏军号称百万，驻扎四十多座城池，逶迤数十里，声势浩大。南梁征北将军曹景宗督军二十万抗击。双方争夺的焦点是钟离城。

钟离城濒临淮河，易守难攻，梁将昌义之率三千守军，面对城下数万魏军浴血死守，争夺战从这年十月持续到第二年正月，南梁守军苦苦支撑，眼看城池不保。梁武帝派豫州刺史、被魏军称为"韦虎"的韦睿星夜驰援，裴邃奉诏率庐江军随行。到达邵阳洲后，裴邃率军筑起堡垒，逼近淮水上的魏军桥梁，与魏军多次激战，裴邃指挥得当，将士用命，每战必胜。他们又秘密制造体形高大的船只，名为突没舰，试图突袭魏军桥梁。

天监六年（507年）三月，淮河一带连降暴雨，河水暴涨七尺，战机到来。裴邃与冯道根、李文钊等人先乘突没舰击杀邵阳洲上魏军，再用水船载草，灌膏油，趁风纵火，焚毁魏军桥梁。敢死之士同时奋勇冲杀，无不以一当百，拔栅砍桥，击杀魏军。大水湍急，顷刻之间，桥、栅被冲毁。魏军大溃，溺死、被杀各十余万，沿淮河百余里尸骸相藉，淮水为之不流。梁军乘胜追杀，又俘虏魏军五万，收其军粮器械堆积如山，牛、马、驴、骡等不可胜计。

大胜之后，裴邃率军一鼓作气突入霍丘城（今安徽省霍邱县），斩杀城主宁永仁，攻下小岘，占据合肥，将淮河之南的魏军全部肃清。

钟离之战是史上著名的以少胜多的战例，可与东晋"淝水之战"媲美。魏军数十万军队"匹马不归"，国力大损，由此走向衰败。南北朝实力对比改变，北魏再也无力大规模进犯南朝，最终分裂为东西两魏。

裴邃虽不是这次战役的主将，同样立下不世之功。战后，南梁武帝萧衍论功行赏，裴邃以功封夷陵县子爵，食邑三百户。

三

裴邃出身名门，虽历经战火，身上却有自魏晋以来清谈时事、品评人物的名士之风。钟离大捷后，裴邃以冠军长史身份，转任广陵郡（今江苏省扬州市广陵区）太守。当地有座为曹操修的魏武庙，一天，裴邃与当地官员进入庙内，谈起曹操，难免联系到历代帝王的是非功过。他妻子的外甥王篆之随行，没想到这是个口蜜腹剑的小人，过后竟向梁武帝告密，说"裴邃多大言，有不臣之迹"。裴邃因此被降职，任始安郡（今桂林市）太守。当时的始安郡处偏远之地，人烟稀少，虽与武陵同属郡建制，却无战事，到始安郡当太守，实际等于被闲置。

裴邃从小接受儒家教育，志在边陲建功立业，不愿意被闲置偏远之地过悠闲生活。烦恼之际，致信给时任平北将军、南兖州刺史的吕僧珍表达心意。在信中说："以前阮咸、颜延有二始之叹，吾才不逮古人，今为三始，但这不是我的愿望，该怎么办呢！"裴邃信中提到的阮咸，为魏晋名士、竹林七贤之一。颜延即颜延之，南朝宋国文坛领袖、元嘉三大家（元嘉年间的三大才子，另两位是谢灵运和鲍照）之一。两人才华出众，均以文章名世，负时望而遭忌，不被重用，世人为之感叹。阮咸被贬为始平郡太守，颜延之被贬为始安郡太守，故称为"二始之叹"，裴邃也被贬为始安太守，因而说"今为三始"。两位先贤不被重用，都隐忍了，裴邃自视甚高，说自己"才不及古人"，是谦逊说法。实则有强烈的建功立业之心，不愿意就这样了却一生，向吕僧珍讨教，实际是寻求帮助。

不等裴邃去始安赴任，北魏又出兵犯境，攻打宿预（今江苏省宿迁东南），梁武帝诏令裴邃率军御敌。军行至直渎（今江苏省南京市东北），北魏军得知裴邃率军来迎，望风而逃，裴邃不战而胜。

因此一役，裴邃又被任命为右军谘议参军、豫章王云麾府司马，率领所部守卫石头城。此后，转任竟陵郡（今湖北省天门市东）太守。

与偏远清闲的始安郡相比，竟陵郡地当要冲，扼守长江、汉水之间，却远离战场，久无战事。裴邃赴任后，屯军开垦荒田，军民收获颇丰。他因政绩显著，升任游击将军，再迁朱衣直阁将军，都督南兖等五州诸军事、直殿省之事。

这一年，裴邃因军功频繁升迁调动，不久，又持皇帝节符任威明将军，西戎校尉，南梁、南秦二州刺史。由郡守至州刺史，获多次战功后，裴邃这次真正官升一级。

南朝的州郡与北魏一样，不光小得可怜，还有许多侨州郡县，即专为南下侨人（北方流民）设置的与旧籍同名的州郡县。东晋、宋、齐、梁设置的侨州有十个，侨郡六十二个，县则更多，为与旧籍区别，都贯以"南"字。这样做一是缓解南来北人的思乡之情；二是安置南渡侨人，让这些人在偏僻之处开垦荒地，屯田自养。裴邃这次一身领两州，也是南朝的特有现象，所领南梁州和南秦州就是两个侨州。梁州本在淮河以北，即后来的汴梁，东晋侨置于西城县（今陕西省安康市西北）。秦州本为秦邑，地在陇右。东晋时侨置于涪城（今四川绵阳市涪江东岸）。

裴邃履任后，率军民屯田数千顷，当地府库盈实，民有余粟，同时节省了往边陲之地运粮费用。当地吏民感念裴邃，拿出千余匹饷绢酬谢。盛情难却，裴邃左右为难，说："大家本不应该这么做，我又不好拂大家好意。"最后，只象征性地收了两匹。

因安边有功，裴邃又被调回朝廷，任给事中、云骑将军、朱衣直阁将军，迁大匠卿。

四

梁武帝萧衍普通二年（521年），义州（治今河南省信阳市商城县西南）刺史文僧明率众投降北魏，北魏皇帝派军接应。梁武帝赐裴邃符节、拜为信武将军，统领各路兵马前往讨伐。义州地处南北两朝边境，淮河以南，大别山北麓。裴邃率军涉险绕入北魏境内，出其不意，出现在义州城北面。北魏新任义州刺史封寿凭借檀公岘（大别山俗名）拒守。裴邃挥军猛攻，封寿仓皇逃入义州城中，企图据城死守，被裴邃大军团团围困，激战数日，封寿出城投降。

义州之乱短时间内被平息，裴邃因功再次受到褒奖，赐皇帝符节、督北徐州诸军事、信武将军、北徐州刺史。他还没到任，又改为督豫州、北豫、霍三州诸军事、豫州刺史，镇守合肥。

这一系列官衔令人眼花缭乱。前面的是武职，后面的是文职。从北徐州刺史到豫州刺史，看似平移无升迁，实则大有讲究。南北朝时期，朝廷任命地方官员有"本州刺史"特例，将授予功臣原籍刺史、太守作为"衣锦之荣""绣衣昼行"奖励，使其在乡亲们面前光宗耀祖，增加荣耀感。从祖父裴寿孙北渡寓居豫州寿阳，经父亲裴仲穆，再到裴邃，裴氏在豫州已历三代人，豫州虽非祖望，也是家乡了。将裴邃从北徐州刺史改任豫州刺史，含有褒奖的意思。

随后一年中，裴邃转任他处，寿阳城重为北魏占领。

普通四年（523年），梁武帝萧衍再次下诏北征，任命裴邃为主帅统领各路大军。此次出征，首先拦在面前的还是地当要冲的寿阳，一年前，他还在这里当过州刺史，对这座小城有着特殊感情，不料，亲率三千兵马攻至寿阳城下，首战失利。九月壬戌，裴邃趁夜色发动进攻，先攻外城，再破关而入，一天之内与敌方九次交手。关键时刻，后军将领蔡秀成率领的后援部队迷路，没能及时赶到，裴邃率军激战一天，人困马乏，不得不暂时撤离。

从城中退出后，裴邃重新整合兵马，收拢被打散士兵，下令各军将领以衣服颜色做标志相互区别。裴邃自己身着黄色战袍，暂弃寿阳，先攻外围狄丘、礜城、黎浆等城，全部破城取胜，又杀往安成、马头、沙陵等魏军据点。入冬，他命人开始修筑芍陂（位于今安徽寿县南）城防。

普通五年（524 年），裴邃再次率军攻破新蔡（今河南蔡县）郡，一路攻城略地，深入北魏腹地，打到郑城（今山东省平邑县郑城镇，汝水、颍水之间）。大军所到之处，当地官民纷纷响应。但是，南梁真正的忧患是还没有拔除的寿阳城，当裴邃取胜归来，再次兵临寿阳城下时，北魏河间王元琛、寿阳守将长孙稚率众五万出城挑战。裴邃将诸将分为四路，形成合围之势。众将簇拥中，裴邃黄色战袍飘拂，面色威严，站在淮河边，望着滚滚河水，感叹："今日不破河间王，会被谢玄（东晋名将）耻笑。"大战开始，裴邃令直阁将军李祖怜诈败佯退，引诱长孙稚追击。长孙稚中计，率所部兵马进入包围圈，梁军四面伏兵齐发，魏军大败，被斩首万余级。长孙稚逃进寿阳城坚守，闭城不出。

就在这年五月，正当猛攻寿阳城之时，裴邃在军中突然病逝，大战未捷，抱憾故去，裴邃死不瞑目。

裴邃的遗愿两年后才完成。失去良将，南梁夺取寿阳之役又相持了两年多，直到普通七年（526 年）夏，淮河发大水，将要淹没寿阳城，梁武帝派元树、陈庆之、韦放等从北面，夏侯亶、湛僧智从淮水、淝水夹攻，再战数月，十一月，魏寿阳守将李宽向梁军投降。这已是后话。

将星陨落，国之大殇。梁武帝伤痛不已，追赠侍中、左卫将军，给鼓吹（乐队）一部，晋爵为侯，增邑七百户。谥曰烈。

裴邃允文允武，为人不苟言笑，深沉刚毅，威严持重，颇具大将风范，麾下将士甚为畏惧，在他手下做事，没有人敢违犯军纪。处理政务却宽容清简，很得人心。入梁后，自愿效命边疆，立下不朽功业，惜乎志未酬、身先死，悲乎！

淮、肥间官民得知裴邃离世，莫不为之流泪，认为裴邃若非早逝，当会为朝廷大辟疆土。南梁以弱势国力，征战北魏而能屡屡取胜，就是因为有裴邃这样的名将。《南史》称他"梁世名将，余人莫及"，可谓最恰当的评价。

第二节　裴宽：疾风而后知劲草

裴宽（503—569 年），字长宽，河东闻喜人，南北朝北周官吏。

五胡十六国（304—439 年）混乱一百多年后，北魏王朝统一了北方。裴氏在北魏（386—534 年）建立的一百多年内，同样默默无闻。原因却与在东晋史上寂寂无名大不相同。北魏是个由鲜卑拓跋氏建立的少数民族王朝，虽一统北方，但在正统士人看来，与五胡之胡并无区别。裴氏在西晋时，历仕宰相之外，给人留下较深印象的，是玄学与清谈，如裴徽、裴楷都以玄学清谈享誉当世。而玄学有个由儒入玄的过程，善清谈者，同时也是儒者。由此可知裴氏是个受儒家思想熏陶的家族。这样的家族最重忠孝节义，不肯轻易身仕外族，就是说，裴氏在北方少数民族统治的王朝中，非不能也，乃不为也，采取了不合作主义。这个过程很漫长，直到北魏建立百余年，太和十八年（494 年），北魏第七位皇帝孝文帝拓跋宏（后改姓元）迁都洛阳，实行汉制，全面汉化，裴氏族人才逐渐接受北魏王朝。

因为巨大的影响力，裴氏家族稍有与北魏王朝亲近的举动，立刻被夸大其词地赞扬。太平真君年间（440—451 年），被称为"神驹"的裴骏，只因闻喜受到劫掠，组织数百乡勇保卫家乡，便受到北魏太武帝拓跋焘嘉奖，被司徒崔浩誉之为"三河领袖""三河冠盖"，当即任用为朝廷命官，拉拢之意明显。

尽管如此，北魏王朝一百四十八年，裴氏族人在朝为官者仍寥寥无几，裴骏家族之外，仅有裴延俊、裴万虎、裴果数人真正加入北魏政权。北魏分裂为东魏、西魏，后又演变为北齐、北周，经过长期的汉文化积淀，裴氏族人才在其中发挥了重要作用。裴宽就是在这一时期脱颖而出的裴氏杰出人物。

有趣的是，裴氏家族有两个裴宽，南北朝时期的裴宽之后，时隔一百余年，到中唐时期，又出现了一位裴宽（681—755年）。不同朝代的两个裴宽，都在各自时代创造出了属于自己的佳话，南北朝时期的裴宽，以其忠烈，获"疾风劲草"赞誉。唐朝的裴宽以不受贿赂，有"裴宽瘗鹿"故事。

这里讲的是有"疾风劲草"之誉的裴宽。

一

裴宽出生时，已是北魏第八位皇帝孝文帝元恪景明四年（503年），当年的拓跋氏已汉化为元氏，鲜卑王朝与汉人王朝无异。裴宽相貌英俊，是个招人喜欢的少年。魏晋南北朝丧葬习俗中有个讲究：皇帝、皇后、妃嫔、亲王出殡时，要有一群牵引灵柩、吟唱挽歌的少年作为丧葬队伍前导，人称"挽郎"。别小看这个挽郎，为皇家办丧事，挽郎可不是一般人家孩子能当的。《晋书·礼志中》："有司又奏，依旧选公卿以下六品子弟六十人为挽郎。"《世说新语·纰漏》："（晋）武帝崩，选百二十挽郎，一时之秀彦……"当挽郎的少年必须是六品以上官宦人家子弟，选出后，要在宫廷内做表情、步履、音韵培训，必须形容哀戚，步履沉重、音调哀远。最终经礼部考核遴选出规定人数。谁家少年能当挽郎，是幸运之选，天赐的入仕当官机会。裴宽能获得这个机会，是因为其祖父、父亲都在朝廷为官，且超过六品。

年龄稍长，裴宽仪貌瑰玮，博涉群书，弱冠之年（二十岁）便名扬州郡乡里，与两个弟弟裴汉、裴尼都是河东当地知名少年。

裴氏兄弟很不幸，不等裴汉、裴尼长大成人，双亲撒手人寰。裴宽长兄如父，抚养两个弟弟，又没有大哥架子，兄弟三人和睦相处，像亲密无间的好朋友。荥阳人郑孝穆时任骠骑将军，听到裴宽兄弟故事后赞美有加，对其从弟郑文直说："裴长宽兄弟，天伦笃睦，人之师表。吾爱之重之。汝可与之游处。"

因为世族大姓出身和当过挽郎的经历，裴宽入仕后，任员外散骑侍郎。前面说过，这是个闲散官职，多以公族、功臣之子充任，是专为世家贵族子弟设置的起步官职。一入仕，就是比县太爷品级还高的六品，魏晋时期，裴氏多位族人都当过这个官。

在这个闲职任上，裴宽的官职升迁并不快。十年后，孝武帝元脩在位末年（534年），裴宽任广陵王府直兵参军，加宁朔将军、员外散骑常侍。由散骑侍郎到散骑常侍，官升一级，由六品变为五品，此时裴宽已到而立之年。

北魏王朝最后十几年，宫廷内斗，朝政荒废，血腥杀伐无休无止。先是年轻美貌的胡太后毒死亲儿子孝明帝元诩，另立才三个月的皇侄元钊为帝，接着重臣尔朱荣拥立元诩的族侄元子攸当皇帝，是为北魏孝庄帝。武泰元年（528年）四月十三日，血腥的"河阴之变"发生，尔朱荣将胡太后和婴儿皇帝元钊装进竹筐投入黄河溺死，纵兵围杀王公百官两千多人，北魏诸王全部遇害，四大名门望族卢、崔、郑、王几乎被屠杀殆尽。时隔两年，孝庄帝元子攸将尔朱荣诱进皇宫杀死。三个月后，尔朱荣侄子纠集残部攻入京城，又将元子攸杀死。第二年（532年），另一权臣高欢起兵，进入洛阳，立元脩为帝，是为北魏孝武帝。

永熙三年（534年）秋七月，当了两年多傀儡皇帝后，孝武帝元脩受不了高欢约束，在中军将军王思政劝说下，率轻骑逃出洛阳，西奔长安，投靠关西大都督宇文泰。是年十月，高欢另拥元善见即位，是为魏孝静帝，十日后徙都于邺（今河北省临漳县邺镇），史称东魏。立国一百四十八年的北魏朝廷一分为二，中国北方出现了两个元氏王朝。

裴宽就是在孝武帝元脩逃往长安前被任命为散骑常侍的，不等上任，朝廷变成了两个，何去何从，哪个皇帝才是正统？裴宽陷入两难，询问两位弟弟："权臣擅命，皇帝流离，战争才刚开始，我们兄弟该投奔何处？"

两位兄弟面对兄长询问，不能回答。

裴宽心里早有主意，对两位弟弟说："君臣间的顺逆关系，在大义面前应该很明确，现在天子西幸关中，我们不应该留在东魏为臣，不然，会折损为臣名节。"

两位弟弟同意兄长的说法。裴宽安排全家老小先到一个叫大石岩的地方躲避战争灾祸。

五胡十六国到南北朝近三百年间，皇帝如走马灯似的换，你方唱罢我登场，许多旧臣都会遇到身事何主的选择，裴宽的选择依据是儒家的君臣大义。既然自己的官职是孝武帝元脩任命的，那么，孝武帝就是自己的帝王。

他没有想到的是，他选择侍奉的孝武帝元脩逃往长安才三个月，当年（535年）闰十二月十五日，丞相宇文泰以元脩淫及从姊妹有伤大雅为由，将其弑杀。改立元宝炬为帝，是为西魏文帝，改元大统。

因再换新帝，在大岩石避祸的裴宽兄弟没有急于出山，直到西魏大统三年（537年）十月，宇文泰分兵东、北、南三路，分别攻取洛阳、蒲坂和荆州。西魏大将独孤信率领的东路大军夺得洛阳，镇守金墉城时，裴宽才出山回到洛阳，此时，距他们兄弟去大岩石避祸已过去三年有余。

二

裴宽回到被西魏军占领的洛阳，等于认同西魏，做西魏的臣子。虽然换了帝王，他仍是孝武帝元脩逃往长安前被任命的散骑常侍，还没有被授予新职时，又遇到了一件事，让他再度面临两难选择。如果说，选择入仕东魏还是西魏有关大节，这件事则关乎道义。

裴宽兄弟回归洛阳的第二年，即大统四年（538年），东西魏之间又发生了一场小规模战争。西魏军队战败，南汾州（治今吉县）刺史韦子粲城陷后被俘，投降东魏。

得知此事，西魏丞相宇文泰大怒，认为韦子粲不拼死守城，投降敌方，有亏臣节。下令尽灭韦氏子侄亲属阖门百余口。韦子粲也出身名门望族，曾祖韦阆曾做过北魏咸阳太守，父亲韦隽当过北魏水都使者。韦子粲有兄弟十三人，这次归降东魏后，在长安的兄弟全被杀害，季弟韦子爽因为身在洛阳侥幸逃脱，在官兵捉拿中无处藏身，想起韦氏故交裴氏，躲进裴宽家，苦苦哀求庇护。这时的韦子爽是朝廷钦犯亲属，对于裴宽来说，却是故交之弟，他遇到了与同乡前辈关云长华容道上面对曹操时同样的难题。收留有违法纪，自己会受影响，还会牵连家人。拒绝则有违道义，难道能眼睁睁看着这样一位无辜的年轻人被逮去杀头？思来想去，裴宽接纳了韦子爽。不久，恰好遇到朝廷大赦，社会上传言，韦子爽在赦免之列。听到消息，韦子爽信以为真，开始出头露面，没想到当即被捉拿归案，按律斩首。

一个年轻生命因受兄长株连，就这样被残酷杀害。不等裴宽从伤痛中解脱出来，洛阳守军大将、故友独孤信将他召去，责怪他不该窝藏朝廷钦犯。裴宽从容道："子爽走投无路才来投奔，论朋友情义，我无论如何都不能将他扭送官府。今天，我因此获罪，情愿领受处罚。"独孤信也是个有情有义的人，敬佩裴宽义薄云天，并不追究。加上西魏与东魏对峙，河东是征战之地，正需要拉拢河东名门相助，西魏朝廷赦免了裴宽。

独孤信是中国历史上著名的美男子，关陇贵族集团的重要成员，与以后的三个王朝都有关联，长女嫁给北周第二位皇帝明帝宇文毓；四女嫁给陇西郡公李昞，生子唐高祖李渊；七女独孤伽罗，嫁给大将军杨坚，生子隋太子杨勇、隋炀帝杨广。从裴宽与独孤信的关系看，至少在西魏时期，裴氏已与关陇贵族集团产生联系，为裴氏在隋唐两朝的鼎盛做好了铺垫。

大统五年（539年），裴宽任都督、同轨防长史，加征虏将军。

三

大统十二年（546年）冬，风雪交加中，高欢与西魏大将王思政在汾水岸畔的玉壁城对峙，穷尽各种手段，折损七万将士，却不能夺城。兵败后返回晋阳，两个月后郁郁而终，其子高洋继父职执掌东魏。

当时，高欢旧部侯景任东魏河南大行台，坐拥十三州，统兵十余万。侯景乃羯族人，行伍出身，精通骑射，骁勇好斗。高洋当政时，侯景深知不为其所容，惴惴不安，先投西魏，因西魏丞相宇文泰对他怀有戒心，又举河南之地，率部投南梁。梁武帝任侯景为大将军，封河南王，都督河南、河北诸军事及大行台之职。五月，高洋派大军征讨侯景，东魏大将韩轨将侯景团团围在颍川（今河南省禹州市）。侯景恐惧，情急之下，将东荆、北兖、鲁阳、长社四城献给西魏，请求派兵相助。西魏丞相宇文泰接受了侯景的请求。此时的侯景既求助西魏，又飞书梁武帝萧衍，称其"既不安于高氏，岂见容于宇文"，虽投西魏，实则时刻准备反叛。

六月，西魏荆州都督王思政率步骑万余，向颖州进发。宇文泰又派同轨（地名，在今河南省洛宁县东）防主韦法保及都督贺兰愿德等人将兵协同王思政解颍川之围，裴宽以长史身份随同前往。

西魏大军一到，颍川之围立解，王思政入据颍川，宇文泰加封侯景为大将军兼尚书令，召其入朝。侯景是史上著名的阴毒小人，反复无常、狡猾多计，刚刚还向西魏求救，解围之后，又图谋叛变。军中已有人察觉到侯景的意图。侯景的计划还没有实现前，表面对西魏军众将很友好，尤其与韦法保关系亲密，试图拉拢西魏军将领为他所用，常往来于军中，神情谦恭，亲自造访西魏军中名将。看到这种情景，裴宽对韦法保说："侯景狡诈，一定不会入关投奔我朝，他现在想取信于你，我们应趁他身边侍从少，设伏兵将除掉此人，也算一时之功也。如果不愿意这么做，就应该做好防备，不要相信他的花言巧语，不然的话，会种下祸根。"

当时的河南可谓火药桶，东魏、南梁、侯景、西魏四方势力角逐，形势微妙复杂。裴宽虽是韦法保的长史（参谋长），却比韦法保头脑清醒，有见识，更可贵的是他有识人之明，看清了侯景早晚会祸害天下，涂炭生灵。韦法保赞同裴宽的看法，却不敢对侯景动手，只加强了防范，寻求自我保护。

侯景可能不知道，在韦法保的犹豫之间，他逃过一劫。以后的几年内，此人成为南梁大患。他先左右逢源，骗取皇帝菩萨梁武帝萧衍信任，再以南梁南豫州太守身份起兵于寿阳，拉开"侯景之乱"帷幕。攻破南梁京城建康，杀满朝文武三千人，囚禁武帝，霸占公主，又纵兵杀掠，尸骸填满道路，江东之地人烟难见，白骨累累。梁大宝二年（551年），侯景登基称帝，国号为汉，改元太始，不足一年即被杀死，九族被诛，儿子被阉割煮死，本人暴尸街头，建康之民食其肉尚不能解恨，连骨头也烧成灰，掺入酒中喝掉，又将其头颅煮了，涂上漆，收入府库。南梁让侯景这一番折腾，气数已尽。

若韦法保当时有所作为，听了裴宽的话，那么，侯景此后的一系列恶行和惨剧都不会发生，南北朝的历史会是另一种走向。

四

西魏文帝元宝炬大统十四年（548年），裴宽再次遇到与三国时期河东前辈关羽相同的遭际。

这年三月，东魏大将军高澄南出黎阳，从虎牢关一带渡河杀奔洛阳。裴宽以同轨长史身份在新城率部与东魏军交战。统帅东魏军的是猛将彭乐。此人骁勇善骑射，西魏沙苑之战中被刺伤，肠子流出，不能完全塞回，截断肠子继续作战，身体数处受伤，以后，屡立战功。裴宽与彭乐交战中受伤被俘，被押至河阴（今河南省洛阳市孟津县）。

高澄久闻裴宽大名。这次相见，裴宽虽是败军之将，却举止优雅，对答如流，毫无畏惧。当时，东魏要面对西魏，还要与南梁争锋，正是用人之际。高澄有意将裴宽收至其帐下效力，对裴宽说："卿有三河冠盖之名，才识过人，我必能使卿富贵，西魏关中之地贫瘠狭小，不足以安身立命，卿今后就在我帐前效力，不要再生别的想法。"说完，解去裴宽枷锁，送至驿馆，礼遇甚厚。

裴宽不为所动，当晚，将毛毡裁成长条，拧为绳索，悄悄出了驿馆，躲过守卫，从城墙缒下，九死一生，逃回西魏大营，拜见宇文泰。此举虽没有三国时期关羽被迫降曹后，挂印封金、过五关斩六将，再回到刘备身边的故事精彩，实质是一样的。不为诱惑，重投旧主，在古人看来是一种忠义行为。看到裴宽冒死返回，宇文泰十分高兴，对众将说："军营中披坚执锐，驰骋疆场者，不乏其人。疾风劲草，岁寒方验出忠臣本色的，只有裴宽。裴宽被高澄如此厚遇，乃能冒死归我。虽古之竹帛所载，何以加之！"随后，手书署名，在裴宽原职之外，再授持皇帝节符、帅都督，封夏阳县（今陕西西安城南）男爵，食邑三百户，并赐马一匹、衣服一袭，拜为孔城（今河南省伊川县西南）城主。

大统十六年（550年），裴宽转任河南郡太守，仍镇守孔城。不久，又加抚军、大都督、通直散骑常侍。

南北朝时期，东魏、西魏都是很特别的王朝，一是各仅占北方之半；二是短命；三是虽都挂着元氏（拓跋氏改汉姓元）之名，实际元姓皇帝从一开始就是傀儡，东魏被高欢父子把持，西魏受宇文泰控制，谁登基当皇帝，由高氏和宇文氏说了算。大统十七年（551年）三月，文帝元宝炬病死，宇文泰立皇太子元钦为帝，是为西魏的第二位皇帝，后世称为废帝。西魏皇帝自此不立年号。废帝元年（552年），宇文泰再为裴宽增加一串官衔，进使持节、车骑大将军、仪同三司、散骑常侍。西魏废帝三年（554年），元钦不甘心做傀儡皇帝，欲罢免宇文泰丞相、大行台官职，暗中授意尚书元烈谋杀宇文泰。计划泄露后，宇文泰鸩杀元钦，改立元钦四弟齐王元廓为帝，是为西魏恭帝。

从西魏建立的那天起，宇文泰就有取代元氏、受禅为帝的想法，不断提拔奖掖官员，实际是为自己日后登基做准备。

西魏恭帝三年（556年），宇文泰北巡途中病逝，终年五十岁，虽然权势熏天，到底没有做皇帝的命。

第二年（557年），宇文泰之子宇文觉受禅称帝，是为周孝闵帝，国号周，史称北周。新朝初始，再次大封百官，裴宽由男爵进为子爵。同一年，长江以南也改朝换代，侯景乱梁后，南梁国力迅速衰弱，权臣陈霸先废梁敬帝自立，历四帝，享国五十五年的南梁灭亡，陈朝建立。

虽说不断加官晋爵，但裴宽实际一直在孔城，官职是河南郡太守。这个官，裴宽当了十三年。其间，不光西魏变为北周，东魏也被高欢次子高洋篡夺，变为北齐。河南郡地处洛阳附近、黄河之南，处北周与北齐对峙前沿，与河南郡隔河相对的是北齐的洛州。

两军对垒，孰胜孰败，靠的是主将谋略。北齐洛州刺史名独孤永业，性格刚直，颇有才干，熟习弓马，足智多谋，善于以谲诈之术用兵打仗，有时虚张声势，声言春天发兵，实际至秋天才行动。对方懈怠时，他又神出鬼没，倏忽而至，常以少胜多，以弱胜强。碰上这样一个对手，裴宽也不示弱，揣摩对方心理，探知敌方实情后，出兵迎击，没有一次不取胜。独孤永业不得不佩服这个老对手，告诫部下：认真对付孔城之敌，其他地方不足为惧。

独孤永业对裴宽的忌惮竟到了如此地步。以后，独孤永业率部归降北周，与和裴宽交锋有很大关系。

北齐伊川郡守梁鲊，常纵兵在北周境内抢掠。宇文泰生前引为大患，命令裴宽除去此人。裴宽派人随时留意梁鲊行踪。一天，梁鲊路过岳父家，杀了只牛，摆开酒宴痛饮。大醉之后人事不省，根本没有能力自保。裴宽得到手下报告后，当机立断，派兵突袭，杀死梁鲊。北周边境从此安宁许多。宇文泰大喜，赐裴宽奴婢、金带、粟帛等。

北周明帝宇文毓武成二年（560年），远在孔城的裴宽被征拜为司土中大夫（掌各种陶器的制作），在外多年，终于被征调回朝。

在朝还不到一年，保定元年（561年），裴宽再次外放，出任沔州（今湖北省汉川东南）刺史。不久专任鲁山防主。保定四年（564年），加骠骑大将军、开仪同三司。短短五年时间，皇帝宝座上换了三副面孔。先是闵帝宇文觉即位不久被害，武成元年（559年），明帝宇文毓继位，武成二年（560年），武帝宇文邕登基。皇帝换得让人眼花缭乱，一朝天子一朝臣，裴宽的位置也随之更换。好在这几年，北齐、北周之间还算平静。裴宽在被调来调去中，度过了五年时间。

五

天和二年（567年），裴宽转了一圈后，再执掌沔州事务。

这几年，北齐、北周、南陈三国鼎立，三者之中，南陈最弱，仅有长江以南、江陵以东三国时期东吴旧地。南陈刚建立时，与北周关系尚好，两朝使者往来，相互通好，维持着表面的平静。南陈光大元年（北周天和二年，567年）三月，湘州刺史华皎逃到北周，两国关系恶化，南陈不断派兵攻打北周，沔州地处两朝交界，形势危机。裴宽曾在这里任职多年，熟悉地理，北周朝廷再度将裴宽调回，重任沔州刺史。

沔州地处汉水旁，地势低洼，城池狭小，可供守城的装备很少，裴宽深知如若强敌来犯，很难守卫，为此深感忧虑。陈人善水战，时值秋季，雨水绵绵，江水暴涨，若趁水势大伺机来袭，后果难料。为此，裴宽亲至襄州，向襄州总管说明情况，请求增加城防兵力，并请将沔州城移到羊蹄山，暂且避水。总管府口头答应增兵防守，却不同意迁城。

裴宽回来后，来到江边，亲自勘查以往水位所能到达的地方，在江中竖起木桩，以防敌船从上游直逼江岸。

八月，襄州总管府的援兵迟迟不至，南陈大将程灵洗的船队抢先一步抵达。沔州城下，汉水奔涌，船桅林立。程灵洗也是一员猛将，在与北周的交战中，屡战屡胜，从无败绩。这次进军沔州与裴宽交锋，不等开战他已占得先机，一是兵力占绝对优势，二是熟悉水战。这次一到沔州城下，程灵洗先用战舰进攻沔州，令裴宽首尾难顾。一开始，江中水势还小，陈军不能靠近城池。裴宽招募骁勇之士，趁夜色偷袭，多次得手，大挫陈军锐气。陈军虽兵多势大，面对小小沔州城却无能为力。两军对峙十多天后，裴宽担心的事终于发生了。老天好像不帮裴宽，大雨忽至，江水上涨，水位很快超过裴宽竖立在江水中的木桩，江水中的船只顺利通过。程灵洗先用大舰逼近城池，持续狂攻之后，城堞破碎，北周军顽强抵抗，陈军弓弩大石如雨下，连攻三十多天，城中士卒死伤大半，城墙崩塌，援军始终不至。坚守四十多天后，南陈军登上城头，蜂拥入城。裴宽指挥将士执短兵器与之巷战。又坚守两天，援兵仍不到，裴宽身受多处创伤，力竭被俘。

老天还在帮陈军。沔州城陷之后，江水适时地退却。陈军先将裴宽解押到扬州，随后又送到岭南，又押回建康。在长达数年的时间内，裴宽始终不降，最终死于江东，时年六十七岁。

裴宽的忠义气节，连陈人也敬佩，将他厚葬在紫金山麓。后来，其子裴义宣跟随御正杜杲出使陈国，才将父亲灵柩迁回家乡安葬。

十多年过去，又一新朝建立，隋开皇元年（581 年），杨坚下诏，追赠裴宽为襄州、郧州刺史。

裴宽一生历北魏、西魏、北周三朝。帝王变换、王朝更迭之际，伴随而来的，一是钩心斗角的宫廷之变；二是金戈铁马的疆场厮杀。故而，这一时期权臣多、名将多。裴宽以文人之身应对多位名将而不落下风，多有胜绩，可称名将矣，最后死守孤城，援军不至，力竭被俘，不屈膝，不变节，不失大丈夫风范，再次印证了宇文泰对他的评价：疾风劲草，岁寒方验。

乱世之中，有裴宽在，裴氏忠烈之风存焉。

第三节　裴侠：独立使君为世规矩

裴侠（？—559），原名裴协，字嵩和，河东解人，南北朝北周官吏。

封建专制时代，什么是好官？忠的前提下，第一曰廉，然后才是其他。晋朝立国后，司马炎提出官吏考核的五条标准：一曰正身；二曰勤百姓；三曰抚孤寡；四曰敦本息末；五曰去人事。五条之中，只有第一条是对官员自身的要求。正身，即要洁身自好，至少是个清官、廉官。这一点却最难做到。

南北朝时期，天下大乱，法纪不靖，各朝从帝王到臣属都贪婪奢靡，最后灭亡原因很多，源头都是体制糜烂和官员腐败。这一时期对腐败现象制裁又最严厉，北魏孝文帝颁诏："旧律，枉法十匹，义赃二十匹，罪死；至是，义赃一匹，枉法无多少，皆死。"这里出现了个很奇葩的词"义赃"，即人情往来，接受贿赂。受贿一匹绢即死罪，历代纲纪都没有这么严厉。

因为战乱，南北朝又是纲纪废弛的时代，再严厉的制度也只能流于表面。这种情况下，廉洁奉公、出淤泥而不染的官员十分难得。好官、良臣的标准，即以廉洁为最。

裴侠就是在这种时代出现的一位好官。

一

史籍中杰出人物的童年时代都带有传奇色彩，要么出生时有异象，要么出生后聪颖异常，要么成长过程中出现神话般的故事。裴侠家上溯三代都是普通官员，勉强算世族。祖辈由闻喜县流落到百里外的解梁（今山西临猗县），祖父裴思齐，举过秀才，官拜议郎（郎官之一，掌顾问应对）。父亲裴欣，当过西河郡太守，死后追赠晋州刺史。裴侠从出生到幼年平淡无奇，呱呱坠地，牙牙学语，七岁还没学会说话，不知把父母愁成什么样。一次，裴侠被父母带到洛阳城，看到天空鸟儿飞翔，遮蔽天空，从西向东飞来，好像得到上天启悟，突然开了窍，举手比画，说出话来。从此，异常聪明，与一般孩子大不相同。

裴侠少年老成，父亲裴欣去世时，他才十三岁，哀痛之色已如成人，身为长子，处理丧事从容有度。为父亲选择墓葬地时，裴侠颇费思量，这时，仿佛听到有人喊："童子不悲伤，葬于桑林东，将来封公侯。"声音空洞悠远，有若来自天际。裴侠听后有点害怕，回去告诉母亲。母亲说："这是神灵的启示，我听说鬼神保佑善良人，我们家从未有人做过恶事，神灵这样喊，应当是告诉将你父亲葬在哪里才吉祥。"裴侠家的宅院旁有一片桑树林，正好应了神灵的话，裴侠按神灵启示，将父亲葬在桑林旁。

这年，裴侠因才能出众被选用为州府选拔主簿（掌管文书的佐吏）。这只是个幕僚之类的职务，由州刺史自行选拔，还算不得朝廷命官。

北魏孝明帝正光年间（520—525年），裴侠受朝廷聘任，正式步入仕途。入仕不久，裴侠出任员外散骑侍郎、义阳郡（治今河南信阳市）太守。不等他在太守任上做出什么业绩，北魏王朝接连发生了两件大事。

先是北魏武泰元年（南梁大通二年，528年）四月，北魏权臣尔朱荣制造"河阴之变"。紧接着，永安二年（529年），因"河阴之变"投奔南梁的北魏宗室元颢得南梁襄助，与南梁名将、飙勇将军陈庆之率七千兵马北上，杀回北魏，历四十七战，平定三十二城，四月，称帝于睢阳，年号孝基。五月，元颢攻破洛阳，改元建武，北魏都城再度陷于战火中。元颢本属无能之辈、好色之徒，当皇帝只为享尽天下美色，进入洛阳后，一头扎进宫闱中，日日淫乐，不理朝政。陈庆之多次劝谏，元颢才派使者广发诏书，招抚各地臣属。裴侠作为一郡之守，也收到这样的诏书。裴侠从小受儒家教育，知礼忠君，岂能接受这样的招抚。他下令将使者绑了关进牢中，烧了元颢诏书。

这年六月，天柱大将军尔朱荣、尚书右仆射尔朱世隆、京畿大都督元天穆等人，纠集士众，号称百万，拥卫北魏孝庄帝元子攸杀回洛阳。元颢只过了两个月皇帝瘾，兵败逃到临颍（今河南漯河市）后，为县卒江丰斩杀。

孝庄帝元子攸回京登基后，对国家危亡之际，不趋附、不卖身的各地臣属进行嘉奖。裴侠因此晋升为轻车将军，转任东郡（今河南濮阳市）太守，统领戍卫城防的各位别将。

这时，裴侠不光是一地父母官，而且手握兵权，乱世之秋，兵戈交加之际，可称一方诸侯。

这两年，北魏由权臣把持朝政，皇帝像走马灯似的换。孝庄帝元子攸登基后，不甘当傀儡，设计擒杀一代枭雄尔朱荣。不足两个月，尔朱荣堂侄尔朱兆率铁骑蹚过黄河，杀回京城，生擒元子攸。永安三年十二月二十三（531年1月26日），元子攸被勒死在晋阳三级佛寺，此时，距他杀尔朱荣仅三个月。

专制时代，最不缺的就是皇帝。一位皇帝死了，另一位皇帝很快登基，中兴二年（532年）四月，在大将军高欢拥戴下，孝文帝元宏之孙，广平武穆王元怀第三子元脩登基为帝，是为北魏孝武帝，年号太昌。北魏王朝到了孝武帝元脩手里，已日薄西山。灭亡的直接原因，是又出现了一位把持朝政、不把皇帝当皇帝的权臣和一位想当真皇帝的傀儡皇帝。高欢拥立孝武帝登基后，以大丞相、渤海王身份专权，根本没将元脩放在眼里。永熙三年（534年）秋七月，元脩与高欢决裂，召集各部兵马讨伐高欢。裴侠奉诏率所部兵马赶赴洛阳。

当时，高欢篡权夺位之心已很明显。元脩想离开洛阳，避其锋芒，到底该去哪，却拿不定主意，一会儿想去长安，一会儿又想去荆州。他左右为难之际，裴侠来到洛阳。武卫将军王思政深得孝武帝信赖，西投宇文泰的主意正是他出的，孝武帝犹豫不决，怀疑去长安到底对不对。得知裴侠来到洛阳，王思政专程前来拜访，问："当今权臣高欢擅政，皇室日渐卑弱，武帝有意去投宇文泰，却拿不定主意，到底该怎么办？"裴侠深孚众望，是个临大事有见识的人，对局势有自己的看法，回答道："宇文泰受三军拥戴，占据一百二十里地盘，皇上去了，他难道会自己操起兵刃，将把柄交给别人？即使皇帝能够安抚他夺回权力，恐怕也如同握蒺藜一样扎手。若去投靠此人，无异于避沸汤而投火海。"王思政再问："那怎么办呢？"裴侠回答："孝武帝现在与高欢交恶，灾祸立至。西行投宇文泰，则有将来之虑，不如暂且入关中，走一步算一步，看形势变化再作选择。"王思政深以为然。

裴侠实际在为皇帝元脩出谋划策，看法表面很简单，即先解眼前之急，以后见机行事。这么说主要是对权臣宇文泰不放心，以后几个月发生的事，印证了他的担忧。

王思政此前已多次劝孝武帝西投宇文泰，却没有想这么多，当然明白裴侠话中深意，像个小学生般俯首聆听，连声称是。这位王思政是什么人？乃北周著名将领、孝武帝元脩最信赖的大臣，早在元脩还是藩王时就被视为亲信，官位远高于裴侠，看似自己请教裴侠，实际代为孝武帝讨主意。经裴侠指点迷津，他茅塞顿开，对裴侠敬佩之至，立即向孝武帝推荐裴侠。正需要拉拢臣属之时，能得到这样一位有能力的臣子，孝武帝大喜过望，授裴侠左中郎将。

王思政精明强干，深思远虑，是最能影响孝武帝元脩的谋臣，也许，裴侠的一番话，最终成为孝武帝西入长安，北魏分裂为东、西两魏的关键。

以后，裴侠、王思政两人成为挚友，才有了玉壁之战中联手，打败高欢的大胜。

到孝武帝启程西迁时，裴侠要随行出发，妻子儿女还在东郡。荥阳人郑伟时任散骑侍郎（皇帝卫队长），对裴侠说："天下将乱，鸟儿也不知飞向何处，不如先留在东郡，与妻子团圆，以后再择木而栖，选择良主。"裴侠不以为然，说："既食皇帝俸禄，应尽忠国事，岂能因为妻子儿女改变？"

随即，与孝武帝进入关中，至长安，被赐清河县伯（爵），拜丞相府士曹参军。

二

局势发展果如裴侠所料。孝武帝元脩"避汤入火",来到长安后,被宇文泰架空,仅过了三个月,当年(535年)闰十二月十五日,被弑杀,成为北魏王朝的末代皇帝。宇文泰改立元宝炬为帝,是为西魏文帝,改元大统,史称西魏。

洛阳那边,高欢再立十一岁的清河王世子元善见为帝,徙都邺(今河北省临漳县邺镇),史称东魏。北魏王朝由此分为东魏、西魏。中国北方出现了两个王朝、两个都城和两个皇帝、两个权臣。两魏以黄河为界,东魏占有函谷关以东原北魏的大部分地区;西魏占有原北魏的关中一带。只看地盘大小,两魏差不多,西魏甚至还略大一些,若论实力,相差就大了,北魏六镇之兵,东魏得其五,西魏仅得其一,强弱分明。

大统三年(537年),关中旱灾大饥。闰九月,高欢亲自带兵二十万自壶口出发赶往蒲津,设浮桥三座,杀向河西。西魏屯军沙苑(今陕西大荔西

陕西大荔县沙苑今貌

104

南），距东魏军六十里拒守，著名的"沙苑之战"开始。

裴侠在北魏曾任东郡太守，随孝武帝西奔后，虽被加官晋爵，但实际职务仅为丞相府士曹参军，掌工役之事，官不过六品，虽说跟随大丞相宇文泰左右，既不执一方之地，亦不统一军之兵。这次大战中，裴侠率领的是训练有素的乡兵。与东魏作战中，西魏几次损兵折将，为扩充兵源，宇文泰发明府兵制取代募兵制，实行兵农合一。府兵平时为耕种土地的农人，也称乡兵，农隙训练，战时自备参战武器和马匹，这种兵制一直沿用到唐代，才又被募兵制取代。

带着这些乡兵，裴侠一马当先，冲锋陷阵所向披靡。宇文泰于阵前看到十分赞赏，大战过后，感叹裴侠英勇，引用了孔夫子的话，"仁者必勇"。仗义勇为者曰侠，裴侠原名裴协，因此改名侠。

沙苑之战，以西魏以少胜多、东魏大败结束。论功行赏，裴侠因军功晋爵为侯，食邑八百户，拜行台郎中。

值得一提的还有裴氏的另一位族人、被誉为"黄骢年少"的裴果（？—567年），青袍一袭，黄骢一匹，跟随高欢作为敌对一方也参加了沙苑之战，战后，率裴氏宗族归附宇文泰。

东魏沙苑之战大败，西魏势力跨过黄河，渗透到河东。战国时期，魏国因被强秦占据河东，失去根本，才日渐衰弱。宇文泰深知河东战略地位重要，沙苑之战结束当年十二月（538年1月），接受王思政建议，在绛州汾水南岸、峨眉原北缘险要之地筑城，名玉壁城（在今山西省稷山县西南）。王思政时任东道行台，主管对东魏征讨事宜。玉壁城成，将官署由恒农（今河南灵宝市北故函谷关城）迁来，亲自镇守，并奉诏加都督汾（治今山西汾阳）、晋（治今山西临汾市）、并州（治今山西太原市）诸军事，并州刺史。

这座弹丸般的城池从此死死钉在汾水岸畔，堡垒般耸立，魔咒一样令高欢两度征讨，穷冷兵器时代战争的种种手段，始终无法撼动。最后高欢损兵折将，竟因此忧郁而死。

沙苑之战四年后，大统八年（542年）八月，高欢统兵由晋阳（在今山西太原）沿汾河谷南下，试图以雪沙苑之耻。东魏军声势浩大，自绛州连营四十里，玉壁城正当要冲，西魏大丞相宇文泰令王思政坚守玉壁城，阻断高欢南下道路。沙苑之战后，裴侠以大行台郎中身份，跟随王思政左右，任长史（参谋长）。高欢深知王思政坚毅有谋略，派人投书招降，称："若降，当授予并州军政大权。"王思政令裴侠起草檄书回复，裴侠慷慨陈词，言辞壮烈。宇文泰读后大加赞赏，说："即使鲁仲连（战国末期齐国名士）再世，也不会写得这么精彩！"

因原文佚失，现已无法得知裴侠在文中写了些什么，但无疑是一份言辞激昂、文笔犀利的宣言，告诉高欢西魏将士誓死捍卫玉壁城的决心。

十月，高欢兵围玉壁城，连攻九日不下，天降大雪，士卒多冻饿而死，高欢不得已撤军，第一次玉壁之战结束。

沙苑、玉壁两场大战，裴侠均参与其中，前一次展现的是疆场杀敌的英勇，后一次表现的是檄文讨敌的才华，奠定北周帝业的西魏大丞相宇文泰目睹了裴侠的才能。以后，裴侠的仕途会很平坦。

稷山县玉壁城遗址

三

第一次玉璧之战结束不久，裴侠被拜为河北郡（治今山西平陆县）太守。

在河北郡太守任上，裴侠勤俭朴素，爱民如子。一日三餐不过豆类、麦面和盐菜而已。如此俭朴，深受下属官吏爱戴。河北郡背靠大山，面临黄河，前任太守大概是个奢靡之徒，留下旧制：由郡府出面，派三十人做徭役，打鱼捕猎供太守享用。裴侠到任后，立废此制，说："以口腹役人，吾所不为也。"将三十人的徭役全部免去。旧制，朝廷每年征收"丁庸"钱，即以钱代役，谁家不愿意支官差，可以交钱替代。这些钱收上来，裴侠全部为官府购买马匹，以备战时之用。一年多积累下来，郡里马匹成群。离职之时，官府财物一无所取。当地百姓怀念这位廉洁的郡守，编成一首歌谣在当地流传："肥鲜不食，丁庸不取，裴公贞惠，为世规矩。"意思是：肥美、稀有的佳肴从没见他吃过，百姓交来的钱财他从不花，裴公这样守正廉洁，实在是世人楷模。

在朝纲混乱、法度不立的时代，这样的官员确实难得。

任职期间，裴侠曾与一干刺史、太守拜谒大丞相宇文泰。大家可能都没有想到，一进朝堂，大丞相让裴侠与大家分开，单独站立在另一边。正当众官员面面相觑，不明白大丞相的意思时，宇文泰说："裴侠清慎奉公，为天下之最。"看到还有人不清楚怎么回事，宇文泰令廉洁奉公能与裴侠相比者，可与裴侠站到一起。顿时，朝堂肃静，人人面容尴尬，没有一个人能回应。看到众官员无话可说，宇文泰重赏裴侠。此事轰动朝野，裴侠被称为"独立使君"。

裴侠自己为官清廉，公务余暇之时，还撰写九世伯《贞侯裴潜传》，追述裴氏先辈廉洁之风，凡裴氏宗室知名者，都为之作传，以激励后辈，使之有所传承，勿辱家门。从弟裴伯凤、裴世彦当时都在丞相府当差，嘲讽裴侠："人生在世，做官一场，须名利两收，你清苦如此，到底是图什么？"

裴侠正色答："清廉是当官的根本，勤俭是做人的根基，何况我们出身大族，只有传承先辈美德，才能名扬朝堂，流芳典籍。如今，我有幸以平庸资质，多次享受殊荣，是因为坚守本色，并非爱慕虚名。我所以志在自修，是怕辱没祖先，反而被你等嗤笑，这是什么道理？"

这一番话说得义正词严，裴伯凤、裴世彦羞愧难当，匆匆离去。

<h1 style="text-align:center">四</h1>

裴侠清廉如此，受到大丞相宇文泰赏识，在河北郡任职一年多后，大统九年（543年），以牧守楷模、"独立使君"之名望，调入长安任大行台郎中。大行台为尚书省在各地的派出机构，郎中是派出机构的负责人，代行尚书省职权。裴侠履职数年，在朝臣的钩心斗角中，洁身自好之外，并无值得一提的政绩。数年后，他被宇文泰外放，任郢州（治今湖北省钟祥市）刺史，加仪同三司（与三公同等待遇）。

黄河岸边的河北郡与长江流域的郢州，两地相隔何止千里。一北一南，都是西魏边防重地。河北郡地处河东南端，是西魏的北方门户，与东魏隔河相峙，河南岸为东魏重地陕州，不远处即西魏门户函谷关。郢州同样是西魏边陲，是西魏的南方门户，地处汉水中游，与南梁竟陵郡接壤。裴侠是西魏朝中能臣干吏，几次接触，宇文泰深知裴侠的能力，将他放在这里任刺史，可以说是委以重任。

裴侠赴任郢州刺史时，南梁已开始没落，奄奄一息，梁武帝后期政治腐败，官吏贪污，"郡不堪州之控总，县不堪郡之裒削，百姓不能堪命"，大厦将倾，朝臣们人心浮动，纷纷另择新枝。与南梁相比，宇文泰把持的西魏反倒政治清明，气象一新，在与南梁、东魏的争夺中，时有大胜，已成鼎立三朝中最强势一方。加上裴侠任郢州刺史声望卓著，南梁各郡守不时来降。这次，南梁竟陵太守孙暠、郧城太守张建同时举一郡之众归附西魏。裴侠以西魏郢州刺史的身份受降，打量这两位来附的敌方郡守，一眼就看出两个人的心思。私下对同僚说："孙暠目光闪烁，言语放肆，个性轻浮，很快就会离去；张建神情审定，当无异心。"并将自己的看法派人快马飞报朝廷。宇文泰得知后，说："裴侠有知人之明，能看到两人的内心。"当下做出安排，派遣大都督符贵镇守竟陵郡，监视孙暠，而不遣人监视鄳城。南梁大宝元年（北齐天宝元年，550年），宇文泰遣开府仪同三司杨忠包围安陆（今湖北省安陆市），当时，侯景执掌南梁朝政，急令河东解人柳仲礼率兵驰援，等柳仲礼大军一到，孙暠立即又背叛西魏，从郢州逃走。

孙暠的背弃，印证了裴侠的知人之明。

不久，裴侠转任大将军、拓州（今湖北宜昌市西北）刺史，很快又征召回京，任雍州别驾（京畿副长官）。

西魏恭帝三年（556年）十月乙亥日，多次赏识提拔裴侠的西魏太师、大丞相宇文泰北巡途中病逝，享年五十岁。西魏一朝二十一年，牢牢把持在这位枭雄手中，宇文泰殁了，西魏随之灭亡。

北周孝闵帝元年正月初一日（557年2月15日），十六岁的宇文觉受禅即位，自称天王，国号"周"，史称"北周"。

裴侠历北魏、西魏两朝后，再次成为北周臣民。

新帝践祚，朝中官员又开始了新一轮大调动、大提拔。北周与西魏一样军政合一，裴侠作为前朝老臣，凭着良好名声，任司邑下大夫，加骠骑大将军、开府仪同三司，晋爵为公，食邑增至一千六百户。很快又转任户部中大夫。

裴侠新晋的这些官职令人眼花缭乱，理不清头绪。宇文泰病故当年，曾对西魏官制进行过一次改革。仿《周礼》设立六官，即大丞相（大冢宰）、大司徒、大司伯、大司马、大司寇、大司空。宇文泰自己任太师、大丞相。在这次官制改革前，宇文泰还作九命之典，军阶、官阶一致，以叙内外官爵，将军阶、官阶分为十八命，即正九命和九命。魏晋以来，官阶都是从九品到一品，品数少的最高，如一品肯定大于二品，现在是命数多者官高，九命最高。八柱国大将军为正九命，是品级最高的武职，八柱国大将军之下，除大丞相宇文泰、皇族元欣地位超然外，其余六位每位领二位大将军，共十二位，每个大将军下开两府，一府领两军，共二十四军。裴侠这次晋升的骠骑大将军即十二大将军之一，品级九命，仅次于八柱国大将军的正九命，隋朝开国皇帝杨坚的父亲杨忠也是十二大将军之一。

同样按《周礼》，大夫是低于卿的一级官员，分上、中、下三级。这才有了裴侠的司邑下大夫、户部中大夫。宇文氏是鲜卑族，将新立的王朝叫"周"，虽说此周非彼周，通过托古改制，是要证明新朝的合法性，并非僭伪。鲜卑人统治中国北方一百多年后，到了宇文泰这里，对汉文化的认同终于成为自觉，不再像北魏孝文帝拓跋宏那样生硬。以后，"周"被其儿子宇文觉建立了，并且实行宇文泰确立的新官制，只可惜，宇文泰自己先染病身亡。

户部掌管全国土地、赋税、户籍、军需、俸禄、粮饷、财政收支，权力很大。裴侠到任后，发现不少官员贪赃枉法，主管国家仓储的官员伙同下属，历年来侵吞官家钱财数千万之多。裴侠毫不姑息，仔细核查账目，黑笔记入，红笔记出，一笔笔清查。户部的这些贪官，碰上这样一位铁面无私、手段强硬的上司。仅几十天，一个个被查出，全部伏法。一时，户部纲纪严明，官员守法，深得孝闵帝赞赏。

新朝初立，太需要清明廉洁的能臣干吏整顿朝纲。裴侠刚将户部整治好，朝廷又有旨，拜工部中大夫，要借他的"独立使君"声望，震慑工部贪官。听说裴侠到任，一位官员吓得躲在府中瑟瑟发抖，哽咽哭泣。此人叫李贵，在工部掌管钱财物典。有人问他为什么哭泣，李贵说："掌管的官家财物有些入了私囊，裴公清明严厉，我害怕受到惩处，这才哭泣。"北周也有"坦白从宽"之说，裴侠听说这件事后，鼓励李贵自首，以减轻处罚。李贵如蒙大赦，前来投案，主动交代贪污官钱五百万，如数退赔。

李贵为什么如此惧怕？原因有二：一是裴侠整治贪腐不手软。二是新朝初立，一旦罪证确凿，会按照"杀一利百，以清王化，重刑可也"遭受比平时更严厉的处罚。

有这两条，裴侠实际上对工部的贪腐官员已形成威慑。

五

裴侠不光清廉，而且勤恳敬业，以天下为己任，是北周王朝政治清明的标志性人物。

从北魏孝明帝正光年间（520—525年）二十多岁入仕做官，裴侠历事三朝，至北周辅命朝臣宇文护重演其叔父宇文泰故事，霸道专权，把持朝政，成为北周实际主宰者时，裴侠已是六十多岁的老人。一天，裴侠偶遇风寒，病体沉重。同僚前来探视，无不为之担忧。夜晚，裴侠昏迷沉睡中，报时更鼓在宁静的夜色中响起，裴侠打个激灵，忽地坐起来，问服侍下人："是不是到了上朝时间？"这一激灵，身上疾病竟好像痊愈了。大丞相宇文护听说这件事，赞叹："裴侠病情危重，仍不忘朝政，听到五更鼓声，病体居然痊愈，这难道不是上天奖励他的忠诚勤勉吗？"

听说这件奇事，大司空、许国公宇文贵和小司空、北海公申徽一起来探视。一进门，先看到裴侠家房屋墙损瓦破，不遮霜露。堂堂骠骑大将军、工部中大夫，品级九命，竟贫寒如此，两位高官连连摇头叹息。离去后，宇文贵将所见禀明明帝宇文毓。明帝对裴侠因清廉而清苦由衷感叹，进而怜悯，特出官银，为裴侠新建屋舍，并赐良田十顷，佣工、农具和粮食全由官府备足。

得到这样的奖励，朝野缙绅士族无不敬佩，认为是裴侠该得到的。

北周明帝宇文毓武成元年（559年），裴侠刚为北周王朝效力两年，终因沉疴卒于任上。得知裴侠故去，明帝宇文毓异常悲伤，下诏赠太子少师、蒲州刺史，谥曰贞。裴侠死讯传至中条山南的河北郡，官吏百姓忘不了这位清廉的前任太守，功曹张回与河北郡官吏们，感念裴侠恩德，写出一篇颂文，以志纪念。

裴侠有二子，裴祥、裴肃。裴祥得裴氏家传，性格忠厚恭谨，有决断繁复事务的才能，年轻时当过成都令，声望虽不及其父，对问题的判断处理却超过父亲。以后，任长安令，仍具其父清廉之风，被权臣忌惮，转任司仓下大夫。他听说父亲病故，悲痛不已，竟因此溘然长逝。次子裴肃，史无记载，不叙。

裴侠以勤勉清廉名载史册。一生历事三朝，从北魏孝明帝起，至北周明帝终，经历十多位皇帝。战乱频仍的年月，朝纲不靖，权臣当道，无论社会如何变化，所历何朝，所侍何帝，裴侠始终兢兢业业，洁身自好，不坠青云之志，以独立人格独行于混浊之世。这是裴侠最令人称道的地方，仅此一点，且不说那些平庸官宦，即使和平时期的著名官吏，也难以与之比肩。

第四章　与隋王朝一起回归

经历南北朝战争动乱后，裴氏族人踏着战争的残灰余烬，与隋王朝一起开辟出属于自己的时代。华夏民族回归到大一统王朝，裴氏家族也随之回归到应有的兴盛。

裴族家族的众多大将军还准备为北周金戈铁马、疆场浴血，不等回过神来，已改朝换代，瞬间成为大隋臣民。面对焕然一新的王朝和帝王，裴氏族人重新打点行装，为新朝南征陈朝，北服突厥，再次以家族的文化积淀和自身的聪明才智建功立业。

经过魏晋南北朝的分裂与融合，华夏民族的血管里融入了北方少数民族的血液。匈奴、鲜卑、羯、氐、羌，这些在北中国土地上驰骋了数百年的少数民族悄然消失。被战乱折磨得千疮百孔、伤痕累累的华夏民族，重新站起来时，已混入多种血液，变得体魄强健、充满活力，既有农耕民族的勤劳善良，又带上游牧民族的勇猛强劲。如陈寅恪先生所说："取塞外野蛮精悍之血，注入中原文化颓废之躯，旧染既除，新机重启，扩大恢张，遂能别创空前之世局。"

由胡汉混血、军政合一而来的隋王朝起步阶段，处于相对较低的文化水准，不乏攻城略地的大将军，不缺朝堂论政的大宰相，需要的是能够建章立制、重整朝纲的文臣。裴氏族人深厚的家学渊源和优良的文化传承，正好适应了这种需要。

分裂、厮杀过后，裴氏家族尽管没有像著名的王、谢家族那样覆灭，昔日吟风弄月、清谈玄学的裴氏族人，也不可能再享祖先福荫，"贵仕素资，皆由门庆，平流进取，坐至公卿"，轻而易举地走进庙堂。在新的利益集团面前，裴氏家族势力已有其名而无其实，即使进入仕途，也只是身处底层的朝臣胥吏，需要从头做起。出现在隋朝并名载史册的裴氏族人无一不是这样。大名鼎鼎的裴矩入隋时，不过是个给事郎；为隋王朝参定律令的裴政入隋时，只是个北周老臣，终其一生，不过官至襄州总管。进行大索貌阅的裴蕴即使被隋文帝超授，也不过是开府仪同之职。翻遍史籍，隋初统治高层中，竟找不见威名赫赫的裴氏族人。

　　"隋承周制，官无清浊"，开皇十五年（595 年），隋文帝广置人才，分科考试，彻底废除了九品中正制，"大小之官，悉由吏部，纤介之迹，皆属考功"。隋炀帝杨广继位后，大业元年（605 年）开始的科举制度，是选举制度的一个里程碑式的进步，有这样的选举制度，裴氏族人才能凭自身努力，一步步进入朝廷中枢。

　　隋炀帝"志包宇宙""威震殊俗"，将大隋个性张扬到极致。营东都、建粮仓、修运河、巡河右、幸西域，这些事件中，不时活跃着裴氏族人的身影。

　　大业盛世后，炀帝以倾国之力三征高丽，大隋精疲力竭，百姓涂炭，"巍焕无非民怨结，辉煌都是血模糊"。天下大乱之时，炀帝避祸江都（今扬州），遥望洛阳，"斜阳欲落处，一望黯销魂"（杨广《野望》诗句），感叹"好头颅，谁将斫之"，很快被缢身亡。皇皇大隋王朝覆灭。

　　大隋王朝的三十七年运祚时间太短，对于裴氏族人来说，三十七年同样不长，这一时期建功立业的裴氏族人，大多跨越三朝甚至四朝，从南北朝而来，在大隋立足，又朝大唐奔去。时隔千年，仿佛仍能听到他们的匆匆脚步声，看到他们焦虑的神情。

第一节　裴政：令行禁止称为神明

裴政（生卒年不详），字德表，河东闻喜人，出身裴氏南来吴眷，裴邃
之孙。

裴氏史上杰出人物众多，宰相、大将军均以数十计。裴政一生，仕途坎坷，身历三朝，官不过四品，却是裴氏族人中特别值得记载的人物之一。进入隋朝后，裴政以官宦之名、学者之实受命制定的《开皇律》，废除酷刑，宽平用法，对中华文明的促进作用，无论怎样赞誉都不为过。后人将其誉为"法律学家"，已是很高的评价，仍不足以彰显他对社会进步的贡献。

裴氏号称名门望族，世人多将目光聚集在出将入相的名将显宦身上。其实，裴氏族人中以博学多识专务一事、专攻一业，享誉后世而官品不高者甚多，所谓"从政者行惠民之法，习文者出不朽之作，研习者留济民之术"。裴政之前，有以志人小说《语林》誉载文学史的裴启，在古代史学占有一席之地的"史学三裴"裴松之、裴骃、裴子野；裴政之后，还有第一个出使东瀛的裴世清，以唐《传奇》闻名的裴铏。他们代表了裴氏作为世家望族的另一面，为裴氏家族在仕途之外博得极高声誉。裴政是其中最特别的一位，从他身上能看到裴氏族人在乱世之际，由一个王朝走向另一个王朝的曲折与艰辛，还能看到裴氏族人阵前杀敌之外案牍为文的风采。

裴政还是个寿星，近九旬高龄卒于任上。有他在，裴族家族不光冠盖如云，而且福瑞氤氲。

一

裴政出生时，先辈从祖望之地河东闻喜，作为"晚渡北人"迁豫州寿阳（今安徽寿县境内）已历五代人。当初，他们来寿阳时，只是寄居，之后变为侨居，五代人之后，变为世居，寿阳就是家乡了。这是个多事之秋的多事之地，裴政来到人世时，南北政权以淮河为界，对峙已有二百多年之久。南渡后的朝廷一个接一个地换，先是东晋，接着是宋、齐、梁、陈，尽管姓氏不同，但每个朝廷都有着正统名号，仿佛都得天神授。与北面的五胡和鲜卑人朝廷北魏相比，宋、齐、梁、陈再腐朽，也是纯种的汉人政权，裴氏族人不到万不得已，不会弃南投北。寿阳本来是地处江淮之地的小城，因为夹在南北朝之间，今天属于南朝，明天属于北朝，对双方来说就都成了边城。自幼生活在这样一个地方，裴政时常听大人谈论两边朝廷，耳濡目染，小小年纪对时事格外敏感，加上得家族传承，活泼聪颖，博闻强记，对南北形势的看法独到清醒，常受人称赞。

南北两朝帝王中，得晋王朝传承、以正统汉家天下自居的宋、齐、梁、陈显然要比北魏的鲜卑人拓跋氏更重视世家望族。裴政才十五岁时，便凭借望族子弟身份，被梁室征召，任邵陵王府法曹参军事。邵陵王府是梁武帝萧衍第六子萧纶的府第，法曹参军事官职不算高，七品，是个专为王府设置的官职，掌按讯、决刑。对于还是少年的裴政来说，仕途起点已经足够高。

弱冠后，转任起部郎（即工部郎中，六品）、枝江（今湖北省枝江市）令。这时，裴政与祖父裴邃、父亲裴之礼祖孙三代同朝为官。祖父裴邃先后任多郡太守，已是身经百战的大将军。父亲裴之礼在朝任廷尉卿（掌刑狱，三品）。裴邃于军中病故后第二年，普通七年（526 年），年方十九岁的湘东王、皇子萧绎镇守荆州，得闻裴政才干，召为宣惠府记室。这是个秘书之类的官职，跟随在皇子左右，裴政仕途前景一片光明。很快，又转任通直散骑侍郎，兼掌侍从、讽谏，从五品。从皇子身边来到皇上身边，裴政官秩虽没升多少，位置显然更重要了。

"侯景之乱"是一场危及南梁天下的叛乱，裴氏多位族人都参与了对侯景的作战，裴政在平定"侯景之乱"中，官拜壮武将军。大宝二年（551年）四月，率师随建宁侯王琳出征，固守巴陵（今湖南岳阳），击贼于城下。六月，王僧辩在郢州（今湖北钟祥市），生擒贼首宋子仙，押赴荆州，不久于江陵斩首。"侯景之乱"后期，侯景犹作困兽斗，南梁各路大军呈合围之势发动进攻，裴政作为先锋官，率先攻入建康城中。战后，因军功封夷陵（今湖北宜昌夷陵区）侯。

经历"侯景之乱"的南梁国力衰弱，像一块肥肉，被觊觎已久的北齐、北周各撕去一大块。江北淮河两岸之地尽为北齐所有，北周则吃下巴蜀、荆襄。皇室内部，又有皇弟萧纪称帝成都，年号"天正"，起兵东下争取皇位。南梁内忧外患，形势危急。梁元帝急派大将王琳率军迎战，裴政身为副帅，与王琳合力将萧纪军阻拦在硖口，大破之。此战过后，裴政再次加官晋爵，擢升为平越中郎将、镇南府长史。

这几年，梁武帝萧衍之孙、昭明太子萧统第三子萧詧在雍州称王，自为西魏藩国，得到宇文泰支持。西魏恭帝元年（554年），宇文泰命柱国于谨讨伐荆州，萧詧出兵会合。南梁方面得知消息后，急派王琳率军从桂林出发前来解围，大军驻扎长沙后，裴政向王琳请求，走小路将消息报告给梁元帝。这时，东归之路已被阻断，裴政行至长江百里洲，被西魏军队俘获。

此时，萧詧在西魏扶持下正准备登基为帝建立西梁，需要拉拢人才。得知名门裴氏族人裴政被俘，亲自来劝降，说："我是武皇帝（指梁武帝萧衍）的孙子，难道不可以做你的君主吗？你又何必为我七叔父（指梁元帝萧绎）卖命。如果按我说的去做，保你富贵荫及子孙，如若不然，让你身首分离。"

萧詧软硬兼施，裴政假作屈服，说："好，按你说的做。"

此时，萧詧的西梁军队已包围荆州，连日不下。为瓦解城内守军，萧詧下令将裴政锁上镣铐，押解到台城下对梁元帝喊话，传送假消息——"来驰援的王僧辩听说皇上在台城被围，已经自己称帝。另一路援军王琳势单力孤，不敢前来。"

萧詧的目的，是想通过裴政之口，欺骗城中守军，使其投降。裴政假意答应，站在城下却改了口："援兵很快就会到达，大家要相互勉励，坚守下去。我因为走小路报信被俘，当粉身碎骨报效国家。"身旁押解监督的军官听见裴政改口，猛击他嘴巴，裴政怒骂不止，血溅城下。萧詧大怒，要将裴政斩首。西梁尚书左丞蔡大业是个明白人，劝谏道："裴政在百姓中名望很高，杀了他，城内守军会视死如归，荆州更攻不下来了。"裴政因此免于一死。

不久，荆州陷落，裴政的铁骨铮铮，到底没能保住他效忠的朝廷，南梁灭亡。裴政与城中南梁旧臣一起被解送到长安。宇文泰早就得闻裴政大名，听说其忠贞不屈，为少见的忠臣义士，有意拉拢，授员外散骑侍郎。

二

宇文泰知人善任。裴政从小博闻强记，在南梁多年，只是个领兵打仗的战将，到西魏后，宇文泰发现他知识渊博，精通古礼，这样的人放在战场搏杀，岂不埋没。

裴政没来西魏之前，宇文泰已有意按《周官》礼制改革官制，大行台左丞苏绰主管其事，积劳成疾去世后，尚书令卢辩接任，裴政来到西魏后也受命加入。这次官制改革意义重大，历经二十多年才完成。新实行的官制，史上称之为六卿（六官）之制，即参照《周礼》，设立六官：天官、地官、春官、夏官、秋官、冬官。与之相应的是大丞相（大冢宰）、大司徒、大司伯、大司马、大司寇、大司空，"五府总于天官"。这样的官制表面上复古，真正目的是加强中央集权。

官制是个系统复杂的制度。设立官制后，还需明确公、卿、大夫、士秩级，俸禄待遇差别，朝仪次序，车辆、朝服、器用等级，如此等等，全都遵从周代古制，革除汉、魏以来实行的官制。

官制改革完成不久，裴政被授予刑部下大夫（刑部次官），很快，又转任少司宪（负责议论时政、纠察百官）。

这次官制改革，实施时间不长，隋朝建立后，又重新实施魏晋以来的三省六部制，但影响深远，裴政能参与其中，既是对他学识的肯定，也是他对中国官制史的贡献。

裴政熟读经史，通晓历史掌故。官制改革刚结束，又受命制定《周律》。从这时起，裴政开始深入研究各朝刑法，为以后制定隋朝法律打下基础。

过去一千多年，已无法得知裴政的长相、个性。从古人惜墨如金的记载中，还是大概能知道他的行事特点。这是个提枪可上战场、执笔可入文翰的文武全才，个性果决，机智善断。既有军人的豪迈，又有文人的浪漫。好饮酒，量极大，数斗不醉。悟性极高，饮酒之余，笙歌弦舞间逍遥取乐，音律欣赏水平之高，卓然已成大家，与中书令长孙绍远谈论韵律，竟入《音律志》，成为中国音乐史的一部分。生活中风流洒脱，待到衙门判案中，是雷厉风行，果决敏捷。盈几案卷，处理起来如行云流水，速度极快。为什么能这样？皆因他量刑用法尺度宽，不滥施刑法，判过的案件从无冤案错案。

碰上被处极刑的囚犯，裴政允许其妻子儿女入狱探望。冬天，行刑前，死囚们反而感念裴政，说："裴大夫判我死罪，刑前能让我与家人见一面，死而无憾。"

风流俊逸，又个性直爽，不畏权贵，自然不会讨皇帝喜欢。此时，宇文泰已故去，其子孝闵皇帝宇文觉建立北周后，历明皇帝宇文毓、武皇帝宇文邕，宣皇帝宇文赟登基后，沉湎酒色，暴虐荒淫，同时立五位皇后娘娘，视皇帝为儿戏，一句喜怒无常的话就是圣旨。裴政偏不遵旨，触怒龙颜，犯下忤旨大罪，被免职罢官。

大厦将倾，一个是荒唐皇帝，一个是较真大臣。裴政不幸，辗转两朝也没有遇到一位明君。又有些幸运，正因为荒唐，宇文赟才将皇位留给七岁的儿子，二十岁就当太上皇去了。皇太后父亲杨坚才会以左丞相身份摄政，裴政才可能短时间内被召回，恢复本官。

这一年是大象元年（579 年），北周王朝灭亡进入倒计时。

三

开皇元年（581 年），杨坚受禅让登上帝位，建立大隋王朝，天下易主。

禅让来的天下，实际是新帝王旧朝臣。杨坚当大丞相时就赏识裴政，当了皇上，天下成了自己的，更加喜欢干练朝臣，任命裴政为率更令。

新朝新气象，由刑部下大夫、少司宪，转任这样一个名称怪异的官职，裴政好像并没有受到重用。率更令是太子属官，掌管宫殿门户、漏刻钟鼓、皇族次序、礼乐刑罚诸事，位置不显，责任重大。因而，加位上仪同三司，等于四品待遇。

由北周至大隋，裴政所任刑部下大夫、少司宪、率更令，都与刑律打交道。北周刑法繁杂苛酷，以至"下自公卿，内及妃后，咸加棰楚，上下愁怨"，"内外恐怖，人不自安"，新朝伊始，需要修订一部新刑律，主旨是权衡轻重，务求平允，废除酷刑，疏而不失，以赏罚有度、约束百官。隋文帝杨坚下诏，组成一个专门班子修订刑律。

隋王朝这么做，固然是因为北周、南陈刑律繁苛，更重要的还是隋文帝杨坚意识到刑律对一个王朝的重要性。修订刑律班子有十多个人，皆一时之杰。如：高颎为尚书左仆射、郑译为岐州刺史、杨素为上柱国、常明为大理前少卿、韩濬为刑部侍郎、李谔为比部侍郎、柳雄亮为考公侍郎、苏威为太子少保。论官职，裴政最低，率更令最多相当于太子府一个部门的负责人；论资历，裴政最浅，根本谈不上隋文帝心腹之人；论排名，最靠后；论学识，裴政却是其中最渊博的一位。中国古代刑律一脉相承，裴政靠自己的学识，上采魏、晋刑典，下查齐、梁律令，按历朝刑律沿革轻重，删繁去苛，折中均衡。班子里十余个人，谁遇到问题，写不下去时，都向裴政请教，吃不准的条款，最后都由裴政决断。

这部大隋建立当年（开皇元年）撰写、当年颁行的刑律，名《开皇律》。《开皇律》计十二篇、五百条，最引人注目的是废除了前代的鞭刑及枭首、辕裂等酷刑和孥戮相坐之法，共设五刑，一曰死，二曰流，三曰徒，四曰杖，五曰笞。后世评价这部刑律，多从体例条款上分析，称其"刑纲简要，疏而不失"。其实，这部刑律更重要的意义是在严酷的刑律里，加入了人性成分，废除肇自三代（夏、商、周），迄至北周、南陈的三大酷刑：宫刑、车裂、枭首。非谋反大逆，一般不用族刑（株连九族）。这是社会进步在刑律中的显示，或者说是这部刑律对社会文明的促进。

以后，唐取代隋，继承了隋朝天下，也秉承了隋朝的律法精髓。唐律以《开皇律》为蓝本，"惟正五十三条格入于新律，余无所改"。《开皇律》在中国刑律史上的意义，随着社会的进步，越来越为人称道，《中国史法小史》一书所说："吾国司法制度，胚胎于三代，发展于汉魏，而大成于隋唐。"看似总结中国古代司法制度传承关系，实际是对隋唐司法制度的赞扬。

如此重要的一部刑律，决定性人物非裴政莫属。尽管在各种史料中，裴政署名都是最后一位，或根本不会被提及。我们不必为裴政抱不平，署名以尊者为先，古已有之，况且这回编撰人员都是皇上下诏钦点的。

但是，古代读书人岂能全被蒙蔽，明末清初大学者王夫之就直接将《开皇律》的著作权归于裴政，在《读通鉴论》中这样写道："古肉刑之不复用，汉文之仁也。然汉之刑，多为之制，故五胡以来，兽之食人也得恣其忿惨。至于拓跋、宇文、高氏之世，定死刑以五：曰磬、绞、斩、枭、磔，又有门房之诛焉，皆汉法之不定启之也。（裴）政为隋定律，制死刑以二：曰绞，曰斩，改鞭为杖，改杖为笞，非谋反大逆无族刑，垂至于今，所承用者，皆（裴）政之制也。"

《开皇律》因此被后人视为隋文帝的五大历史贡献之首，仅此，裴政便足以立于历代名臣之间，成为不朽。

四

即使当时，隋文帝也清楚裴政在修订刑律中作用最大。《开皇律》颁行后，裴政进位散骑常侍（皇上侍从），不久又转任左庶子，重入东宫侍奉太子杨勇。

这两个职务都兼有顾问性质，在皇上或太子外出时，骑马跟随于后，以备差遣顾问。朝堂上，立于左右，随时规谏过失。裴政为人直爽，对朝臣奏章多当面匡正，且见识高远，受到朝臣称颂。裴政深受太子器重，东宫凡有大事，都交给他处理。

东宫太子侍从官有两位，另一位是右庶子，名叫刘荣。裴政与之位分左右，也是同僚。刘荣性格专横固执，凡事爱自作主张。一次，东宫武职官员轮流值守，由通事舍人（掌管皇帝与太子的朝见引纳、殿廷通奏等事）赵元恺填写表账名册，不等完成，太子再三催促。刘荣对赵元恺说："口头奏报就行了，没必要造账表。"没想到，赵元恺向太子口头奏报完，太子追问："名册账表在哪里？"这位赵元恺是个实在人，当场就将刘荣出卖，说："刘荣吩咐不必造账表。"

太子当即将刘荣召来诘责，刘荣哪里还肯承认，说自己从来没说过这样的话。

两边都无对证，一件不大的事形成迷局。太子将这件事交给裴政调查。

还不等裴政将调查结果向太子汇报，剧情又有变化。有想讨好刘荣的人先对太子说："裴政早就想整刘荣，调查结果肯定不真实。"

太子再召见裴政询问。裴政说："调查事情有两个要点，一是追查情由（动机）；二是搜集证据，然后才能确定是非曲直。刘荣位高任重，纵然确实对赵元恺说过那样的话，也是纤介之愆（过失），算不得什么大问题，依理而论，根本不需要隐瞒。赵元恺受制于刘荣，是下属，又岂敢以无端之言构陷上司。再说，赵元恺还让左卫率崔蒨为自己作证，崔蒨描述的情况和赵元恺所说基本相符，根据事实和常理，臣推定刘荣确实对赵元恺说过那些话。"

裴政的推理合情合理，既没有伤害刘荣，也没有伤害赵元恺，可谓公正无私。太子无话可说，这件事就这么过去了。本来就是一件小事，既入史册，是因为通过这件事，一是彰显裴政睿智；二是表现裴政善推理、重证据的办案风格。事件中的太子杨勇，听风就是雨，昏头昏脑，给人的印象就是一个糊涂公子，哪有半点未来帝王风范，怨不得后来被老爹废黜。

裴政的不幸，也是因为服侍了这样一位糊涂太子。杨勇容貌俊美，生性好学，善于辞赋之道，个性宽厚温和，临大事却糊涂。开皇元年（581年），杨坚登基当年，册立杨勇为皇太子，拜为大将军、左司卫，很快又任为上柱国将军，参决军国政事，联姻于左仆射高颎。按说，只要稳稳当当做太子，将老皇上熬死，自然就能当皇上。杨勇犯了个男人常犯的错误，断送了自己的皇位。

杨勇没当太子之前，娶西魏皇室元氏为妻，当了太子后，元氏成为元妃。元妃是政治联姻的结果，不讨杨勇喜欢，更不幸的是当了太子妃，也没有生得一儿半女。杨勇喜欢的女人姓云，两人结识于民间，不敢在皇宫寻欢，野合生下长子杨俨。以后又生下次子杨裕、三子杨筠。杨勇当上太子后，云氏以太子侍妾身份，被封为昭训。云昭训固然姿色娇美，要说杨勇喜欢云昭训就是好色，却有点牵强。两人虽结识于民间，连生三子。后仍相亲相爱，这样的爱，不是真爱是什么？开皇十一年（591年），元妃因为得不到太子喜欢，心情郁结，得了心病，没几天气绝身亡。皇后独孤伽罗本来就不喜欢云昭训，这下，怀疑元妃的死与云昭训有关，将太子杨勇召去，好一阵责骂。

杨勇的太子位早就被弟弟杨广觊觎，此时，因云昭训被母后指责，背了个好色名，等于给了杨广机会，太子位危矣。裴政身为左庶子，专为太子服务，岂能看不出其中蹊跷。但不是所有人都明白。云昭训的父亲云定兴就是个糊涂人，太子妃一死，他不光没意识到女儿的危机，反倒认为女儿的机会来了。平时就常往东宫跑，带些奇服异器到后宫，这时跑得更勤，毫无节制。

裴政为人直爽，有什么话当面指出来，过后从不说人坏话。看到云定兴无节制地往太子后宫跑，危及太子地位，多次向太子指出。也许是杨勇太爱云昭训，并不采纳。

裴政为太子着急，直接找到云定兴，当面指责："你做的这些事，不合礼仪法度。况且元妃刚暴病身亡，外面到处议论，对太子影响非常不好，希望你再不要这样做，不然，灾祸将至。"

云定兴听到裴政劝告，没有意识到问题有多严重，反而向太子告状。太子杨勇更糊涂，根本不理解裴政的良苦用心，反而日渐疏远。最后，找了个理由将裴政打发走，让其任襄州（今湖北省襄阳市襄州区）总管。

五

隋朝实行州（后改为郡）、县二级行政管理，一州总管，身兼地方最高军事、行政长官，权力大过以前的州刺史。史书中，没有裴政任襄州总管的具体时间。去襄州赴任时，裴政已是七旬老翁，却没有带老婆孩子，无牵无挂，只身前往。他是个廉洁自律的官员，生活俭朴，没有花天酒地的习惯，所得俸禄，自己没地方花，全部散给下属官吏。

当太子左庶子前，裴政为朝廷撰《开皇律》，现在担任地方总管，有了将《开皇律》付诸司法实践并实现自己司法理念的机会。

当时，州中有团伙犯案，裴政已暗中调查清楚，事实证据俱在，却长达一年不去惩办。等这些人再次犯案时，在大庭广众之下，人赃俱获，并亲自审查案情，历数其罪。这么做，一是先给这些人悔过自新的机会，二是起到震慑作用。这个案件最后处理结果是：五人处死，多人流放。

裴政这样处理案件，襄州境内不法之徒无不惶恐。从此令行禁止，百姓安居乐业，称裴政为神明。以后很长一段时间，襄州不需要修建监狱，民间基本没有诉讼案件发生。这样的记载表明，裴政在襄州总管任上时间不短。

裴政官职不算高，各种史书上都没有记载他的生卒时间，只说他享年八十九岁。《隋书》《北史》中的《裴政传》，均用"卒官"二字告诉后人，裴政是在襄州总管任上故去的，如此高龄，仍然履职不弃，到底是什么原因？史书不载，不好妄猜。

裴政故去时，隋文帝杨坚还没有被太子杨广取代。元妃暴薨后九年（开皇二十年，600 年），杨坚废去杨勇太子位，册立晋王杨广为皇太子。得知裴政去世消息，杨坚曾感叹："如果裴政、刘行本（裴政后接任左庶子）在，共同匡弼辅佐，太子也不会落到这种地步。"仁寿四年（604 年），杨坚在仁寿宫离奇驾崩。按这几件事的发生时间推算，裴政在开皇十一年（591 年）后任襄州总管，履职十三四年，应该在开皇二十年（600 年）至仁寿四年（604年）之间以八十九岁高龄去世。如此高寿，如此头脑清晰，如此受百姓爱戴，这样的官员，在中国历史上很难再找出几个。

读到这里，好像在历史深处，一位皓首苍颜、精神矍铄、倔强耿直的老者，正迈着稳健的脚步朝我们走来。

第二节　裴矩：危乱之中，未亏廉谨之节

裴矩（548—627 年），本名裴世矩，字弘大，河东闻喜人，出身裴氏西眷房。

裴氏诸多人物中，没有人比裴矩经历更复杂。在改朝换代如同小孩变脸的乱世，他经历过的正统的、非正统的王朝有六个，侍奉过的真伪帝王达八位。他还是入史最多的裴氏族人，《北史》《隋书》《旧唐书》《新唐书》《资治通鉴》都以较大篇幅记载他的史迹。评价也最复杂，魏徵、李延寿、刘昫、宋祁、欧阳修、司马光笔下的裴矩都忠奸难辨。他把握不了时代变迁，却能把握自我，不管身处什么朝代、面对怎样的帝王，都能将自己做到最好。在历史镜像中，他像个物件般，被放在不同位置仔细辨识，碰上亡国昏君，他是奸；碰上盛世明君，他是忠。判断助纣为虐与尽忠报国，佞臣与诤臣，不是所做的事情本身怎样，而是为谁去做。身处乱世之秋，不光裴矩，历史上许多著名人物，如魏徵、房玄龄都曾有过这样的经历。读各种《裴矩传》还有一种感觉，他一生仿佛有做不完的事，从年轻时入仕，到八旬老翁，一直都在忙忙碌碌，为国、为民、为君，也为自己，死而后已。

一

西晋末年，天下大乱。裴氏族人一部分南渡，寄居寿阳，另一部分西迁，避祸凉州。东晋太元元年（376 年），前秦皇帝苻坚灭前凉，平定河西地区，裴氏族人东归，回到祖望河东，居住解县（今山西临猗县临晋镇），被

裴氏后人称为西眷裴。

祖父裴佗是个廉洁奉公、两袖清风的好官。由赵郡太守转任东荆州刺史，"郡人恋仰，倾境饯送"，任汝南太守时，曾用离奇手段判过一个兄弟分家案：汝南郡有兄弟二人分家，家里只有一头牛，二人争执不下，官司打到郡太守裴佗裴老爷那里。看到兄弟二人，裴佗不等判案，先为二人悲伤，神情凄然，说："你兄弟二人为一头牛，竟打起官司，如果有两头牛，各得一头，岂有打官司伤和气的道理。"说罢，老爷堂木一响，谁都没想到，判决结果竟是：老爷将自己家的牛牵出来，赠送给兄弟俩。裴佗这么判，是要在郡内形成敦敬相让之风。北魏永安二年（529年），裴佗去世。做过多地州、郡长官，却家无恒产，"清白任真，不事家产，宅不过三十步，又无田园"。

父亲裴讷之，官至太子舍人。裴矩出生时，北魏已经分裂为东魏和西魏，家乡河东属东魏。裴矩还在襁褓中，父亲裴讷之受同僚诬陷被免官，心情抑郁，不久亡故。裴讷之兄弟六人，他行二，兄裴谋之，弟让之、谒之、诹之、諴之。

裴讷病故，几位兄弟承担起抚养侄儿义务。三叔裴让之为清河太守，是个胖子，文宣帝高洋本想要他做黄门侍郎（皇帝顾问、侍从），有人说裴让之身体太胖，不堪趋侍，不适合黄门侍郎之职。裴让之做官，与父亲裴佗一样政绩优异，治下地方"奸吏敛迹，盗贼清靖"。当时高洋逼迫东魏孝静帝禅位，孝静帝逊居别宫。告别群臣时，裴让之真情流露，流涕唏嘘，悲伤哀叹，因此事受小人诬告，被高洋赐死在家中。

五叔裴诹之是个天才，年少时喜欢读书，过目不忘，从名士常景那里借书百卷，十多天便读完归还。常景怀疑他是装样子，没有认真读。用书中内容提问，常景刚开个头，裴诹之便对答如流，能说出下面五行内容。常景感叹："应奉五行俱下，祢衡（三国名士）一览便记，今复见之于裴生矣。"年长出仕，官至北周大行台仓曹郎中。

生长在这样一个传统优良的世家，又有这样的叔父教诲，裴矩年龄稍长，聪明好学，喜欢文学，善于谋划。裴让之教导侄儿说："以你的资质，足以成为栋梁之材，要想仕途显达，还需要增加处世经验，干练务实。"

有叔父指点，加上裴矩本人聪明颖悟，留意世事，他年轻时便在乡里小有名气。

北齐行政管理承汉制，分州、郡、县三级，州最高首长称州牧。晋西南（即河东）、关中东部和豫西这一大片地方属司州，州治洛阳。对于北齐来说，司州是战略要地，拱邺城，邻西魏，是战国时期魏国旧地，东魏高欢时期的玉壁之战就发生在司州境内。裴氏祖望闻喜县也在司州。北齐对这片土地十分重视，武成帝高湛派自己的第五子北平王高贞任司州牧。

北齐的州牧权力远超西晋的州刺史，可在所领地方自募僚属，以获得地方豪族支持。司州境内，裴矩是裴氏家族的后起之秀，背后站着一个人才辈出的大家族。任用裴矩，等于拉拢裴氏。有鉴于此，裴矩被高贞辟为兵曹从事。这是裴矩进入仕途后的第一个官职，职级不高，属州牧僚佐，但对一位刚入仕途的年轻人来说，已是不错的职位。此时已至北齐晚期，裴矩还没发挥出才干，又转到武成帝高湛第六子高平王高仁英麾下，任文学幕僚。

北齐王朝后期，帝王残暴，政治腐败到连狗、马、鹰亦得加封官号，赋敛日重，徭役日繁。裴矩一生侍奉过多个王朝，北齐是第一个，最无所作为。

北齐被北周灭亡那年（577年），裴矩正当而立之年，作为北齐旧臣赋闲了一段时间。以后的隋文帝杨坚接任定州总管，广纳贤才，得知裴矩有谋略，召为记室（幕僚）。这一年，母亲溘然长逝，按官员礼制，裴矩回家丁忧守丧三年。

北周王朝在裴矩仕宦经历中仅四年，其中三年时间在母亲坟茔旁度过。大象二年（580年），随国公杨坚接受遗命辅佐朝政，为北周大丞相，夺取大位的时机到来，正当用人之际，杨坚遣使者骑马驰奔河东，将裴矩从家乡母亲坟茔旁召回，拜为相府记室（文职幕僚，主管上章表，奏报书记）。

第二年，杨坚受禅，改随为隋，建立大隋。裴矩一生中侍奉的第二个王朝北周，根本不需要他做什么，倏忽而过，第三个王朝隋朝接踵而至。刚入新朝，裴矩仅以一身才华得到赏识，并无尺寸之功，转任给事郎，主掌内务省兼职内史舍人，跟随在皇帝左右，参议政事，备皇上顾问，并兼职起草诏诏。这是个闲官、散官，仅八品，能否有所作为，全靠自身才学。这一年，裴矩已三十四岁。

二

隋开皇八年（588年）十二月，隋文帝命晋王杨广为元帅，统率八十总管、五十余万水陆大军，进攻江南陈朝，开始南北统一战争。裴矩随军参战，还是文官职务，由相府记室变为元帅府记室。此时的裴矩已到不惑之年，入仕途十一年，始终是个文官幕僚。伐陈大军攻破丹阳（今安徽涂县东北小丹阳）后，杨广令裴矩接收陈朝的图书典籍，与他一起受命的还有以后成为名相的高颎。此时，高颎以尚书左仆射身份兼任元帅长史，辅佐晋王杨广。能与高颎共同受命做一件事，等于有了接近当朝宰相的机会，对裴矩以后的发展大有益处。

隋朝大军进军南陈京城建康时，"隔江犹唱后庭花"的陈后主还在与嫔妃逍遥快活。开皇九年（589年）正月，杨广率军进入建康城，平陈之役大胜，尽得南陈三十州、一百郡、四百县，陈朝灭亡。

这场两个多月的战争，结束了自西晋末年以来近三百年的混乱分裂局面，实现了中国历史上继秦、汉、晋后的第四次大一统。裴矩参与其中，亲身经历了隋军在杨广统率下，以摧枯拉朽之势讨伐陈朝的全过程。过后，以元帅记室身份，记下了平陈战争的方方面面，书名为《隋开业平陈记》，共十二卷。

裴矩在平陈之役中显现出的才干，得到文帝赏识，很快被委以重任。

陈朝灭亡后，岭南之地无所归依，处于游离状态。南北朝时期的岭南，实属荒蛮之地，南梁侯景之乱时，被"圣母"冼夫人控制，在陈霸先代梁建陈后，尊陈朝为宗主。陈朝一亡，越人共拥冼夫人为主。文帝得知这种情况后，遣总管韦洸前往安抚，冼夫人派孙子率众迎韦洸入广州城，岭南归附。

南北朝以至隋、唐，岭南地区名义上虽归属中原王朝，实际处于自治状态，王朝的统治力很弱，奉行的是"羁縻"之策。"羁，马络头也；縻，牛靷也"，"羁縻"之策说白了是笼络之策。隋朝虽统治岭南，并不派一兵一卒，承认其酋长、首领统治地位，用笼络手段使其服从朝廷，地方官员多任用当地豪族。岭南是否安定，全在朝廷声望。

总管韦洸进驻广州不久，番禺人王仲宣造反，文帝急令裴矩前往岭南巡抚。

从进入仕途到平陈之役的十多年间，裴矩都是文职随员，从没有过独当一面的经历。敢将巡抚岭南重任相托，文帝看中的是他干练稳妥的办事能力。正当裴矩收拾行装准备出发时，吴、越一带再度发生叛乱，开皇十年（590年）十一月，会稽人高智慧、婺州人汪文进、苏州人沈玄憎相继起兵造反，自立为帝，设置文武百官，建起小朝廷。裴矩前往岭南的道路要穿越叛乱地区，连文帝也感觉难以成行。没想到裴矩请求立即出发，文帝大喜，当即颁旨应允。

裴矩领旨后，带少数随从一路南下，穿越叛乱区，长途跋涉赶赴目的地。他的使命是巡抚岭南，代表隋朝安抚陈朝旧臣，接收陈朝旧地，手下并无兵将可用。至南康（今江西省赣州市）后，得知形势比出发前更严重，岭南当地群族统帅王仲宣率军逼近广州，遣别将周师围攻东衡州（治今广东韶关市南武水西）。这种情况已非巡视安抚能完成的，需要动用武力震慑。裴矩在当地招募兵员数千人，与将军鹿愿部属合为一部，向叛军奔袭。见隋军来攻，周师屯军大庾岭，分设九座营栅，呈掎角之势相互支援。裴矩指挥得当，将士用命，大破敌军。看到隋军勇猛，周师惧怕，不等裴矩进攻，撤去东衡州之围，退据愿长岭，裴矩不给敌方喘息之机，乘胜追击，再次大破敌军，斩杀敌帅周师。

裴矩以文职官员身份，初次指挥作战即大获全胜。此役战罢，马不停蹄挥军南下，从南海出发，去解广州之围。王仲宣听说裴矩斩杀周师率军杀来，闻风丧胆不战自溃。

境内反叛势力全部肃清，裴矩代表大隋朝廷收降二十余州，按朝廷规制，任用当地部落首领（渠帅）为州刺史、县令。岭南之地全部归大隋所有。报知朝廷后，文帝大喜，专门升殿嘉奖，对高颎、杨素曰："韦洸将二万兵，不能早度岭。朕每患其兵少。裴矩以三千敝卒，径至南康。有臣若此，朕亦何忧！"随即下旨，拜裴矩开府封爵闻喜县公，赐丝帛锦缎两千匹。裴矩直接晋升为民部侍郎（户部副长官），不久改任内史侍郎（京畿副长官）。

此战，裴矩率三千疲敝之师，孤军深入岭南，连战连捷，显示出超凡的军事才能，伏案文臣好像一转身变为带兵武将，不需要一点过程。这也是裴矩首次以朝臣身份，与少数民族首领打交道，时间虽然不长，却为以后服突厥、安边陲积累了经验。很快，他便成为中国历史上著名的外交使臣。

三

刚从湿热遥远的岭南回到大兴城（长安），北方草原上的突厥人屡屡犯境，裴矩又跋山涉水，奉命远赴风沙弥漫的塞北。

裴矩这次出使，与一位聪明美丽的公主有直接关系。

早在北魏分裂为东西两魏时，居住在蒙古高原的突厥人乘中原战乱迅速崛起，不时进犯中土。北齐、北周并立，为压制对方，都向突厥人纳贡、和亲。北周灭齐后，突厥人蠢蠢欲动，又开始侵犯中原。雄才大略的宇文邕挥师北上讨伐，不幸染病，宣政元年（578年），病逝于北征突厥途中，其子宇文赟即位后，沉溺酒色，荒淫无度，根本顾不上北征之事。次年，突厥佗钵可汗遣使前来求婚，宣帝宇文赟顺水推舟，将堂妹、赵王宇文招之女封为千金公主，嫁给佗钵可汗。

身为北周皇室女子，千金公主自幼聪慧美丽，精通诗书，却命苦，远嫁突厥等于负起国家使命。当年七月，父亲宇文招就被时为北周大丞相的杨坚设计诱入京城诬陷处死，几位兄弟也没逃过毒手。大象三年（581年）二月，杨坚代周建隋。千金公主国破家亡，这时，距她和亲远嫁突厥仅一年，为雪国仇家恨，千金公主鼓动丈夫（此时佗钵可汗已死，千金公主续嫁佗钵可汗的儿子沙钵略可汗）出兵攻隋。杨坚忙于应付国内乱局，忽略了对突厥礼遇，沙钵略可汗以为妻子复仇为名，联合原北齐大将高宝宁出兵四十万，大举南侵。杨坚采用谋臣长孙晟"远交而近攻、离强而合弱"策略，使沙钵略可汗内部互相猜疑攻击，分化瓦解。沙钵略可汗孤立无援，大败而归，不得不与隋朝议和。为帮助丈夫走出困境，千金公主将满腔仇恨压在心底，给隋文帝杨坚写信，表示愿意改姓杨，做大隋皇帝女儿，继续维护两国和平。杨坚顺水推舟，收其为养女，改宇文氏为杨氏，赐为大义公主，派使者徐平和出使突厥，两国暂时罢兵修好。

隋开皇七年(587年)，沙钵略可汗病亡，传位其弟处罗侯，即叶护可汗。仅过了一年，叶护可汗西征阵亡，沙钵略之子雍虞闾即位，是为都蓝可汗。根据突厥部落收继婚制的传统习俗，大义公主又下嫁都蓝可汗为妻。隋朝南征灭陈后，杨坚终于可以腾出手来，对付突厥人，却又不能以武力征服，只好将矛头对准怂恿丈夫的大义公主。

大义公主屡劝丈夫出兵犯隋，虽说是为报国恨家仇，也给大隋边民造成灾害。一个弱女子，成为影响两国关系的关键人物，不能不除。

为除掉大义公主，杨坚处心积虑，用尽各种手段。先赠送由江南陈朝得来的屏风试探，大义公主难掩心中仇恨，在屏风上题诗以泄其愤。

盛衰等朝露，世道若浮萍。

荣华实难守，池台终自平。

富贵今何在？空事写丹青。

杯酒恒无乐，弦歌讵有声。

余本皇家子，漂流入虏廷。

一朝睹成败，怀抱忽纵横。

古来共如此，非我独申名。

惟有《明君曲》，偏伤远嫁情。

隋文帝读罢此诗，得知大义公主仍心存怨恨，报仇之心不死，正式开始实施除掉大义公主计划。

执行这项使命的人正是裴矩。办法是离间。

恰在此时，突厥的另一位部落首领、自称突利可汗的染干派使臣向隋文帝请求通婚，裴矩奉命接待，对使者说："当杀大义公主者，方许婚。"突利可汗明白隋朝意图，在突厥内部散布大义公主与下人私通，消息传得沸沸扬扬。裴矩抓住时机，请求出使突厥，给已被激怒的都蓝可汗再添一把火。都蓝可汗是个粗鲁莽汉，不知裴矩计谋，恼怒至极，气冲冲来到营帐，向妻子举起弯刀。大义公主被活活刺死，时年三十三岁。

一名弱女子被两国君臣设计杀死，大隋北疆暂时安宁。裴矩为国家利益费尽心机，尽职尽责，并没有得到称颂，反倒因此被世人诟病，形象受损。

其实，大隋与突厥的战争是国家利益之争，大义公主欲雪家国之仇，不过为突厥人进攻中原提供了一个冠冕堂皇的理由。大义公主死后，两国战争再次爆发。开皇十九年（599年），突厥人再次进犯。这回，经过十多年准备，隋朝国富兵强，再也不需用一位公主离间对方。双方都投入大量兵力，数十万人鏖战一年多，大义公主丈夫都蓝可汗被部下杀死，达头自立为步迦可汗，突厥大乱。

开皇二十年（600年），步迦可汗稍事休整后，再次兴兵，大举入侵隋朝边境。杨坚下诏，令太平县公史万岁为行军总管、裴矩为行军长史，经定襄道，兵出塞外，进击步迦可汗。这位史万岁乃隋朝名将，临阵对敌，应变有方，颇具西汉名将李广之风。当年十月初九日，史万岁回朝后，受权臣杨素诬陷，被文帝杀死在朝堂。他与裴矩征讨突厥的功劳湮没于宫廷之斗中，不再被提及。

不久，裴矩再奉隋文帝之命出使突厥，这次，他的使命是安抚启民可汗。

当年向隋朝求婚、散布大义公主私通消息的突利可汗，经隋朝扶持，势力迅速扩大，被隋朝封为意利珍豆启民可汗（意思是"意智健"，简称启民可汗），在朔州（今山西朔州市）定居。经过突厥内部几次争斗，许多部落归附，启民成为东突厥大可汗。仁寿三年（603年），归附隋朝。

新附隋朝，突厥内部尚不平静。隋文帝再派裴矩北上出使突厥宣扬国威，抚慰启民可汗。裴矩熟知突厥习俗，此去时间不长，很快完成使命。经裴矩抚慰，启民可汗对大隋深表敬服，给隋文帝上表：大隋国皇帝圣德怜惜抚育百姓，就像苍天覆盖万物，大地承载众生，染干部落能遇到大隋，如枯木逢春、枯骨生肉一样。我们将会千秋万代为大隋养马放羊。隋文帝大喜，下令为启民可汗修建金河、定襄两座城池。

裴矩因这次出使之功，晋为尚书左丞（佐尚书令，总领纲纪）。

同年八月十九日，隋文帝皇后独孤氏薨逝。太常寺无相关礼制的诠释。裴矩再度显现渊博学识，与牛弘参照《齐礼》，完善隋朝礼仪。过后，转任吏部侍郎（佐吏部尚书主管人事）。

四

仁寿四年（604年）正月，隋文帝杨坚诡异驾崩。太子杨广即位，是为隋炀帝，年号大业。

中国历史上的帝王中，隋炀帝杨广是个性最张扬、最好大喜功的一位。大业元年（605年）三月，因为"陛下木命，雍州（指关中）为破木之冲，不可久居"，"然洛邑自古之都，王畿之内，天地之所合，阴阳之所和"，诏令尚书令杨素、纳言杨达、将作大匠宇文恺负责，开始营建东都洛阳。裴矩也是负责人之一，主持修建宫殿省府。这是中国历史上浩大的工程，每月征调役丁多达二百万人，单一个西苑，就周长二百里，其中人工湖泊周长十余里。仅九个多月，一座宏丽的新都在伊水、洛水之间建成。其间，裴矩尽职尽责，让隋炀帝再次看到了他过人的才具，大加赞扬。

隋炀帝的张扬，对内表现在大修宫殿楼阁，对外表现在炫耀国力，扩张疆域。裴矩可能是满朝文武中，最明白皇上心思的人。

经过文帝开皇之治，大隋国力强盛，物阜民富。西域各国时常派人来张掖（今甘肃张掖），与隋人通商，炀帝令裴矩掌管此事。裴矩清楚炀帝关注西域并不在贸易，而在开疆拓土，收服西域，将诸国并入大隋版图之中。因此格外留意各国情况，裴矩好口才，能言善辩，每有胡商至便与之交谈，旁敲侧击，诱使胡商说出该国的山川形势、民俗风情和道路险易，详细记录，日积月累，最终整理成三卷《西域图记》。

在该书序言中，裴矩记载了成书过程："臣既因抚纳，监知关市，寻讨书传，访采胡人，或有所疑，即详众口。依其本国服饰仪形，王及庶人，各显容止，即丹青模写，为《西域图记》，共成三卷，合四十四国。仍别造地图，穷其要害。"

回京后，裴矩将《西域图记》献给皇上，隋炀帝大悦。

在裴矩的生花妙笔下，风沙弥漫、戈壁连绵的西域，就像一座唾手可得的宝藏，其国之弱小、其利之丰厚，就像无数丰腴的美人翩翩起舞，频献媚姿，好大喜功的隋炀帝怎能经住这般诱惑？

且看裴矩是怎样写的："而二汉相踵，西域为传，户民数十，即称国王，徒有名号，乃乖其实。今者所编，皆余千户，利尽西海，多产珍异。"这样的小国虽有四十四，以大隋皇皇国力，还不一鼓而平？接着写通往西域的道路。北、中、南分别从哪里出发，通过哪些国家、道路险易一一道来，最后总结："故知伊吾、高昌、鄯善，并西域之门户也。总凑敦煌，是其咽喉之地。"

有大片疆土、无数珍宝，而且道路通畅，接下来，是直言不讳的鼓动。"以国家威德，将士骁雄，泛蒙汜而扬旌，越昆仑而跃马，易如反掌，何往不至！"而且，西域商贾也希望得到大隋圣泽，翘首盼望。"今并因商人密送诚款，引领翘首，愿为臣妾。圣情含养，泽及普天，服而抚之，务存安辑。故皇华遣使，弗动兵车，诸蕃既从，浑、厥可灭。"

这样的内容读得隋炀帝心花怒放，心驰神往，不由得龙颜大悦，当即赏给裴矩帛缎五百匹。以后的许多天仍抑制不住激动，每天召裴矩至宫中，牵手引至御座前，一并坐下，谈论西域之事。

裴矩怎能不清楚皇上心思。大谈西域胡地宝物，吐谷浑（西域国名）如何容易吞并。由此，隋炀帝开始图谋征服西域大计，将联通西域、经略四夷诸事，全部委托给裴矩。

因献《西域图记》，裴矩转任民部侍郎，不等赴任，晋升为黄门侍郎。

五

隋炀帝杨广是中国历史上最具争议的帝王，对西域的征服连秦皇、汉武也不能媲美。因为结局不好，雄才大略演变为好大喜功。其实，隋炀帝真正对西域动心思，是从裴矩献上《西域图记》后开始的。

因《西域图记》，裴矩受隋炀帝重用，为朝廷经略西域，等于将一项艰巨事务揽到自己身上。这次回京，还没等喘口气，又受隋炀帝委派，再度踏上旅途，前往张掖联络西域各国。此时，裴矩已是六十岁的老人，黄沙弥漫，风雪晦暝，他艰难跋涉，尽览各国风情，连访十余个国家，凭借卓越的外交才能，使这些国家臣服于大隋。

裴矩这次在西域还做过一件令无数朝臣不得不佩服的大事。大业四年（608年）七月，裴矩不用朝廷派一兵一卒，只凭他一张嘴，说动铁勒部出兵进攻吐谷浑，大破之。吐谷浑可汗逃走，隋朝大将宇文述率兵迎击。这一仗，大隋尽得吐谷浑旧地，版图大面积增加，"东西四千里，南北二千里，皆为隋有，置州、县、镇、戍，天下轻罪徙居之"。如此大面积增加疆域，裴矩起码有一半功劳。

这还不是裴矩来西域的主要目的。这次奉命前来，裴矩的所有外交活动都围绕一个目标，即说服西域诸国臣服大隋，为炀帝西巡做准备。短时间内，他完美地达成了这个目标。大业四年（608年）八月，炀帝祭拜北岳恒山（位于今河北曲阳），河北道郡守全部云集恒山脚下出席活动，经裴矩动员，西域十余国都派人来助祭，通过与炀帝接触，表示与大隋亲近。各国前往隋朝的使节往来不绝，沿途郡县迎来送往，疲于应对，花费银两数以万计。

有裴矩一系列外交活动做铺垫，炀帝西巡河右（今黄河以西宁夏甘肃一带）行程确定。大业五年（609年）三月，再派裴矩为先导，前往西域重镇敦煌安排相关事宜。至敦煌后，裴矩遣使者说服高昌（位于今新疆吐鲁番）国王麴伯雅和伊吾（今新疆哈密）首领吐屯设，许以厚利，使其入朝拜见隋朝天子。

大业五年（609年）三月己巳，炀帝自长安出发，随带文武百官、妃嫔和各种杂役人员十万余。四月大猎于陇西，次狄道（今甘肃临洮），出临津关（今甘肃永靖），渡黄河，至西平，一路旌旗浩荡，冠盖云集，极尽排场。六月壬子，车驾抵达位于河西走廊蜂腰地带的燕支山。

燕支山，又称焉支山，自西汉名将霍去病在此大胜匈奴，就是中原王朝在河西走廊的标志性山脉。在裴矩的安排下，炀帝将在这里举行盛典。这是西巡的重头戏，必须盛况空前。高昌国王麴伯雅、伊吾首领吐屯设及西域二十七国使臣，拜伏在道路旁，全部佩金玉，着锦服，焚香奏乐，载歌载舞，迎接大隋皇帝。又令武威、张掖士人妇女着盛装沿途围观，衣饰不鲜丽者，郡县官吏督查更换。又派大队骑兵在路口巡视，队伍长过数十里，以显示大隋盛况。

如此威仪，炀帝龙颜大悦。盛典过程中的重头节目，是吐屯设手捧地图，献上西域土地数千里。隋炀帝当即下令，派兵接收戍守。以后，这些地方每年向朝廷输送的税赋数以亿万计。其余各国畏惧大隋势力也纷纷称臣，愿意向大隋朝贡。这些都是裴矩事先做好的安排。

六月，炀帝在燕支山下举行盛大招待会，大宴各国国王和使者。"上御观风行殿，盛陈文物，奏九部乐，设鱼龙曼延，宴高昌王、吐屯设于殿上，以宠异之。其蛮夷陪列者三十余国。奏九部乐及鱼龙戏以娱之，赐赍有差。"这次被后世称为"万国博览会"的华美盛宴，让炀帝的西巡之行达到高潮。

盛会持续了六天。结束后第三天，炀帝宣布大赦天下，免除陇右地区徭役、赋税一年，车驾所经之地免除徭役、赋税两年。

西巡从三月开始，九月二十五日车驾返回长安，历时六个多月之久。西巡过后，隋王朝达到鼎盛，疆域、户丁大增。天下有郡一百九十、县一千二百五十五、户八百九十万有余。疆域东西九千三百里、南北一万四千八百一十五里。司马光感叹："隋氏之盛，极于此也。"

炀帝一生八次巡视，西巡是第四次，意义至关重大。通过这次西巡，炀帝成为中国历史上第一位踏足河西走廊、深入西域腹地的帝王，其开疆拓土、昌盛国威之功，可称千古一帝。如果说，隋炀帝是这次西巡的主角，裴矩则是这场大戏的导演。从构想到成行，出巡过程中诸国来朝的每一个细节，每一个场景，都安排得既气派又完美。炀帝对裴矩的绥靖怀柔谋略大加赞扬，再次加官晋位，拜银青光禄大夫。

大业五年（609年）十一月，裴矩随炀帝车驾回到东都洛阳。西巡之后，大隋国威昌盛到极致，四夷宾服，万邦来朝，前来纳贡的西域各国使者云集，东都洛阳盛况空前，张灯结彩，店肆林立，已然成为国际大都会，这正是炀帝希望看到的盛景。

第二年（610年）正月，盛会再次上演，这一次就在东京洛阳。看到万国来朝，裴矩向炀帝建议在东京为诸国使者演出大戏。为此，征集各地身怀绝技的艺人。演出场地设在端门街，戏场周围五千步之内，手执丝竹乐器的演出者有一万八千人，乐声响起，声闻数十里。京城百姓服饰华丽、披金戴银，观看者十多万人。百官率家眷侍女着鲜丽服饰，列坐棚阁中。演出从黄昏直至天亮，彻夜不停，灯火烛光映亮天地。这样的大型演出，持续一月才结束。

为显示大隋富足，裴矩又令街市门店外搭起帷帐，摆满美酒佳肴，掌管番事官员引领西域客商，进店与京城商人交易，所到之处随坐酒桌，随时宴饮，酒足饭饱之后离去。从荒凉之地来的胡商，哪里见过这种阵势，感叹："真乃神仙之地！"

如此铺排，为大隋争足了体面，正合炀帝心意。他对群臣说："裴矩大识朕意，凡所陈者，皆朕之成算，未发之顷，矩辄以闻；自非奉国尽心，孰能若是。"意思是说：我想到的，还没说出来，裴矩也想到了，不是尽心国事，哪能这样。

炀帝是亡国之君，西域巡视和洛阳盛会尽管大扬国威，却因极尽铺张，被史家视为滥用民财。裴矩作为两次盛况的主要推动者和实施者，功亦是过，受到诟病在所难免。

不过，史家们有意无意地淡化接下来的一个情节。洛阳盛会后，隋炀帝可能感到举办这样的盛会太耗费财力，派大将薛世雄在伊吾修筑城池，令裴矩同去主持。这样做，显然出于两方面考虑：一是加强隋朝的军事存在。二是方便与西域胡商贸易。如果只是第一个原因，会受到伊吾人的抵制。有第二个原因就不同了，刚结束的洛阳盛会，胡商们虽然享受到大隋神仙之境的花天酒地，却也饱受旅途劳顿之苦。裴矩正是以此为由，说服了西域各国。伊吾城修建得很顺利。裴矩完成使命回朝后，再度受到隋炀帝奖励，赐钱四十万。

炀帝西巡盛况空前，唯一不满处是西突厥可汗处罗不肯奉召前来拜见，此人桀骜不驯，炀帝十分恼怒，却无计可施。西突厥系游牧民族，还处于部落联盟时代，内部关系复杂，裴矩常年处理边事，对此十分清楚。修建伊吾城回朝后，正好西突厥部落酋长射匮派使者求婚。裴矩上奏说："处罗不来朝见大隋天子，是因自恃强大，臣请以计策使他们内部产生矛盾，分裂西突厥。"

裴矩献上的还是反间计。他建议炀帝尽力笼络射匮使者，答应求婚，并立射匮为可汗，要求射匮立即出兵攻打处罗。使者临行，炀帝赐一支桃竹白羽箭给他作为大隋任命凭据。

射匮身为西突厥部落酋长，早就有夺位之心，此番有大隋支持，接到使者带回的桃竹白羽箭后，果然出兵攻打处罗。处罗大败，丢下妻子儿女逃亡，去高昌国寻求保护。看到时机成熟，裴矩再次受命来到玉门关，代大隋接受处罗归降。十二月，处罗远赴蓟城行宫临朔宫朝拜大隋天子，炀帝大喜过望，不费一兵一卒，再度收降西域强国，此皆裴矩之功，赐以貂裘及西域珍器。

六

大业六年（610年），隋炀帝风光无限。继前一年西巡，这年春天举办洛阳万国盛会之后，又幸临江都（扬州）宫，冬天，诏令开凿大运河京口至余杭段，计八百余里，广十余丈，可通龙舟。十二月，车驾巡游至塞北榆林，幸临东突厥启民可汗帐内。裴矩以黄门侍郎身份随驾。这时的裴矩与一年前随驾西巡时，装束大不一样。以六十多岁的年龄，文官身份，满头华发，身着一袭紫色战袍，宛若临战出征的老将军。如此装束，是因为炀帝来塞北之前，考虑到百官从驾远游，于军旅间有所不便，刚颁布诏令：以后"凡驾涉远者，文武官皆着戎衣，五品以上，通着紫袍"。

炀帝来时已听说高丽使者也在塞北与东突厥交往。到启民可汗帐内，龙颜不悦。责问之后，启民可汗不敢隐瞒，将高丽使者引见给炀帝。

等高丽使者见礼后退下，炀帝询问高丽是怎么回事，为什么还没归顺大隋。

裴矩答道："高丽之地，原本叫孤竹国。周代封给箕子，汉代分为三郡。晋代统属于辽东。如今却不肯向大隋称臣，仍属外邦。先帝（隋文帝）对此很不满意，早就想派兵讨伐，但统兵出征的汉王杨谅无能，师出无功。而今陛下英明，安能让此区区之国仍不臣服，使此冠带之境，仍为蛮貊之乡？"

裴矩学识渊博，一开口，就将高丽历史追溯到周代。接着，说如何使高丽归降大隋。"如今，高丽国遣使者拜见启民可汗，亲眼看见皇上威仪，必定产生恐惧，担心臣服大隋晚了会有亡国之忧。我朝利用这种心理，迫使其入朝称臣，应该不难办到。"

经过西巡，炀帝深为这位老臣的精明叹服，问："那我们该怎么办？"

裴矩说："臣请陛下召见高丽使者，然后让其回国，告诉他们国王，速来我朝拜见，不然，我朝将联合突厥，即日讨伐诛灭高丽王。"

炀帝听从了裴矩的建议。令吏部尚书牛弘向高丽使者颁布旨意："朕以启民诚心奉国，故亲至其所，当往涿郡，尔还日，语高丽王知，宜早来朝，勿自疑惧，存育之礼，当如启民。苟或不朝，将帅启民往巡彼土。"这话既是威胁，也是警告，主旨是令高丽国王速速归降，前来拜伏。

这次裴矩没有算准，高丽使者回去后，高丽国王高元迟迟不来拜见，这才令炀帝下决心征讨高丽，三伐之后，国力大损，以致大隋亡国。

炀帝登基后，南定岭南，北取突厥，西灭吐谷浑，四夷宾服，怎能容高丽"眷彼华壤，翦为夷类"，不遵臣礼。大业七年（611年），炀帝刚刚结束巡游，便御驾东征。

征讨高丽大军开到辽东，裴矩以黄门侍郎本官领武贲郎将，文官之身，六旬之翁，正式成为一名武将。大业八年（612年）三月底，隋朝百万大军，兵分三路，开始第一次征讨高丽。因炀帝指挥失当，以失败告终，百万大军几乎损失殆尽。

大业九年（613年），炀帝再次御驾亲征高丽，裴矩仍随驾至辽东。正月，炀帝下诏征天下兵集于涿郡，四月，渡过辽水，与高丽军战于辽东城下，正当取胜之际，后方传来叛乱消息。老臣杨素之子、吏部尚书杨玄感起兵反叛，屯兵黎阳，进逼洛阳。消息传来，炀帝密召诸将，下令撤军。隋军留下的军资、器械、攻具积如丘山，营垒、帐幕、案牍皆弃之而去。第二次讨伐高丽比第一次败得更快。

大业十年（614年），炀帝不甘心两次征讨失败，下诏再次征发天下兵攻打高丽，因兵部侍郎斛斯政逃亡至高丽，炀帝令裴矩兼掌兵事，代行兵部侍郎之职。三年之间，炀帝倾一国之力三次征讨，高丽王高元终于害怕，遣使请降，并送回斛斯政。几年前，炀帝在启民可汗帐内，听裴矩一番话，立下征讨高丽心愿，历三次出征，死伤无数，耗尽国力后，总算达到目的，赢得表面虚荣，裴矩因此进位右光禄大夫（散官从二品）。

高丽国王高元虽降，等炀帝撤军，回到西京大兴城，再征高元入朝拜伏时，高元仍迟迟不来。炀帝下令将帅整装，准备第四次征讨高丽，终因国内大乱没有成行。

君臣帐内一次偶然对话激起的宏愿，搭上数百万将士的性命和无数百姓的苦难，甚至赔上大隋国运，最终没能实现。

三征高丽之后，隋王朝皇纲不振，风雨飘摇。朝廷大臣们眼见大厦将倾，人人考虑后路，左翊卫大将军宇文述、内史侍郎虞世基主持朝政时，官员贪污受贿、变节降敌，已司空见惯。裴矩一如既往地廉洁奉公、守节忠君，从没有贪赃之类传闻，这种品格深受当世好评。

七

第三次征高丽后，隋军回师至涿郡（今河北涿州市），炀帝得到奏报，西巡时被打败的吐谷浑死灰复燃。当时，国内"杨玄感之乱"平息不久，三征高丽使朝廷精疲力竭，不可能再派兵征讨，又不能让边庭再生祸乱，情急之下，炀帝再次想起老臣裴矩，想借用裴矩谋略，不费一兵一卒再平吐谷浑。举一国之兵，倾一国之财，尚不能平高丽，仅靠一个年近七旬的老臣，凭一张嘴，要去平复吐谷浑，简直是不可能完成的使命。但裴矩还是领命而去，甚至连回京稍加休息的机会都没有，又踏上西去征程。

裴矩明白炀帝圣意，此次前往陇西不是征讨，而是"安集"，即保持大隋边疆安定，不发生大的动乱。长途跋涉后，裴矩先至会宁（今甘肃省白银市会宁县），在西突厥曷萨那部落停下来，向曷萨那可汗了解吐谷浑情况。这位曷萨那可汗，是大隋为削弱西突厥，采用分化瓦解手段，三分西突厥之后扶持起来的亲隋势力，曾随炀帝东征高丽。裴矩找他的目的是"以夷制夷"，派曷萨那的弟弟、西突厥大将阙达度设率兵像流寇一样，不时劫掠吐谷浑，使其首尾不能相顾，不至于在陇西兴风作浪。阙达度设不辱使命，频频出击，多有虏获，牵制了吐谷浑，还使本部落富裕起来。

裴矩完成使命，回京城奏明情状，受到炀帝再次奖赏。

多年来，裴矩代朝廷处理边庭事务，采用策略有三，一是出金安抚，二是出兵征讨，三是裴矩最常用的，即分化瓦解，削弱其势力，也就是民间常说的反间计。

从陇西回来后，因大隋国力大损，裴矩又一次使用这种计策。

炀帝三征高丽回京后，并没有安宁多长时间，又率众文武出巡。裴矩依然随驾。至怀远镇（今辽宁省沈阳市辽中区），炀帝下诏，令裴矩负责北部边疆军务。

炀帝之所以这么做，是因为北部边疆形势再度发生变化。

至大业十一年（615年），因帮助除掉大义公主被隋朝扶持上位的启民可汗已病故，其子始毕可汗继任多年。炀帝东征高丽期间，无暇顾及北方边事，始毕可汗部落逐渐强盛，再度对隋朝产生威胁。裴矩虽说负责北方军事，手下却无一兵一卒，这次对始毕可汗仍行离间之计，想通过分化瓦解，削弱东突厥势力。

办法还是通婚。将隋宗室女以公主名义嫁给始毕可汗的弟弟、左贤王叱吉设，拜为南面可汗，使两兄弟产生矛盾。按说这是个虽不高明，却行之有效的办法，屡试不爽。不料，这回被东突厥人识破，叱吉设也没胆量接受可汗位。始毕可汗由此对隋朝产生怨恨。裴矩一计不成，再生一计。始毕可汗有个谋士，叫史蜀胡悉，足智多谋，很难对付。裴矩料定他的离间之计是被此人识破的，对隋炀帝说："突厥人原本朴素单纯，很容易离间，但由于内部有些胡人诡黠狡诈，不断教唆，才使突厥人难以对付。臣听说有个叫史蜀胡悉的特别奸诈，很得始毕信任，臣请设计诱杀此人。"隋炀帝同意了裴矩的请求。

史蜀胡悉虽然狡诈，却有一个致命弱点——贪婪。裴矩利用了这个弱点，派人告知史蜀胡悉，大隋天子将拿出大量奇珍异宝，要与诸番人做交易，如今已运抵马邑（在今山西朔州市），早来的，可得到好东西。史蜀胡悉虽知裴矩善用智谋，却受贪婪驱使，相信了隋朝使者的话，连始毕可汗也不告知，率领自己部落，驱赶各种牲畜，不等大亮就出发，想抢先一步与隋人交易。

裴矩在马邑设下伏兵，等史蜀胡悉一到，呼啸奔出，将史蜀胡悉斩杀。又遣使者飞报始毕可汗：史蜀胡悉忽然率领部落人马，来到我们这里，说是要背叛可汗，投降我朝，突厥本是我朝臣属，我朝不能容纳，现已替你斩杀，故令人通报消息。始毕可汗看穿了裴矩计谋，从此不再朝拜隋朝。

裴矩多次用计谋欺骗突厥人，得一时之逞，看似高明，失去的是大国信誉。这种失信行为很快就得到报应。

当年八月，炀帝巡幸北部边境，始毕可汗率数十万骑兵偷袭。始毕可汗可贺敦——义成公主得到消息，派人报知，炀帝车驾急向关内撤退，已来不及，刚进雁门关，就被突厥铁骑团团围住，昼夜攻打。形势异常危急，炀帝惊恐不安，抱着儿子赵王杨杲不停哭泣，眼睛都哭肿了，将裴矩、虞世基招来，每天晚上睡在朝堂，随时应对突发情况。

幸亏雁门城池坚固，诸将据城死守，昼夜拒战，加之突厥人不擅攻城，连日不下，各地勤王兵马源源不断到来。九月，突厥撤兵，炀帝才逃过此劫。

八

东征高丽之后，隋王朝风雨飘摇，炀帝穷奢极欲、横征暴敛，已将百姓压榨到极限，各地竞相造反，烽火一起，顿成燎原之势，如《隋书》言："大则跨州连郡，称帝称王，小则千百为群，攻城剽邑，流血成川泽，死人如乱麻，炊者不及析骸，食者不遑易子。茫茫九土，并为麇鹿之场……"连一向平静的裴氏祖望之地河东，也连起战火。

至大业十二年（616年），各地义军遍布九州。正月，炀帝召集各地使者至东都议事，因道路受阻，不能来的竟有二十余郡。炀帝已成惊弓之鸟，稍有动静，立即鼠窜逃匿。四月间，大业殿西院起火，炀帝以为义军至，连随从也顾不得带，钻进西苑草丛藏匿。每晚睡眠，要数位宫女摇抚，像哄小孩一样，才能勉强入睡。

堂堂大隋皇帝，惊恐到如此地步，已到亡国之时。这年七月，炀帝乘巨型龙舟，离开东都，在丝竹歌舞相伴中南下，巡幸江都。一路上，各地报急奏章如雪片般飞来，炀帝一概不听，为此，先后斩杀多名上奏官员。裴矩身为皇上近臣，为尽臣子职责，不顾炀帝雷霆之怒，也曾上奏叛乱消息。炀帝要的是自我麻醉，报喜不报忧，虽大怒，不过还好，没有将裴矩推出去斩首，仅下令其离开随行队伍，回东都接待番邦客人。裴矩已是六十九岁的老人，路途遥远，义军阻滞，再回东京岂不是送死，只好称病不行。炀帝早已六神无主，顾不得催促，裴矩躲过一劫。

年底，一路美女陪伴，歌舞声声，炀帝终于抵达江都。这时，隋朝已危若累卵，普天同怨，百姓纷纷揭竿而起，反隋义军遍及北方。河北有窦建德的大夏军，河南有李密的瓦岗军。炀帝心惊胆战，危急关头，又想起了足智多谋的老臣裴矩。令亲信大臣虞世基前往裴矩宅邸讨寻对策。在大家都认为"主昏国乱，尽忠无益"（李世民语）时，裴矩仍在尽臣子本分，为皇上出主意，对虞世基说："如今太原有变，京畿不静，皇上身处江南，遥控处理军务，恐怕会失去军机。当今之计，只有銮驾早日回到京城，动乱方可平定。"裴矩说的虽是实情，但炀帝万念俱灰，哪里还听得进去。

不过，在隋王朝最后时刻，炀帝又让裴矩官复原职，主持朝廷大事。

腊月，潼关守将、骁卫大将军屈突通丢失潼关，投降河南义军。裴矩将消息上奏，炀帝大惊失色，只剩下恐惧，连发怒的底气都没有了。

裴矩作为臣子，一向勤勉谨慎，从来不肯得罪人。眼见天下大乱，担心祸及自身，待人接物竭尽礼节。

时间进入大业十三年（617年），北方已全被义军占领，各地豪强纷纷称王，登皇位、改元称制的至少有四五位。来江都一年多，眼见不可能再返回大兴城，骁果营（隋朝的骁卫御林军，取骁勇果敢之意）卫队都是关中子弟，难耐离别之苦，不断有人逃离，长此下去，岂不是无人可用。炀帝愁容满面，毫无办法，将老臣裴矩招来问计。裴矩不假思考，说："皇上车驾滞留于此，已近二年，骁果都是青壮年，却全都没有家口，人若无匹配，就不能长久安心，因此逃跑。臣请准许军士在驻地娶妻成家。"裴矩所出的是个不折不扣的歪点子，可谓负薪救火、扬汤止沸，隋炀帝却如同得到救命稻草，大喜，夸赞："就知道你足智多谋，这是一条妙计啊！"令裴矩立即安排为将士娶妻事。这可能是裴矩以老迈之躯为隋王朝做的最后一件事，却如此匪夷所思。事件进行得倒也顺利，至大业十三年九月间，裴矩派人将江都境内的寡妇及未嫁女子，全部召到宫内，又将骁果营将士招来，让他们像选东西一样，挑选自己中意的女子。另外，还听这些将士们自陈，以前有与当地妇女、女尼、女道士通奸的，全都任由匹配。

裴矩一生，为隋王朝通西域、服突厥，万国来朝，办的全都是国之大事，在隋王朝灭亡前夕，竟办了这样一件龌龊事。

事情虽然龌龊，却为裴矩赢得了人情。骁果营军士人人娶媳妇，自然高兴，感念裴矩，走到一起都会说："这都是裴公给的恩惠啊！"

九

大业十四年（618年）三月十日夜晚，是大隋王朝的最后时刻。

自知败局已无法收拾，炀帝索性破罐破摔，日日笙歌弦舞，酒色取乐，又引镜自照，预感末日将到，对萧后和臣下说："好头颈，谁当斫之！"

这天晚上，虎贲郎将司马德戡、元礼与裴氏的另一位族人直阁（护卫宫城将军）裴虔通、鹰扬郎将孟景共谋，推宇文述的儿子宇文化及为首领发动兵变。杨广闻变，仓皇换装，逃入西阁。裴虔通率领哗变士卒，先开宫门至成象殿，杀将军独孤盛，擒炀帝于西阁。杨广欲饮毒酒自尽，叛军不许，被缢弑，时年五十岁。

创造了无数辉煌的大隋王朝，倒得并不轰轰烈烈。第二天准备上早朝的裴矩对此一无所知，走到宫外牌坊遇到叛军，这些人牵住裴矩马匹，来到孟景住所，准备斩杀。这时，裴矩的好人缘起到作用，叛军中有人大喊："不关裴黄门（侍郎）事。"事情也凑巧，正好宇文化及率百余骑走过来。裴矩灵机一动，立即拱手拜迎。这一迎，等于承认了兵变的合法性，宇文化及怎能不高兴，下马宽慰之后，令裴矩参与制定礼仪，推炀帝侄、秦孝王杨俊长子杨浩为帝，拜裴矩为侍内（即门下省长官侍中、宰相之一）。

裴矩一生为大隋立功无数，累迁黄门侍郎，在隋朝即将灭亡时，终于升任宰相，尽管没尽过一天宰相职责。

兵变之后，宇文化及率官兵十余万众绕道西归关中。宇文化及野心勃勃而本事平庸，本可以像曹操那样"挟天子以令诸侯"，却没曹操的手段，一路连吃败仗，才走到魏县（今河北邯郸市魏县），十几万人马只剩二万，自知必败，索性先过几天皇帝瘾再说，自叹："人生故当死，岂不一日为帝乎？"鸩杀傀儡皇帝杨浩，僭皇帝位于魏县，国号许，建元为天寿，署置百官。

如果这也算一个王朝的话，则是裴矩继北齐、北周、隋之后，经历的第四个王朝，在这次封赏中，裴矩被拜为尚书右仆射、河北道安抚大使，加光禄大夫，封蔡国公。裴矩何等聪明之人，岂能不知当这样的官，职位越高，遭受非议越多。所以安然接受，只为保命，在乱世汹汹之时，他选择了苟活。

天下大乱，群雄争霸，文臣们想独善其身都难，这可能是他们的宿命。此时的中国，至少有十几股势力称霸一方，称帝的也有四五个。隋炀帝被杀后，隋朝重臣王世充拥越王杨侗为帝，年号皇泰，史称皇泰主。五月，大兴城里的隋恭帝杨侑被迫禅位，李渊即皇位，国号唐，建元武德，定都长安，是为唐高祖。

这年冬至那天，河北枭雄窦建德在乐寿（今河北献县）称夏王，改元五凤，国号夏，建都洺州（治今河北永年区广府镇）。再早，还有盘踞山西北部、被东突厥封为可汗的刘武周；占据南方、自称梁帝的萧铣。这么多帝王，哪位才是可托付终身的英主？

从武德元年（618年）九月自称皇帝，到武德二年（619年）闰二月被窦建德生擒后斩杀，宇文化及只过了半年皇帝瘾。裴矩与隋朝众多官员，实际是被挟持，在战乱中流离奔波。窦建德称王，像接收隋朝传国玉玺和卤簿仪仗一样，也接收了隋朝百官。裴矩随之又成为窦建德大夏国臣子。这是裴矩一生中经历的第五朝。

窦建德很赏识裴矩的才干，任用为吏部尚书，不久又转任尚书右仆射，专掌选（举）事，这是裴矩短短半年之内，被三个朝廷第三次任为宰相。窦建德起自乱世群盗，虽已立国为王，却连国之律令礼节也没有，裴矩身历五朝，熟悉律令制度，既已为大夏臣子，就不能尸位素餐，开始为这个前程未卜的王朝制定典章制度，不到一个月，一部完整的国家礼仪和典章制度已颇具规模，窦建德大喜，以后，每遇到这方面问题，都向裴矩讨教。

大隋已亡，天下自立为帝者，均有其臣属。裴矩身为大夏尚书右仆射，是将窦建德作为正统帝王看待的。这年四月，盘踞河南的王世充废皇泰主杨侗，自立为帝，国号郑。窦建德与王世充绝交，作天子旌旗仪仗，发文告称为诏书，心安理得地当起皇帝，随后，重设百官，改拜裴矩尚书左仆射。

至武德四年（621年），天下已呈三足鼎立之势。李渊的大唐占据关中，进逼中原。王世充的郑国占据河南，以洛阳为都。窦建德的大夏国，经文武群臣四年来苦心经营，日渐强盛，实力并不弱于李唐。这一年，李唐王朝开始统一战争，秦王李世民率大军直逼洛阳，试图先灭王世充，再图窦建德。王世充兵弱，飞书向窦建德求援。"唇亡齿寒"，窦建德深明此理，亲率十多万精锐步骑杀奔洛阳。三月，兵临虎牢关前，绵亘二十里，战鼓隆隆，与唐军摆出决战架势。双方交战中，窦建德中埋伏被俘。

这是一次成王败寇的混战，窦建德被俘，意味着裴矩投靠四年的大夏国完结，他一生中的第三次宰相经历却还没有结束。战前，裴矩与窦建德妻兄曹旦共同留守后方洺州，前方残兵逃回，想重整旗鼓，立窦建德养子为帝。另有人主张逃往海上为盗。裴矩作为尚书左仆射，必须再做选择。与他同朝为官、身任大夏朝尚书右仆射的齐善行说："隋末丧乱，咱们这些人才有机会聚在一起成就大事。夏王兵强马壮，是何等英明神勇之人，被打败却像翻手掌一样容易，这难道不是天命吗？与其苦撑残局，再度荼毒百姓，不如顺从天意，降了大唐。"为不让乱军再抢掠百姓，齐善行与裴矩将大夏府库中的锦帛绸缎搬出，放到大街上散给将士。锦帛绸缎散了三天三夜，裴矩目睹这乱哄哄的场景，心生凄凉，他一生中侍奉的第五个王朝，就在这样的疯抢中彻底了结，他不知自己以后身属何处，包括魏徵在内的一干人纷纷劝说他归顺大唐。天命不可逆，只能顺势而为。三月十五日，裴矩与曹旦、齐善行带领窦建德的大夏百官、奉八颗传国玉玺和无数珍宝，举河北之地归降唐朝。

十

武德四年（621年），裴矩归降大唐王朝时，已是七十四岁的老人，这是他侍奉的第六个王朝。生命暮年，他将再度面对新君。

大唐王朝已建立四年，文臣武将各得其位，裴矩虽久负盛名，却只是降臣，来降后，任殿中侍御史，封爵安邑县公。得到这样的官职，不知裴矩是什么心情。大隋末年，他已位极人臣，殿中侍御史不过是个从七品言官，并无实际职责。

裴矩的老到与干练很快被赏识，迁为太子詹事，掌皇后和太子家事。

李渊受禅大隋之位，当上大唐皇帝后，立长子李建成为太子，次子李世民为秦王，其余几个儿子也各自封王。为争夺皇储位，李建成与李世民明争暗斗，一开始，争夺重点是拉拢人才，李世民四方征战，手下战将无数，又开文学馆接纳四方才学之士。太子李建成也不甘示弱，任老臣裴矩为太子詹事，说明他为招揽人才也没少下功夫。

裴矩任太子詹事期间，奉命与虞世南编撰《吉凶书仪》。裴矩知识渊博，经历丰富，参照历代礼仪法度，撰写内容得当。书成之后，深受当世文人推崇，广泛流传。

不久，裴矩迁为检校侍中。侍中是门下省长官，宰相之一。加上检校二字，说明具有代理性质。不过，有此职务，表明裴矩开始参与大唐朝政。

作为一个刚归降不久的老臣，能得如此重用，是因为大唐王朝与隋朝一样，也与为患边陲多年的东突厥人出现摩擦。

李渊任大隋太原留守时，就曾多次与东突厥人打交道。举兵南下夺取大隋江山时，为防突厥人袭扰后方，曾与东突厥始毕可汗约定："若入长安，民众土地入唐公，金玉缯帛归突厥。"东突厥人当然不会放过这难得的劫掠机会，派出两千骑兵助唐。李渊夺取江山后，东突厥时常向唐朝勒索钱财，李渊都"优容待之"。

尽管如此，东突厥仍不满足，不时出兵侵扰大唐北方边境。东、西突厥自隋朝行裴矩离间之计后，一直不和。高祖李渊试图以西突厥牵制东突厥，遣使者远赴西域，与西突厥结盟。西突厥人同意了大唐请求，却提出另外一项要求：两国联姻，西突厥可汗肆叶护娶大唐公主为妻。使者回禀后，高祖李渊左右为难，请来老臣裴矩，问："若不答应，突厥人必然与我朝断交，到时候，无论我朝发生什么情况，都不会为我所用，如何是好？"与突厥打过多年交道的裴矩曾将突厥人玩于股掌之间，怎能不了解突厥人禀性，回答："如今北边东突厥人强盛，连年侵犯我朝边境，不妨先权且答应与西突厥联姻，以示我朝有外援，等我朝兵强马壮之后，再想办法对付。"李渊采纳了裴矩的建议，派高平王道立远赴西突厥，与肆叶护商谈。十一月，高祖免去裴矩的代理侍中，恢复其隋朝旧职，任黄门侍郎（门下省副长官）。

裴矩的建议，为唐朝赢得了时间，直到贞观四年（630年），国富兵强的唐朝才出兵灭掉东突厥。

武德九年（626年）六月初四日，秦王李世民发动玄武门之变，射杀太子李建成，迫高祖立自己为太子。李建成虽死，其部众仍守卫东宫不降，需要一个既与太子旧部熟识，又德高望重、能言善辩的人去劝降，黄门侍郎裴矩是最合适的人选。受任后，裴矩立刻赶往东宫，向太子旧部晓以利害。大势已去，这些人很快散去，李世民因此除去最后隐患。玄武门之变是唐太宗李世民的登基之战，裴矩虽未身临其境，但劝谕太子余党投降也算是为玄武门之变清扫战场。

武德九年（626年）九月初三日，高祖颁布制书，将皇帝位传给太子李世民，自为太上皇，第二天，李世民在东宫显德殿登基，是为唐太宗，次年，改元贞观。裴矩在历经六朝、侍奉过多位帝王之后，终于迎来了一位明君。不久，因扶立之功，迁民部尚书。

此时，裴矩已近耄耋之年，依然精力旺盛，耳聪目明，又通晓前朝旧事，处理问题经验老到，朝野上下都很敬重这位老臣。

太宗初登皇位，对前朝遗留的贪腐之风深恶痛绝，下决心惩处一批官员。为查证罪行，唐太宗用了一种不高明的手段，派人向官员行贿，试探官员是否贪腐。掌管税收的官员、有司门令史没能经住诱惑，接受绢一匹。太宗大怒，要立斩此人，以儆效尤。皇帝发雷霆之怒，满朝官员惊悚震骇，无一人敢出声。只有老臣裴矩，一头华发，满面皱褶，健步走上前来，向太宗进谏："为吏受赂，罪诚当死，但陛下以财物试探，即行极刑，这是陷人以罪，恐怕不是好的道德导向，不合'导之以德、齐之以礼'古训。"被裴矩当面顶撞，太宗皇帝并不责怪，接受了裴矩谏言，当即召集五品以上官员，告诫说："裴矩当廷力争，不肯面从，如果每件事都能这样，何愁天下不治。"

裴矩经历丰富，阅人无数，能识人，更能识君，面对新登基的唐太宗，他是最早当面直谏的朝廷重臣。太宗皇帝所以在朝堂之上旌表裴矩，就是要为众臣树立榜样，开谏诤之风。

可惜，裴矩年事已高，为即将到来的贞观之治带来一股清流后，已不堪岁月轮回，于太宗登基第二年（贞观元年，627年）寿终正寝，享年八十岁。

裴矩一生的精力大部分贡献给了隋朝。论才干功绩，满朝文武，没几个人能媲美。论过错，同样没几个人能与之相比。诤臣魏徵与裴矩有过相同的经历，对他的评价最中肯："裴矩学涉经史，颇有干局，至于恪勤匪懈，凤夜在公，求诸古人，殆未之有。与闻政事，多历岁年，虽处危乱之中，未亏廉谨之节，美矣。然承望风旨，与时消息，使高昌入朝，伊吾献地，聚粮且末，师出玉门。关右骚然，颇亦矩之由也。"若终老大隋，他功劳再大，也是个承望风旨、善于揣摩帝王心理的佞臣。他的不幸，是身处频繁改朝换代的时代；他的大幸，是人生晚境遇到了唐太宗这样一位明君。不同的人，能从裴矩得出不同结论，司马光的《资治通鉴》是帝王之书，书中将裴矩的人生经历当作帝王的一面镜子，说："古人有言，君明臣直。裴矩佞于隋而诤于唐，非其性之有变也。君恶闻其过，则诤化为佞；君乐闻其过，则佞化为诤。是知君者表也，臣者景也，表动则景随矣。"其实，裴矩并没有为大唐做什么贡献，与在隋时的身临险境，艰难跋涉，出西域、入突厥相比，除为李世民"东宫晓谕诸将卒"之功外，仅仅说了几句该说的话，却由大唐为他正了名。由此，在世人印象中，裴矩好像有双重人格似的。了解裴矩的人生经历就会发现，裴矩并不复杂，一直都是他自己，无论在什么时代，遇见怎样的帝王，都殚精竭虑，将自己做到最好，这可能是专制时代臣子的一种不错选择。

第三节　裴蕴：忠奸两端的殉葬者

裴蕴（？—618年），河东闻喜（今山西闻喜县）人，陈朝都官尚书裴忌之子。

裴氏的诸多历史人物中，裴蕴是个口碑不好的人。为隋王朝贡献巨大，功绩不可磨灭，但人格缺陷明显。专制社会中，再精明能干的臣子，都不过是帝王手里的工具，很难有独立人格，"唯命是从"在汉语中并非好词，却是帝王贴在臣子身上的戒律，稍有违背，就会遭遇不测。裴蕴一生，几乎将全部精力都献给隋朝，与隋炀帝同一天被杀，隋朝灭亡了，他也死了。世人对他的评价，与他侍奉的帝王有几分相似，无论再大的功绩，都掩盖不住自身的缺陷。他没有裴矩幸运，没等熬到大唐明君登基，便为大隋殉葬，虽与裴矩一样，他是帝王的影子，帝王是他的镜子，映照的结果却大不相同。

从历史的角度看，裴蕴其实是个悲剧人物，中国历史上，身无瑕疵的好官难得一见，既有功绩，又难掩劣迹的官员比比皆是，裴蕴的经历很有代表性。

一

裴氏史上的杰出人物大多出身官宦世家。本来，经五胡十六国动乱，裴氏家族由东汉、西晋积累起来的望族余荫，已被一波又一波的权力更迭消弭，但南北朝百余年时间，足以让一个品质优良的家族脱颖而出，重新复原为世家大族。裴蕴家的历史只能追溯到上三代，表明南渡之后，这一支裴氏族人从东晋，历宋、齐，只是个默默无闻的平常人家。曾祖裴髦，曾为梁朝中散大夫；祖父裴之平官不算小，做到位比三公的卫将军，却无事迹遗世；至父亲裴忌这一辈，史上才有了这一支裴氏族人的记载。

裴忌（521—594年），字无畏，少聪敏，有识量，颇涉史传，为时所称。官至谯州刺史、都督，封乐安县侯。（南）陈、（北）周吕梁之战，陈朝以吴明彻为安南将军，裴忌为都督、太府卿、都官（刑部）尚书，各领一路人马进军吕梁城（在今江苏徐州市铜山区东南废黄河北岸吕梁集）。结果陈军大败，吴明彻与裴忌都被北周俘虏，却受到礼遇，吴明彻拜大将军，裴忌授上开府。

裴蕴年轻时聪明能干，是当官的材料。父亲裴忌作战被俘，在北周受到礼遇任职时，裴蕴在陈朝仕途正顺，历任直阁将军、兴宁令。不久，杨坚受禅，建立隋朝，裴忌随之成为隋朝官员。仅有江南一隅之地的陈朝风雨飘摇。得知隋文帝杨坚准备兴师伐陈，一统天下，裴蕴思念父亲，痛恶陈朝腐败，决定另觅高枝，暗中给隋文帝写信，请求作为内应，为平定陈朝助力。

隋开皇九年（589年），隋朝南伐，灭亡陈朝。至于裴蕴在隋军抵达建康城时，身为内应做过什么事，立下多大功，连元帅府长史、尚书左仆射高颎也不清楚。

裴蕴是以神秘姿态进入隋朝的。平陈之后，隋文帝安置陈朝官员，看到裴蕴的名字，破格任用为仪同三司，即仪制待遇同三司。虽没什么实际职权，但作为受降官员，这是个待遇很高的官职。高颎不明白皇上的意思，进谏说："裴蕴无功于国，恩遇超过同辈，臣感觉不合适。"隋文帝不回答高颎，却再次为裴蕴加官，提升为上仪同三司。高颎再次进谏，文帝仍不理会，还要为裴蕴升官，说："可加开府。"开府即开府仪同三司，意思是可以设立署府，独立办公，招揽僚属。这不是一般官员所能享受的待遇，高得过于离谱，高颎再不敢说什么。文帝君无戏言，当天，即拜裴蕴开府仪同三司，赏赐财物大大超过同降官员。

按照隋代官制，开府仪同三司属于勋官，有奖励性质，授予有功之臣，并不负责实际事务。勋官共有十一等，由高而低分别是上柱国、柱国、上大将军、大将军、上开府仪同三司、开府仪同三司、上仪同三司、仪同三司、大都督、帅都督、都督。裴蕴从陈朝归降隋朝，未见尺寸之功，授仪同三司本已破格，而后一而再，再而三，以至官至开府仪同三司，这位神秘人物到底是什么来路，在平陈之役中立过什么大功，只有隋文帝自己清楚。要知道，晋王杨广在平陈之役中，身为行军元帅，统领八十二总管、五十余万兵马，勋阶也不过大将军。裴蕴一来，就是开府仪同三司，仅比杨广低两阶，比大都督还高三阶，难怪连宰相高颎也不敢再说什么。

文帝给裴蕴破格待遇，不仅仅是他"夙有向化之心"，而是真正赏识其人才干，很快就委以重任，拜为洋州（今陕西西乡县四季河）刺史之后，又任直州（治今陕西石泉县）、棣州（治今山东阳信南）刺史，裴蕴没有辜负文帝，三州地方官任期全都获得好评，以能臣闻名朝野。

仁寿四年（604年），太子杨广登基，是为隋炀帝。大业初年，朝廷依制对官员考课。考课内容就四个字：德、慎、公、勤。即"一曰德义有闻，二曰清慎明著，三曰公平可称，四曰恪勤匪懈"。考课由吏部主持，隋朝官制，地方官员四年一个任期，一年一小考，四年一大考。通过考察官员政绩奖优惩劣、选贤任能。在大业年间的几次考课中，裴蕴"考绩连最"，即政绩连续几次都在全国州级官员中名列第一。这样的官员，谁能说不是个德才兼备的廉官、好官？

因为政绩突出，裴蕴同样得到炀帝重用，调太常寺任职，拜太常少卿。太常寺是掌管礼乐的最高行政机关，与大理寺（掌刑狱案件审理），光禄寺（卿掌祭祀、朝会、宴乡酒醴膳馐），太仆寺（掌车马），鸿胪寺（掌外宾、朝会仪节）并为朝廷五寺之一。少卿是太常寺副长官，正四品上。从太常寺的职责看，别人或许将这个太常少卿视为无所作为的闲官，对于裴蕴却是重用，因为炀帝喜欢声乐歌伎，任用裴蕴来做这个官，是要改革礼乐制度，为己所用。裴蕴才识俱优，果然不负重托，将这个闲官做出了名堂。

隋朝建立之初，文帝并不重视礼乐，开皇九年（589年），下诏改定雅乐，又作乐府歌词，撰定《圜丘》《五帝》《凯乐》，并议音乐之事，派礼部尚书牛弘制定礼乐制度。

当时，朝廷认可的乐伎共七类（部），即国伎、清商伎、高丽伎、天竺伎、安国伎、龟兹伎、文康伎。隋大业中，再增康国伎、疏勒伎。这九类（部）包含了从事中土和周边各少数民族音乐舞蹈的乐伎。另有从事民间音乐舞蹈的人，被视为淫伎，不被朝廷承认。隋朝承汉代礼乐制度，将从事歌舞声乐的人编为乐户，在世人看来，乐伎是一种贱业，从事吹拉弹唱之职，供人娱乐，从业者多为没入官府的罪民、战俘妻女。一旦从事这种职业，即入乐籍，被登记在册，世代不得出籍。《魏书·刑罚志》："诸强盗杀人者，首从皆斩，妻子同籍，配为乐户；其不杀人，及赃不满五匹，魁首斩，从者死，妻子亦为乐户。"可以看出，强行编入乐籍，与牢狱、杖责、流配相同，是一种累及妻女的刑罚，而且世代不免。

牛弘领旨后，将从事"正声清商"九部四舞的乐伎留下之外，其他乐户全部出籍，恢复庶民之身。如此一来，朝廷所用乐户人数大大减少，炀帝雅爱宏玩，嗜好声色，所到之处，必笙歌弦舞，这么少的乐户怎能满足需求？

让裴蕴任太常寺少卿目的很明确，就是要增加官伎类型和人数。裴蕴深会圣意，上书奏请：将流散于天下的北周、南齐、南梁、南陈乐户子弟，全部重新入乐籍，四朝六品以下官员甚至庶民，有擅长音乐及百戏者，也全部入乐籍，由太常寺管理。这样一来，异技淫声全部汇集到乐府，又设置博士（老师）弟子（学生），传承教习。采取这种办法后，官府的乐籍人数量猛增至三万余。炀帝大悦。裴蕴再次升官，拜为民部侍郎（即户部次官，三品）。

裴蕴对礼乐制度的改革，很快就发挥了作用。大业五年（609年）六月，炀帝率文武群臣在燕支山下大宴西域诸国国王和使者，就曾"奏九部乐及鱼龙戏以娱之"。第二年正月，万国来朝，又在东都洛阳再次举行盛况空前的歌舞盛会，一次参与演出的艺伎就达一万八千人之众。若不论炀帝的好大喜功，裴蕴对中国古代音乐歌舞确有一定贡献。

二

隋初，历南北朝战乱，田园荒芜，民生疲敝，全国统一后，隋文帝采用休养生息之策，善待生民，禁纲疏阔，造就了民富国强的开皇盛世。却也因为法令宽松，人丁户口多有遗漏。古今中外，国家钱粮赋税、兵丁劳役皆出自人口。控制人口流失，是每个大一统王朝都不能不重视的大事。

经历过南北朝晚期战争，裴蕴对当时人口流失状况很清楚，他的特别之处在于，不光能清醒地认识到人口流失对朝廷的影响，而且能找到控制人口流失的办法。

中国古代历朝都有自己的人口管理办法，万变不离其宗，就是令百姓避之不及、舍之难弃的户籍管理制度。

从周代开始，户籍制度就织成一张大网，目的是将所有丁口一网打尽，实现中央对地方的层层把控。战争、灾害造成的流离失所，贫穷、饥饿造成的人身依附，往往将户籍之网戳出一个个洞，本来应该是网中之鱼的生民因此流出，自由而艰难地生存在网外。"普天之下，莫非王土，率土之滨，莫非王臣"，脱离这张网，等于脱离了王纲，问题很严重。自户籍制度创立起，历代王朝都在极力修补这张网，裴蕴就是隋朝户籍之网的修补者。

所谓户籍，又称户口，即将政府控制的人丁按姓名、年龄、籍贯、身份、相貌、财富等项目一一登记在册，作为个人身份信息。被正式编入政府户籍的平民百姓，称为"编户齐民"。政府依照户籍，收取税赋，派出徭役、征发兵丁。隋朝户籍制度因袭北魏的"三长制"，即五家为邻，设一邻长；五邻为里，设一里长；五里为党，设一党长。这三长是当地户籍人口的实际管理者，职责是检查户口，监督耕作，征收租调，征发徭役和兵役。封建社会有一种说法叫"皇权不下县"。有这样的户籍制度，实际将皇权延伸到每一个生民。

裴蕴是个用心的官员，当过三任地方长官，对地方人口状况十分清楚。自春秋时期户籍制度建立，各朝就始终存在两种人口，一种是在册人口，即编户齐民。一种是不在册人口，这些人口也分几种，一种是"无贯之人"，没有被登入户籍，也叫"浮浪人"，实际是像蓬草漂萍般的流民，哪里能活，就流落到哪里。另一种是王公贵族、豪门大户的下人、佃户、工匠、伎艺。这批人多依附于主人名下，不在政府统计人口之列，如同奴隶般，是主人的财产。仅佃户一项，朝廷规定：官品第一第二品，佃客无过四十户；第三品三十五户。以此类推，官品最低的也有五户（见《隋书》卷二十四《志》第十九《食货》）。实际情况是有些高官贵族，门客、下人、佃客数量成千上万。这么多人口，全不在政府户籍之中。

裴蕴发现，更严重的是在册"编户齐民"也存在问题。"编户齐民"要负担政府税赋、徭役、兵役，为生计所迫本能地逃避，办法是诈老、诈小。隋朝将人口按年龄分黄、小、中、丁、老五种。三岁以下孩童为黄，四岁至十岁为小（此二者即黄口小儿），十一岁至十七岁为中，十八岁至六十岁为丁，六十岁以上为老。负担税赋、徭役、兵役的只有丁。因而，本来已至十八岁的，谎报为十六七岁，而且连续多年，人长岁数不长，这是诈小。有的才四五十岁，谎报为六十岁以上，这是诈老。还有一种情况，朝廷规定有"三疾"者可视情况减免税赋，所谓三疾，即残疾、废疾、笃疾。部分丧失劳动能力者为残疾；全部丧失劳动能力者为废疾；不仅全部丧失劳动力而且丧失生活自理能力者为笃疾。同样，不少丁口为减免税赋、逃避徭役，谎报为三疾。

人口是历代帝王的强国法宝，出现这么多问题，严重影响了朝廷决策，况且，炀帝好大喜功，修运河、建东都、伐高丽，都需要大量丁口支持。裴蕴深明圣意，大业五年（609年），向炀帝上奏，请求在全国范围内再次大索貌阅，进行大规模人口普查。

大索貌阅分两步，一是大索，说白了就是刮户。挨家挨户检查户口，不遗漏一丁一口，将所有生民都登记入册。二是貌阅，即根据相貌来检查户口，责令官员亲自当面验证，看是不是隐瞒或者虚报。

早在开皇五年（585年），隋文帝就进行过一次大索貌阅，只因"禁纲疏阔，户口多漏"。裴蕴制定的大索貌阅政策很严厉，如若发现一人情况不实，负责人一要解职，二要吃官司。邻、里、党三长处流刑，发配边远地方。另一项政策是鼓励百姓检举揭发。如若告发一人，免去自家税赋徭役，由被告发人代输。再一项是令亲属关系远于堂兄弟者，一律析籍分户，以增加户数。

裴蕴这次大索貌阅很成功，各郡（大业四年改州为郡）报上来的数字显示，仅大业五年（609年）一年之中，新增壮丁二十四万三千人，补记人口六十四万一千五百人。

炀帝闻报，龙颜大悦，对殿前百官说："前次大索貌阅，没有精明能干之人，致使讹误虚报者甚多。如今生民户口得以查实，全赖裴蕴一人尽心尽力。古语云：得贤而治，验之信矣。"经过这次大索貌阅，在炀帝看来，满朝文武之中，裴蕴是最可靠能干的贤臣，必须委以重任，遇到重要事情，要亲自交代。这时的裴蕴是炀帝最信任的大臣，先拜京兆赞治（京畿地区副长官），京兆大小事情都由裴蕴说了算，官吏百姓对此人既慑服又害怕。炀帝可能也觉得让裴蕴当这样的官，不能发挥其才干，很快，擢授御史大夫，与裴矩、虞世基共同参掌朝政。

三

裴蕴为人，优点是能揣摩圣意，以臣下身份，虑国之全局；缺点是得知圣意后，不问对错，尽力执行。如果皇上想治谁的罪，不惜曲解法规，想方设法定罪。皇上想宽宥的人，又尽力附和圣意，同一条法规，经他解释，治罪很轻，有的当即释放。专制帝国中，皇上的话就是金口玉言，根本不存在法治之说，裴蕴这么做，是臣子本分，本来没有错。不应该的是得宠之后，得意忘形，事事都非他莫为。本该负责刑律的官员反倒大小案件都不敢决断，全都推给他处理。连宪部（刑部）、大理寺重臣也不敢争辩，必须向他禀报，然后才能决断。

裴蕴也确实才能出众、机智善辩。谈起法理，经常口若悬河，条分缕析，一个案件或轻或重全凭他一张嘴，而且剖析得明明白白、头头是道，没有人能反驳。

大业九年（613 年）八月，杨素之子、礼部尚书杨玄感反叛被平后，隋炀帝将审理杨玄感余党重任交给裴蕴，特别交代：杨玄感一呼而从者十万，可知天下人不能太多，多了就会相聚为盗，不全杀光，留下则为祸患，奉以教化也没用。

领得圣旨，裴蕴对叛众毫不手软，杀戮达数万人之多，全部抄没家产，消除户籍。如此手段甚得皇上欢心，大悦之，赐奴婢十五口。

汾阴（今山西万荣）人薛道衡为当时文坛领袖，与裴蕴同朝为官，任司隶大夫（掌巡查，正四品），官虽不小，却是个书呆子，隋文帝多次"诫之以迂诞"。新君登基后，仍不明圣意，不识时务，因受文帝皇恩，写一篇《高祖文皇帝颂》，本来以为颂扬皇上老爹，会被儿子炀帝赏识。不料，炀帝读后大怒，对大臣苏威说："道衡至美先朝，此《鱼藻》之义（以前朝讽今朝）也。"薛道衡仍不省悟，恰巧皇上要颁布新政令，让众臣先讨论，大家争来争去，各执一词，迟迟不能得出结论。薛道衡的书生气又来了，对众大臣说："向使高颎不死，令决当久行。"高颎是隋朝开国元勋，曾对裴蕴超授提出质疑，为相二十多年，文帝晚期失宠罢官，炀帝登基后，任为太常寺卿，裴蕴当太常寺少卿，正是高颎副手。如今，裴蕴步步高升，高颎却在不久前因妄议炀帝被杀。赞扬高颎等于骂当今皇上滥杀无辜，有人将薛道衡的话报告给炀帝。炀帝怎能不怒？说："他这是怀念高颎啊！"当即将薛道衡交给刑部治罪。裴蕴何等精明，又常在皇上身边，明白皇上心思。奏本："道衡恃才自负，感怀前朝，无视当今圣上，每见诏书下来，都腹诽私议，将各种过错推到皇上身上，妄造祸端。如果论其罪名，又好像查不到什么，其实内心十分狂傲，若追究其本意，应是忤逆之罪。"

这话说到皇上心里，杨广说："说得对，朕年轻时，曾和他共事，就被此人看成个童稚，根本没放在眼里。后来，与高颎、贺若弼等人擅权施威，自知罪当严惩，又诬陷他人。见朕继位，内心不安，常怀叛逆之心，多亏天下安定，才没有谋反。卿分析此人有叛逆之状，正合朕意。"

被一位心胸狭窄的皇帝如此忌恨，又有权臣一旁煽风点火，薛道衡怎能不死？

外人已看得明明白白，只有薛道衡本人还稀里糊涂。不是被皇上点名立案审查了吗，就催有司快点审理，反正又不是什么大事，早日结案，早日被皇上赦免。那天，听说朝廷要来人宣布结果，还让妻子准备好酒菜招待客人。没想到，等来的结果是皇上下令他自尽。至此，薛道衡还是不明白皇上为什么非要让他死，不肯自尽。刑部来人没办法，再次上奏，皇上的判决是：缢而杀之。可怜一代文宗，就这么不明不白地死了，老婆孩子被流配到西域且末。如此奇冤，没有人怨皇上，因为皇上是用来跪的，不是用来骂的。一代文宗总不能就这么白白死去，应该有人负责。史官将这个人找出来了，就是裴蕴，谁让你和皇上走得那么近，而且还说那么多不该说的话。

另一位老臣苏威被罢官，也与裴蕴有关。

同样是前朝老臣，如果说，薛道衡个性迂诞，那么，苏威则是性格直爽，不会说假话。文帝时期，一身而兼纳言（宰相）、吏部尚书、大理卿、京兆尹、御史大夫五职，与高颎、杨雄、虞庆则并称"四贵"。炀帝登基后，又与左翊卫大将军宇文述、黄门侍郎裴矩、御史大夫裴蕴、内史侍郎虞世基参掌朝政，并称"五贵"。

大业十一年（615 年），炀帝三次御驾亲征高丽均损兵折将无果而终后，仍不甘心，召来苏威商议讨辽之策。明知三次讨伐辽东高丽，国力疲敝，民不聊生，盗贼四起，隋朝危矣，苏威想让炀帝知道国内烽烟四起的形势，不再伐辽，回答说："现在如果讨伐辽东高丽，根本不必发兵，只需下诏赦免天下群盗，即可得兵数十万。派关内盗贼和山东盗贼历山飞、张金称各领一军，出辽西道。河南贼王薄、孟让等十余头领乘舟楫，渡沧海，从海路出发。这些人必定因赦免其罪高兴，竞相为朝廷立功，一年之内，可灭高丽。"这位老臣果然不会说话，一番话让他说得漏洞百出，好像讥讽皇上似的。炀帝大不高兴，说："我御驾亲征尚不能取胜，一群鼠辈难道能行？"苏威出去后，裴蕴上奏说："苏威的话对皇上大不敬，况且，天下哪里来那么多盗贼？"隋炀帝也省悟过来，骂："这老家伙太奸猾了，竟用盗贼威胁朕，朕刚才就想掌其嘴，忍住了，可心里不是滋味。"这位苏威确实不像话，炀帝正为三次亲征高丽失败脸上挂不住，你偏说招抚一班盗贼即可取胜，讽刺皇上之意很明显。尽管多位史家都将苏威说这番话的本意归结为想让皇上知道天下盗贼之多。但炀帝不是傻瓜，身边的裴蕴又是何等聪明之人，怎能连如此明白的弦外之音也听不出来？

炀帝受了苏威的窝囊气，若不帮皇上出了这口气，裴蕴以后还怎能在皇上面前混？

裴蕴帮皇上出气的办法并不高明，还是翻旧账那一套，很传统。指派河南白衣（平民）张行本参奏："苏威以前在高阳主持选举，曾滥授多人官职，以后，突厥人进犯，苏威惧怕突厥人，才请求皇上返回东京。"有了把柄，炀帝下诏历数苏威多项罪名，立案审理。结果是将苏威罢官为民。过了一个多月，又有人上奏，说苏威勾结突厥人图谋不轨。这回，炀帝将案件直接交给裴蕴办理。裴蕴本身就是御史大夫，专门负责弹劾朝廷命官，结果当然要体现皇上意图。判决结果是：死罪。所以如此重判，是要将人情留给皇上，果然，隋炀帝得知结果，说："还是不忍心杀他。"

事后，炀帝将苏威祖孙三代罢官，从朝廷除名。

四

隋炀帝一朝，五贵之中，裴氏一族占其二。资格最老的苏威被除去，另一位老臣宇文述已于大业十二年（616年）一病不起，内史侍郎虞世基唯裴蕴之命是从。至隋朝最后两年，"五贵"中，其实只剩下裴氏二位族人裴蕴、裴矩还受皇上恩宠。

裴蕴仍在加强自己的权势。令五贵之一、内史侍郎虞世基向皇上表奏，罢免司隶以下不肯依附自己的官员，增置各地御史百余人，由此，御史台势力大增。新提拔的御史全是裴蕴亲信，很快形成唯裴蕴马首是瞻的朋党圈。郡县中有不肯依附的，利用御史权力暗中告发。这样一来，御史台权力膨胀到极点，作为御史台长官，裴蕴成为皇上之外最有权势的人。当时军国大事，凡兴师动众、京城留守、与诸番邦贸易互市，都必须有御史监督才能进行。一时间，裴蕴手下亲信遍布全国各郡县，侵扰百姓，朝野不宁。隋炀帝对此一无所知，裴蕴反而进位银青光禄大夫。

此时，中原乱局已现，民不聊生，义军四起。战火烽烟中，炀帝乘龙舟，率大臣、嫔妃，集十万之众，浩荡南下。裴蕴随驾前往，大隋王朝到了最后时刻。可能连裴蕴都没有想到王朝大厦会随时坍塌。

来到江都后，炀帝越发昏庸荒淫，已万念俱灰，无心再回北方。身边将领本来是保护皇室的，却成为最可怕的反叛力量。裴蕴是文臣，虽执掌朝政，手中却无一兵一卒，已察觉到军心不稳，将生变故，也无能为力。

统领骁果营的武贲郎将司马德戡、元礼与直阁裴虔通共谋，利用卫士们的怨恨情绪，推宇文述之子宇文化及为首领，准备发动兵变时，江阳长张惠绍星夜驱驰，向裴蕴报告。两人手下无兵，商量改变皇帝诏书，发城内兵民，全部交给荣国公来护儿指挥，逮捕在城外的逆党宇文化及等人。然后打开羽林殿大门，派亲从范富娄等人进入西苑，听候梁国公萧钜及燕王杨倓指挥，再去宫内救援皇上。两人商议已定，派人报告给内史侍郎虞世基。没想到，虞世基对兵变消息持怀疑态度，压下来没向皇上通报。迟疑之间，兵变发生，裴蕴叹息："就因为与播郎（虞世基）商量，才误了大事。"当天，裴蕴与虞世基一并被害，儿子裴惜担任尚辇直长（门下省官员，正七品下），也被杀。

裴蕴自己可能都不会想到，从人生巅峰到遭遇杀身之祸会这么突然。他死了，没有得到丝毫同情，《隋书》的编撰者魏徵等人，对他的死几乎可以用"活该"两个字概括。"素怀奸险，巧于附会，作威作福，唯利是视，灭亡之祸，其可免乎？"他大索貌阅，对中国古代户籍制度的贡献，全然被史家忽略不计。裴蕴的遭遇是专制社会人臣的悲剧。与同朝为官的裴氏族人裴矩相比，后人评价正好相反，裴矩前奸后忠，他是前忠后奸。所以如此，是因为裴矩在生命暮年遇到了一位贤明帝王。裴蕴呢？人生轨迹始终随所侍奉的隋王朝变化，文帝的"开皇之治"，他"考绩连最"，是个好得不能再好的清官。隋炀帝前期励精图治有所作为，他大索貌阅，所行之事便是忠臣所为。隋炀帝后期穷奢极欲，残暴昏聩，他唯上是从，逢君之恶，所行之事便是奸佞行径。说他奸，是对人事之奸，说他忠，是对天子之忠，到大隋最后时刻，炀帝的亲信大臣或反叛，将屠刀指向帝王，或作鸟兽散，逃跑保命，或投降新朝，别图新枝，裴蕴仍在为隋王朝寻找最后一根救命稻草。杨广死了，大隋亡了，他连一天也没有多活。为所侍奉的王朝殉葬，是他对自己一生的最好交代。至今，仿佛仍能听到他生命最后的那一声叹息——"谋及播郎，竟误人事"。这样的人，忠诚还是奸佞，且由后人评说。

第五章　同大唐俱荣衰

武德四年（621 年）夏天，当裴矩率领窦建德的大夏百官、奉八颗传国玉玺和无数珍宝，举河北之地归降已立国四年的大唐王朝时，表明裴氏族人已彻底融入大唐。

中国封建社会两千多年，唐朝是最繁荣的朝代，从高祖李渊起兵立国，历太宗李世民的"贞观之治"，到玄宗李隆基的"开元盛世"、宪宗李纯的"元和中兴"、武宗李炎的"会昌中兴"、宣宗李忱的"宣宗之治"，每个重大事件中，无不活跃着裴氏族人的身姿。民间流传的"无裴不成唐"之说，虽有几分夸张，却不无道理。没有裴氏，唐朝的辉煌起码会少几分光彩。

唐承隋制，虽然进入一个新时代，选举制度仍然沿袭隋朝，无非三条途径：科举考试、袭荫祖上和胥吏升迁。唐朝所以能成为中国古代最繁昌的朝代，得之于社会的多元、开放、开明和包容。武德至贞观年间，王朝初立，百废待举，旧官僚机构被打破，选拔官员往往不拘一格，正常选举制度之外，至少还有三条非正式途径：论功行赏、吸纳前朝能臣和直接举荐。裴氏族人裴寂和裴矩都是这么当上宰相的。

初唐至中唐，因为纸张、书籍稀少等原因，读书成本很高，寒门子弟读不起书，参加科考的人很少。科举形式也和后世不一样，后世科举是从下面一级一级往上面考，唐初的科考分两种，一种是从朝堂办的学馆直接参加尚书省选拔考试，另一种是非学馆学生，参加所在州县考试，通过后，再到尚书省考试。那些参加科考的学子，不仅需要优良的考试成绩，还要有名人推荐。因此，考生纷纷奔走于公卿门下，投献自己的诗词歌赋，叫投卷、荐举。这在一定程度上妨碍了科举的公正性。

女皇武则天掌握朝政后，为削弱世家大族势力，提拔新兴阶级，对科举制进行了一系列的改革。扩大制举，缩短科举间隔时间，使"常举"制度化，变数年一次开科取士为一年一次。创立殿试，由皇帝在殿廷向贡士亲发策问，进行面试。但科举制仍有一个漫长的循序渐进过程，起码在中唐以前，科举制还不能完全替代门荫世袭。

《新唐书·宰相世系表》中，裴氏出现在唐朝的宰相有十七位，其中初唐、盛唐时期有：裴寂、裴矩、裴炎、裴居道、裴谈、裴行本、裴光庭、裴耀卿。值得注意的是：八人之中，仅裴炎、裴耀卿二人科举出身，其余诸人均靠门荫入仕。从中可见，初、盛唐时期虽实行科举制，但门荫世袭仍占重要位置。

宰相是中国古代对于辅佐帝王、掌握国家最高权力官员的俗称，并非具体官名。宰相非丞相，中国历代都没有宰相这样一个官职。魏晋至隋唐，每位宰相都有各自的具体官职。这八位被后世称为唐朝宰相的裴氏族人，实际官职各有不同：中书令、侍中、尚书左、右仆射、同中书门下三品、同中书门下平章事、参知政事，不一而足。

唐朝执掌朝政的宰相，不是一个人，而是一个班子，通常由中书、门下、尚书三省长官组成，职权划分为：中书省长官中书令，掌草拟诏敕、发布命令；门下省长官侍中（因避隋文帝父杨忠讳，隋至唐初称纳言），掌诏令审查，章奏签署，有审议之权；尚书省长官尚书令，统领各部（曹）执行诏命。自唐初李世民当过尚书令之后，有唐一朝，臣下避不敢居，由副长官尚书左、右仆射代为执掌。此四人称"四辅"，是当然的宰相。裴寂鼎助建唐厥功至伟，为唐朝第一位宰相，实际是先任尚书右仆射，再任尚书左仆射，由高祖李渊特敕"执政事"；裴矩以善谋略受重用，所任之职是校检（代理）侍中；裴炎、裴光庭、裴耀卿则正式任用为侍中，裴炎任侍中之后，又拜为中书令。"四辅"之外，受皇帝重用而资历尚浅者，本职之外，加"参知政事""同中书门下平章事""同中书门下三品"。有这些头衔的都是兼职宰相，参与朝政之外，各有本署事务。如唐中宗时的宰相裴谈就是刑部尚书、同中书门下三品；唐高宗时的宰相裴炎任侍中之前，也曾拜黄门侍郎、同中书门下三品；还有以外官（地方官）兼任宰相，或以宰相兼任外官、加宰相虚衔以示恩宠者。

有这么多名目，唐朝各个时期的宰相，一般同时有七八位之多，有时候更多，唐睿宗李旦景云年间（710—712年），宰相竟同时多达十七位。

盛世出名臣，唐玄宗李隆基开元年间是唐王朝的鼎盛时期，裴氏族人在这一时期也仕途通达，钟鸣鼎食，宰相之外，三省六部的各个位置，都经常能看到裴氏族人的名字。其中名头最响的是裴氏"开元四尚书"：工部尚书裴伷先、刑部尚书裴敦复、户部尚书裴宽和吏部尚书裴漼。

安史之乱是大唐王朝由盛而衰的转折点。相较于初、盛唐时期，中、晚唐的社会形态表现为混乱、无序，中央权威丧失。在这样的社会中，裴氏作为一个大家族，表现出的文化底蕴更令人称道。

这一时期，科举制度日臻成熟，科举出身被视为入仕正途，出现了许多白衣卿相。但这并不能成为裴氏进入仕途的阻碍。裴氏世代仕宦，家族学养之深厚，好学风气之浓郁，岂是一般庶族所能比。各地裴氏的家训、家规、家诫中，读书明德、刻苦耕读、教子弟、端蒙养、立志、强学之类的格言已深入族人骨髓。良好的家风、重学的传统，使裴氏家族在科举制度成熟后，对仕途更充满渴望，高中进士、举人、秀才者，多不胜数，以至在科举时代，裴氏家族祠堂有个不可思议的特殊规定：不中秀才者死后牌位不入祖祠。

如此好学、强学、学有所成，无疑是裴氏在门荫制度式微后，仍能成批出宰相、成群出官宦的重要原因。

中晚唐一百四十五年，裴氏共出过九位宰相，平均十多年就出一位。分别是裴冕、裴遵庆、裴垍、裴度、裴休、裴澈、裴坦、裴贽、裴枢。与初、盛唐时期八位宰相中仅二人科举出身不同，中晚唐的九位宰相中，除裴冕、裴遵庆二人以门荫入仕外，其余七位全部进士出身。其中，裴垍在德宗贞元年间参加制举贤良极谏，对策第一。更令人赞叹的是，中晚唐时期，裴氏竟出过五位状元，分别是：裴俅，敬宗宝历二年（826年）丙午科状元；裴思谦，文宗开成三年（838年）戊午科状元及第；裴延鲁，懿宗咸通二年（861年）辛巳科状元；裴格，昭宗光化三年（900年）庚申科状元及第；裴说，哀帝天祐三年（906年）丙寅科状元及第。唐朝已知状元共一百四十位，裴氏一族占去五位；从宝历二年到天祐三年的八十年间，平均十六年出一位，这样的逆天比例和惊天概率，天下很少有哪个家族能望其项背。

在唐太宗李世民看来，科举高中的士子与沙场建功的将士同样称得上"英雄"，看到新科进士鱼贯而出，得意地说："天下英雄入吾彀中矣！"对于一个家族来说，同一时期出现这么多"英雄"，仕途上怎能不摩肩接踵。

哪怕对于现代知识分子来说，唐朝也是个充满魅力的王朝，这种魅力并非强盛、繁荣，而是开放、包容和大度。尽管中晚唐时期帝王昏庸、宦官专权、藩镇割据、朋党相争，一系列社会问题造成国力衰弱，唐朝仍像个落魄绅士般魅力不减。这种魅力值得每一位有抱负的士子为之献身。

这可能是中晚唐时期裴氏族人反而更多出现在高位上的重要原因。

第一节　裴寂：顺时应势的开国宰相

裴寂（570—632年），字玄真，出身裴氏西眷房，蒲州桑泉（今山西省临猗县）人。

裴氏家族从西汉崛起至唐代，数百年之间，始终活跃在政治舞台上。连专业学者也疑惑：到底是什么原因使这个家族能够长盛不衰？读过裴寂，起码会找到部分原因。论天分，裴寂才不过中等，文不能谋，武不能断。论资历，仅为从五品行宫副监。理政智慧别说与同时期的裴矩、裴蕴相比，就是与以后的裴炎、裴居道、裴谈相比也略显平庸。然而，唐朝建立几个月后，他即飞黄腾达成为唐朝宰相，以后，位至一品司空，甚至被允许自铸钱币。

恩宠之隆，荣尊之盛，裴氏唐代宰相虽多，没有能与其相比者。难道是他运气特别好，或侥幸遇上好时机？非也，裴寂所以能以中等之才享高官厚禄，只有一个原因，即顺时应势，明理识人，在天下大乱之际，能够看到隋朝已走向末路、李渊会成就大业，果断放弃安逸生活，鼓动李渊举义，这才成为唐之萧何，为大唐立下首功。

顺时应势，明理识人，其实是裴氏家族一以贯之的法宝。每至改朝换代，裴氏族人都能做出正确选择，为家族续辉煌、为自己谋前程。司马氏代魏，因裴秀拥立之功，有了裴氏在西晋的豪门地位。南北朝周、齐并峙，裴宽、裴让之、裴侠等诸多裴氏族人弃齐而归周，有了裴氏在关陇贵族集团中的一席之地。投奔明主，攀依高枝，是动乱年代士人最艰难又最明智的选择。若论裴氏长盛不衰的原因，顺时应势、明理识人应列为一条，其中最有代表性、最具说服力的人物，非裴寂莫属。

一

裴寂出生在一个官宦世家，祖父裴融为官多年，做过西魏司木大夫（掌木工之政令）。父亲裴瑜曾任北周绛州刺史。裴寂年幼即遭不幸，父母双双亡故，好在几位兄长不离不弃，将他抚养成人。

裴寂虽成孤儿，还是蒙了祖上福荫，通文墨，能诗文，十四岁那年，靠祖荫补州主簿，当了个主管文书的小官，开始走上仕途，在司牧长官衙署处理杂务。一位才十四岁的少年，既无钱财，又无靠山，更无官场经验，能混下去已属不易，直到二十多岁，官阶仍只有七品。这时，北周已被隋朝取代，裴寂长成为俊朗青年。

隋唐时期选拔人才，尤其是帝王身边的人，首先讲究仪表。裴寂相貌俊朗，器宇轩昂。开皇年间，他被调到京城任左亲卫（京城禁卫武官，六品）。因为家境贫寒，裴寂每次往来京城，都是徒步跋涉，一路上过黄河，经华山。一次，经过华岳庙时，他想起自己身世，不由得悲从中来，在华岳庙里祭拜叩首之后，望着神像喃喃自语："我裴寂穷困到如此地步，心灵却至诚，若神有灵，就为我卜算一下命运吧，如果富贵有期，给我降个好梦。"说完，再拜而去。

当晚住宿在客舍，一位白发老翁走进来，对他说："你年过三十后方可得志，终当位极人臣。"

开皇九年（589年），裴寂走上仕途五年后，终于有了升迁机会，尚书省吏部具状，调裴寂出任齐州（今山东济南）司户，离开京城当个主管户籍的官。仁寿四年（604年），文帝杨坚驾崩，炀帝杨广继位，帝王来去之间，裴寂已经三十五岁，命运仍没有得到改变。

炀帝继位之初，英姿焕发，雄心勃勃，开运河、修东都，大隋显示出一派兴旺繁荣气象。在隋炀帝统治的十四年中，裴寂仍在仕途艰难跋涉，眼看快四十岁的人了，梦中白发老翁的吉言仍没有实现。这十四年，他职务变动了三次，先任侍御史，这职务听起来不错，可弹纠百官朝仪，官阶并不高，在高官显贵云集的京城，就是个维持百官上朝秩序的差事。随后，又调任驾部承务郎，这仍是个品级不高的职务，所谓驾部，是兵部下面的一个部门，主管掌车舆、牛马厩牧之事，承务郎是驾部副主管，相当于如今的副司级官员，掌管本司的籍帐，侍郎出缺，可代其职务。

大业七年（611年），裴寂终于迎来了一个机会，出任太原郡长史兼晋阳宫副监。这次仕途变迁，裴寂受益匪浅。太原郡长史倒没什么，副监官阶也不高（从五品），却是个肥缺。晋阳宫是皇帝行宫，宫内建筑精美，物资充裕，骏马盈厩，美女如云，绫罗绸缎、佳肴美味不胜数，对于一心想在仕途上有所作为的裴寂来说，重要的是增加了与皇帝接触的机会。

隋炀帝在位后期，纸醉金迷，荒淫奢侈，光在今山西一地就修建了两座行宫，晋阳宫外，还修有汾阳宫。其中以晋阳宫最奢华。杨广是个在京城待不住的帝王，在位十四年，总共在西都大兴城和东都洛阳待不过两年，经常席不暇暖巡幸各地。在这样一座行宫里当副监，裴寂看到了仕途希望。

就在裴寂前途一片光明之际，大隋王朝快走到了尽头，国内民不聊生、群雄造反，王朝摇摇欲坠。恰在这时，裴寂的福星李渊调任太原留守。

李渊系贵族出身，七岁袭封唐国公，却与裴寂有着相同的身世，同样父母早亡，多亏姨母像对待自己孩子一样将他收养。这位姨母更加高贵，是文帝杨坚的皇后，当朝皇帝杨广的母亲、皇太后独孤伽罗。李渊大杨广三岁，两人是从小在皇宫里玩耍的亲表兄弟。大业十三年（617年），李渊官拜太原留守，主管太原一带防务，同时还有一个兼职，即晋阳宫监，实际是裴寂的顶头上司。两人虽然家庭背景悬殊甚大，一则因为有相同的身世，二则因为有相同的嗜好，都喜欢饮酒赌博，距离一下拉近，经常一起交谈，无话不说，渐渐由上下级关系，变为志趣相投的好朋友。

从以后的结果看，杨广拜李渊为太原留守，实际是为大隋找了个掘墓人。李渊到太原时，起义已遍及全国，政局动乱。隋炀帝南逃江都（扬州），置天下于不顾，想再回来，"所在路绝""来往不通，信使行人，无能自达"，京城事务只好全都交给年幼的代王杨侑（杨广的孙子）。这种混乱局面，令李渊夺取隋朝天下的野心骤然膨胀。太原地理位置特殊，李渊大业未举便占得先机，因而"私喜此行，以为天授"（温大雅《大唐创业起居注》）。

李渊沉稳老辣、善于决断，既富远见又善施行。从当上太原留守之日起，就开始不动声色地谋划反隋大计。他深知隋炀帝是个猜忌心极重的帝王，尤其对手握重兵的各路重臣从来没有放心过，为长计议，故意沉溺酒色，整天与裴寂躲在晋阳宫里，花天酒地，通宵达旦，不知疲倦地饮酒赌博。

二

此时，各路英豪义旗遍举，天下大乱。太原以北的马邑，刘武周聚结突厥人，被封为"定杨可汗"，自称皇帝，"率军南向以争天下"。河南的瓦岗军、河北的窦建德和江淮的杜伏威，纷纷举起义旗，大隋王朝眼看就要土崩瓦解。面对这种情况，李渊毫不理会，仍然过着花天酒地的日子，好像一点都不着急。二公子李世民沉不住气了，想劝父亲早日举兵反隋，又不敢直言，苦思冥想之后，终于有了办法。

原来，李世民见李渊整天与裴寂混在一起，关系极为亲密，想请裴寂劝说父亲起兵。但裴寂毕竟是长辈，又是朝廷命官，不能直说。他的办法是先拿出自己的几十万积蓄，买通龙山令高斌廉，让他与裴寂赌博，每次都故意输许多钱，趁裴寂赢钱高兴，让他说服父亲兴兵反隋。裴寂当即允诺。

接着，裴寂如法炮制，先从晋阳宫中选派宫女私侍李渊。这些宫女可都是唯皇上可临幸的美人，李渊私幸宫女，本身就是谋反之罪。裴寂此举，等于拉李渊下水，逼李渊造反。此外，每日陪同李渊饮酒作乐，通宵赌博。酒酣之际，乘机向李渊进言："二郎（李世民）已秘密组织兵马，准备起兵，天下大乱之际，何去何从，应该当机立断。"

李渊仍犹豫不决，裴寂步步紧逼："我让宫人私下服侍阁下，若事发，你我都会被杀头。我所以敢这样做，就是想催促你早些起兵反隋。"

李渊心有所动，仍不能痛下决心，裴寂为他分析："城门之外，皆是盗贼，若守小节，旦夕死亡；若举义兵，必得天位。众情已协，公意如何？"裴寂话不多，却极为透彻，明白告诉李渊，面前只有三条路可以走，要么被城外的盗贼杀死，要么被皇上以谋反罪诛灭，要么举义反隋，自己取代炀帝当皇上。现在大家意见都一致了，就等他一句话。

事已至此，不能不做出选择了，李渊说："我儿诚有此计，既已定矣，可从之。"当下将李世民招来，说了一句极经典的话："现在家破人亡也是你，变家为国也是你！"

现在看来，裴寂不过是利用特殊身份向李渊转达李世民的意思，对于以后的大唐王朝来说，这些话赌的是一群人的命运，一个王朝的兴亡。与李世民故意输给他的那些钱相比，这是一次前无古人、后无来者的豪赌。当然，结果是李家父子与裴寂都赌赢了。裴寂也因此成为唐朝功臣。

这只是正史中的说法，目的是突出李世民的功业，反衬李渊的无所作为，以示后来杀兄逼父夺位的合理性。真正决定反隋大计的还是李渊。所以迟迟不肯动手，是因为时机还不成熟，并非优柔寡断。他用的是"见机而作"之策，在反叛之前，首先扩大势力，命长子李建成"河东潜结英俊"，次子李世民"晋阳密招豪友"。再则，裴寂身为朝廷命官，豪杰蜂起，天下已乱，以他的眼光和与李渊的交情，怎能看不出天下大势，李世民根本不必使用变相贿赂的方法拉拢。

大业十三年（617年）六月初五日，李渊在太原宣告起兵。

当天，裴寂利用晋阳宫副监之职，"进宫女五百，米九百万斛，杂彩五万段，铠四十万首，以供军用"。这些辎重粮秣对李渊起兵获胜、建立唐王朝是不可或缺的物质支持。解决了义军作战之需，太原守军粮草可支十年，李渊这才兵强粮足，势如破竹打到京城。

李渊宣告起兵之后，并没有急于兴兵南下，先做了两件事：一是派晋阳（今太原市）令刘文静去联络突厥人，以防被断了后路。二是设立大将军府，设置左中右三军，长子李建成任左领军大都督；次子李世民任右领军大都督；四子李元吉统领中军；裴寂任长史，赐闻喜公。这是裴寂第一次获得李渊封赏，一下就由从五品文官跨入王公贵族之列。

七月初五日，李渊统甲士三万于晋阳誓师出发，发布檄文，要"废昏立明"，告谕天下尊立代王杨侑。而后，留下四子李元吉镇守太原，自己率军沿汾水南下，经雀鼠谷，进屯贾胡堡。隋西京留守、代王杨侑派虎牙郎将宋老生率精兵二万驻守霍邑（今山西霍州），另派骁卫大将军屈突通率骁勇数万驻河东郡城（今山西永济西南蒲州镇），与宋老生遥相呼应，以拒李渊。八月初三日，李渊计诱宋老生出城，两路夹击，大败隋军，占领霍邑，打开了进军关中通道。大军进至河东，与隋军骁将屈突通相遇，史载此人"性刚毅，志尚忠悫，检身清正，好武略，善骑射"，与弟弟屈突盖都以耿介严厉著称。当时京城流传"宁食三斗艾，不见屈突盖；宁服三斗葱，不逢屈突通"。见李渊大军来袭，屈突通断蒲津桥，坚守不出，拼死抵抗。

久攻不下，李渊召集众将商议。

李渊想先取长安，又担心屈突通背后突袭，犹豫不决之际，裴寂进言说："今屈突通据守蒲关，若不先平，前有京城守敌，后有屈突之援，此乃腹背受敌，必定失败。不如等攻克蒲州，再进军关中，京城断绝后援，会不攻自破。"李世民不同意裴寂的看法，说："不然，兵贵神速，我军渡河西行，必震慑敌胆，我军若迟滞不前，敌军必另生计谋。而且关中群雄并起，至今还没有人统领，很容易召集到我军旗下，有这些人加入，我军兵强马壮，什么样的城池攻不下？屈突通虽然骁勇，但只知自守，不足为患。若失去大好时机，成败就难预料了。"

李渊将两人的意见折中，一面留兵继续围攻蒲州，一面率军绕道由龙门渡河入关。十一月，李渊大军攻占大兴城，立炀帝孙代王杨侑为天子（隋恭帝），改元义宁，遥尊炀帝为太上皇；又以杨侑名义自加假黄钺、使持节、大都督内外诸军事、尚书令、大丞相，进封唐王，总理万机。李渊虽然还没有做皇帝，已总揽朝政，既废了炀帝，又不致成为众矢之的，同时还可挟天子以令诸侯，只等时机成熟取而代之，登上九五之尊。

从七月誓师出发，到十一月平定大兴城，短短一百二十天内，李渊大获成功，实现了裴寂所说的"若举义兵，必得天位"预言。等长安秩序稍定，李渊开始以恭帝名义大赏功臣。裴寂虽没有带兵打仗，因在举义兴兵问题上起了关键作用，成为第一功臣，"赐良田千顷，甲第（上等宅院）一区、物四万段，转大丞相府长史，进封魏国公，食邑三千户"。

李渊的这些封赏中，多是物质奖励，只有大丞相府长史是个实实在在的官，相当于大丞相府秘书长或总管，而当大丞相的是李渊本人。此时，裴寂可谓富贵无比，当年梦中白发老翁的吉言，在他四十八岁时，只差一步就要实现了。

三

李渊打进长安本来是要夺取隋朝江山，拥立隋恭帝只是一种策略。第二年五月，唐军在关中站稳脚跟，就蠢蠢欲动，开始谋划登上九五之尊。

中国历史上，每位权臣篡位，都要演一场劝进秀，王莽如此，曹丕如此，司马炎如此，杨坚如此，以后赵匡胤亦如此。李渊虽立隋炀帝之孙杨侑为天子，但半年之内，自己又是被封唐王，又是"剑履上殿，入朝不趋，赞拜不名"，又是"冕十有二旒，建天子旌旗，出警入跸"，逼人气势已与天子没什么区别。即使这样，要当皇帝还是要有人劝进，不然，以后会落个篡位恶名。这就需要有人出来充当这场表演秀的鼓动者。

充当这个角色的人只能是裴寂，他与李渊关系最密切，最能摸透李渊心思。

大业十四年（618年）五月，隋恭帝逊位，将皇帝位让给李渊，按照帝王们的说法，这叫禅让，所谓效仿尧、舜之制。禅让有一个复杂的表演过程，接受帝位的人要礼让再三，做出坚辞不受的样子。这场表演秀演到第二幕时，裴寂出场了，对李渊说："桀、纣之亡，亦各有子，未闻汤、武臣辅之，可为龟镜，无所疑也。"这些话是先为李渊接受帝位找依据。意思是说，当年夏桀、商纣败亡时，他们并不是没有儿子可以传位，但是，没有听说商汤、周武王辅佐他们的儿子，而是自己当了国君。接着做出生气的样子，说："寂之茅土、大位，皆受之于唐，陛下不为唐帝，臣当去官耳。"意思是说，我裴寂现在所享受的荣华富贵，都是唐王你赏给的，你要是不当皇帝，我裴寂就不当这个官了。

两个人的表演都很逼真，有假戏真做的意思。听了裴寂的话，李渊好像无可奈何，同意当皇帝。见李渊同意，裴寂马上选择吉日，准备登基大典。

当月，李渊受禅，是为唐高祖，定国号唐，易大兴城为长安，改元武德。当上皇帝后，李渊对裴寂感激不尽，说："使我至此，公之力也。"封其为尚书右仆射。担任尚书令的是秦王李世民，当时国内尚未平定，李世民经常统兵打仗，尚书仆射实际是代替尚书令行事，为了让裴寂名正言顺地执掌国事，又特意加上"执政事"三个字，实际就是宰相。

追随李渊太原起兵的所有功臣中，裴寂职务爵位最高。许多人愤愤不平，认为裴寂文不能谋，武不能断，凭什么获此高位？他们偏偏都忽略了三点，一是在天下大乱、李渊犹豫不决之际，裴寂能明天下大势，帮助决断，这才有了大唐基业；二是在众多功臣中，唯有裴寂是李渊无话不说的知己；三是在李渊眼里，裴寂就是他手下的萧何。汉时，刘邦登上大位，封赏功臣时，萧何同样也不为众臣服膺，刘邦曾发"功狗""功人"之论，说那些披坚执锐、攻城略地的武将们不过是追杀兽兔的"功狗"，而萧何则是发现兽处的"功人"。公正地说，裴寂不一定有萧何之能，却有萧何之功。李渊起兵时，裴寂及时奉上物资粮秣，为唐军解了燃眉之急，仅凭这一点，萧何无论如何都比不上。有此三条，这个尚书右仆射，裴寂当之无愧。

裴寂不光荣登当朝宰相之位，还有更令其他功臣眼红的。《旧唐书》的记载是："赐以服玩不可胜纪，仍诏尚食奉御，每日赐寂御膳。高祖视朝，必引与同坐，入阁则延之卧内，言无不从，呼为裴监而不名。当朝贵戚，亲礼莫与为比。"赏赐不可胜数的服饰珍玩，吃则同食，上朝则同坐，到宫内则引入卧室密谈，而且言听计从，连名字也不叫，只称裴监，就差称兄道弟了。

四

李渊虽在长安登上帝位，建立唐朝，其实当时的唐王朝只占有关中、河东一隅之地。国内群雄并立，还存在大大小小的多支地方起义武装或割据势力。其中直接威胁关中的是陇右的西秦霸王薛举、河西的凉帝李轨、河东的定杨王刘武周。

武德二年（619年）四月，刘武周与突厥援兵结队南下，在太原以南的黄蛇岭（今榆次北）列阵与唐军对垒。太原留守李元吉派大将张达率军出战，结果全军覆没。刘武周攻克榆次，兵围太原。高祖李渊得知后，火速派右武卫大将军姜宝谊、行军总管李仲文统兵出河东迎敌。结果中了刘武周埋伏，唐军大败，姜宝谊、李仲文两员大将被生擒，后来侥幸逃脱，收拾残兵继续与刘武周对抗。

李渊得知唐军兵败，对河东形势深表忧郁。此时，刚当上尚书右仆射的裴寂主动请缨出战，为君王分忧。李渊见殿前有人请战，而且是他最信任的裴寂，龙颜大悦，任裴寂为晋州（今临汾）道行军总管，率大军讨伐刘武周，同时授予特权：战场上可斟酌情势，不拘规制条文，无须请示，自行处理。

这是裴寂第一次统率千军万马出征打仗。八月，大军浩浩荡荡开至介州（今介休），刘武周见唐军势大，不敢正面迎敌，关闭城门坚守不出。裴寂指挥唐军占据制高点，在一个叫度索原的地方安营扎寨。这时，裴寂犯了一个与三国时期马谡同样的错误。屯军处地势高，可以居高临下冲击敌军，致命弱点是供水不足。刘武周一眼看出唐军死穴，派兵将山涧水路切断。几天后，唐军人焦马渴，支撑不住。裴寂无奈，只能起营拔寨，移兵就水。刘武周手下大将宋金刚趁唐军混乱之际，突然率兵掩杀。唐军大乱，兵败如山倒，溃不成军。裴寂一夜狂奔三百里，逃入晋州城方才停住脚步。

这一仗，晋州以北城池全部丢失。宋金刚率部南下，逼近绛州，裴寂又一次上表，请求率军抗贼，李渊再次任命他去镇抚河东。

这次，裴寂又犯了自乱阵脚的毛病。率军过河后，为防宋金刚攻城略地，下令虞州（治今山西运城虞乡）、秦州（治今山西永济蒲州镇）百姓，须将积聚之物烧掉，全部进入城中。这一招兵法上叫坚壁清野，目的是使敌军无可食之物，不能立足，却自乱阵脚。敌军未到，百姓早已惶恐不安，乱成一片。夏县有个叫吕崇茂的人，纠结乱民趁机杀了县令，接应宋金刚攻打唐军。裴寂第二次统兵，再次一败涂地。

这次失败之后，裴寂终其一生，再没有统兵打仗的经历。

五

可能连裴寂自己也不会想到，他连吃两次败仗会因祸得福。

被召回朝廷后，裴寂惶惶不安。唐高祖李渊当众责备："（太原）起兵之时，你有辅佐之功，官爵也已显极。这次去抵御刘武周，所率兵力足以破敌，而你败到如此地步，不感到有愧于朕吗？"

裴寂拜伏于地，连称死罪。殿堂之上，李渊下诏，将裴寂交刑部发落。

在专制社会中，一个官员犯如此大错，即使不被杀头，牢狱之灾肯定免不了，即使侥幸逃脱，仕途肯定终结了。裴寂没想到，没过多久，李渊又下诏将他释放，而且官复原职，对他的照顾、款待，反而比以前更好。李渊每逢出巡，都以留守京师重任相托。

现在分析，李渊治裴寂的罪不过是做给百官看，以维护朝廷脸面，也许，从心底里只恐大唐对不起裴寂，根本就没想把他怎么样。

裴寂能如此得享皇恩，难免有人嫉妒。不久，麟州刺史韦云起状告裴寂谋反，经过调查后，确系诬告。见裴寂受了委屈，李渊安慰说："朕之有天下者，本公所推，今岂有二心？所以让人调查，为还你清白。"之后，与三位贵妃携带佳肴宝器，专程到裴府慰问。君臣二人"宴乐极欢，经宿而去"。

当朝许多大臣都不明白，裴寂究竟凭什么得到皇上如此恩宠。后世文人多归之于裴寂处世圆滑，善于奉承。李渊的一番话揭示了谜底。

一次，李渊语重心长地对裴寂说："我李氏昔在陇西，富有龟玉，降及祖祢，姻娅帝室。及举义兵，四海云集，才涉数日，升为天子。至如前代皇王，多起微贱，勔劳行阵，下不聊生。公复世胄名家，历职清显，岂若萧何、曹参起自刀笔吏也！唯我与公，千载之后，无愧前修矣。"这可是掏心窝子的话，在李渊眼里，裴寂与自己一样，出身高贵，比起出身刀笔吏的汉代能臣萧何、曹参更胜一筹。

可以看出，李渊是把裴寂视为志同道合的知己。

了解了这些，就能明白为什么李渊与裴寂，一个是高高在上的帝王，一个是拜伏朝堂的人臣，却能出则同御，入则同室，无话不谈了。

尽管如此，李渊对裴寂的恩宠还没有完。不知是怕裴寂以后受穷，还是别的原因，李渊竟特别下诏，赐裴寂可以自行铸造钱币。中国历史上，汉文帝宠臣邓通曾享受过这种特权。有了这种特权，裴寂可以说是当朝除帝王之外最富有的人。

封了当朝最大的官，成为当朝最有钱的人，在李渊看来，还远不能补偿裴寂对他的忠诚。当年，又和裴寂结为姻亲，聘裴寂之女为第六子赵王元景王妃。以后，又将女儿临海长公主嫁给裴寂的儿子裴律师。

武德六年（623年），改迁裴寂为左仆射，在《授萧瑀左右仆射诏》中，李渊对其大加褒扬。

当天，李渊在含章殿大设酒宴庆贺，裴寂顿首再三，感激涕零，对李渊说："臣当初在太原追随皇上时，皇上曾答应过臣，等天下太平，允许臣退居故里种田，现在四海清平，愿皇上赐臣告老还乡。"

听了裴寂这一番话，李渊泪水沾襟，说："现在还没到时候，朕还要与君一起度过老年时光，再过些年，等朕退位了，朕当太上皇，你当公卿，一起逍遥享乐，岂不快哉！"李渊这番话说得动情动容，言下之意是说：等我们都死了，你再说分离的话吧。

李渊说完这番话，又给裴寂加官晋爵，册封为司空，这是个位置很高的虚衔，位列三公，正一品。同时，又专门派尚书员外郎一人，每天在裴府值班，满足裴家需求。

裴寂与少数重臣还享有一种特殊礼遇，即在殿上奏事不用下跪，侍立即可。李渊为此专门下《令裴寂等升殿奏事侍立诏》。

对于一个臣子来说，裴寂的荣耀无以复加。

六

当时众臣之中，大司马刘文静对裴寂最不服气。此人仪表壮伟，胸有韬略，知兵勤政，才干卓异而多谋略，也是李渊太原起兵时元谋功臣之一。起兵后，刘文静曾劝李渊改换旗帜以彰义举，又请联络突厥以增兵威，并亲赴突厥，联络毕始可汗派兵，以如簧巧舌说得毕始可汗派兵两千随他赴关中。但是，这样一个人，在大唐立国没几年就被杀了。罪名是封建专制时期谈虎色变的谋反。

文人学士们都为李渊冤杀刘文静愤愤不平，甚至谴责裴寂。

从表面上看，刘文静是因与裴寂结怨而死的。

自古才能突出的人都容易患上一个毛病——恃才傲物，处世轻狂。刘文静就是被这个毛病害死的。

其实，太原起兵之前，刘文静和裴寂意气相投，有时同寝一室，彻夜长谈，是无话不说的知心朋友。大唐立国后，看到裴寂多得皇上恩宠，刘文静先不服气，渐渐表露在言行上。《新唐书》中说："文静自以材能过裴寂远甚，又屡有军功，而寂独用故旧恩居其上，意不平。"前面几句话都没什么，要命的是后面三个字"意不平"。朝堂之上，刘文静要表达什么意思，先故意说相反的，等裴寂提出反驳，他又加以讥讽。裴寂说东，刘文静必说西，专门和裴寂过不去。从两个人的性格上看，裴寂儒雅，刘文静睿智，而且伶牙俐齿，争辩起来，往往弄得裴寂下不来台。

刘文静喜欢喝酒，醉后经常口吐狂言。武德二年（619年）某日，刘文静与弟弟通直散骑常侍刘文起宴饮，酒酣耳热，想起官场上种种不如意，开始失去理智，大声诅咒裴寂。骂到气愤处，拔出佩剑朝柱子砍去，大喊："我一定要杀了裴寂！"这话把刘文起吓得心惊胆战，恰巧家中几次出现怪事，刘文起为此忧虑，召巫师来家，夜间披发衔刀，作法驱妖。也该刘文静倒霉，这话偏偏被他的一位失宠小妾听到，第二天，告诉了她哥哥，当哥哥的为给妹子出气，告了御状，将刘文静的话告到李渊那里。

本来就是一句酒后狂言，没想到李渊当了真，勃然大怒，当即将刘文静打入大牢，派裴寂、萧瑀两人当主审官。贵为朝廷重臣的刘文静，直到沦为阶下囚头脑还不清醒，被审讯时，竟对李渊说："以前在大将军府，我当司马，裴寂当长史，我二人官位大略相当，现在裴寂已贵为尚书仆射，居豪宅，得到赏赐不断，而我的官职却还与一般功臣没什么区别，家里也没有多余的财物，哪能不绝望。"也就是说，刘文静只承认自己有"觖望之心"，并无谋反之意。李渊听到刘文静这番话后，说："文静此言，反明白矣。"一句话，定了刘文静死罪。

重臣李纲、萧瑀求情，说刘不会谋反。秦王李世民为救刘文静一命，搬出了太原旧事，说："当初裴寂劝告主上下决心反隋，本来是刘文静的主意，裴寂不过是重复刘文静的意思。现在他埋怨待遇不公，只是酒后狂言，并不是谋反。望主上能保全他一条性命。"

李渊本来就看不惯刘文静的做派，铁心要置他于死地。裴寂整天与李渊在一起，又无话不谈，当然明白李渊的意思，在一旁说："文静多权谋，性情诡异难猜，一旦生气就什么也不顾，这件事就是最好的证明，现在天下未平，留下这样的人恐怕遗患无穷。"裴寂这句话，等于判了刘文静死刑。很快，刘文静、刘文起兄弟二人便被籍没家产，押赴刑场，直到人头就要落地，刘文静还不明白他到底为什么会被处死，抚胸感叹："高鸟尽，良弓藏，果不妄。"

史书上的刘文静聪明机智，从他被处斩这件事上看，这是个小事聪明、大事糊涂的人。事实上，刘文静与裴寂结怨获罪，只是表面现象。他所以被杀，是因为卷入了皇储之争的大旋涡中。专制社会中，一旦卷入这件事，只有两种结果，一种是跟对了人，享受荣华富贵；另一种是跟错了人，身首分离。刘文静从太原举事就是李世民身边的重要谋臣，立国后，又手握大权。当时，李世民与太子李建成、皇子李元吉正为争夺皇储之位招揽势力，刘文静就是秦王李世民的重要谋臣。按说刘文静算跟对了人，但是时机不对，当时，李世民的势力还不足以让他登上龙位，李渊常有提防李世民之心，刘文静正好为李渊敲山震虎、剪除李世民党羽提供了机会。就是说，刘文静实际当了李世民争夺皇储的牺牲品。

裴寂长期在李渊身边，当然明白李渊的心思。关键时候一句话，就要了刘文静的命，同时也因此被后人诟病，为自己后来的失意埋下了苦果。他要杀的是刘文静，得罪的却是以后的唐太宗李世民。

七

因为李渊恩宠，裴寂大红大紫，他可能不会想到，霉运会很快到来。

唐高祖武德九年（626年）六月初四日清晨，大唐王朝被血雨腥风笼罩，已酝酿多时的皇储之争终于爆发。秦王李世民在玄武门伏杀大哥太子李建成和四弟齐王李元吉，逼父亲李渊立自己为太子。不久，李渊被逼退位为太上皇，李世民即位，是为唐太宗。

对于裴寂来说，这是乾坤倒转的一刻。从唐太宗登上大位的这一天起，他的霉运就来了。

本来，他还等着与太上皇李渊安享逍遥之乐，还想回到家乡躬耕陇亩，安享晚年，但是，改变他命运的事情发生了。

太宗继位之初，一因老爹余威尚在，二要笼络人心，对裴寂等老臣表面关爱有加。贞观元年（627年），太宗封赏功臣，玄武门之变首功之臣尉迟敬德、房玄龄、杜如晦才封一千三百户，而裴寂无半点功劳，竟封了一千五百户。太宗出宫到郊外巡视，只招裴寂与长孙无忌同车，裴寂辞让不受，太宗说:"公有辅佐之功,长孙无忌给秦王府出力最多,你二人不坐,谁还有资格坐。"

这些只是帝王的驭人之术。太宗李世民始终没忘当年刘文静被杀事,裴寂的好日子快到头了。所以还不将裴寂治罪,是因为暂时还没有抓住他的把柄。

仅仅过了两年,到贞观三年(629年),裴寂的官宦生涯开始发生变化。

那年,一个叫法雅的和尚被赶出皇宫。唐朝帝王都信佛,以前,法雅以宣扬佛法为名,可自由出入皇宫,从这年起,不知因为什么被赶出皇宫,从此禁绝入内。这和尚涵养甚差,竟口出妖言诅咒皇家。法雅被捕,兵部尚书杜如晦亲自审问,竟将当朝重臣裴寂牵连进来。原来法雅的这些妖言,曾私下对裴寂讲过!而裴寂并未告知皇上。

裴寂当即被宣进宫,太宗亲自过问,果然,法雅被逐后,确实对裴寂说过京师要发瘟疫。裴寂辩解说:"以前听法雅疯言,说京城要流行瘟疫,我不相信,没有禀报。"

对于一位朝廷重臣来说,听到一个疯僧胡言乱语,没有禀报皇上,算个事吗?太宗就是要找碴儿。裴寂被当即免官,食邑削减一半,放归原籍。

裴寂少年进入仕途,跟随高祖李渊后,才过了十几年高官厚禄的好日子,因为这样一件微不足道的小事,竟被放逐故里,自然不服,进宫谒见太宗。这一去,被太宗数落得无地自容,拜伏于地,无言以对。太宗说:"按照才能和功劳,你本不该位至于此,只因为受到先皇恩泽,才当上首辅。武德年间,刑律纰漏谬误极多,地方官吏办事松弛、施政紊乱,作为首辅,你应该承担责任啊!我还是念当年旧情,不对你施以极刑,将你放归故里,为父母扫坟,你还有什么不满意的呢?"

裴寂失魂落魄回到蒲州桑泉县(今山西临猗县西),他的倒霉事还没完。没过多久,有个寓居汾阴县(今山西万荣县西),自称名叫信行的人,来到裴寂家门前,莫名其妙地对裴府家童说:"我看你家主人有帝王之相。"说完就摇摇晃晃地走了。裴府管家将信行的话告诉裴寂,裴寂听后吓得浑身发抖,又没法将此事禀告朝廷,只好先让家人找信行,没想到信行又莫名其妙地死了。裴寂又私下命令管家将听过信行狂言的家童杀掉灭口。他更没想到管家偷偷将家童放掉，藏匿起来。裴寂以为家童已死，放心去过他的田园生活。

眼看就到了秋天收获时节，裴寂命这位管家去食邑地收地租。高祖登基时，封裴寂食邑三千户，太宗继位后，再封裴寂食邑一千五百户，因法雅狂言获罪后，减一半，也还有两千多户。管家收纳地租得到百余万贯钱，起了贪欲之心，全部私吞。虎落平阳被犬欺，裴寂得知后恼羞成怒，派人追捕缉拿管家。情急之下，管家将信行疯言和裴寂欲私杀家童之事报告给官府。

太宗得知后大怒，对侍臣说："寂有死罪者四：位为三公而与妖人法雅亲密，罪一也；事发之后，乃负气愤怒，称国家有天下，是我所谋，罪二也；妖人言其有天分（天子相），匿而不奏，罪三也；阴行杀戮以灭口，罪四也。我杀之非无辞矣。议者多言流配，朕其从众乎。"太宗说了这么多，最后一句才是关键，意思是说：凭这四宗罪，我杀他并非没有理由，议论这件事的人都认为他罪不至死，建议将裴寂流放发配，我难道能不听从大家的意见吗？

就这样，近花甲之年的裴寂先被发配到交州（今越南河内一带），又被流放静州（今广西昭平县）。若放到现在，这两个地方都风景秀丽，当时可都是十足的蛮荒之地，气候阴湿，瘴气逼人，而且离家乡桑泉县万里之遥。裴寂垂垂老矣，一路走去，不胜凄凉。

年老之际，被发配边陲本来已够可怜，历史好像总与裴寂开玩笑，更倒霉的事还在后头。裴寂刚到边疆不久，当地发生羌族叛乱，按说这和裴寂没什么关系，那些叛乱的羌人偏偏四处放风，说他们所以叛乱就是要拥立裴寂为皇帝。连续两件事，都是谋反大罪。这回，裴寂再不能隐瞒了，必须有正确的应对方法。

消息传到长安，太宗都发笑，对侍臣说："国家对裴寂有恩，他必定不会造反的。"

裴寂一生遇到唐太宗这样的皇帝，是他的不幸，又是他的大幸。若遇见暴虐如秦始皇，阴毒若明洪武，早就人头落地了。

事情的发展果然不出太宗所料，不久即传来消息，裴寂率领家人，竟将羌人叛乱平息。这一次，裴寂没有犯晕，他选择了最恰当的方式证明了自己的清白，同时，又用这种方式报答了唐王朝的恩泽。

直到此时，唐太宗感念裴寂对大唐的"佐命"之功，也是将他折磨得差不多了，总算动了恻隐之心，召裴寂回长安。不久，裴寂在忧郁中病故，终年六十三岁。赐相州刺史、工部尚书、河东郡公。其子裴律师继承爵位。

据清康熙《山西志辑要》卷七记载，裴寂死后，葬于临晋县城西北五里，其墓地规模宏大，墓碑制作精良，由虞世南撰文，欧阳询书写。三位名人集于一碑，此碑顿成名刻，邑人纷纷拓印，不久墓碑毁坏，今不知佚于何处。

第二节　裴光庭：御碑上的家族荣耀

裴光庭（676—733 年），字连城，出身河东裴氏中眷房，河东闻喜人。

裴氏以宰相门第闻名，众多宰相中，若论为家族争得荣耀，至今仍引为骄傲的，裴光庭应列在前几位。立于裴柏村裴晋公祠裴氏碑馆内的唐玄宗御碑，让他成为不朽。

裴光庭有幸，生活在中国古代最开放包容的开元盛世，仅做了三年多宰相，却留下了千秋万代的殊荣。开元时期，为人津津乐道的贤相是姚崇、宋璟、韩休、张九龄，与他前后任开元宰相的是张说、张嘉贞、杜暹、源乾曜、裴耀卿，和这些人相比，裴光庭虽有一言安邦之功，在宰相位上政绩并不突出，甚至褒贬不一。升迁制度从来维系封建官吏的神经，他"循资格"选官，等于动了这根神经，喜者自喜，怨者自怨，因而，他生前时为诟病，死后常遭攻讦。史上对他的评价充满矛盾，他的人生却不矛盾，澄澈透明，磊落正直。如何评价这个人？还是玄宗皇帝金口玉言："尝为重任，能徇忠节"。一句话，为他的人生做了结论。

裴光庭出生时，唐王朝建立已过去近一个甲子。此时的大唐，历高祖、太宗二朝，经贞观之治，来到了第三位皇帝高宗李治的仪凤元年（676年）。

裴光庭祖上发迹与时代同步。高祖裴伯凤，北周骠骑大将军、汾州刺史、封爵琅琊郡公。曾祖裴定，大将军、冯翊郡守，袭封琅琊郡公。祖父裴仁基，隋左光禄大夫，隋末，落入王世充之手，图谋归唐，事泄遇害，武德中，赠原州都督，谥曰忠。

父亲裴行俭（619—682年）幼时以门荫补弘文生，唐太宗时，以明经科考试入仕，得名将苏定方用兵奇术，才兼文武，成为一代名臣、名将。裴行俭做文臣，任吏部侍郎时，与李敬玄、马载主持选才任官，鉴人识才，名重当时，凡遇贤俊，无不甄采。创设长名榜、铨注等法规，作为国家选才授官制度被后世沿用。批评诗人王勃那句"士之致远，先器识而后文艺"，在重文学诗赋的大唐，道出了做人与才具的关系。做武将，他大破突厥，"提孤军，深入万里，兵不血刃而叛党擒夷"（唐高宗李治语）。其谋之深，其功之伟，诗人杜牧甚至将他与周之齐太公、秦之王翦、汉之韩信、蜀之诸葛亮相提并论。南宋文学家陈元靓说他："铨品人物，将材文雄。壮容伟绩，凛然英风。"裴行俭还是个书法大家，"高宗以行俭工于草书，尝以绢素百卷，令行俭草书《文选》一部，帝览之称善，赐帛五百段"。其字风骨并存，隶草俱佳，"造草字数千文，皆宝传人间。以为世法"。这样文韬武略集于一身的儒将、贤将、雅将，在裴氏族人中，可谓独树一帜。

永淳元年（682年），十姓突厥车薄叛乱，裴行俭拜为金牙道大总管率军征讨，未出师而身先死，享年六十四岁。

裴行俭虽官未及宰辅，却是河东裴氏极具影响力的人物。故去后，享尽哀荣，赠幽州都督，谥曰"献"。累赠扬州大都督、太尉，高宗诏皇太子遣官护视家事，直到子孙能自立才停止。建中三年（782年），礼仪使颜真卿向唐德宗建议，追封古代名将六十四人，设庙享奠，"礼部尚书闻喜公裴行俭"赫然位列其中。宣和五年（1123年），宋室依照唐代惯例，为古代名将设庙，裴行俭位列七十二位名将中。

因为裴行俭生前被封闻喜公，《旧唐书》作者刘昫直接称之为裴闻喜，与另一唐代名将刘仁轨（封乐城郡公）放在一起评价："刘乐城、裴闻喜，文雅方略，无谢昔贤，治戎安边，绰有心术，儒将之雄者也。"

"儒将之雄者"已是难得一见的评价，似乎仍不足以表现裴行俭的神奇，刘昫接着赞曰："殷礼阿衡，周师吕尚。王者之兵，儒者之将。乐城、闻喜，当仁不让。"

裴行俭去世时，裴光庭才七岁。少小失怙，身为少子的裴光庭懵懂无知，可能还体会不到父亲的伟大，但一定能感受到母亲的不凡。因为，母亲库狄氏同样了不起。库狄氏是匈奴人后代、裴行俭的继室夫人，为裴行俭生下几个儿子，裴光庭是其中最突出的一个。库狄氏端庄贤淑，才德并称，是裴氏家族中难得一见的奇女子。唐代文坛领袖、宰相张说为裴行俭所撰《赠太尉裴公神道碑》，称库狄氏"有任姒之德，班左之才"，这话多亏出自张说之口，不然，一般女子哪能当得起。任姒，传说中的炎帝之母；班左，汉代才女班婕妤，以嫔妃称号为名，善诗赋。中国古代能一身而兼任姒之德、班左之才的女子，能有几人？天授元年（690年），武则天称帝，改国号为周，女皇登基，女子可入仕做官，库狄氏被召入宫，拜华阳夫人，任御正，掌皇帝诏书撰写与宣读，权力极大，"亦代言之责，在帝左右，又亲密于中书"。经常陪伴在女皇左右，行中书令之责，又比中书令与皇帝更亲密，可以说是一位不折不扣的女宰相。裴氏家族中，一生出过不少皇后、嫔妃，能凭才具妇德，将官做到这一步的，只有库狄氏。裴氏出过五十九位宰相，若加上库狄氏，应该是六十位。神龙元年（705年），张柬之等发动神龙政变，武则天被迫退位，仍不舍这位才女，接至身边，无官无号，两人亲密无间。武则天去世后，中宗皇帝仍每年都去看望这位先朝才女。开元五年（717年），库狄氏病故于长安。

有这样一位母亲在朝中，裴光庭入仕后，年纪轻轻，升迁为太常丞（正四品上，佐太常卿掌管朝廷礼乐）。为显示对库狄氏的恩宠，武则天又将侄孙女、宰相武三思的女儿嫁给光庭。此时，裴光庭可谓少年得志，风光无限。

唐中宗景龙元年（707年），皇太子李重俊联合羽林军将领发动"景龙政变"，武三思死于乱军之中。过去不到三年，景云元年（710年），平王李隆基联合太平公主再次发动"唐隆政变"，即位不足一个月的李重茂退位，李旦复辟为唐睿宗，李隆基为皇太子。新皇上位，开始清理武氏余党，作为武三思女婿，裴光庭难逃此劫，被贬出京，任郢州（治今湖北钟祥市）司马。官品连降数级，由四品上直接贬为六品下，此时裴光庭已三十五岁。直到玄宗李隆基登上皇位，才奉调回京，先任右率府中郎将，再授司门郎中，一年多后，任兵部郎中（相当于司长，位于尚书、侍郎之下）。可能因为自幼失去父亲，仕途受挫，裴光庭为人沉默寡言，喜静处，很少与人交往，虽转任多个官署，却不为同僚认可，但这个人有才干，勤勉敬业，政绩突出，官员说起，深为叹服。

二

裴光庭官品虽不高，却有一般官员没有的优势，一来，出身名门世家，父亲屡立奇功；二来，本人睿智敏捷，办事能力强。这样一位青年才俊，很快引起一个大人物注意，此人就是当朝宰相、中书令张说。

唐玄宗李隆基登基后，选贤任能，励精图治，唐朝国力达到鼎盛。古代帝王每当国泰民安，都要举行封禅大典，以"登封报天，降禅除地"。五岳以泰山最雄伟，故多以泰山为封禅处，秦始皇、汉武帝都曾举行过泰山封禅大典。至开元十三年（725年），唐朝之盛，已远超秦皇之秦、汉武之汉，朝臣纷纷上书，奏请东岳封禅，玄宗皇帝欣然同意。

封禅乃国之大典，举国同庆。宰相张说殚思竭虑，为一件事深感不安。

大唐建立时，东突厥人曾出兵相助，之后，时战时和，亦敌亦友，为大唐心腹之患。此次皇帝东岳封禅，大驾东巡，文武百官倾国相随，京师空虚，张说最担心的是东突厥人乘机犯境，为此，准备加强边备，派兵守卫各处关隘，以备可能出现的意外。

怎样部署安排？张说出身文官，伤透脑筋也没有个万全之策。焦虑之时，想起了兵部郎中裴光庭。兵部固然负责军事，有保国境平安之责，而裴光庭不过是兵部中层官员，上边还有尚书一人，侍郎二人。张说请裴光庭来商议布置边备，完全是对个人才能的欣赏。张说没想到，他伤透脑筋的大事，被小小的兵部郎中几句话化解。听到张说的担心，裴光庭随口说出一个奇妙办法。他说："皇帝封禅，是向上天报告功德，所谓功德，德无不被，人无不安，万国向怀。现在将告功德，而畏惧狄夷，不能叫示人恩德；大兴力役，以备不虞，不能叫安定人心；既要会同万众，以守帝业，又使戎狄寒心，不能叫怀柔致远。这三方面都名实相乖。"

张说无言以对，问："依君之见，如何处之？"

裴光庭从容道来："四夷之中，突厥为大，大唐立国，两国往来不绝，修好之意许多年了，最近接连求亲，而朝廷犹豫不定。如果我们派遣一位使者，征召突厥大臣参加东岳封禅大典，其必欣然从命。突厥一来，诸番酋长定相率而来。如此，我朝即便不动兵戈，偃旗息鼓，也可高枕无忧。"

张说听完，豁然开朗，连呼："太好了，我不如你，怎么就没想到呢？"

当下，张说上奏玄宗皇帝，擢光庭为鸿胪寺少卿（掌外宾、朝会仪节机构副长官），负责祭拜礼仪，随驾东行。

大计已定，玄宗皇帝派鸿胪寺卿袁振出使东突厥谕旨，东突厥可汗大喜，遣其大臣入贡，扈从大唐皇帝东巡。

玄宗皇帝此次东岳封禅排场宏大，冬十月，车驾发东都洛阳，百官、贵戚、四夷酋长从行，一路上车马仪仗、司辇供具之物，数百里不绝。十一月，至泰山脚下，御驾登山，扈从百官留于谷口，仪卫环列百余里，随行的只有宰相和主持祭祀官员，裴光庭为鸿胪寺少卿，是主持祭礼的主要官员，当一起登山祭拜天地。

十二月，车驾还东都。此行，东岳封禅大获成功，同时改善了大唐与诸番之间关系，边庭暂安。裴光庭因一言安邦之功，升任兵部侍郎。

三

开元盛世，是中国古代官制运行最好的时期，出过许多名宦。宰相位极人臣，是众臣中最重要的位置。开元时期的宰相一是多，动不动就七八位，十几位；二是任期短，有些人在宰相位上屁股还没暖热，仅数月便被罢相。这样做的结果，一是相权分散，二是帝权凸显。开元十七年（729年）五月，宰相张说、张嘉贞、李元纮、杜暹、源乾曜等人，因政见不和、钩心斗角，先后被罢相外放。泰山封禅后，裴光庭的理政才识受到玄宗皇帝赏识，这年六月，拜为中书侍郎（正四品上）、并中书门下平章事，兼御史大夫。入仕二十七年，终于位极人臣，出任宰相。

同时任宰相的还有户部侍郎宇文融。此人以善理财赋甚得皇上欢心，但为人轻薄，拜相后，飘飘然，狂傲自大，招引故旧宾客晨夕欢饮，结纳朋党，当面向人吹嘘："吾在此位数月，则海内无事矣。"为此，不顾百姓生计，四处派遣使者聚敛财货，受赃纳贿。一时，百姓苦不堪言，民怨沸腾。如此狂妄，出事是迟早的事，没想到栽得那么快。

裴光庭身兼御史大夫，负有弹劾百官之责，宇文融如此劣行，不能不向玄宗奏知。

也合该宇文融倒霉。信安郡王李祎是皇室宗亲，太宗李世民曾孙，屡立战功，甚得玄宗信任。宇文融连此人也敢动，指使御史李寅弹劾。不想事情败露，李祎得知后，先一步告知皇上。第二天，李寅果然上朝弹劾，玄宗大怒，当庭斥之。九月二十五日，宇文融被贬为汝州刺史。此时，距他当上宰相，才过去九十九天。

十月，国库开支略显不足，玄宗皇帝又想起善于敛财的宇文融，对裴光庭说："卿等皆言融之恶，朕既贬之矣，今国用不足，将若之何？卿等何以佐朕？"理财确非裴光庭所长，面对皇上发问，不能应答。出现这种情况，按说宇文融该柳暗花明，没想到，又有飞状来到御前，告发宇文融贪赃贿赂事，这下，玄宗皇帝彻底看清了这个人，再将其贬为平乐县尉。

不过，宇文融在宰相任上曾办过一件与裴氏有关的好事：举荐裴氏族人裴耀卿任户部侍郎，也算知人善任。

这件事过去，裴光庭由兵部侍郎，改任黄门侍郎（门下省次官，正四品上），依旧知政事，仅两个多月，开元十八年（730年）正月，又升任侍中（门下省长官，正三品，宰相）。四月，兼任吏部尚书，又加弘文馆大学士。

弘文馆是国家藏书之所，常奉帝王之命编撰书籍，校理典籍。馆内会集当朝精英名流，参议朝廷制度及礼仪。有学生三十八名，皆为皇族贵戚、一品官、宰相和功臣子弟，师事学士受经史书法。看似不起眼的弘文馆，用今天的说法，实际是集国家图书馆、国家研究院和中央智囊于一体的官方机构。

大学士是弘文馆主官。皇上将如此重任交给自己，裴光庭甫一上任即开始规划。准备编写一部《续春秋经传》，将战国至隋朝的历史记诸史册，并请天子作经，自己和弘文馆名士作传。只因玄宗迁延，没能成卷。

身为大学士，裴光庭也充分表现出自己的才学。他撰写《瑶山往则》《维城前轨》各一卷，以前朝往事对玄宗加以讽谏。书成，上表献之。玄宗阅后，对两书大加褒美，赐绢五百匹。亲制御书，诏令皇太子以下皇子于光顺门与光庭相见，感谢他对国家的忠诚。

弘文馆大学士身份，决定了裴光庭的权威地位，似智囊、若国师，在关乎国运大事上有发言权。开元年间，唐朝国泰民安，国运昌盛，有人上书，请将唐皇室符命改为金德，使唐朝天下千秋万代，永续运祚。此议来自君权神授说，古代阴阳家把金、木、水、火、土五行看作五德，认为历代王朝各代表一德，按照五行相克相生顺序，交互更替，周而复始。有阴阳家将历代王朝排为：夏木、商金、周火、秦水、汉土、隋火、唐土。认为天下所以改朝换代，皆因阴阳五行相克。五德之中，金德为首，五德相生顺序中土生金。由土改为金，可延长王朝运祚。这本是件虚无缥缈的事，却是改唐皇室土德为金德的理由。

事关皇室命运，中书令萧嵩奏请皇上，召集百官详议。萧嵩出身高贵，系梁武帝萧衍之后，与裴光庭同掌朝政，此举本意是讨好皇室，没想到被裴光庭阻止。

裴光庭认为国家符命已久著史册，若轻易改动，恐怕为后世讥诮。

为此，密奏皇上，"请以旧为定"。玄宗同意裴光庭的看法。萧嵩的奏议还没开始讨论，先被皇上否定，下诏命"罢停百僚集议之事"。

此事虽不大，却让裴光庭与中书令萧嵩产生芥蒂，为以后埋下隐患。

四

裴光庭身兼多职，与大学士相比，所任吏部尚书更重要。"在选拔人才和官员升迁上，吏部尚书比其他任何人都具话语权，导致他们的影响力盖过其他文官。"（[美]谭凯《中古中国门阀大族的消亡》）裴光庭与其父裴行俭不光连续两代主持吏部选才任官，而且所用方法也父子相继、一脉相承。

官吏选拔制度从来都牵动官员神经，事关每一位官员的前程，吏部职责就是选拔管理各级官吏。唐朝立国不久，即以选贤任能为选官标准，如太宗所言："为官择人，唯才是与，苟或不才，虽亲不用。"

如何选贤任能？

首先用科举制使"天下英雄尽入吾彀中"。其次是考校之法，即考课制度。由吏部考功司对官员政绩考核，按"四善""二十七最"标准，一年一小考，四年一大考，度德居任，量才授职。施行后"俊乂任之，士亦自奋"，天下良才尽得其用。

任何一项制度在时间的渗透中，都会出现漏洞，自太宗起，至开元末年，这种选举制度已历一百二十年之久，裴光庭任吏部尚书后，各级官员多有抱怨。原因很简单，参与考课的吏部官员也是人，一个官员的德才、政绩如何，全在他们"言辞俯仰之间"。如此，反倒给阿谀奉承之辈留下行贿选官机会，"士人猥众，专务趋竞，铨品枉桡"，天下官员将升官奔前程作为人生唯一目标时，官场腐败在所难免。许多中下层官员本本分分干了一辈子，得不到升迁，老死底层。更有甚者，州县以下官员没有等级，有的官越做越小，有的当官时间越长，离京城越远，最后发落到蛮荒之地。升迁没有规范，调任没有法度。讨好上官、投机钻营反能得到重用。如此混乱的选官之制，官员怎能不生嫌怨？

如何根治官场弊病？裴光庭的办法是"循资格"，即按官员履历资格依次提拔任用。

具体办法是，官员任期满后，考核业绩，而不论才学名望。几次选拔获选多的排在前，少的殿后，以此为序登记于吏部。官位高的选拔次数少，官位低的选拔次数多，依次登记备录，按年限顺序决定官员升迁，选满即止，不得逾越。只要没有背负责罚（受处分）的官员，不问能力，皆有升无降。

这样的选官制度有些死板，好处是将选官制度化，以政绩做升迁硬指标，杜绝了投机钻营。让踏实肯干而无背景的官员看到希望，限制了权贵豪强特权，威胁到了旧族对权力的把持，不再是谁一句话、一张纸条便能决定一个官员升迁。这样做，不知伤害了多少人的利益，挑动了多少人的神经。缺点是让平庸之官有了晋升希望，同时可能遗漏贤才英俊。

诏书一出，有人欢喜有人怨。无背景、不善交际、平庸愚钝的中下层官吏终于看到仕途曙光，欢呼雀跃，称此诏书为"圣书"。钻营之徒与部分才俊之士如丧考妣，无不怨叹。

尚书右丞相宋璟看到此法之弊，上朝争辩，玄宗不予理睬。

"循资格"选官之法并非裴光庭首创。早在唐高宗李治麟德年间，裴行俭任吏部侍郎，与李敬玄、马载主持官员典选时，亦曾设长名榜、铨注等法，来确定州县官员升降。所谓长名榜，即按资历考绩依次铨补官吏的名单。铨注，是对官吏的考选登录。究其实，与"循资格"如出一辙，裴光庭不过将父亲所行之法做了完善。

"循资格"选官之法开始实行。裴光庭任用门下省主事阎麟之专主选官之事，凡阎麟之裁定的官员，光庭辄然认可。"循资格"之法本来就受人诟病，这样一来，朝野上下怨声四起，流行一句话："麟之口，光庭手。"

裴行俭、裴光庭父子同主持吏部选官，方法基本相同。父亲裴行俭最后得到的评价是"有能名""善识人"，与马载一起时号"裴马"。儿子却因此遭受攻讦，"当世固已罪之，不待后人之讥矣"（顾炎武语），成为仕途污点，死后都不被原谅。

五

裴光庭学识渊博，虽个性沉静，遇事却格外豁达通脱，富有见识。

唐朝立国以来，与周边诸国关系时好时恶。西南之吐蕃历来为中原王朝之患，维系两国关系的一个重要手段是"和亲"。唐贞观十四年（640年），唐太宗李世民封宗室女李氏为"文成公主"。贞观十五年（641年），文成公主远嫁吐蕃，成为吐蕃赞普松赞干布的王后，两国修"唐蕃之好"。景龙四年（710年），唐中宗李显将养女金城公主嫁与吐蕃赞普和亲，两国因"舅甥之盟"，和好二十多年。开元十九年（731年），吐蕃使者来朝，称金城公主希望得到《毛诗》《春秋》《礼记》等华夏典籍。这本来是一件好事，却在朝中引发议论。在活字印刷发明前，典籍固然很珍贵，但朝臣们更看重的是中华文化外流。正字（秘书省属官，九品）于休烈上疏，认为东平王刘宇（汉宣帝刘询第四子）是汉室至亲，想向汉成帝求取《史记》《诸子》，汉室不予，何况吐蕃，乃国之仇寇。今将典籍给予，吐蕃必从中学会用兵权略，会更加狡诈，难以对付，对中国不利啊！一番话说得玄宗犹豫不定，将此事交给中书、门下二省议决。

裴光庭的见解与于休烈不同，奏曰："吐蕃愚昧顽固，久叛新服，因其有请，赐以诗书，方能使其接受教化，不与大唐为敌。于休烈只知典籍之中有权略变诈之语，却不知忠、信、礼、义皆从书中出也。"

裴光庭的上奏既有中原文化的深邃，又有大唐帝国的包容。玄宗皇帝批曰："善。"很快将《史记》《诸子》交给吐蕃使者。

开元二十年（732年）七月，玄宗从上年十月来东都洛阳，已有十个月之久，中书令萧嵩上奏："自祠后土以来，屡获丰年，宜因还京赛祠。"萧嵩这么说，是因为早在开元十一年（723年），即东岳封禅祭天前两年，玄宗就曾率群臣来过汾阴后土祠祭祀地母。此后九年，大唐岁稔年丰，理应再祭后土。

玄宗同意奏请，并没有急于西行，直到这年十月，北方天气渐凉才离开东都，途中幸临潞州（今山西长治市），再绕道北上，至北都太原。然后沿汾水南下，十一月，至汾阴（今山西万荣县西）祭祀后土，大赦天下。十二月，返回西京长安。这一路用了三个月之久，裴光庭身为宰相兼左军师，跟随皇帝左右，在河东寒冷气候中，照顾起居，调度军卫，劳累之余，身染风寒。回京后，裴光庭被加封光禄大夫（散官从二品），封正平县男，不久，便因病卒于京城平康里，时年五十八岁。玄宗皇帝对光庭亡故十分悲痛，下旨追赐太师，辍朝三日，令吏部尚书杜暹主持殡葬吊祭事宜，葬光庭于河东闻喜县祖茔。

裴光庭身体很早就出现问题。几年前，有懂星相的人观察天象后，提醒他"天象有变，良臣将殁，请作法祈祷消除灾殃"。光庭说："若灾祸能靠祈祷去除，那么，福运也能靠祷告得来！"光庭病逝后，知情人说起此事，认为光庭知天命，是个淡泊自然的人。

六

裴光庭可能不会想到，自己尸骨未寒，便受人贬损。

裴光庭生前深得玄宗皇帝信任，身居高位，所行"循资格"之法尽管饱受非议，仍在全国施行。他一死，中书令萧嵩立刻上奏皇上，废除"循资格"之法，凡裴光庭引用官员，无论优劣，全部外放离京。

史上对萧嵩评价并不高，说其无治国之能，"异政无闻"，从其生平事迹看，是个唯唯诺诺、毫无主见的官僚，对政敌却毫不手软，废除"循资格"后，连裴光庭身后事也不放过。

唐制，王公、三品以上官员亡故后，由太常博士据其功过善恶给予谥号，再由考功郎中衡量是否适当。太常寺博士孙琬系萧嵩心腹，认为裴光庭的"循资格"选官之法有失奖劝之道，建议谥名为"克平"。《尔雅》曰：克，能也。"克平"意为能力政绩平平。朝臣都知道这是萧嵩的意思，连史官韦述也认为"赠之过当"，却无力改变。

裴光庭之子裴稹，以父荫入仕，时任起居郎（门下省属官，六品上），得知萧嵩以谥号贬损父亲，"昼夜泣血，号诉闻天"，玄宗得知后，特下诏赐

清代道光版《裴氏世谱》

"忠献"，以表彰光庭忠诚勤勉。

裴光庭安葬后，玄宗命中书令张九龄撰写神道碑文，并亲书赞文，侍中裴耀卿题御书字，兵部尚书同中书门下平章事李林甫题额，谏议大夫褚庭诲摹勒。一碑之上，集皇帝赞文、当朝三位宰相和一位谏议大夫之迹，中国古代碑碣制作阵容之高贵豪华者，无过此碑。

裴光庭能得此等哀荣，首先在于对唐王朝的贡献；其次在于时代，身处最开放包容的开元盛世，遇到的是励精图治的开明帝王玄宗李隆基。从至今存放在裴氏碑馆的"大唐故光禄大夫行侍中兼吏部尚书裴公碑"玄宗赞文中，可以清楚地看到他得此哀荣的原因。玄宗文曰："赠太师光庭，尝为重任，能徇忠节。忽随化往，空存遗事。具子屡陈诚到，请朕作碑。机务之繁，是则未暇。朝廷词伯，故以属卿。彼之行能，卿之述作，宛具鸿裁，因兹不朽耳。"短短数十字，肯定碑主裴光庭"尝为重任，能徇忠节"之余，赞文中隐隐可见的，不

大唐故光禄大夫行侍中兼吏部
尚书裴公碑（局部）

是人们印象中高居庙堂之上、风流倜傥的唐玄宗，而是一位和蔼可亲、长辈般的帝王。面对光庭儿子裴稹的请求，没有因"机务之繁"拒绝，而是"故以属卿（张九龄）"，等张九龄将碑文写完呈上，大赞"宛具鸿裁，因兹不朽"。有这句话，张九龄所撰碑文，就是一篇得到皇帝赞许的不朽佳作。更重要的是碑主裴光庭因此极尽哀荣，同样不朽。

第三节　裴耀卿：开元盛世的漕运能臣

裴耀卿（681—743年），字焕之，绛州稷山（今山西省稷山县）人，出身于河东裴氏南来吴房。

古代史籍卷帙浩繁，入史者不知几多，时空相隔，新籍泛黄，大多都深埋于故纸之中，如同坟岗残碑上的逝者一样，不经意查看，谁能记得。反倒是有些官员，所做之事本身就是一座丰碑，高高矗立在后人心里，不用刻意查看，随口就能说出。由此可知，一个历史人物生前无须多少事迹，几多荣耀，只要为社会、百姓做几件实实在在的事，自然会流芳百世。

裴耀卿就是这样一位名臣。

他是个与黄河联系在一起的人，究其一生，留在后人记忆深处的只有黄河漕运。这就足够了。他创造了属于自己的历史，以后，每提起黄河、漕运，都绕不开他——裴耀卿。

一

裴耀卿能成为一代名相，得益于裴氏的家学渊源。先祖裴叔业至父亲裴守真，八世在朝

裴耀卿画像

193

为官，最能显示这一支裴氏族人家族学养的，是连续三代人都科举出身。祖父裴慎登明经高科。父亲裴守真举进士。裴耀卿天资聪颖，童蒙即能提笔著文，科举也不遑多让，还不满十岁擢童子科。唐代科举制度中的童子科是神童专属。凡十岁以下能通一经及《孝经》《论语》者均可应试，每卷试诵经文十道，全通者授官，通七以上者予出身。垂拱四年（688年），裴耀卿"八岁神童举，试《毛诗》《尚书》《论语》及第，解褐，补秘书省教（校）书郎"（王维《裴仆射齐州遗爱碑》）。八岁幼童即取得入朝做官资格，可见应试属"全通者"。稍长，迁为秘书省正字、相王府典签，两个职务都是处理文字的小吏，这时候裴耀卿刚过弱冠。唐睿宗李旦做过几年傀儡皇帝后，先被母亲武则天取代，为皇嗣子，再复封为相王。李旦将这样一个年轻人留在身边，并非让他案牍劳形，而是与相王府掾丘悦、文学韦利器一起值守王府，解惑答疑，以备顾问，人称"学直"。

那几年，唐皇室钩心斗角，宫廷政变不断，先是"神龙政变"，武皇被迫退位。接着，皇太子李重俊发动"景龙政变"。再是平王李隆基"唐隆政变"，相王李旦复辟为唐睿宗。每次政变过后，都有许多官员成为牺牲品。裴耀卿还算幸运，官职低微，得以安然度过。

睿宗李旦在位仅两年，仍不忘昔日相王府中那个才华横溢的年轻人，刚即位，授裴耀卿国子监主簿（最高学府和教育管理机构副长官，主官为祭酒），很快转为詹事府丞（协助詹事掌东宫庶务）。此时，耀卿才三十一二岁。不久，再迁为长安令。

先天元年（712年）八月，睿宗皇帝退为太上皇，禅位于太子李隆基，是为玄宗。接着，先天二年（713年）七月，连皇帝李隆基也政变，为除去姑母太平公主，发动"先天政变"夺回皇权，改年号为"开元"，唐朝进入一个新时代，"开元之治"从这一年开始。

裴耀卿这次转任，虽冠以县令之名，实际品级不低。长安县是京城所在地，位置特别，要和王公贵族打交道，与万年、河南、太原、奉先县令一样，都是正五品上，高于一般县令。在皇上眼底下当县令，耀卿干得很出色。最漂亮的一件事是改变"配户和市法"。

所谓"配户和市法"，说白了就是按户摊派。官府将所需物资以低于市场议价，按户摊派给百姓强行收取。这种摊派比税赋还重，名为和籴，实则害民，谁家交不上来，会受到鞭笞。百姓不堪重负，叫苦连天。此为朝廷大事，耀卿既为县令不能不做，又不忍见百姓受苦。他的办法是将摊派给贫寒之家的物资，全部转到当地富豪巨商头上，议好价格，预付价款。此举既避免巧取豪夺之弊，又方便官府。一时，长安社会秩序井然，百姓安居乐业。

任长安县令两年，耀卿处理政事张弛有度，宽猛得中，深受好评，及离职去官，县人作诗歌咏，以示怀念。

二

有做两年长安令的经验，以后，每至一地，耀卿总能独树一帜，能他人所不能。

开元十三年（725年），唐玄宗东巡封禅时，裴耀卿已任济州（今山东茌平区西南）刺史多年。封禅队伍浩浩荡荡，文武百官、嫔妃仕女、四夷酋长，旌旗冠盖逶迤数十里不绝，如此庞大的队伍，需要沿途各地百姓服劳役、出物资以供皇驾。历代帝王巡幸，从来都是沿途百姓的灾难，却是沿途官吏讨好皇帝的机会，等皇驾停留，当地官僚会纷纷献上珍馐美味，以讨取恩遇。济州正当官道，是皇驾必经之地。这里地域广阔，皇驾所经道路较长，而人口稀少。唐朝赋税实行租庸调制，庸为出力，租为出钱，皇驾到来，乃国之大事，州之喜事，所需费用自然摊派到当地百姓头上。裴耀卿深知百姓之苦，亲自核算费用，尽量减少庸租。又在境内设三座桥梁、十座驿站，尽可能满足皇驾所需同时，又秩序井然。这一番操作下来，济州是皇驾东巡沿途各州秩序最好、花费最少的地方。

尽管如此，耀卿仍对百姓负担之重痛心不已，写好一篇数百字的奏章递交皇上。

玄宗此次封禅，同时巡视沿途各州。归来时，至宋州（治今河南省商丘市）驻跸，于楼阁之上大宴随从群臣。酒酣，玄宗对宰相张说言道："朕以前出巡天下，观察各地民情，省视官吏善恶，都得不到实情。此次东巡封禅，游历数州，才知道使臣辜负圣命的地方很多。令朕欣慰的是遇见了几位良臣，怀州刺史王丘捐献牺牲祭品之外，再无他物；魏州刺史崔沔所搭帐篷，无一寸锦缎，都以此证明了自己的节俭。"接着说，"济州刺史裴耀卿，上表数百言，全是规谏之语，其中有句：'百姓常受官家赋敛干扰，就不会安居乐业。'这是个爱护百姓的好官哪！朕常将此奏折放在座椅旁，视为座右铭，以此告诫身边人。这三个人不役百姓以讨恩遇，真良臣也。"

玄宗说完，举起酒杯，向三位刺史敬酒，张说率群臣站起身，一同祝贺，楼上万岁之声不绝于耳。得此荣耀，裴耀卿转任定州（今河北定州市）刺史。不久，再转任宣州（今安徽宣城市）刺史。

宣州地处长江南岸，此前，每年汛期大水，堤岸冲毁，洪水漫流，沿江各州不敢擅自兴役修堤，只怕劳而无功，徒担劳民伤财之罪。面对滔滔江水，裴耀卿感叹："如此想法，不是出于爱民之心。"遍察堤岸后，动员州府官员，组织百姓治理江堤，又亲临江畔，下水劳作。

不想工程尚未完成，一道圣旨下来，诏命裴耀卿转任别处。皇命不可违，而江堤之役未了，就此离去，不知有谁来接。鉴于此，裴耀卿将诏书悄悄压下秘而不宣，照常往来于江畔督促进度。如此多日，大堤修成竣工，他才拿出诏书，与堤上百姓告别。为感念这位奉公为民的刺史，当地官民立碑，颂扬其恩德。

裴耀卿这次转任的地方是冀州（今河北衡水市冀州区），任职时间不长，同样受到百姓称颂。历仕四州，皆政绩卓著，擢升户部侍郎。

裴耀卿入朝不久，大唐北部边陲又生动乱。东突厥灭亡后，奚、契丹崛起，不断袭扰大唐边庭。开元二十年（732年）正月十一日，朝廷以朔方节度副使、信安郡王李祎为河东、河北行军副总管，率军进击奚、契丹。二十八日，再任户部侍郎裴耀卿为副总管。三月，唐军进击奚、契丹，大胜，斩俘不可胜计。

李祎、裴耀卿回朝后，六月，玄宗命耀卿携二十万匹绢，远赴奚人部落，安抚赏赐此役协助唐军作战立功的奚人官员。独担重任，耀卿不敢怠慢，对随从官吏交代："夷虏贪婪残暴，见利忘义，今赍持财帛，深入敌境，不可不为备也。"下令部众提前出发，分道而行，分头行事。一天之内，将财货赏赐完结。果然不出耀卿所料，突厥人及室韦人得知唐朝使节带来贵重礼品，派兵在险隘拦截劫掠，没料到等兵至险隘，耀卿早已将事情办完，返回大唐。此次孤军踏入险境，耀卿料敌于前，有备无患，朝野叹服，皇上称颂，开元二十年（732年）冬天，转迁京兆尹。

三

裴耀卿任京兆尹还不满一年，开元二十一年（733年）秋天，关中淫雨连绵，庄稼颗粒无收，京城米贵。由隋至唐，每遇到这种情况，上至皇帝，下至文武百官，皆无良策，解决的办法只有一个：离开京城长安，去东都"就食"。所谓"就食"是体面的说法，通俗说就是找吃的。这样的事，连号称盛世皇帝的玄宗也不止一次遇到。

大唐盛世中，能臣干吏遍布朝野，莫非没有一个人能为皇帝分忧，解决难题？有，这人就是刚任京兆尹的裴耀卿。

长安所处的关中平原，沃野连绵，乃王者之地。隋、唐建都长安后，官僚机构不断扩大，人口密集。至开元时期，长安城内人口已达百万。关中平原再丰饶，被一个庞大强盛的帝国京师挤在中间，即使丰年，粮食供应也难以为继。遇灾荒之年，连朝廷官员吃饭也成问题。隋唐两朝的解决办法是由江淮产粮地调粮入京，又被另一问题困扰，即如何运粮？这问题听起来简单，实际困扰了隋唐两朝一百多年。

关中号为四塞之地，南有秦岭，东临大河，西、北为贫瘠的陇东高原和陕北高原。江淮粮粟只能从东、南两面进入。南面秦岭横拦，关山重重，运输成本极高，除非不得已，不会从这条路运输。剩下的只有东路，即由扬州将吴地（江淮地区）粟米装船，沿大运河之邗沟（淮扬运河）、汴水（隋炀帝时开凿的通济渠，唐宋人称为汴水）北上，至洛阳河口，再沿黄河逆流而上，经渭河或广通渠西行，运抵长安。

197

这条粮道同样艰险。汉语中有个特别的词语，叫漕运。这个农耕文化味道十足的词，与粟米、河流紧密联系在一起，离开了当时的环境很难理解，其实也简单，就是用河流、水道运送物资。

隋唐的东、西两京是洛阳、长安（隋代称大兴城），连接两地的黄河就成了帝国漕运的黄金水道。帆影幢幢，水流湍湍，行驶在黄河的运输船只往来不绝，称为漕船。漕船满载的各种物资均冠以漕名，如漕粮、漕盐。

自秦汉迄隋唐，历代漕运都不是件容易事。黄河、三门、砥柱，不知愁坏了多少帝王。黄河流到今山西平陆县与河南三门峡市之间，因崤山、中条山相夹，河道骤然变窄、水流湍急，河水被两块巨石分为三股，飞流奔涌，俗称"人门""神门""鬼门"，此为三门。刚出三门，又有河中石柱相迎，此为砥柱。自古以来，不知有多少舟楫在这里船毁人亡。《史记·河渠书》记载：汉武帝时期，"漕从（崤）山东、西，岁百余万石，更砥柱之限，败亡甚多，而亦烦费"。以后，"（崤）山东漕益岁六百万石"，至砥柱时，漕船仍时时有毁损。隋代，炀帝开大运河，运江淮粟米以供京师，砥柱仍是大患。至唐，不得不改变运粮线路，"江淮漕租米至东都，输含嘉仓，以车或驮，陆运至陕（州）"。如此，耗费运资改走陆路，绕过砥柱、三门之险，才能入黄河，经渭河运抵长安。一船糙米运至京师，光时间就要七八个月，路上车船覆倾、匪盗劫掠，折算下来，价格已逾产地八九倍之多。

玄宗早就为漕运事发愁。开元十八年（730年），裴耀卿宣州刺史任内时，至京朝拜，玄宗特意向他征询漕运之策。耀卿将在江南所见所思写成奏状递交。奏状中，先说所见漕运概况："江南户口稍广，仓库所资，惟出租庸，更无征防。缘水陆遥远，转运艰辛，功力虽劳，仓储不益。"

接着细细道来，叙述漕运之难，损耗之多："窃见每州所送租及庸调等，本州正、二月上道，至扬州入斗门，即逢水浅，已有阻碍，须留一月以上。至四月以后，始渡淮入汴，多属汴河干浅，又般（搬）运停留，至六七月始至河口。即逢黄河水涨，不得入河。又须停一两月，待河水小，始得上河。入洛即漕路干浅，船艚隘闹，般载停滞，备极艰辛。计从江南至东都，停滞日多，得行日少，粮食既皆不足，折欠因此而生。又江南百姓不习河水，皆转雇河师水手，更为损费。"裴耀卿所说实际是武后以来的漕运状况，称直运法。

既如此艰难，用什么办法才能解决？裴耀卿先谈旧时漕运之法："伏见国家旧法，往代成规，择制便宜，以垂长久。河口元置武牢仓，江南船不入黄河，即于仓内便贮。巩县置洛口仓，从黄河不入漕洛，即于仓内安置。爰及河阳仓、柏崖仓、太原仓、永丰仓、渭南仓，节级取便，例皆如此。水通则随近运转，不通即且纳在仓，不滞远船，不忧久耗，比于旷年长运，利便一倍有余。"

裴耀卿所说的国家旧法，唐初即用过，称接运法。裴耀卿很欣赏这种办法，同时又有补充："今若且置武牢、洛口等仓，江南船至河口，即却还本州，更得其船充运。并取所减脚钱，更运江淮，变造义仓，每年剩得一二百万石。即望数年之外，仓廪转加。其江淮义仓，下湿不堪久贮，若无船可运，三两年色变，即给贷费散，公私无益。"

奏折递上去，不知什么原因，玄宗久久没有回复，这件事就放下了。

四

这次关中淫雨连绵，再闹粮荒，玄宗皇帝率百官赴东都"就食"前，又想起了裴耀卿。这回，裴耀卿就在身边，招来即可。

身为京兆尹，裴耀卿肩负保障京城官民口粮供应之责。关中无粮，同样煎熬着这位京城长官。他学识渊博，加上曾任四地刺史，积累了丰富经验，对如何解决京师粮荒问题，早就成竹在胸。他面对玄宗的提问，娓娓道来。

既然皇上已决定赴东都洛阳"就食"，就从这里说起。"臣听说前代圣明君主遇到灾害时，常对百姓施以恩泽，救灾活人，由此，苍生仰慕，史册褒美。臣认为陛下仁圣至深，勤政爱民，小有饥荒，即悲痛哀怜，亲自寻找解决办法，解救百姓危难。上天若降下一面镜子的话，会为国家延长福运，因为这样的小灾，才能昭示皇上的大德"。

这一番赞美不卑不亢，玄宗很受用，默默然听他讲下去。

接着说玄宗离开长安，赴东都"就食"。

"如今大驾东巡，百官扈从，省下太仓及三辅之地积贮的米粟，加上皇上诏命重臣从各地调米赈济，长安米粟大概可支持一二年。待皇上从东都开辟漕运，充实关中和三辅之地，等米粟稍充实，皇上车驾西还，即可解决米粟不足问题。"

裴耀卿说这番话时，玄宗聚精会神，若有所思。

肯定完皇上东都"就食"正确，接着论述解决关中粮食问题的长久之计。

"国家帝业，本在京师，万国朝宗，是百代不易之所。但关中之地狭小，每年收获米粟不多，倘若发生灾害，即有缺粮之虑。贞观、永徽（唐高宗李治年号650—655年）年间，朝廷官员俸禄所需米粟尚少，每年二十万石即可满足。如今，国家用度增加，漕运数量比以前增加数倍，仍不能满足。原因是从东都至陕州，河路艰险，中途需要改用陆运，数量受到限制。所以皇上才数次赴东都，利用那里仓廪中的米粟。"

听到这里，玄宗仍不明白，问："那该怎么办？"

耀卿说：

"臣希望能开辟陕州运粮道，使京师常有三年的粮食储备，即使发生水旱灾也不必担心。至于所需巨额费用，臣有一策，请皇上明察。如今天下向朝廷交纳税赋的人丁大约四百万，如果让每人出一百钱，作为开辟陕州、洛阳之间漕运费用，再减半作为新建粮窖费用，交给司农以及河南、陕州官府管理。令其将所藏租米运往东都。从东都至陕州一段，如果变陆运为水运，节余出来的开支会数以万计。……过去直运，江南运粮船要等到水位合适才能开船，吴地船工又不熟悉黄河水情，处处停留，为盗贼留下空子。这样做既节省开支，又堵塞了这些漏洞。"

说完线路设想，再说具体办法：

"要漕运畅通，请在（汴）河口建座粮仓，接纳东边运来的租米，然后由当地官府雇佣船只，分别进入黄河、洛河。再在三门东、西各建粮仓，从东边来的粮食，东仓接收。三门水流湍急，不便逆水行船，可在河岸凿山，开出车道，运粮车从岸上走十多里，送往三门以西粮仓。积累到一定数量，根据河水情况，运抵太原仓（在今河南三门峡市西），然后，经黄河进入渭河，这样下来，减少费用何止巨万。"

裴耀卿的办法并不复杂，即从江淮到黄河，分段置仓，分段运输。吴船不入河，河船不入汴，水陆兼行，以水为主，这是个笨办法，却避开了三门砥柱之险，将陆运里程从三百余里，缩短为十几里，既节省许多开支，又节省大量时间。

裴耀卿一五一十说完，玄宗皇帝龙颜大悦，深表赞许。

唐朝立国百余年，以太宗之睿智，武后之精明，都为漕运伤透了脑筋，却毫无办法，不得不往来于东、西都之间"就食"，如今，百官之中，难得裴耀卿对漕运有此等见识，从大局到细节，无不熟知，这样的官员，是上天赐给大唐的贤臣。玄宗知人善任，立即拜耀卿为黄门侍郎（门下省副长官）、同中书门下平章事，兼任转运使。有这些职务，耀卿等于以宰相身份专管漕运事。

五

裴耀卿办事干练，不到一年时间，大唐漕运畅通有序，大批漕船徐徐驶入关辅。

这次治理漕运，大刀阔斧，手笔很大。从领旨治理漕运，到开元二十二年（734年）八月，仅用时一年。

按所规划漕运线路，裴耀卿先上奏朝廷，在汴水口，即大运河入黄河口，析周围汜水、武陟、荥泽三县之地，为漕运专门设置一县，因地在黄河之南，命名河阴县（在今荥阳市东北）。同时在河阴县选沿河地修建大型流转粮仓，号河阴仓。又沿黄河建多座流转粮仓，分别为：河西柏崖仓（位河南省济源市西南柏崖山）、三门东集津仓、三门西盐仓。在三门河岸开山十八里，修成陆路，避过三门湍急危险的河水，连接三门东集津仓和三门西盐仓。几处工程同时开工，不到一年时间，同时完成。

如此一来，绕开漕运瓶颈黄河三门砥柱，千里漕运线路贯通，新建的河阴仓、柏崖仓、集津仓、盐仓，加上原有的含嘉仓、河阳仓、太原仓、永丰仓、渭南仓，一座座仓廒排列在黄河至渭河口沿岸，珍珠一般，由河水连缀，形成一条畅通的漕运通道。

江淮漕船装好后，沿邗沟北上，过淮河，入汴水，至河口河阴县，漕粮存入河阴仓，汴船返回。黄河船只接力一样，装上河阴仓漕粮，转送洛阳含嘉仓，再从含嘉仓运抵三门东集津仓卸船返回，沿河岸陆路运十八里，至三门西盐仓，接力装船送至陕州太原仓，这一段称之为北运。再由河船接力，从太原仓重新装船，运抵渭河旁的永丰仓，由渭船再接力，溯渭河或广通渠西上，这一段可称西运。三段相连，段段接力，一时，三条水道上，帆影幢幢，百舸竞过，一派繁忙景象。

以前每年漕运粮食二十万石，漕运通畅后，三年中达七百万石。按隋制，东都洛阳含嘉仓所积江淮米粟，向大兴城（长安）运输，到陕州一段三百里路程，每两斛米费用一千贯钱，光这一段就省下脚费四十万贯（《旧唐书·食货志》）。重要的是朝廷不再为长安乏粮受困。

解决了玄宗多年的腹心之患，又省下这么多钱财，裴耀卿厥功至伟，有人出主意，将省下的钱献给皇上邀功。他认为如果这样做，是拿国家钱财邀取恩宠，不可取。随后将这些钱全部拿出来，令下属作为调节粮价、征购粮食费用。

立下如此功业，朝廷满意，百姓称颂，至今立于裴耀卿故乡稷山县韩家庄村的《裴耀卿神道碑》记其事，赞曰："功齐神化，利及亿兆，逋负之徒，征徭之氓。追琢贞珉，镂谣仁智。"

当年，裴耀卿官拜侍中（门下省长官，宰相），加金紫光禄大夫（散官正三品）。

六

裴耀卿治理漕运有功，拜为侍中不久，开元二十三年（735 年），史上有"口蜜腹剑"之称的奸相李林甫拜为礼部尚书、同中书门下三品，加银青光禄大夫。此时，共同执掌朝政的有三人，一为名相张九龄，一为漕运名臣裴耀卿，再一个就是刚上任的李林甫。三名宰相中，张九龄与裴耀卿意气相投，政见相合，受到李林甫忌恨。

开元后期，玄宗荒于朝政，一味享乐。李林甫精于权谋，巧伺上意；张九龄事无巨细，皆据理力争，裴耀卿坚定地站在张九龄一边。二人不幸遇上的是史上最有权谋的李林甫，很快被排挤贬官。裴耀卿贬为尚书左丞相、封赵城侯，张九龄贬为尚书右丞相，并罢知政事。

史书中，一般将尚书左、右丞相称为尚书左、右丞，唐朝诗人王维就曾任尚书右丞，故世称王右丞。尚书左、右丞相并不主持朝政，虽有丞相之名，实际只是尚书左、右仆射的助手，尚书左丞相协助左仆射分管吏、户、礼三部；尚书右丞相协助右仆射分管兵、刑、工三部。对于裴耀卿和张九龄而言，由知政事的宰相贬为其中一位宰相的助手，二人仕途遭遇重大挫折。

虽然贬官，不再执掌朝廷政事，裴耀卿本性难移，遇不平事仍仗义执言。

封建专制王朝中，做再大的官，一旦被责罚即毫无体面可言。其中，最让官员们难以忍受的责罚并非坐监、流放，而是当廷杖责。想想，一个平时威风八面的官员，被褪下衣裤，当着皇帝和百官的面，身伏于地，臀朝于天，下吏高举廷杖，一五一十地数着，一顿痛打，疼痛难忍之时，惨叫声不绝于耳。如此情景，该是何等屈辱？武后时期，裴氏族人裴伷先曾被廷杖一百，任广州督邮后，又险些被廷杖。官员受杖刑后，皮开肉绽，九死一生，死于杖下的官员不在少数。即使不死，侥幸活命，以后为官颜面何在？又如何让百姓崇敬？

裴耀卿贬为尚书左丞相不久，夷州刺史杨濬因贪赃犯下死罪，玄宗皇帝下诏，廷杖六十，流古州。

眼见又有官员将死于廷杖之下，裴耀卿虽贬官，但现任尚书左丞相，恰负吏、礼之责，遇到这样的事不能不管。上书直言道：

"皇上圣恩若天覆万物，仁爱遍及朝野。判死罪者，不弃尸街头，尽量保全其性命，仅判为流放。因此刑罚得当、政令通达，狱中没有冤枉之人，旷古以来，从没有像今朝这样。保全性命免于处死，确实是最好的教化。然而辱其人格以为教训，臣却感到不安，不敢缄默，故如实禀告。

"臣以为：刺史、县令与其他属吏略有区别。百姓父母官的尊严，关系社会风化。一旦做当地长官，百姓会终身敬仰。决杖之刑属五刑（诛、流、徒、杖、笞）末等，仅用于奴仆之间，官位、出身稍高，即应免于鞭笞。令其受廷杖赎死罪，固然已为优容，但解衣受刑，却极羞辱。按法当死，所有人都应伏法，再用刑屈辱其人，所有人都感到耻辱。且一州刺史，受百姓崇拜，忽然遭受背脊廷杖，屈膝执扭，会让人产生怜悯，反而忘记免除死罪圣恩，产生伤心之痛，这恐怕不是尊敬长官、劝诫风俗的本意。

"还有，各种死刑犯，在没有受廷杖之前，要奏报上级三次，批复之后才能刑决。现在，不等批复，先行杖刑，倘若案件发生反复，本人又难忍暑热，受刑死去，即使上司加紧处理案件，本人也等不到了。以杖责赎罪，本来是想让其活命，反而要了性命，恐怕不是圣上宽宥赦罪本意。臣前后多次在州县任地方官，有时判决人犯，每当大暑盛夏、天气酷热之时，所判廷杖，都乞请上司停止或免除。这样做，符合陛下所倡导的好生之德，对死者可算再生之恩。"

裴耀卿在奏折中，虽措辞委婉，却不乏责问之意。廷杖既然要全生免死，为什么又要屈辱人格。一次廷杖下来，定会成为官员一辈子的伤心之痛，影响社会风俗。最后，用自己的判案经历，说服玄宗皇帝有好生之德，给死者再生之恩。

玄宗赞同裴耀卿的说法，但廷杖作为刑罚并没有因此停止，直到清朝灭亡廷杖之刑罚才消失。

七

裴耀卿为官，善理政，能直言，有知人之明。

当朝大将盖嘉运官至北庭都护，在边庭多年，屡破突骑施（西突厥别部），大胜还朝。玄宗下诏，拜为河西、陇右节度使。盖嘉运因立新功，日夜饮酒作乐，迟迟不去赴任。

裴耀卿得知后，对玄宗说："盖嘉运身为一方大将，精劲勇烈有余，然而，臣发现此人夸夸其谈，面带骄横之色，恐怕不能担大事。如今边庭秋防吃紧，时间紧迫，他应该早日赴任，与军中士卒相见。身为一军统帅，若平时就这样懈怠，一旦发生战事，恐怕不会克敌制胜。况且兵不经训练，不会知道兵法，士没有得到关怀，不可能与主帅同心。即使侥幸立功，也不如军队有纪律约束好。再说，一军万人性命全仗主帅，主帅若不在乎，等于提前有了凶兆。如今，盖嘉运不分昼夜酗酒放纵，不是爱惜士卒、心忧国事的行为，不可不警惕。即使不换帅，也应该下诏严斥，督促其早日赴任。"

这番话等于向玄宗说，盖嘉运不是个合格的统帅。玄宗听进去了，却没有撤换，只是敦促其返回所部。后来发生的事，果然不出裴耀卿所料，盖嘉运虽侥幸没出大乱子，却无功而返。

到天宝年间，玄宗不再是开元初年那样意气风发的明君圣主，沉溺享乐，妄信奸佞，实际执掌朝政的是李林甫。天宝初年，裴耀卿再次拜相，为尚书左仆射，很快，被李林甫取代，改为右仆射。

天宝二年（743年）七月十八日，裴耀卿薨于任上，享年六十三岁。十月，葬于绛州稷山县姑射山脚下（现稷山县韩家庄村南）。追赠为太子少傅，谥号文献。

古人为官，重德重能。裴耀卿为相执政时，正当开元盛世，与其他名相比较，他是很特别的一位，官场事迹不算多，却处处与众不同，敢言敢干，快人快语，而且见

稷山县韩家庄裴耀卿墓碑

解不同凡响，皇帝在他面前也只能若小学生般侧耳聆听。黄河漕运，是他的大手笔，注定会跨越时空，被后人记忆。如《旧唐书》所颂："汗简书事，清风肃然，万岁之后，其名不刊。"

第四节　裴度：挽危亡系兴衰的国之栋梁

裴度（765—839年），字中立，河东闻喜人，出身裴氏东眷房。

裴氏历史人物灿若星汉，裴度是最耀眼的那一位。如果说，进入唐代后，裴氏家族随之进入鼎盛期，那么，裴度则使家族荣耀达到极盛。古人所说的文武兼具，出将入相，在裴度身上体现得淋漓尽致。统军督将，顽疾般的藩镇割据被他一度削除，韩愈《平淮西碑》道尽他统率千军万马的大将风采。朝堂筹谋，史称"用之则治，舍之则乱"，仍不足以彰显他的不凡。他是真正的国之栋梁，"出入中外，以身系国家之安危、时势之轻重者二十年"，如此伟绩，有唐一朝，唯有汾阳王郭子仪能与之媲美。

这样一位功绩卓著的朝臣，仕途却充满坎坷，六次拜节度使统军、五次拜相执政的经历，最能见出封建官场的凶险和优秀官员的个人品质。

现实中的裴度是个既谦和又自负的人，"尔身不长，尔貌不扬。胡为将？胡为相？一片灵台，丹青莫状"，是他对自己的描摹。初读，一位慈祥谦逊的老人好像站在面前，细品又会发现，他貌似自嘲自谦，实际自负得无边无沿。

一

唐代宗永泰元年（765年），裴度出生时，安史之乱刚刚平息两年。

长大成人后的裴度个头不高，容貌不俊，如此长相，似乎注定以后只能混迹于平常小吏之间，像祖父、父亲那样做个县令、县丞。裴氏家族的强学、好学家风成就了这个貌不惊人的青年。二十五岁即金榜题名，高中进士。

裴度画像

唐代中晚期，科举制度日臻成熟。正常科考之外，还有一种临时设置的考试科目，用以选拔特殊人才。这种考试叫制举，又叫大科或特科，有多种名目，其中一种叫"博学宏词"，专门用来选拔能文之士，得中者等同进士出身。年轻时的裴度喜欢文学，明明已中了进士，还想再尝试一下"博学宏词"考试，以谋个清要之职。贞元八年（792年），一考即中。放到现在，这样的人简直是学霸。

由此，裴度授补校书郎。这个官职品级不高，听起来也不起眼，却正是裴度所谋求的职位。从汉代至唐代，校书郎一直是文人的进位阶梯，做过此官，往往可达于高显清要位置。

唐代诸多的选举制度之中，还有一种后备官员选拔考试，称为"贤良方正""极言直谏"科，此法借鉴汉代"察举制"，在官员中选拔德才兼备的优秀人才。裴度被授补校书郎不久，德宗李适在殿廷亲自诏试"贤良方正""极言直谏"科，裴度再次参加考试，应对策问成绩优异，再度高中，任河阴县尉，负责当地治安，与父亲当年所任的县丞一样为县令佐官，官虽不大，却等于仕途一起步，就与父亲当了一辈子的官职相当。

在县尉任上时间不长，当初取得的"博学宏词"资格起了作用，裴度如愿得到高显清要之职，奉调回京，任监察御史，负责监察百官、巡视郡县、纠正刑狱、肃整朝仪。年轻的裴度意气风发，很快暴露出官场经验不足的缺点，给皇上奏章直言无忌，锋芒毕露。德宗李适生性猜忌刻薄，不喜欢这样的官员，下令将裴度调出京城，贬为河南功曹参军。由京城的清要之职，一下降为地方军中参谋。这是裴度仕途中第一次重大挫折。

贞元二十一年（805年），德宗李适驾崩，新帝顺宗李诵登基仅不到八个月，被迫退位，由宦官扶持的皇太子李纯登基，是为大唐第十一任皇帝唐宪宗。

安史之乱时，河南是遭受蹂躏最重的地方，叛乱平息后，又与藩镇之祸最严重的河北接壤，裴度在这里任职时间很长。从高中进士至此，已过去近二十年，他由一位意气风发的年轻人，熬成了年过不惑的中年人，仍在低层官位上挣扎。四十三岁时，他终于遇到了生命中的贵人。

这个人叫武元衡（758—815年），是女皇武则天的侄曾孙，自幼天资聪明、才华横溢，早年以状元入仕，历监察御史、华原县令、比部（刑部所属司）员外郎，升任御史中丞时，裴度任监察御史，两人是上下级关系。元和二年（807年），武元衡以宰相身份，出任剑南西川节度使。唐朝的节度使掌一方军政大权，俗称藩帅，可自招幕僚。这一制度，称为"藩镇辟署制"，也叫"辟召制"，完全避开了复杂的文官铨选程序，所选佐僚，仅仅需要知会朝廷，因而，"今之俊乂，先辟于征镇，次升于朝廷"。（白居易语）唐代的许多世族子弟都是利用他们的社会关系，先谋求藩镇职位，再回到京城。还有，唐朝一开始实行州、县二级管理，有了节度使后，实际变为三级制，节度使可节制辖区各州，这一变革，为以后藩镇割据埋下了隐患。武元衡出任节度使后，同样需要自己的亲信佐僚，用人之际，想起了旧日下属，那位相貌平平却才华出众、不畏权贵的年轻人。

武元衡很看重这位旧日部属，给裴度的新职是节度府书记，等于将帅府办公室主任一职交给了裴度。有此职，裴度如同登上仕途快车道，很快奉调京城，拜为起居舍人（掌起居注，记录皇帝言行，以备修史，从六品上）。品级不算高，却天天守在皇帝身边，记录皇帝的一言一行，实际是皇帝近臣，最得信任。

二

元和六年（811年）十二月，裴度的才能受到宪宗欣赏，改迁司封员外郎，这仍是个品级不高的官职，与起居舍人同为从六品上，属尚书省吏部司封司（主封爵事）次官，相当于副司长，是皇上给身边人外加的一个政府职务，实际还在皇帝身边。

任司封员外郎不久，裴度接受重任，以使者身份，前往"河朔三镇"之一的魏博镇代皇上宣谕。

安史之乱平息后，作为安史旧地，河北从没有真正归顺朝廷。平叛战争后期，唐朝为利用安史降将，让这些人继续担任旧职，出任节度使，掌一方军政大权，默许他们自行招兵买马，扩充势力。没几年，河北境内形成三个半独立于朝廷的藩镇势力，分别是范阳节度使、成德节度使、魏博节度使，史称"河朔三镇"或"河北三镇"。河北地方富庶，"贡篚征税，半乎九州"，是大唐的重要粮仓。失去对河北的控制，朝廷财赋只能从江淮远调。代宗之后，各位皇帝为削除"河朔三镇"伤透了脑筋，一面笼络，一面动用各种手段打击。"河朔三镇"势力却越来越大。唐朝皇帝父子相继，换了一位又一位，"河朔三镇"也一样，父死子继或兄亡弟及，俨然将藩镇当成自家天下。

裴度当上司封员外郎不久，元和七年（812年）八月，魏博节度使田季安暴病身亡。其子田怀谏虽被夫人元氏立为副节度使，但年纪尚幼，还是个十一岁的乳臭小子，不足以当大事。众军士立田兴为军中留后。所谓留后，即代理节度使，只待朝廷一纸任命。

田兴是安史降将、前任魏博节度使田承嗣的堂侄，比暴死的田季安还高一辈，自幼喜欢读书，精通兵法，善于骑射，又知礼仪，早年深受田承嗣喜欢。田季安生前，曾想找罪名杀死德望高于自己的这位堂叔，田兴假称得了风湿病，用艾草灸灼全身才得以幸免。这次被推为节度留后，立刻表奏朝廷，愿以魏博节度使统领的河北六州归顺。宪宗做梦都想不到，五十多年来，朝廷多次征战、损兵折将无数不能得到的，现在只需派一位能臣，去魏博宣读谕旨，就能轻而易举获取。谁可担此重任？宪宗与宰相李绛、李吉甫将朝中大臣一一将过，再看身边人，想到了不久前才任司封员外郎的裴度。

此时，裴度已是四十七岁的中年人，早没有刚当监察御史时的青涩。他是负责记录皇上言行的近臣，宪宗也将他的言行看在眼里：沉稳老练、博学多识又能言善辩。这样的朝臣即使深入险境，也能独当大任，不负重托。

十一月初六日，裴度率随从来到魏博节度使所在地魏州（今河北省大名县），身份是皇上使臣。从八月被众将士推为留后，田兴在惴惴不安、坐等诏命中度过了三个月，好不容易等来了皇上使臣，岂敢怠慢，亲率众将士出城郊外跪迎。裴度虽相貌平平，却气度不凡。至节度使府邸后，朗声宣读皇上《授田兴魏博节度使制》，此制诏虽以皇帝名义宣谕，裴度在朝中知制诰，实际出自他的手笔。宣谕完毕，送上朝廷赏赐的一百五十万贯钱，宣布免除魏博六州百姓一年徭役。

魏博将士听后，感激涕零，欢声雷动。

朝廷对田兴还有一项特别赏赐，赐其名弘正，从此，田兴变为田弘正。

田弘正懂朝中礼仪，深知前任节度使奢侈无度，所用车辆、马匹、府邸都僭越朝廷规制，尤其是节度使府署，宽敞宏丽有如皇宫，若非"河朔三镇"长期半独立于朝廷，这已是谋逆大罪。被推为节度留后时，他将府署移至原来的采访使署。这次朝廷使者来了，而且是才华横溢、为皇上写诏书的裴度，恭敬之余，将裴度请到采访使署，请题写壁记。裴度不遑辞让，提笔立就，壁记表述田弘正举六州归顺事迹，言辞宏丽，气势磅礴。魏博诸将读后，无不感佩裴度才学。

裴度虽是朝廷使臣，官仅六品，节度使系一方大员，官阶三品。田弘正比裴度还大一岁，但对裴度的气度、学识佩服得五体投地，只恨相识太晚。题完壁记，两人彻夜长谈，裴度将儒家的君臣上下之义，说得头头是道。田弘正听得津津有味，终夕不倦。第二天，又陪裴度巡视魏博节度使所属各州郡。每至一处，都请裴度宣谕朝廷政令，魏博将士拜伏于地，对裴度感激不已。

裴度的宣慰游说正当其时。田弘正归顺朝廷后，魏博镇周围的郓州、蔡州、恒州节度使坐卧不安，深恐魏博归降于己不利，纷纷派使者前往魏博，劝说田弘正脱离朝廷自立。若非裴度宣慰游说，田弘正说不定会在轮番游说下改变主意。

裴度此行不辱使命，在新归降之地，既行怀柔之策，又不失朝臣威仪。还朝后，宪宗颁《除裴度中书舍人诏》，授裴度中书舍人（掌侍进奏，参议表章）。

魏州之行，是裴度第一次与藩镇打交道，从此，他开始关注藩镇事务。以后，他还会为此流血，献上毕生精力。

三

魏州宣谕回来后，裴度在中书舍人兼知制诰任上度过了两年时光，元和九年（814年），改任御史中丞（最高监察部门御史台副长官，正五品上）。知制诰事由大名鼎鼎的一代文宗韩愈接任。唐代官制品级分类极细，一品之中，有正、从之分，正、从之间，又有上、中、下之别。裴度离开武士衡后，一直在皇帝身边任职，虽得近水楼台之利，但升迁同样很慢，一品一阶往上熬，自元和二年（807年）任从六品上的起居舍人，到升为正五品上的御史中丞，用了整整七年时间。这时，他已五十岁。

任御史中丞期间，因为一个小案件，裴度差点触怒宪宗。

唐代宫廷有个特殊机构，叫宣徽院，专管宫内后勤供应，下设五坊，负责驯养雕、鹘、鹞、鹰、犬之类的动物，供皇上赏玩。干这活的以内侍（太监）为主，宫中称"五坊小使"。这些人借为皇上办事之名，行敲诈之实，横行霸道，手段卑劣。所到之处，当地官吏莫不重金供奉，稍不如意，他们就开出大价码强行索取，各地百姓畏之如强盗。至贞元末年（805年），这些家伙更加肆无忌惮，谁家不给好处，将捕鸟罗网张挂在人家门上，或蒙在水井口。见主家要出入或者汲水，大喊："惊了我给皇上的鸟雀。"到酒肆吃白食，尽情挥霍，临走时留下一个盒子，里面装几条蛇，交代："我们用这些蛇喂养给皇上的鸟雀，不得饿死！"等酒肆掌柜连连讨饶，再塞些银两，才肯将装蛇盒子带走。这些形同无赖的家伙横行霸道十多年，从没人敢惹，坊间称为"五坊小儿"。这回，"五坊小儿"窜至下邽县（今陕西渭南市临渭区），碰上个硬碴儿。裴氏家族的另一位族人、下邽县令裴寰以才干出名，性格刚烈，疾恶如仇，在"五坊小儿"来后，除为其安排驿馆住宿，其余要求一概不予理会。宦官们何曾受过此等冷遇？誓言报复。回朝后，以轻慢皇上罪名报知宪宗。一个七品县令连皇上也敢轻慢，这还了得？宪宗立即下令，将裴寰捉拿下狱，以大不敬论罪。

此时，武元衡治蜀数年，已于元和八年（813 年）还朝，仍拜门下侍郎、同平章事。他得知这件事后，劝宪宗皇帝应以法理行事。宪宗龙颜震怒，根本听不进去，执意要将裴寰定罪。裴度正好也在延英殿奏事，听清事情经过后，忍不住仗义执言，罗列出种种法规来证明裴寰无罪。见两位近臣无一人附和自己，宪宗更怒，对裴度说："就按你说的办，若裴寰无罪，就定五坊小使有罪，若五坊小使无罪，就判裴寰有罪。"皇上震怒，裴度并无惧色，从容答："定谁的罪，确实要依圣上金口玉言，但裴寰是一方令长，不顾自己官位，爱惜陛下百姓，得罪内臣，岂可再加罪？"

宪宗还不算昏庸，听裴度说到这里，怒色稍减。第二天，宪宗下令释放裴寰。

元和十年（815 年），裴度再次仗义执言，为两位名扬史册的大诗人说话。

早在永贞元年（805 年），宪宗皇帝的父亲顺宗李诵在位时，曾进行过一场轰轰烈烈的"永贞革新"，革新的第一条就是罢宫市和五坊小使，另有取消进奉、打击宦官、抵制藩镇等内容。主要推动者是时任翰林院待诏的王叔文，参与者有刘禹锡、陈谏、凌准、程异、韦执谊、柳宗元、韩晔、韩泰。这些人运气实在不好，顺宗皇帝龙体羸弱，中风失语，当皇帝不到八个月即逊位，太子李纯上位，是为唐宪宗，宦官们因拥立之功再度得势，"永贞革新"仅一百四十六天，昙花一现，很快失败，参与者全部被逐出朝廷，外放边远地区。刘禹锡、柳宗元等八人，被贬为州司马。这就是著名的"二王八司马事件"。

至元和十年，"二王八司马"已外放十年，王叔文被赐死、王伾病故。八司马中的凌准、韦执谊也先后病逝，剩下刘禹锡、柳宗元等六人还在边远蛮夷之地饱受煎熬。这些人个个学富五车，才高八斗，朝廷中有重臣怜惜其才能，将六人悉数召回京城，准备重新任用。宪宗和宰相武元衡不喜欢这六人，谏官也上奏认为不妥。二月，将六人由州司马（州衙佐官）改任州刺史，官是升了，任职地却比以前更偏远。其中，永州司马柳宗元改任柳州刺史，郎州司马刘禹锡改任播州（今贵州省遵义市）刺史。柳宗元是个重情义的人，不顾自己同样被迁远州，却同情刘禹锡，说："播州地方炎热湿潮，不是常人能居住的地方，梦得（刘禹锡字）有老母在堂，若不带母亲去，母子各在一方，便成为永别。若母子同去，老母岂能受得播州湿热？"怕朝廷不答应，提出将刘禹锡与自己的任职地调换，柳州好歹比播州离中原近一些。裴度与这两位诗人感情颇深，身为御史中丞，比柳宗元说话分量重得多，明知道宪宗皇帝不喜欢刘禹锡，还是上朝直言："禹锡即使确实有罪，然而，他母亲老了，此一去，就是永别，这是多么悲伤的事！"

宪宗说："为人子就应该谨慎处事，不能因自己让亲人担忧，仅此一点，禹锡就应该受到重罚。"裴度说："陛下如果也这么对待太后，禹锡才无话可说。"

这话虽然有冒犯皇威之嫌，却是对皇上名节的爱护。宪宗母亲皇太后王氏独居兴庆宫，思念儿子忧郁成疾，此前，宪宗刚去探望过。裴度的话正说到宪宗痛处，宪宗沉思良久，说："朕方才所言，是责备人子，并非要伤及其亲人。"

宪宗明白裴度这番话的本意，等众臣退下，对左右内臣说："裴度爱我之心，始终如一。"

裴度的话显然起了作用，第二天，刘禹锡改任连州（今广东连州市）刺史。任所比播州距长安近了许多。

过后，刘禹锡作《上门下裴相公启》诗，以示感激。再往后，裴度说服宪宗，将柳宗元调回京城。这已是四年后的事了。

四

裴度任御史中丞后，淮西镇又出现问题。

元和九年（814年），淮西节度使吴少阳病逝，儿子吴元济匿不发表，伪造其父奏表，"请以吴元济为留后"，被宰相李吉甫、张弘靖识破。朝廷采用先礼后兵之策，派员前往祭吊。吴元济不迎使臣，公开与朝廷对抗，四处出

唐晋公裴度故里碑

兵，屠舞阳、焚叶城，掠鲁山、襄城。朝野震骇。

淮西地处大唐腹心，地当要冲，领申州（治所在今河南省信阳市浉河区）、光州（治所在今河南省光山县）、蔡州（治所在今河南汝阳市）。大唐富庶之地有二，一为中原，一为江淮。中原大部分已为"河朔三镇"割据，朝廷粮赋全仗江淮。淮西镇割据叛乱，等于截断王朝运粮生命线，绝不能容忍。

宪宗大举出兵，讨伐淮西吴元济，派裴度前往阵前巡视。大军久攻不下，裴度返回朝廷，奏上攻伐策略，颇合宪宗心意。计策已定，派谁去统兵为帅？裴度将前线诸将审视过后，向宪宗推荐了一个人："李光颜义而勇，当可成功。"宪宗同意裴度的举荐，升任忠武节度（在今河南中部）副使李光颜为节度使，率兵招讨吴元济。仅仅三天后，李光颜传来捷报，大破淮西兵于时曲。

宪宗闻报大喜，以举荐之功为裴度加官，拜刑部侍郎（刑部副长官，正四品上）。

朝廷对淮西吴元济用兵，令"河朔三镇"中的成德镇节度使王承宗、平卢淄青节度使李师道坐卧不安。"河朔三镇"本为一体，相互策应，如今，魏博节度使田弘正已归顺朝廷，淮西节度使叛乱，朝廷无暇顾及河北，若淮西一平，朝廷会一鼓作气，各个击破，到那时，成德、平卢二镇早晚也会被平定。

两人先上表请求停止讨伐吴元济，遭到朝廷拒绝。接着，派人放火烧河阴仓，企图断绝唐军粮草。再下来，又干了件震惊朝野的大事——行刺朝廷主战重臣。

六月二日晚，宰相武元衡心绪烦乱，迟迟不能入睡，遂起身赋诗一首。

夜久喧暂息，池台惟月明。

无因驻清景，日出事还生。

诗题为《夏夜作》，没想到一语成谶，竟是绝笔，成为中国诗歌史上著名的诗谶。诗中所写的，没等天亮就不幸成为现实。

元和十年（815年）六月三日，报晓晨鼓响过，天色未明，武元衡赴大明宫早朝，出靖安坊东门，有刺客从暗处突然射出箭来。随从惊慌失措，丢下主人逃走。刺客奔出，牵着武元衡的马匹前行十来步，回身将武元衡斩落，割下头颅离去。又进入通化坊刺杀刑部侍郎裴度，接连击刺三剑，头一剑砍断靴带；第二剑刺中背部，刚刚划破内衣；末一剑刺伤头部。裴度跌落马下，所幸毡帽较厚，头部伤势不重。刺客又挥剑追杀，仆从王义比武元衡的随从得力，舍命抱住刺客，大喊呼救。刺客回剑砍断王义手臂，方得脱身。裴度跌进沟中，刺客以为已死，这才罢手离去。

宰相被杀，侍郎中剑，京城震骇，人人自危。宪宗下诏，宰相奉诏上朝，要"加金吾骑士张弦露刃以卫之"。就是说宰相上朝要派兵马张弓搭箭手持兵刃保护。

一时间，大唐京城血雨腥风，人心惶恐，大臣不到天明都不敢出门上朝。宪宗在朝堂等候多时，朝臣也来不齐。

这还不算，刺客又在专门负责保护京城治安的金吾将军府和京城周围府县衙门留下字条，上写："毋急捕我，我先杀汝。"就这么一句话，吓得朝廷连追捕刺客的动作也慢下来。皇皇大唐，竟胆怯至如此地步。兵部尚书许孟容实在看不下去，面见宪宗皇帝，说："自古未有宰相横尸路隅而盗不获者，此朝廷之辱也！"说完，眼泪横流。许孟容又前往中书省，挥泪泣言："请启奏，起用裴中丞为宰相，大索贼党，穷其奸源。"

谁这么胆大，竟敢刺杀大唐宰相？而且如此狂妄，把整个大唐都不放在眼里？

明眼人都能看出来是谁干的。武元衡为什么会成为刺杀目标？因为他是宪宗任用的削藩重臣，集削藩大任于一身，对河朔王承宗、李师道和淮西吴元济都采用强硬手段。王承宗、李师道感到末日不远，向皇上诋毁武元衡不成，又私下派人向武元衡送礼，又不成，顿生杀戮之心。裴度与武元衡一样，力主削藩，多次向皇上献上讨藩之策，也不能不杀。

二人被刺后，因兵部尚书许孟容挥泪上书，朝廷加大了搜捕力度，贴出悬赏告示："获贼者赏钱万缗，官五品；敢庇匿者，举族诛之。"京城搜捕最严密，连公卿家也不放过，谁家有夹墙、阁楼的，都要搜查一遍。

当时，各藩镇在京城都有驻京机构，叫进奏院，即代表藩镇向朝廷进奏事宜的机构。诸道进京办事或奏事官员，一般寓居于进奏院。成德军进奏院有个叫张晏的人，与几名同伙行止无状，特殊时期仍不知收敛，被怀疑上了。又有神策将军王士则等人，状告王承宗派遣张晏刺杀武元衡、裴度。朝廷当下逮捕了张晏等八人，命京兆尹、监察御史陈中师审问。武元衡主持削藩事后，王承宗先后三次向宪宗上表，请求罢兵。陈中师将这些奏表拿出来，作为刺杀武元衡的罪证向群臣展示。这样一来，王承宗派人刺杀武元衡的罪名好像坐实。众朝臣纷纷谴责。

再说裴度侥幸捡得一条性命，卧床二十天。宪宗皇帝下诏，派卫兵日夜值守，担心再生变故，又派中使（宦官）不断探视伤情。这种时候，朝中竟有人上奏，请求罢去裴度官职，以平抚藩镇怨恨。宪宗大怒："若罢裴度官职，就是让奸谋得逞，朝廷从此再无纲纪。我用裴度一人，足以破二贼。"

裴度为人正派，能言善辩，魏博宣慰游说田弘正，蔡州劳军推荐李光颜，都受到宪宗嘉许，又熟知各藩镇内情，武元衡死去，削藩大业不能停止，宪宗皇帝将裴度作为依仗，更加信任。一怒之下，才说出"用裴度一人，足以破二贼"的激愤之言。

裴度伤愈后，宪宗再下诏："可不去宣政殿上朝，即刻来延英殿拜见。"有唐一朝，宣政殿是大臣们日常上朝的地方，延英殿则是皇上与宰相议事之所。六月二十五日，裴度未到延英殿之前，宪宗已在殿中等候，裴度一到，宪宗立刻走上前来，执手问候。随即拜为中书侍郎、同平章事。

裴度进入仕途近三十年，在五十一岁时，险些被刺杀身亡，却因祸得福，终于擢升宰相，位极人臣。天降大任，受命于非常，裴度请考功郎中知制诰韩愈写《让官表》推辞，宪宗不许。

裴度再上表，向宪宗谈削藩大计："淮西吴元济是朝廷心腹之患，不可不除，况且朝廷已开始讨伐，河南河北藩镇也盯着淮西讨伐成败，决定对朝廷态度，绝不能停止。"裴度看得很清楚，朝廷与淮西吴元济之间的战争，实际与两河藩镇连在一起。淮西之役停止，两河藩镇会更不将朝廷放在眼里。

宪宗赞同裴度的看法，将对淮西用兵事务全部委托给裴度。

事关重大，裴度向宪宗提出一项特殊要求。

自德宗朝起，皇上猜忌大臣，派金吾卫（负责朝廷治安的官员）监视朝臣往来，以至大臣们不敢在私宅接待客人。如此陋规，造成大唐朝臣人人闭门谢客。裴度上奏："今贼寇未平，宰相当招请天下贤能共商大计。请求于私宅待客。"宪宗准。

皇上期望，朝臣信任，裴度雄心勃勃，征讨藩镇如弦上之箭，蓄势待发。

二十八日，朝廷斩张晏等五名主犯，另杀其同党十四人。

刺杀宰相一案就这么结了。满朝文武中，只有中书侍郎、同中书平章事张弘靖提出不同看法，认为：案件还有许多漏洞没有查实，如此草率结案，会放过真凶。并以宰相的身份，多次上书，宪宗好像也认定张晏就是凶手，不听。

七月，宪宗下诏历数王承宗罪恶，不再接受其朝贡，诏曰："冀其幡然改过，束身自归。攻讨之期，更俟后命。"

真正刺杀武元衡、裴度的刺客趁此机会，悄然逃出京城。《资治通鉴》中的说法是："李师道客竟潜匿亡去。"

<h1 style="text-align:center">五</h1>

裴度任宰相主持削藩时，朝廷平定淮西之役已进行了三年多。宪宗尽出十六镇兵马，旷日持久，时有小胜，实际与吴元济的淮西军处于拉锯状态。

各路将领胜则虚张声势，虚报斩获数量，败则隐匿不报。有的甚至恃贼自重，"故合天下兵攻之，三年才克一二县"。一时间，朝中息兵休战之声再起，尤以中书舍人钱徽、翰林学士萧俛为最。两人相继上奏，请以财力不继罢淮西之征。裴度上奏说："淮西割据，如朝廷腹心之病，若不及时去掉，必成大患，而且，两河藩镇也将以淮西为榜样继续作乱。"

元和十一年（816年），随、唐、邓节度使高霞寓大败于铁城，全军覆没，仅自己逃脱。如此败绩，再也掩饰不住。一时朝野惊愕。主和派宰相又开始劝皇上罢兵休战。宪宗说："胜负乃兵家常事，现在只论用兵方略。军中粮草不足，只需供应就是。岂能因一将失利就建议息兵罢战！"

至此，宪宗方看清，几位宰相中只有裴度是坚定不移的主战派，以后削藩大计，只听裴度一人。主和派宰相这才不再发声。

元和十二年（817年），淮西前线大将李光颜频传捷报，然而，仍不足以动摇淮西军根基。官军讨伐淮西、蔡州已四年之久。长年为前线运送物资，导致国库空虚，光征用民间牲畜一项，已影响到百姓耕种，田间耕作只能用驴。连战不胜，宪宗也对淮西战事产生怀疑，召集几位宰相开御前会议协商。主和派宰相李逢吉、王涯以师老财竭为由，请求皇上罢兵。裴度沉默不言。宪宗征求意见，裴度没有正面回答，却语出惊人："臣请亲往前线！"有这句话，还用问是战是和吗？宪宗也没想到裴度会这么说，大喜过望，又不敢相信，将其他宰相遣离，独留下裴度私谈，问："卿真的肯为朕上前线吗？"见皇上仍有疑惑，裴度拜伏泣泪，说："臣誓不与贼共存！"

接着，裴度解释他亲上前线的原因："臣曾观吴元济给朝廷奏表，发现此贼其实已到穷途末路之时，只因前线诸将不能齐心协力才未降。若臣亲自去行营，诸将担心臣夺其功，必定奋勇争先并力破敌。"

宪宗闻言大喜，再次下诏为裴度封官，拜为门下侍郎、平章事、彰义军节度、淮西宣慰招讨处置使。本来，后一个职务应该是淮西宣慰招讨使，因为前方大将韩弘已为淮西诸军行营都统，为不影响韩弘情绪，裴度请求改为处置使。又请改制书中的"改弦更张"为"暂停枢衡"，"烦劳宰相"为"授以成谋"。又因此行既兼招抚，请求改"剪除"为"革心"。宪宗全部予以采纳。

接到皇上任命诏制后，裴度从朝中选拔人才，为自己组建帅府班底。时任右庶子的韩愈就是在这次出征前，被裴度任用为彰义军行军司马。用一代文宗做参谋长为自己出谋划策，裴度独具慧眼，以后，韩愈则以亲身经历，写出《平淮西碑》，既记叙战事经过，同时报知遇之恩。这已是后话。

帅府书记、判官也从朝中官员选拔，都是一时俊杰。选拔都押牙（节度使衙门所属牙将，掌军法，亦参与军机）时出现意外。右神武将军张茂和以前多次在裴度面前炫耀胆略，被裴度上表推荐为都押牙后，却畏惧不前，以病推辞。主帅未行即有大将临阵退缩，对军威士气影响极大。裴度上书宪宗，请斩张茂和。宪宗很为难，说："张氏也算忠顺之家，将他贬往边远之地吧。"很快将张茂和贬为永州司马。都押牙另择人选。

裴度此去，孤注一掷，抱必胜信念。临行前，来延英殿向宪宗告别，立下军令状："臣若灭贼，朝见皇上会有日期，若贼还在，臣朝见皇上没有定期。"

这一番话慷慨悲壮，气贯长虹，连宪宗皇帝也被感动，泪流满面。

八月初三日，裴度率随从奔赴淮西，宪宗特下诏，派神策军（皇帝御林军）三百骑兵护送，出城之际，宪宗突然出现在通化门城楼上，再次慰问勉励，赐裴度通天御带。通化门是长安南城门，置有楼阁，内有夹城通道连接大明宫。宪宗由夹城来到通化城楼专程送行，为裴度此行再添一层悲壮色彩，告别宪宗，裴度站立楼下，衔泪而别。

六

裴度这次出征淮西，虽然行前辞去了招讨使虚名，实际总领诸道兵马，行元帅之责，将帅府设在郾城（今河南省漯河市郾城区）。到郾城后，先慰劳军队，宣示朝廷的平叛决心和期望，全军士气高涨。

还没出征，裴度却被宦官束缚住手脚。当时，各道节度使军中，都有朝廷委派的宦官当监军，这些宦官权力极大，成事不足败事有余。平定安史叛乱的关键之役，唐军就数次坏在宦官手里。唐代中晚期，朝中宦官势力更大，多位皇帝靠宦官扶立上位，宪宗皇帝虽还算开明，当初也是被宦官扶上来的，明知道宦官误事，各道仍用宦官监军。这些宦官挟皇帝之威，凌驾于主帅之上，不知军事，却凡事都要做主。打了胜仗，先行报捷，贪为己功。吃了败仗却与己无关，寻找主帅不是。这样的人在军中，如何能打胜仗？非常时期，裴度顾不上得罪宦官，奏请宪宗，将军中宦官监军全部去掉。由此，号令统一，士气倍增，各位将军再无掣肘，专务军事，三军用命，战多有功。

随、唐、邓三州节度使高霞寓铁城大败后，朝廷又命袁滋挂帅，也无战功。时任太子詹事李愬上疏自荐，愿到前线效力。元和十一年（816年）十二月，受命为左散骑常侍兼邓州刺史，御史大夫，随、唐、邓三州节度使，为西路唐军统帅。来到平叛前线后，收淮西降将李祐为臂膀，屡出奇计，杀敌立功。元和十二年（817年）冬，十月，李愬接受李祐建言，制定夺取蔡州（淮西治所）计划，派军中掌书记前往郾城，向主帅裴度汇报。裴度听完后，指示李愬："兵非出奇不能制胜，常侍（李愬）要耐心寻找时机，夺取蔡州。"

李愬很快找到夺取蔡州的好时机。这年冬天，蔡州天寒地冻，一个风雪

裴柏村裴晋公祠大门

交加之夜，李愬出奇兵，长途奔袭，一举拿下蔡州，与官军对抗了四年之久的吴元济束手就擒。

裴度亲往前线统军，仅两个多月，大获全胜，为朝廷除去多年顽疾。

得到李愬捷报，裴度派宣慰副使马总先入蔡州。第二天，统领淮西受降士兵万余人，持元帅旌节，浩荡入城，抚慰蔡州民心。李愬得知裴度入城，率领部属伏于路旁参见，裴度因其功高，自己只是临时节制各镇，不受此大礼。李愬说："蔡州百姓久困于藩镇，顽劣悖礼，不识上下之尊数十年了，愿公做出榜样，让他们知道朝廷威严。"裴度这才受其礼。

吴元济统治蔡州时，禁止百姓在路上相互交谈，晚上不能点灯照明，相互之间请吃喝酒，以军法论处。裴度进驻蔡州后，下令除盗贼、殴斗出人命者，依法论处，其余全部依律免除，出行不再限昼夜。

蔡州不受朝命五十年，蔡州百姓已以禁令为常态，此令一出，才知道世间原来是这样。

裴度进城多日，帅府仍用蔡州衙门旧卒侍于帐下，有人告诫："淮西旧卒新降，不可不防。"裴度大笑："吾为彰义节度使，吴元济已擒，这些都是自己人，没必要提防。"

蔡州降卒听到后，无不感激涕零。

十一月初一日，宪宗在兴安门举行受俘仪式，将吴元济像祭品一样，供献到宗庙、社稷。随后，斩于长安东南子城外独柳树下。

此时，裴度正准备入朝，恰遇上钦差大臣、监军太监梁守谦。

梁守谦这次是受皇命而来。临行前，宪宗皇帝赐以二剑，授命宰杀蔡州吴元济旧将。得知梁守谦来意，裴度担心梁守谦两柄尚方宝剑在手，会滥杀无辜，顾不得回京，陪同钦差大人再返蔡州。果然，梁守谦声言奉旨行事，要斩杀全部蔡州降将。裴度认为不可，说："淮西虽平，河朔尚有二镇，若无论罪责轻重一概斩杀，河朔众将必拼死抵抗，应量过施罚。杀该杀之人，赦免其余人等。"梁守谦同意裴度的看法，上报宪宗后，被宽宥免罪者不在少数。

十一月二十八日，裴度留下宣慰副使马总为彰义军留后，带着一身荣

裴氏碑馆

祁寯藻隽书《唐平淮西碑》（局部）

耀，启程回京城。

宪宗皇帝再次为裴度加官晋爵，策勋金紫光禄大夫（文散官，正三品）、弘文馆大学士、上柱国、晋国公，户三千，复知政事。

此前，平定淮西之役有功之臣已得到封赏，李愬为山南东道节度使、凉国公；韩弘为侍中；韩愈为刑部侍郎。

七

元和十三年（818年）正月，应朝中群臣请求，宪宗敕刑部侍郎韩愈撰《平淮西碑》碑文，记载淮西大捷。韩愈虽亲历淮西战事，领旨后，仍深感兹事体大，"经涉旬月，不敢措手"，三月二十五日，七十天后，文成，进奉宪宗。

碑文先论藩镇割据之害，接着赞颂宪宗下旨削藩、运筹帷幄；裴度统率诸军、安集百姓；李愬雪夜突袭蔡州、擒获吴元济；最后，写宪宗论功行赏、万民欢腾场景。碑文一千八百字，行文辞采斐然，酣畅淋漓，势若行云流

祁寯藻书《唐平淮西碑》

水，"下笔烟飞云动，落纸鸾回凤惊"，宪宗读后也抑不住激动，令人将碑文誊抄，凡淮西立功将士每人一份，诏令于蔡州北门外立碑。勒碑之时，国人视为奇文争相诵读。

一年后，李愬妻、唐安公主之女李氏为夫争功，责怪韩愈文中多叙裴度，没有将李愬列为战功第一。宪宗下令磨去碑文。"长绳百尺拽碑倒，粗砂大石相磨治"（李商隐《韩碑》），随后，由翰林学士段文昌重新撰文勒石。由此引出一桩历史公案。

从宪宗李纯的作为来看，元和十三年（818年）前，还算个发奋有为的皇帝，之后，变得骄奢荒淫、昏庸无道，像突然换了个人。

淮西吴元济平定之前，河朔三镇中，魏博节度使田弘正已归顺朝廷，淮西平定后，平卢淄青节度使李师道为部将刘悟所杀，成德军节度使王承宗畏惧，主动献地谢罪。短短数月之间，大唐数代皇帝历数十年不愈的藩镇顽疾总算治愈。大唐王朝迎来短暂的"元和中兴"。

"元和中兴"的标志即诸藩镇回归大唐，天下一统，以至"中外咸理，纪律再张"。若论功劳，众臣之中，裴度第一。或者说，"元和中兴"是由宪宗缔造、裴度促成的。

天下归一、歌舞升平，宪宗皇帝认为功绩可比肩高祖、太宗，得意之余，开始不满直言相谏、总让自己下不来台的裴度。

元和十三年（818年）正月，天下一统刚过一个月，宪宗命六军修麟德殿。右龙武统军张奉国、大将军李文悦以为：外寇初平，修缮麟德殿花费太多，劳民伤财。见皇上正在兴头上，不敢劝谏，只能向宰相裴度告白，希望奏明皇上。裴度在朝多年，清楚宪宗个性，岂能不知在宪宗兴头上劝谏，必会惹皇上不高兴。为行宰相之责，还是直言上奏。宪宗果然大为不满，因裴度刚立大功不能迁怒。二月初，将张奉国贬为鸿胪卿，李文悦贬为右卫大将军，远远发落到威远（今四川内江市西北部）充任军使。

从此，再无人敢因皇上耗费民财发声，宪宗浚通龙首池，起建承晖殿，土木工程不断，一发不可收拾。

这是平定淮西后，宪宗头一次对裴度不满。虽然只处罚张李二人，实际是告诉裴度，不得再拂朕兴致。裴度肯定能觉察得到，但他生性不会阿谀奉承，既为朝廷宰辅，就要行宰辅之责，遇到不合法度的事，还会出面阻止。

九月，户部侍郎、判度支皇甫镈，盐铁转运程异二人揣摩皇上心理，奉上大量钱财以供挥霍。二人本是替朝廷掌管钱财的，这么做，等于以国家钱财行贿皇上，讨取恩宠。宪宗偏偏喜欢这一套，将二人同擢升平章事（宰相）。消息一出，朝野惊骇，连市井小贩也嗤之以鼻。

裴度得知后认为不妥，三次上疏，宪宗不予理会。

裴度不屑与阿谀小人为伍，上表请辞宰相之职，宪宗仍不理会。

裴度再上疏："皇甫镈、程异皆佞巧小人。陛下一旦置之相位，中外无不骇笑。"

接着叙说自己辞职的理由："臣若不退，天下谓臣不知廉耻；臣若不言，天下谓臣有负恩宠。今退既不许，言又不听，臣如烈火烧心，众镝（箭）丛体。"

说到最后，裴度痛心不已，说："所可惜的是淮西初平，河北安宁。王承宗束手献地，韩弘带病讨贼，这样好的局势，岂是朝廷力量能完成的？都是因为处置得当，能服其心。陛下要建升平之业，十已八九，何忍自行堕坏，导致四方解体？"

裴度太激动了，最后几句，是劝谏，也是直言不讳的指责。

如此苦口婆心，宪宗反认为裴度是要拉帮结派、打击异己才说这番话，根本不理会。

裴度是当朝大功臣，宪宗最担心他建立朋党，曾含沙射影地对裴度说："人臣应当尽力为国家做好事，为什么有人好立朋党？朕十分厌恶这些人！"

裴度回答："物以类聚，人以群分，无论君子、小人，志趣相投者势必聚在一起。君子相聚，谓之志同道合，小人相聚，谓之奸臣朋党。此二者，表面看好像相同，其实区别很大，全看圣主如何甄别邪正。"

本想旁敲侧击，告诫裴度，不想又被一番直谏，宪宗怎能好受，说："大家所说都差不多，朕岂能轻易分辨出来？"

裴度忠心耿耿，一片苦心，却不知道，提拔皇甫镈、程异是宪宗有意为之。天下多少昏庸帝王从来都不怕罪臣、佞臣，只担心功臣、能臣。一怕功臣、能臣功高镇主，威胁皇权；二怕功臣、能臣结成"朋党"，把持朝政，所以宁肯重用太监、佞臣，也要提防功臣、能臣。

这次任宰相的两人之中，尤以皇甫镈奸诈。当时，朝廷将府库多年积累的绸缎缯帛交给户部度支司出卖，皇甫镈全部以高价买下，供给边防部队。这些绸缎缯帛已朽败，随手一碰即破，边军将士愤愤不平，干脆堆放在一起放火焚烧。裴度得知后，向宪宗提到这件事。皇甫镈被责问后，走上前抱着宪宗的脚说："这靴子也出自内府，臣用两千钱购买，结实完好，可穿很久，裴度的话根本不可信。"宪宗认为皇甫镈说得对。以后，皇甫镈更加无所顾忌。还没出九月，京城又发生一件大事。再次涉及专为皇上提供雕、鹖、鹘、鹰、狗的五坊小使。

这次，五坊小使去大商人张陟家收取利息，张陟负息太多还不起，只得一逃了之。五坊小使头目杨朝汶不肯罢休，派人将张陟家查抄，得到些账簿。发现上面有借张陟钱的都抓来严刑拷问，逼其还钱，以抵张陟所欠利息。结果大家相互推诿诬赖，胡乱指认，牵扯到近千人，京城被这群宦官害得鸡飞狗跳。一些朝廷大员也受到牵连。其中有一笔账，经核对字迹，认为是西川节度使卢坦所书，杨朝汶立刻令人将卢坦在京城的家人抓来。卢坦儿子在京城管理家务，被杨朝汶一通吓唬，只剩下哆嗦，哪里还有申辩机会，只好动用家财还上。事后才弄清，原来这笔钱是郑滑节度使卢群所欠。卢坦家要求还钱，杨朝汶吃到嘴里的肉哪里还肯吐出来，耍起无赖："是我弄错了，但已入皇宫，怎么会还你？"卢家岂能咽下这口气，四下里活动，串联其他受拷打的人，一时民怨四起。御史中丞萧俛会同谏官，将宦官们恶行写成奏状报知皇上。裴度在延英殿得知此事，也指责太监骄横。宪宗却不以为意，顾左右而言他，想大事化小，对裴度说："我们正在讨论对郓城用兵打仗的大事，这种小事，朕自会处理。"

裴度不认为这是小事，说："用兵事小，胜负不过影响一地，如果容忍五坊小使横行霸道，将会影响京城安定。"裴度的话让宪宗很不高兴，过去几天才明白话中深意，责备杨朝汶："因为你，我都无法面对宰相。"十月，赐杨朝汶死，将被杨朝汶拘禁的人全部释放。

八

藩镇平定时，宪宗刚过四十岁，因为荒淫无度，身体虚弱，已有人生暮年之叹，求仙问药，寻找长生不老之法，信佛拜佛到痴迷地步。

凤翔县有座法门寺，其中护国真身塔内供奉释迦牟尼指骨，每三十年迎出开一次法会。元和十四年（819年）正月，又到开法会时节。宪宗打算将佛指骨迎进京城，先请入皇宫供奉，再迎入各大寺院，供士庶瞻仰。

迎佛骨活动庄严隆重。元和十三年（818年）十二月，宪宗派中使（宦官）率三十名宫人，将佛骨迎入京城，所到之处，参拜者如云，王公士民争相瞻仰，大把舍施，唯恐落后，有人将全部家产捐出，有人用香火在胳膊、头顶烫出疤痕以示虔诚。

一时间，参拜佛祖、敬奉佛骨，热遍京城，成为全民活动。

刑部侍郎韩愈不信佛，对如此大规模迎佛骨有自己的看法，写出奏章，以"欲为圣明除弊事"之心、犀利雄健之文，剖析迎佛骨之弊。这就是著名的《谏迎佛骨表》。

"佛者，夷狄之一法耳。"奏表开篇直指佛教来源，接着说自汉明帝时佛法传入，各朝相继亡乱，运祚不长。韩愈行文说理缜密，极富激情，洋洋洒洒，最后请求皇上："乞以此骨付之有司，投诸水火，永绝根本，断天下之疑，绝后代之惑，使天下之人知大圣人之所作为，出于寻常万万也，岂不盛哉！"

宪宗皇帝接到奏表，龙颜震怒。将奏表交给裴度、崔群等几位宰相看后，要立处韩愈极刑。裴度极力为韩愈开脱，说："韩愈虽口出狂言，也是出于忠诚，应该以宽容之心广开言路，免他一死。"

有裴度和众宰相求情，韩愈留得一条性命，被贬往潮州（今广东潮州市）任刺史，冒风雪离开长安。

裴度耿介正直，知无不言。宪宗生命的最后一两年，酒色成性，又想长生不老，已与缔造"元和中兴"时的宪宗大不相同，全然变为昏君。裴度此前几次上奏，宪宗已心生不满。这次为韩愈辩解，君臣之间罅隙更深。皇甫镈乘机谗言构陷，刚刚立下不世之功的裴度，终于为宪宗所不容。元和十四年（819年）三月，距韩愈被贬潮州还不到两个月，裴度自己也被贬外放，以检校左仆射、同中书门下平章事，接替改任宣武军节度使的张弘靖任太原尹、北都留守、河东节度使，罢知政事。

裴度离开后，宪宗连他平定淮西的功劳也产生怀疑，加上对执笔写《平淮西碑》碑文的韩愈更无好感，再经李愬夫人为夫争功，这才有下诏磨平韩愈《平淮西碑》、由翰林学士段文昌重新撰文勒石的历史公案。

九

元和十五年（820年），宪宗被宦官所害，暴毙身亡，享年四十三岁。

一个皇帝被宦官害死了，另一位皇帝又在宦官拥立下登基，是为穆宗李恒（795—824年），唐朝的第十二位皇帝。

入仕以来，裴度已经历过四位皇帝，穆宗是第五位，此时，他五十六岁。

新皇上位，大封百官，裴度身为前朝老臣，在众多官职上再加一官，进位校检司空，名义上位列三公。

新君继位不到一年，大唐王朝又发生大事，"河朔三镇"中的两镇再度生乱，"元和中兴"仅维持两年多便寿终正寝。

长庆元年（821年）三月，朝廷调宣武（今河南开封）军节度使张弘靖任幽州、卢龙等军节度使。五月，张弘靖入幽州。七月，幽州军士哗变，囚禁张弘靖，拥幽州卢龙都知兵马使朱克融为节度使。

同月二十八日夜，成德镇也发生哗变。衙内兵马使王廷凑集结卫兵，杀死节度使田弘正和亲属、将吏三百人，自称节度留后。

两镇相互勾结，合力抗拒王命，穆宗大惊。

国家危难之时，穆宗下诏征两镇相邻各道军队，横海、魏博、昭义、河东、义武等镇由节度使率军兵临成德。诸军之中，穆宗倚重的是同中书门下平章事、凤翔节度使李光颜和横海军节度使乌重胤，两人都是当朝名将，领各道军十六七万，对付朱克融、王廷凑两镇的万余兵马，却损兵折将，迟迟不下。

这时，穆宗想起了平定藩镇屡建功勋的老臣裴度，诏命裴度以河东节度使充任幽州、镇州两道行营招讨使。诏命中的幽州是平卢淄青节度使府治，朱克融的地盘。镇州即恒州，因避穆宗李恒讳改名，是成德镇所在地，王廷凑的地盘。穆宗下此诏命，等于将讨伐朱克融、王廷凑的指挥权交给裴度。

裴度受命后，率军深入敌境，连战连捷，斩杀多名敌将。消息报至朝廷，穆宗为裴度加官，诏命兼押北山诸蕃使。正当裴度受到重用，又有人在穆宗面前进谗言。

裴度好文学，一生结交过多位文人，韩愈、柳宗元、刘禹锡、白居易，都是名耀史册的文坛巨擘。这回，与他交集的文人同样大名鼎鼎，是与白居易齐名、写出"曾经沧海难为水"的元稹。如果说，裴度此前交往过的文人都是朋友知己，元稹则是政敌。

元稹才华横溢，早年高中状元，以诗名世，仕途却极坎坷，曾两次被贬官，"永贞革新"失败后，与刘禹锡、柳宗元一样被贬往边远地方，任通州司马。淮西平定，裴度、崔群等人主持朝政，元稹命运才得到改变，由通州刺史步步上升，官至中书舍人、翰林承旨学士。穆宗当太子时就喜欢元稹的诗。元稹抓住机会，想通过宦官亲近皇上，与近侍宦官魏弘简称兄道弟，结为刎颈之交。两人一个是中书舍人，专掌皇上文字机要；一个是近侍宦官，专门伺候皇上生活起居，等于一个是行政秘书，一个是生活秘书。巴结上魏弘简，元稹开始官运亨通，眼看就要一步登天，位居宰辅之列。

裴度有大功于国，在朝中享有崇高声望，如今又率军讨伐河朔，将立新功。按说，元稹与裴度既无恩怨，又是故交，从哪方面看，都不应生加害之心。自古官场无朋友，只有利益。与裴度相比，他既无资历又无功业，裴度若重掌朝政，哪里还有他元稹什么事？

元稹的做法很不地道，竟将私欲置于国家利益之上，利用与魏弘简的关系，给前线讨敌的裴度使绊子找麻烦。裴度谋划的军事行动报至朝廷，全部落到元稹与魏弘简手里，二人想方设法阻挠。觉察到二人行径后，一向沉稳的裴度压抑不住心中愤怒，长庆元年（821年）十月，直接向穆宗上疏弹劾二人。

奏疏题为《论元稹魏弘简奸状疏》，开篇直陈二人朋比奸蠹之害甚于二镇之乱："逆竖构乱，震惊山东，奸臣作朋，挠败国政。陛下欲扫荡幽、镇，先宜肃清朝廷。何者？为患有大小，议事有先后。河朔逆贼，祗乱山东；禁闱奸臣，必乱天下；是则河朔患小，禁闱患大。小者，臣等与诸戎臣必能翦灭，大者，非陛下制断，非陛下觉悟，无计驱除。今文武百僚，中外万品，有心者无不愤怂，有口者无不咨嗟，直以威权方重，奖用方深，有所畏避，不敢抵触，恐事未行而祸已及，不为国计，且为身谋……"

裴度的上疏语气激切，直指要害。穆宗皇帝却毫无反应，其实已表明态度，就是要袒护二人。裴度不肯罢休，连上三表，穆宗皇帝很不高兴，因裴度为朝廷重臣，一身而系国运，不能不重视，只好将魏弘简贬为弓箭库使；元稹贬为工部侍郎，罢黜承旨翰林之职。这是元稹一生中的第三次贬官。

十

穆宗虽碍于裴度三次上疏弹劾，做样子贬了元稹，恩遇并没有停止。

从这件事可以看出，登基不久的穆宗李恒对裴度既敬重又顾忌。这样的君臣关系，对远在河东的裴度来说并非好事。

至长庆元年（821年）九月，河北平叛战役已进行了半年之久，朝廷集多道兵马，十七八万人，四面围攻，不但没有剿灭叛军，反使叛军声势更大。造成这种局面，穆宗李恒有一多半责任。李恒继位时已二十六岁，正是有作为的年龄，却因为自幼生活于宫中，受母后郭妃溺爱，像个大孩子，"宴乐过多，畋游无度"。喜欢三件事：大肆游玩，大张宴席，大兴土木。对父亲宪宗的亲信、老臣非杀罚即贬斥，对左右宠臣却赏赐无度。前方将士浴血，后方宠臣掣肘。各道军队不能协同作战，士气低迷，久攻不下，朝廷府藏空竭。眼看支持不下去了，穆宗周围的人又出了个歪招，说："王廷凑杀田弘正，朱克融囚张弘靖，罪有轻重，请赦免朱克融。"穆宗竟然同意，封朱克融为平卢节度使。两河讨贼实际又回到"元和中兴"前的老路。

前线形势还在继续恶化。田弘正被王廷凑杀死后，儿子田布接任魏博节度使，继续为朝廷效力，却因朝廷派宦官监军，军无斗志，加上天降大雪，后勤供应不足导致大败，田布不得已抽刀刺心自尽。军中先锋兵马使史宪诚被军士拥为留后，随即被授魏博节度使。史宪诚表面遵奉朝廷，背地与朱克融、王廷凑暗通款曲。原来的"河朔三镇"被平息仅三四年时间，又死灰复燃。

对杀死魏博节度使田弘正的王廷凑，朝廷同样无能为力。深冀节度使牛元翼勇猛善战，燕、赵间号为飞将，王廷凑背弃朝廷后，牛元翼奉命率军进攻成德镇，被王廷凑与朱克融团团包围在深州（今河北衡水市深州市）。官军从三面解救，都因缺乏粮草寸步难行。军士自己找吃的，每天仅有陈米一勺。这样的军队哪有战斗力？深州形势更加危急。二月，朝廷妥协，任命王廷凑为成德军节度使，军中将士官爵全部恢复。

至此，"河朔三镇"又半独立于朝廷，王廷凑对牛元翼恨之入骨，仍不解深州之围。

河北局面如此严峻，朝廷那边，穆宗李恒宴乐不断。中国历史上，每当朝纲不振，

裴度雕像

往往说皇帝荒淫昏庸，李恒连昏庸都谈不上，他当皇帝就为玩，谁能让他玩得好，就专宠谁。元稹就是受宠的朝臣之一。

长庆二年（822年）二月，元稹贬官没多长时间，既无新功，又无人力荐，却东山再起，直接擢升为宰相。"诏下之日，朝野无不轻笑之"，有人甚至当面讥讽。对于裴度，穆宗既要夺其权力，又不能不给面子，名义上官升一级，由校检司空擢司空，官至一品，任平章事，却免去河东节度使，调至东京洛阳任留守。这是帝王们常用的御人之策，叫明升暗降，目的是罢去裴度兵权。

裴度被算计，朝中哗然。谏官们知道是元稹使坏，争相上表劝谏，告诉穆宗，若夺去裴度兵权，必会动摇军心，于前方战事不利。穆宗哪管这些，只想玩乐，一连几天不上朝，也不召见朝臣。官员们又联名上奏，说眼下兵事未罢，裴度将相全才，不应置于闲散之位。

恰巧有宦官从幽州、镇州前线回朝，向穆宗奏报："前方军中传言，说裴度若在朝廷，两河（河南、河北）诸侯中，忠诚朝廷的怀念他，势力强大的敬畏他。听说他被调任东京留守，人人失望。"

穆宗只相信宦官的话，这才有所省悟。前面令裴度任东京留守的圣旨还没至太原，又下诏让裴度由太原先来京师。

三月，裴度风尘仆仆，从太原回到长安。这是穆宗登基以来，裴度身为朝廷重臣第一次觐见。面对新帝，裴度说完王廷凑、朱克融二贼的飞扬跋扈，再为自己受命讨贼无功请罪。说到国家危难，不由得动情，伏于龙墀声音呜咽，涕泪横流，穆宗为之动容。不等裴度起身，太监要宣布旨意，穆宗改变了主意，插话："朕当在延英殿召见你。"

被皇上在延英殿召见是朝臣的荣幸。尽管在宪宗时期，经常出入延英殿，但现在情况不同了，裴度不敢怠慢。朝中大臣也担心他朝中无内援，长期在外为官，功绩又大，会被奸佞小人忌恨排斥，更担心穆宗不能了解他的一片忠心。

延英殿内，穆宗高踞龙椅。裴度立于庭下，言辞恳切，神态怡然，所奏之言全是穆宗关心之事。殿中朝臣听后无不震惊。谈起河北事，裴度慷慨激昂，声震殿庭，在场朝臣人人动容，连武官中也有人叹息流泪。这次延英殿召见，穆宗改变了对裴度的态度，第二天，拜为司徒、扬州大都督府长史，充淮南节度使，进阶光禄大夫。

淮南是唐朝财赋重地，府治所在地扬州是水运枢纽，来这里任节度使，并兼任当地大都督府长史，可谓委以重任。但群臣认为，对于执掌过朝政、卓然大功于朝廷的裴度来说，并非重用。

其实即使这样，也非穆宗本意，实乃形势所迫。

朱克融、王廷凑虽受朝廷任命，名义上是大唐地方节度使，实际仍与朝廷为敌，将深州团团围困。裴度没离开太原前，曾给二人写去书信，晓以大义，朱克融解围而去，王廷凑也愿意退兵。监军太监（中使）从深州书信奏报朝廷，穆宗大喜，又派太监前往深州解救被围困多日的深冀节度使牛元翼，并命裴度再写书信给王廷凑。当时，裴度正在来京路上，太监得到裴度给王廷凑的书信，并没有立即去深州，而是返回京城，向穆宗启奏："若是以前，王廷凑看到书信，肯定会放还牛元翼，如今，裴度没有了兵权，王廷凑恐怕会背弃约定，继续兵围深州，还是请裴度另写书信。"

等裴度到京城后，穆宗询问深州形势，裴度一一对答，穆宗同样担心王廷凑得知裴度被解除兵权后不会解深州之围。这才重新授予裴度兵权，拜为淮南节度使。

十一

不等裴度离京赴任，朝中又发生一件事。

事情不算大，却事关皇室颜面，由一位叫刘承偕的宦官引起。

刘承偕伶俐聪明，深得穆宗母亲郭太后恩宠，收为义子。这次征讨成德、平卢两镇，刘承偕被派往昭义军（治今山西长治）做监军。上任后，恃宠而骄，飞扬跋扈，不把军中将士放在眼里，惹起众怒。昭义军节度使刘悟，原本是平卢节度使李师道部属，因生擒李师道立有大功，授昭义军节度使。此人从小勇力无比，性情火暴，哪里能容一个宦官轻言慢语，指手画脚，一不做二不休，索性将刘承偕关起来。穆宗得知后，下诏令刘悟将人送回。刘悟心中火气未消，连皇上的面子也不给，拒不执行。

穆宗深知各道节度使都尊重裴度，只好压下盛怒，向裴度讨主意，问："有什么办法可将人放回？"

裴度说："臣是地方官员，不能干预朝廷事。"

穆宗坚持要裴度想办法。裴度无奈，说："刘承偕恃宠骄横，刘悟不能忍受，曾给臣书信说过这件事。当时，中使（宦官）赵弘亮在臣军中，将刘悟书信拿去，说要向皇上禀报，不知陛下看过吗？"

穆宗说："我还没来得及看。既然刘悟讨厌刘承偕，为什么不自己上奏，反要转他人之手？"

裴度说："刘悟乃一介武夫，不懂朝廷规矩，况且刘悟上奏，陛下也未必听信，如今，臣与天颜近在咫尺，皇上都不能决断，刘悟千里传书，皇上岂能听其一面之词？"

穆宗急忙插话："前面的事姑且放下，你直接说现在怎么办？"

裴度说："陛下要让天下人忠义，将帅为国献身，只需下半纸诏书，历数刘承偕骄纵之罪，令刘悟召集将士，当场斩杀，则天下藩镇之臣，哪个不死心塌地为皇上效命？"

皇上本意是要想办法救回刘承偕，裴度不救倒罢了，反而提出杀掉此人以谢天下。穆宗低头沉思良久，说："我不是怜惜刘承偕，只因他是太后义子，如今被囚禁，太后尚且不知，何况要杀了他。你再想想，还有没有其他办法？"

裴度说："能不能下诏放逐到荒远之地？"

这其实就是裴度不愿意说出口的一种解救办法，要让皇上责罚刘承偕以泄刘悟之怒，同时证明刘悟无罪，但不能直接说出来，因为这样做实在有损朝廷颜面。先以斩杀刘承偕入题，再谈放逐，穆宗两害相权，自然会接受流放之法。人放回来，至于怎样处罚，还不在皇上一句话？

穆宗明白裴度的意思，回答："可。"

消息送达昭义军，一个月后，刘悟果然放出刘承偕，昭义军安定下来，刘承偕照旧在宫中当宦官。

这件事刚了结，又发生一事。

朝廷赦免王廷凑后，讨伐之师各回本道，武宁军节度副使王智兴率军回归本镇徐州，节度使崔群与王智兴素来不和，担心王智兴乘机作乱，让其所率士卒放下武器入城，王智兴不从命，杀死多人，俘获崔群，派兵押往京城，半路上，纵兵大掠朝廷盐铁仓库。"河朔三镇"未平，又添一镇叛乱。而各镇招讨兵马，大多还在河北，进退没有统一号令，若效王智兴再生叛乱，后果不堪设想。

深州那边，朝廷不光撤兵，还给包围深州的反叛之臣加官，封朱克融、王廷凑检校工部尚书，官封了，王廷凑的军队并没有撤除对深州的包围，仍在城下。大唐王朝竟羸弱至此。这是从安史之乱平息后就采用的自损其威的老办法，藩镇发生叛乱，先出兵征讨，打不下来，反而安抚封官，只要你奉唐朝为正统就行了，至于其他的，没办法管，也管不了。

朝廷如此不堪，朝中大臣议论纷纷，大家都有一个想法，请裴度出任宰相执掌朝政。

河北再乱，穆宗已六神无主，哪有主张，只有遵从众意，拜裴度以本官兼中书侍郎、平章事，复知政事。这是裴度第二次为相执政事。这一年，裴度五十八岁。

十二

从后面发生的事看，裴度这次出任宰相固然是受命于乱局之间，对他本人而言，并非好事，因为，这让他深陷权力之争的泥淖中。

裴度再次为相执政的第一天，就有人暗中算计怎样将他赶下台。这些人中有两个宦官，一个是与元稹有刎颈之交的魏弘简，另一个是裴度以放逐荒远之地名义救回来的刘承偕。两个人都知道，裴度功高，又新得穆宗信任，光靠他们在皇上面前进谗言，已不足以将其扳倒。他们想到了一个人，此人叫李逢吉，时任山南东道节度使，品性忌刻，奸诈阴险。若将李逢吉召进朝中，既可掣肘构陷裴度，又能为己所用。主意已定，两人不停地在穆宗面前为李逢吉美言，目的很快达到，李逢吉被召回，任兵部尚书。

当时朝中执政的，一位是裴度，另一位是元稹。李逢吉果然毒辣，对二人采用了不同手段。裴度是三朝老臣，德望崇高，不宜正面对付，李逢吉的办法是寻找其缺陷，在皇上面前不断诋毁。对付元稹就简单多了。新登宰相位，元稹好大喜功，急于表现。下属于方揣摩元稹心思，献上一条奇计：贿赂兵部、吏部官员，伪造告身（委任状）二十通，由幕僚王昭、于友明去离间王廷凑下属，想通过这种手段孤立王廷凑，收服成德军。元稹到底是个文人，不知官场险恶。他这边刚有动作，就被李逢吉获知，派一个叫李赏的人告诉裴度，却改变事实真相，说于方要为元稹结交刺客，再次刺杀他。裴度在朝多年，一向沉稳大度，知道事关重大，得到消息后隐忍不发，只是暗中戒备。没想到，李赏向神策军告发。五月二十七日，穆宗下诏逮捕于方，由御史台、门下、中书三司共同审理，几天过后，毫无头绪。此事牵扯到两位当朝宰相，在朝中引起轩然大波。六月初五日，为整肃朝纲，穆宗下诏，将二人一并罢黜相位。裴度贬为右仆射，不执朝政，元稹更惨，外放任同州刺史。

元稹任宰相才三个月，就被人下套，"席不暖而罢去"。这还没完，不久，有谏官上奏："裴度无罪，不当免相。元稹与于方为邪谋，责之太轻。"穆宗不得已，再次将元稹贬官，为长春宫使，从此再没有翻身机会。

裴度这次拜相，并非穆宗本意，元稹事发，正好给了穆宗和李逢吉口实。裴度执政时间更短，才刚满一个月。

李逢吉一箭双雕，阴谋得逞，如愿替代裴度为门下侍郎、同平章事，执掌朝政。在宰相位上，李逢吉内交宦官，与魏弘简、刘承偕关系密切，外结朋党，党羽八人均居要职，八人之下，又有十六人，时号"八关十六子"。自此，为害朝政四十年之久的朋党之争拉开帷幕。以朋党圈子诋毁裴度影响力更大，一时，裴度声誉大损，多亏有李绅、韦处厚等正直朝臣鸣不平，才得以留在朝廷。

长庆二年（822年）是大唐的多事之秋，外有藩镇叛乱，内有奸佞乱朝，登基才两年多的穆宗李恒也遭意外。这年十一月，穆宗不改贪玩本性，在宫内与宦官内臣打马球时，一名宦官突然像被重重一击，飞坠马下。穆宗大惊失色，双脚不能履地，一阵头晕目眩，结果是中风，只能卧病在床。

皇帝有疾，不理朝政，内外大臣连续三天没有皇上消息，若皇上真遭不测，国将无主。裴度数次来到宫内，上奏求立太子。直到十二月，才得到消息，穆宗批准在紫宸殿会见群臣。那天，群臣见到的穆宗已是一副可怜相，半躺在一张大绳结成的床上，身边没有侍卫，只有十多名宦官。李逢吉事先已与宦官梁守谦、刘弘规、王守澄商量好，请立景王李湛为太子，等穆宗定下神来，李逢吉上前进言："景王已年长，请立为太子。"裴度也请皇上尽快下诏，以满足天下人愿望。在场官员齐声附和，穆宗已不能说话，仅点头而已。第二天，诏下，景王李湛为皇太子。

穆宗中风不能理政。满朝文武中，李逢吉担心裴度有大功于朝廷、以厚德享誉君臣，早晚会东山再起，不断向穆宗进谮言，诋毁诽谤。长庆三年（823 年）八月，穆宗终于经不住耳边风，下诏："任裴度为司空、山南西道节度使，夺平章事。"

如此任命，是要将裴度外放，不再在朝廷任职。山南西道府治位于兴元（今陕西汉中），虽不很远，却峰岭重重，山径崎岖，回一次京不容易，不可能再对皇上产生什么影响。关键是最后一句"夺平章事"。与元稹一并罢相后，裴度还享有宰相资格，不主政却可参政，这样一来，等于连参政资格也没有了。

仕途数十年，这是裴度遇到的最严重的一次挫折。

十三

裴度这次离开朝廷，再没能见到穆宗李恒。

长庆四年（824 年）正月，穆宗中风一年后，有所恢复，开始在含元殿接见朝臣。大病初愈，更加贪生，迷恋方士丹药，终于与其父宪宗一样，丹药毒性发作，正月二十二日，驾崩于寝殿。时年三十岁。

十六岁的太子李湛继位，是为唐敬宗，唐朝的第十三位皇帝，也是裴度一生经历的第六位、出仕后侍奉的第五位皇帝。

与其父穆宗相比，李湛还是个孩子，更贪玩，不过玩法和父亲不一样，沉迷蹴鞠、打夜狐，相同的是都不把朝政放在心上。

河北局势没有因为新皇登基有所缓和。成德军节度使王廷凑被朝廷任为校检工部尚书后，并没有解深州之围。被围困的深冀节度使牛元翼果然是位虎将，从长庆二年（822年）三四月间被困深州，朝廷虽想尽各种办法，仍不能解深州之围。王廷凑同样也攻不破深州。当年，朝廷赦王廷凑罪，承认其为节度使，同时改任牛元翼为山南东道节度使，牛元翼将亲属部将留在深州，单骑突围奔亡京师。长庆四年，新皇登基后，六月，王廷凑杀牛元翼亲属部将百余人，牛元翼得知消息，愤恚而亡。

敬宗李湛闻报，一面为牛元翼悲伤，一面叹息朝中宰相所用非人，使贼寇气焰如此嚣张。

裴柏村裴氏凌烟阁

翰林大学士韦处厚得知皇上对主政宰相不满，上疏力荐裴度，说："臣听说汉武帝时，汲黯在朝执政，淮南不敢反叛；段干木身处魏国，诸侯全都息兵。王霸之理，以一士可止百万之师，一贤能制千里之难。裴度是我朝元勋，德望崇高，文武兼备。若位居宰辅，委以政事，必能使藩镇之贼畏惧，幽州、镇州自动归顺朝廷。管仲说：'人离（片面）而听之则愚，合（兼听）而听之则圣。'除此之外，治乱之本，非有他术。陛下寝食之际，犹能感叹国家不安，只叹无萧何、曹参一样的人才。然而，却将裴度摈弃于远州，就像冯唐知道汉文帝即使得到廉颇、李牧那样的能臣也不能用是一样的道理。"

敬宗听后有所感悟，问韦处厚："裴度两次为相，官职中却没有加平章事，是怎么回事？"

韦处厚说："是因为李逢吉等人排斥，自从出镇兴元（山南西道节度府所在地），裴度的平章事衔就被取消。"

敬宗惊愕，说："何至于到这种地步哇！"

第二天，加封裴度平章事，却并没有召回朝廷执掌政事，等于先给裴度一个宰相待遇。

敬宗虽说年幼懵懂，自从听过韦处厚上疏后，格外关心裴度，每有中使（宦官）至裴度任职的山南西道，必然叮咛问候，以示抚慰，并秘密约定了还朝日期。

皇上的这些举动，让李逢吉一伙人深感不安。宝历二年（826年）正月二十四日，裴度任山南西道节度使一年多后，按敬宗密示的还朝日期，由兴元入朝。李逢吉党羽并不知道敬宗已决定任用裴度，还在担心裴度重掌朝政，想方设法诋毁。这回所用手段太不高明，由李逢吉的"八关十六子"之一、拾遗（谏官）张权舆散布流言，实在找不出毛病，只好用歌谣诽谤。裴度平定淮西吴元济后，坊间流传一首歌谣："绯衣小儿坦其腹，天上有口被驱逐。"歌谣意思很明白，绯衣即裴度，天上有口指吴元济，意思是说，裴度至蔡州驱除吴元济。经张权舆曲解，变成了裴度要袒开口腹，与天子争饭吃。事有凑巧，长安城外东西横亘六条高岗，对应阴阳八卦中的六个卦象，裴度宅邸位于第五条高岗，对应天子的九五位。张权舆上奏："裴度的名字应了社会上流传的歌谣，宅邸又占据九五岗原，这回不召自归，意图很明显。"

理由如此牵强，敬宗虽然年少，也感觉可笑，知道这是刻意诽谤，对裴度更加热情。

张权舆身为谏官，史上留下的仅此一事，为世人笑柄。

很快，敬宗下诏，恢复裴度辅政地位，这已是裴度第三次临朝辅政。

十四

裴度这次辅政前，宫内刚刚发生一件大事。

李湛自幼生活在宫禁，当皇上后，没人再管，他便放开了玩，平日击球手搏，该玩的都玩腻了，还想去东都洛阳玩玩。当时洛阳刚历经战火，大臣们纷纷劝谏不能去。敬宗愤然，说："朕意已决，只需侍从官员和宫人随驾，自带干粮，不打扰百姓就是。"

宰相李逢吉跪倒在敬宗面前苦劝："东都与京师相距近千里，宫阙都还保存完好，定时巡游固然是帝王旧制，但车驾一动，须备足各种仪仗，千骑万乘都不能省减，纵然没有巨额花费，也需丰俭得宜，岂能让皇上自备干粮，有失体统。只是如今战事没有完全停止，边境还不安宁，皇上车驾一出，恐人心浮动，于皇上不利。恳请收回成命。"

李逢吉的话不无道理，完全是为敬宗着想，但敬宗根本不听，下令有司整理沿途行宫，准备途中所需物资。皇上执意要去，宫内宫外，朝臣太监没人再敢劝谏。

裴度被远放山南西道一年多，这次恢复宰相之职，刚上朝就碰上这件事。同样一件事，同样是宰相，裴度的处理要老练得多。

面对孩子般任性的皇帝，裴度从容起奏，说："朝廷建立别都，本来就是备皇上巡幸用的，可是，自从安史之乱以来，宫阙、官衙、各部所署之地，已荒废毁圮，还没来得及修整。最好等过段时间修缮一新，然后成行，如今仓促无备，有司准备不足，会得罪皇上的。"

敬宗听后，反而很高兴，说："群臣劝谏朕，都没有这么说，真像卿说的那样，确实不方便，朕又何必强去呢？"

敬宗东巡就这样被制止了。

没想到，敬宗不去了，幽州节度使朱克融却想借皇上东巡生事。

敬宗派宦官杨文端前往幽州，代表朝廷向朱克融赏赐春服，被朱克融扣押，理由有二：一是杨文端语言轻狂，污辱了自己；二是所赐春服粗劣单薄。提出的要求也有两个：一是朝廷拨帛布三十万匹，重做服装，不然必会再度兵变。二是由他派五千名工匠帮助朝廷修治东都洛阳，修好后，天子必须前往巡视。这哪里是一个臣子对帝王的请求，分明是威胁挑衅。尤其是第二条，摆明了要效法安禄山故事。当年，安禄山反叛前，就玩过这一手，上书要派人给朝廷献马，试图突袭长安。敬宗年龄虽小也看出这是挑衅，大怒。他又有所担心，打算派重臣前往安抚朱克融。

裴度认真分析了这件事，对敬宗说："朱克融无故泄愤，有悖常理，是即将灭亡的表现。犹如猛虎独自在山林中咆哮跳跃，只不过凭借窟穴逞威风，气势再大，也超不出山林，根本不用惧怕。陛下不必再派重臣，隔段时间下一道诏书，上写'中人（宦官）倨傲，须归还朝廷，朕自责谴。春服质劣，要追查有司。修治东都工匠宜尽快派遣，朕已下诏安排食宿了'。收到诏书，此贼必计穷。陛下若不愿意这样处理，可以答：'宫室修缮要照规划进行，无须再遣工匠奔波劳累。朝廷本来不必赐予藩镇军服，朕无所爱，独发给范阳（幽州节度使），望卿能体谅。'"

裴度实际是为敬宗想好了两条计谋，连怎样写这两封诏书，都一字一句地想好了。敬宗怎能还不开窍，连声称善。斟酌之后，采用了裴度的第二条计策，不到十天，朱克融像裴度预料的那样，将杨文端放归。

更让人佩服的，是裴度的老辣眼光，从朱克融向朝廷的无理要求中，居然看到此人已到覆亡之时。果然，没过多少天，幽州军乱，朱克融和两个儿子被手下杀死。裴度料事之准，就像设计好的一样，事情完全按照他说的，一件件全部实现。仅此一事，他即无愧政治家、军事家称号。

有这样一位宰相坐镇朝中，敬宗自然放心。李逢吉机关算尽，这年十一月，还是被贬出朝廷，回山南东道（治今湖北襄阳）任节度使。

裴度虽然回到朝中，但碰上敬宗这样一位既任性而又贪玩的皇帝，实在难以有所作为。裴度执掌朝政后，敬宗更加放纵，肆无忌惮地玩，每天早朝，大臣们天不亮即起，好生辛苦，来到朝堂，却左右等不来皇上，直到日上三竿，敬宗才伸懒腰，打哈欠，姗姗而来。有的大臣因为长时间站立等待，晕倒在朝堂之上。皇上如此怠政，朝纲早晚会大乱。裴度急在心里，上表说："过去陛下每月有六七天坐朝，天下人知道陛下勤政，河朔叛贼都很畏惧。近来，皇上在延英殿上朝议事日渐稀少，臣担心公务禀奏不能上达。其实颐养之道，若顺应自然，则六气平和，万寿可保。道家的讲究是：春夏早起，鸡鸣为宜。秋冬晚起，日出最妥。为什么要这样？因为阳时，需补之以阴，阴时，需补之以阳。如今方居盛夏，乃至阳之季，宜天不亮即起坐朝。到正午时分天气炎热，就有损圣体了，可以下朝。"

裴度这番话可谓煞费苦心。先说迟上早朝误事。接着用道家养生之道解释为什么要早些上朝。用白话说，就是趁清晨天凉，早点上朝，中午天气炎热再休息。

敬宗虽然贪玩，这道理还算明白，采纳了裴度的意见，上朝时间提早不少。刚过几天，给裴度加官——判度支。判度支本来是尚书省下户部的四司之一，掌管全国财政。裴度以宰相身份判度支是高官兼低职，统揽财政大权。

尽管有裴度苦心相劝，敬宗最后还是把自己玩死了。

敬宗的玩法其实很单调，击球、手搏之外，最喜欢的是深夜出去捕捉狐狸，名为"打夜狐"。宝历二年（826年）十二月初八日夜晚，敬宗又出去"打夜狐"，还宫之后，兴致盎然，又与宦官刘克明、田务澄、许文端以及击球军将苏佐明、王嘉宪、石从宽等二十八人饮酒，酒酣耳热，入室更衣。大殿灯烛忽然熄灭，刘克明、苏佐明等人进殿，弑杀敬宗。可怜一代大唐皇帝，登基才一年多便暴毙身亡，时年十七岁。

十五

宦官们弑杀敬宗后，迎宪宗之子、敬宗的叔叔绛王李悟入宫，准备立为新帝。李悟已于紫宸阁召见百官。另一伙宦官为争夺皇宫内侍大权，又派兵迎江王李涵入宫，杀绛王李悟。事出仓促，宦官们按翰林学士韦处厚指点，群臣三次劝进。皇帝没有登基之前，需要有一位重臣出面控制局面，裴度德望崇高，被推为摄冢宰。这是个临时官职。名义上权力很大，可"掌邦治，统百官，均四海"，实际在乱局中，只有象征意义。对于裴度本人而言，此时任此职，说明在群臣中具有崇高威望。

李涵登上皇位，改元大和，随即改名为李昂，是为唐文宗，唐朝第十四任皇帝，也是裴度经历的第七位皇帝。

文宗是穆宗第二子，与敬宗同岁，即位时十八岁，显得比敬宗懂事，继位后励精图治，去奢从简，放归宫女三千，释放五坊鹰犬，并省冗员。唐朝似乎出现一派新气象。裴度作为老臣也被另眼相看，旧职之外再加门下侍郎（门下省次官）。

一朝天子一朝臣，文宗与其父其弟一样，由宦官扶持登基，掌控朝政的实际是宦官。朝中执政的是为宦官们出主意、新上任的中书侍郎、平章事韦处厚。裴度虽仍位宰相之列，并不主掌朝政。他已六十多岁，早已将名利看淡，新皇上位后，宫中宦官分成两股势力，明争暗斗，凶险异常。裴度渐萌退意。

这一年，藩镇再度生事。横海军（治今河北沧州南）节度使李全略死，其子李同捷效河北藩镇旧例，自任横海军留后，发动叛乱。裴度奏请朝廷出兵讨伐，同时上疏："调运军队粮草并非宰相分内事，请求罢免所任判度支一职，归于户部。"文宗批准，免去裴度实职，又加虚衔，进阶开府仪同三司。这个称号对于裴氏族人并不稀罕，魏晋时期裴秀、裴楷入仕途不久，轻而易举就能得到，隋代，裴蕴刚从陈朝归降，就被隋文帝超授此职。裴度仕途打拼四十年，三度入相执政，年逾花甲才得到。所以出现这种情况，一是时代变了，二是门阀大族风光不再。

虚衔之外，文宗再给裴度实惠，实封户三百。裴度辞让之后，受封。

文宗登基后，大唐王朝藩镇、宦官祸患未除，朝中又添朋党之争，牛僧孺、李宗闵与李德裕、郑覃之间的"牛李党争"白热化，双方你死我活，你方唱罢我登台。朝中如此钩心斗角、血腥恐怖，裴度再想为国出力已不可能。

大和四年（830年），裴度多次上奏，称身患疾病不能担负重任，希望辞去所任政事。

文帝对这位六朝老臣恩遇有加，挑选御医登门治疗，又派宦官每天问候。得知裴度病情，反而再度加官，下诏进位司徒、平章军国重事。就是说，你老人家虽然生病，一旦有军国大事还得出面。同时特意交代，病好之后，三天至五天，可去中书省上朝一次。裴度同意，却让免除正式册封礼仪，等于只口头答应。

此时，朝廷牛李党争愈演愈烈，裴度自知功劳既大，地位已至人臣之极，身处两党之间，不能不为自己担忧，有心退出朝政，安居家中静享清福。想法很美好，但是，朝中得势的牛党领袖牛僧孺、李宗闵却不打算让这位老臣安生。他们嫉妒裴度的功劳，担心他再为皇上所用，有意寻找短处在朝中诋毁。裴度虽主动请求罢知政事，他们还不放心，最好的办法是将这位老臣赶出朝廷外放地方。遂向文帝启奏：进裴度为侍中（门下省长官），出任山南东道节度使。六年前，裴度受当时宰相李逢吉排挤，曾被外放，任山南西道节度使，如今，相同的故事再度发生在同一个人身上，两次都以高官就低职，可以看出，这些人手段相同，哪怕给你再高的名誉，也决不能让你在朝中执政。

裴度老了，又有足疾，一路颠沛，来到山南东道节度使府治襄阳，甫一到任，就为当地百姓办了一件大事。

早在元和十四年（819年），朝廷就在襄阳建立牧马场，称为临汉监牧，归属山南东道管辖。建立之初，占用百姓良田四百顷，放养牧马三千二百多匹。裴度到任后，发现其中牧马已经很少，白白浪费百姓良田。向朝廷上奏请求取消牧场，撤除临汉监牧官职，将四百顷良田归还当地百姓。

办完这件事，裴度再次上表，请求辞官，仍没有得到批准。

裴度以老迈之躯，在山南东道节度使任上履职四年，其间，他不再关心朝廷事。宫中宦官、朝中朋党权力争夺更加激烈，似乎都忘了这位威望崇高的老臣，裴度置身事外，正好落得清闲。

大和八年（834年），裴度七十岁，才从山南东道节度使任上调离，但仍不许进京，以本官判东都尚书省事，充东都留守。第二年十月，再加中书令衔。

身处东都，既任留守，又有中书令衔，皇帝不巡幸时，裴度就是东都官位最高的人，在他准备安享清福时，长安朝中发生的一件祸事，让他对唐王朝彻底死了心。

十一月，文宗李昂不甘心受宦官控制，与宰相李训、郑注策划诛杀宦官夺回皇权。二十一日，文宗以观露为名，欲将宦官头目仇士良骗至禁卫军后院斩杀，被仇士良发觉。李训、王涯、贾𬲗、舒元舆、王璠、郭行余、罗立言、李孝本、韩约等朝廷重臣被宦官悉数杀死，家人遭灭门，受株连的有一千多人，文宗李昂被宦官软禁，从此沦为傀儡，史称"甘露之变"。也叫"李训之祸"。消息传至东都，裴度痛心至极，受牵连的官员许多是他的旧识，不能见死不救。然而，皇上已受制于人，裴度只能用自己的影响力，为受牵连者开脱。这回，被他救活的有数十家人。

十六

"甘露之变"过后，在朝重臣几乎被宦官杀尽，皇上还在，却失去自由，形同于无。如果说以前藩镇割据、朋党相争，坏的是王朝肌体，这回是由内而外，彻底烂透了。

如此局面，裴度无力回天，从小怀揣的经邦济世之心，被一点点消解。剩下的，只有如《大雅》所言"既明且哲，以保其身"，享受来日无多的老境了。

隋唐以来，东都洛阳位置特殊，既有长安的繁华，又远离朝廷的钩心斗角，是个安家养老的好地方，诸多重臣老年后都在此安家。裴度是东京最高长官，且已年逾古稀，将家安在这里是最好的选择。

裴度为自己选择的安家之地叫集贤里。隋唐实行里坊制，里相当于现在的社区。集贤里是个高官居住的地方，有池沼奇石，竹林花丛，风亭水榭，岛屿回环。清晨傍晚云雾缭绕，恍若神仙胜境。裴度在水畔午桥建起一座别墅，其中暖室凉台俱全，号绿野堂。周围绿树幽静，堂下水生涟漪。如此美景中，公事之隙，裴度一身村野闲服，萧然散淡，神情怡然，邀几位文人名士坐于亭下。来人中有刘禹锡、白居易等，谈起文章事，几人把酒品茗，高谈放歌，不觉白昼已去，夜晚来临。每天如此，若神仙一般，忘却人间事。

与几位大诗人交往，裴度并非附庸风雅，一则，几位诗人都受过他的提携，二则，裴度本人诗作也不同凡响，对诗的见解，连刘、白二人也佩服，一句"不诡其词而词自丽，不异其理而理自新"，胜过多少词论文评。

任东京留守其间，裴度曾与判官皇甫湜（777—835年）之间发生过一段趣闻。皇甫湜早年进士及第，有文采，恃才傲物，师从韩愈，是古文运动的倡导者之一，对于古文有独特的看法，著名论断是："夫意新则异于常，异于常则怪矣；词高出众，出众则奇矣。"此人性情怪异，在顶头上司裴度面前也敢发文人脾气。裴度出资修东都福先寺，完工后，想请大文豪白居易执笔写碑记。皇甫湜得知后，大怒，对裴度说："放着我皇甫湜不用，却舍近求远用白居易，既然用不着，我现在就请求辞职。"裴度好脾气，连忙道歉，将碑文事交给皇甫湜。此人的确才华横溢，痛饮美酒后，提笔立就。裴度付给的报酬是车马玩器，价值千缗。没想到皇甫湜认为太少，再次发脾气，说："碑文三千字，每个字难道不值三缗（一千文为一缗）？"裴度按皇甫湜所说付了报酬。没想到，皇甫湜贪得可爱，想要回文章再作修改，增加字数，裴度笑，说："文已绝妙，增一字不得矣。"

这事不大，却能看出裴度晚年脾气随和，颇具长者风范。付给皇甫湜高得离谱的润笔，体现出对文人的尊重，一时传为文坛佳话。

在东京任留守的一年两个月，有文人往来，诗酒唱和，可能是裴度入仕以来最舒心轻闲的日子，他可能想不到，这种平静悠闲的好日子将很快被打破。

一日，又有朝中大臣前来问候。原来，文宗皇帝虽被幽禁，却不甘心，仍欲重掌社稷，回想众臣之中，唯有裴度功高德劭，年纪虽大，气度不衰，恢复大唐基业离不开此人。宦官当道，又不能明示，问好是虚，实则探其安否。

果然，开成二年（837年），文宗宣旨，请裴度再度出山，出任河东节度使。此时，裴度已垂垂老矣。接到诏命，以年老多病辞谢。文宗再命吏部郎中卢弘宣谕："为朕卧护北门可也。"河东是京城长安的北大门，让一老臣卧护，可见对裴度的信任，亦可见裴度威望之高。皇上的话中带有乞求意味，不能不答应。年届七十三岁高龄时，裴度又收拾行装，离开安逸的绿野堂，以老迈多病之身，再赴几年前曾任职的太原，出任河东节度使。

太原是李唐王朝的龙兴之地，锁匙重镇，北拒突厥，西阻回纥，安史之乱后，位置更加重要，东邻"河朔三镇"，节度使多以宰相身份兼领。文宗李昂所以恳请裴度以老病之身赴任，是因为知道裴度德望崇高，声震四方，东面的"河朔三镇"和周围的各节度使敬服他，北面的突厥人、西面的回纥人也都服他、敬他。有他在，哪怕就是躺卧，也不至于出现大的动乱。早在穆宗长庆二年（822年），裴度第一次出任河东节度使时，率军进剿王廷凑，回纥人就曾经主动出兵相助，被唐朝婉拒。

裴度上任后，开成三年（838年）九月，与河东镇毗邻的易定军节度使张璠去世，军中大乱，部将再效河北故事，推张璠之子张元益为节度留后。三镇未平，若张元益自立，又一藩镇割据即将形成。

易定军本来就是朝廷为削弱三镇势力，从成德军分定州、易州、沧州而成的，作为平定三镇的桥头堡，夹在河东镇与成德镇之间。若再生动乱，河北又会回到肃、代二宗时的局面。

得知张元益将自立，裴度派使者前往定州（易定军治地），向张元益晓以利害，又以三镇后人自立后的福祸相劝，张元益畏惧，离开定州归顺朝廷。这次易定军生乱，朝廷不费一兵一卒，果然靠老臣裴度威望，躺卧平息。

当年十一月，裴度不堪北地风寒，病体难支，上表请辞还东都。文宗准。十二月，再诏裴度入知政事，进朝拜相，派中使（宦官）来东都，请他早些动身。这是裴度第五次知政事。

开成四年（839年），裴度拖着病体回到长安，卧于病榻之上，无法上朝面君。直到此时，文宗还幻想这位病体赢弱的老者能为他擎起大厦，再拜为中书令。但裴度真病了，文宗特地下诏："司徒、中书令度，绰有大勋，累居台鼎。今以疾恙，未任谢上，其本官俸料，宜自计日支给。"又派宫中御医每天前往裴府探视。

十七

裴度再次入朝拜相时，裴府已从当年被刺时所住的通化坊，迁至永乐里。

进入开成四年（839年）三月，裴度病体沉重，时常恍惚，不知身在何处。一天，梦到自己在南园游玩，命家中仆僮抬自己到园中，看到栏中牡丹尚未开放，道："我没有见到此花而死，真伤心啊！"怅然而返。第二天，仆人告知一丛牡丹已经绽出花朵。裴度前往观看后，心情大悦，释然而归，卧于病榻再无牵挂。

每年三月三上巳节，唐皇室在长安城曲江池畔大宴百官群臣。这天，阳光明媚，春意盎然，文宗在群臣欢呼、觞筹交错之间，独不见老臣裴度，不由得感叹吟诗：

> 注想待元老，识君恨不早。
> 我家柱石衰，忧来学丘祷。

诗成，文宗心想，若裴度在场，当奉诗以和，如今卧病于榻，不知病情如何。又特别下诏："方春慎疾为难，勉医药自持。朕集中欲见公诗，故示此，异日可进。"意思是说，春天是疾病多发季节，卿要慎重对待病情，遵照医嘱，保重身体。希望在朕的诗集中，能有卿的和诗，派使者将此诗送去，希望不久就能看到。

三月初四日，送御诗的使臣刚到裴府门前，府内哀声一片。一代良臣已溘然长逝，享年七十五岁。

御诗刚成，和诗之人已去。文宗闻知悲痛不已，将诗札重写，恭恭敬敬摆放于灵前以示哀悼。按说大臣病逝，会有遗表奉于皇上，文宗奇怪无人谈及此事，问及家人，得到裴度所书半篇遗言，却是忧心皇储未立，除此，竟无半句私言。

文宗大恸，命京兆尹（京城长官）郑复料理丧事，一

河南新州裴度墓

应开销均由官府承担。赠裴度太傅，谥号文忠，葬于管城（今河南郑州市新郑市）。停朝四日，举国相送。

裴度去世后，大唐日见衰微，接连两代皇帝难觅良臣，追思裴度。唐武宗会昌元年（841年），再加赠太师。唐宣宗大中元年（847年），诏配享宪宗庙廷。

带着帝王的叹惋和世人的崇敬，裴度走了，从此永远矗立于史册中，成为不朽。他出将入相，执宰宪、穆、敬、文四朝，六次任节度使，五次拜相，起于藩镇，平叛藩镇，终于藩镇，在国家分裂、"武人跋扈"的时代，以文官之身系国之安危二十多年，被文宗称为"我家柱石"，实乃社稷之良臣，股肱之贤相。又以一颗丹心，一腔热血，宠辱不惊，全德始终。他是家族的象征，道德的标高。他去了，牵挂终生的唐王朝一步步走向衰亡，裴氏家族也一步步走向衰落。然而，他是不世出的楷模，有他，裴氏已足够荣耀，足够辉煌。

后　记

　　"典藏古河东"丛书是运城市委宣传部主办、运城市文联承办、山西省作协大力支持的一项文化工程，对运城市文化强市建设具有重大意义。丛书作者阵容强大，笔者能忝列其中，感到荣幸，也深感惶恐。

　　本书是以裴氏家族这一庞大群体为书写对象，笔者虽在二十年前就曾读过裴氏家族的历史，写过关于裴氏家族的文章，却并未真正深入研究过裴氏。裴氏家族星光璀璨，五十九位宰相、五十九位大将军和众多杰出人物所涉及的史实，延续一千多年，涉及多个朝代，星罗棋布于二十四史和各种野史。要从卷帙浩繁的史籍中，删繁就简，去芜存精，找出所需史料，并且融会贯通，需要下大功夫，远不是几个月的努力所能做到的。这些都无疑给本书写作增加了难度。为此，笔者苦读史籍之外，围绕文化主题，以历代选举制度、官制为线索，以时间为顺序，选取了十多位有代表性的裴氏优秀人物，力求通过不同时代人物的仕途经历，表现裴氏家族官僚化的基本特点，探求裴氏世代钟鸣鼎食的内在原因，找出裴氏众多人物宦海沉浮的共同规律，希望写出一部特色鲜明、有别于同类题材的作品。

　　按丛书要求，本书的体例是文化散文。这是近年来地域文化写作的一种盛行体例，要求作者不光写出史实，而且有文采，有思考，便于普通读者阅读。此前，笔者已有数部此类著作，本应该轻车熟路，但越是这样，笔者越想有所突破，写出不同的风采。本书写作伊始，笔者给自己的要求是坚持以史实为依据，不虚构，不妄赞，虽不一定能达到无一字无来处，也要做到事事有出处。写作中，笔者尽量遵循文化散文的体例特点，使作品在史实之外有更多的文学性，却也不想华辞丽句，以文害义，由着性子恣意表达。

二十世纪九十年代以来，有关裴氏的作品很多，笔者自以为这是一部与众不同的裴氏著述，希望读者能从中读到丰富的裴氏文化，感受到裴氏先贤的别样风采。

因时间仓促，加之笔者学养有限，书中难免有谬误之处，在此，敬请方家予以批评指正。

感谢运城市委宣传部、运城市文联为笔者提供深入了解裴氏家族的机会。

感谢运城市文联原主席王西兰先生对本书的审读。

感谢裴氏族人、闻喜县文旅局裴建民和裴柏村第一书记牛永杰对本书写作的热情相助。

韩振远

2022 年 4 月

参考文献

1. 〔汉〕司马迁:《史记》,中华书局 1982 年。

2. 〔南朝宋〕范晔:《后汉书》,中华书局 1973 年。

3. 〔晋〕陈寿:《三国志》,中华书局 2012 年。

4. 〔唐〕李延寿:《北史》,中华书局 2013 年。

5. 〔唐〕李百药:《北齐书》,中华书局 2016 年。

6. 〔唐〕魏徵等:《隋书》,中华书局 1973 年。

7. 〔后晋〕刘昫等:《旧唐书》,中华书局 1975 年。

8. 〔宋〕欧阳修、宋祁:《新唐书》,中华书局 1975 年。

9. 〔宋〕司马光:《资治通鉴》,中华书局 1993 年。

10. 赵超编著:《新唐书宰相世系表集校》,中华书局 2018 年。

11. 吕思勉:《隋唐五代史》,上海古籍出版社 2005 年。

12. 岑仲勉:《隋唐史》,商务印书馆 2015 年。

13. 阴法鲁、许树安、刘玉才主编:《中国古代文化史》,北京大学出版社 1991 年。

14. 柏杨:《中国人史纲》,同心出版社 2005 年。

15. 卜宪群总撰稿:《中国通史》,华夏出版社 2016 年。

16. 翁独健主编:《中国民族关系史纲要》,中国社会科学出版社 2005 年。

17. 王天有:《中国古代官制》,商务印书馆 1997 年。

18．王亚南：《中国官僚政治研究》，中国社会科学出版社1981年。

19．王俊编著：《中国古代官制》，中国商业出版社2015年。

20．吴宗国主编：《中国古代官僚政治制度研究》，北京大学出版社2004年。

21．周征松：《魏晋隋唐间的河东裴氏》，山西教育出版社2000年。

22．周征松、裴海安编著：《中华姓氏谱·裴姓卷》，现代出版社2002年。

23．西江、杨鎏淯：《裴氏春秋》，山西古籍出版社2006年。

24．［美］谭凯：《中古中国门阀大族的消亡》，社会科学文献出版社2017年。

25．［美］乔纳森·德瓦尔德：《欧洲贵族》，商务印书馆2014年。

26．［英］崔瑞德：《剑桥中国隋唐史》，中国社会科学出版社1990年。

图书在版编目（CIP）数据

天下裴氏 / 韩振远著 . -- 北京：作家出版社，2022.9
（2023.4重印）
　　（典藏古河东丛书）
　　ISBN 978-7-5212-1955-5

　　Ⅰ . ①天… Ⅱ . ①韩… Ⅲ . ①散文集—中国—当代
Ⅳ . ① I267

中国版本图书馆 CIP 数据核字（2022）第 122138 号

天下裴氏

作　　　者：韩振远
责任编辑：丁文梅　朱莲莲
装帧设计：鲁麟锋
出版发行：作家出版社有限公司
社　　　址：北京农展馆南里 10 号　　　邮　　编：100125
电话传真：86-10-65067186（发行中心及邮购部）
　　　　　　86-10-65004079（总编室）
E-mail:zuojia @ zuojia.net.cn
http://www.zuojiachubanshe.com
印　　　刷：唐山嘉德印刷有限公司
成品尺寸：170 × 240
字　　　数：251 千
印　　　张：17.25
版　　　次：2022 年 9 月第 1 版
印　　　次：2023 年 4 月第 2 次印刷
ISBN 978-7-5212-1955-5
定　　　价：54.00 元
